JN244717

韓国文学の源流

廉想渉（ヨムサンソプ） 염상섭
白川 豊［訳］

驟雨
취우

書肆侃侃房

韓国文学の源流

驟雨

廉想渉

First published in Korea by Ul Yu Moon Hwa Sa.
This Japanese language edition is published by arrangement with CUON.

This book is published with the support of the Literature Translation Institute of Korea (LTI Korea).

驟雨＊もくじ

絶壁　12
宿命の朝　30
真空の炸裂　54
銃声に目覚めた心　79
反感　101
攻勢　122
移動戦線　145
潜伏　169
混乱　202
捜索　217
逃避行の一日　228
災難　245
出発の前　281

待望の中秋節（チュソク） 298
拉致 310
天を衝く火柱 325
解放の足跡 338
奇跡 362
彷徨（さすらい）の三叉路 381
再び出で立つ流浪の道 404
「驟雨」解説 412

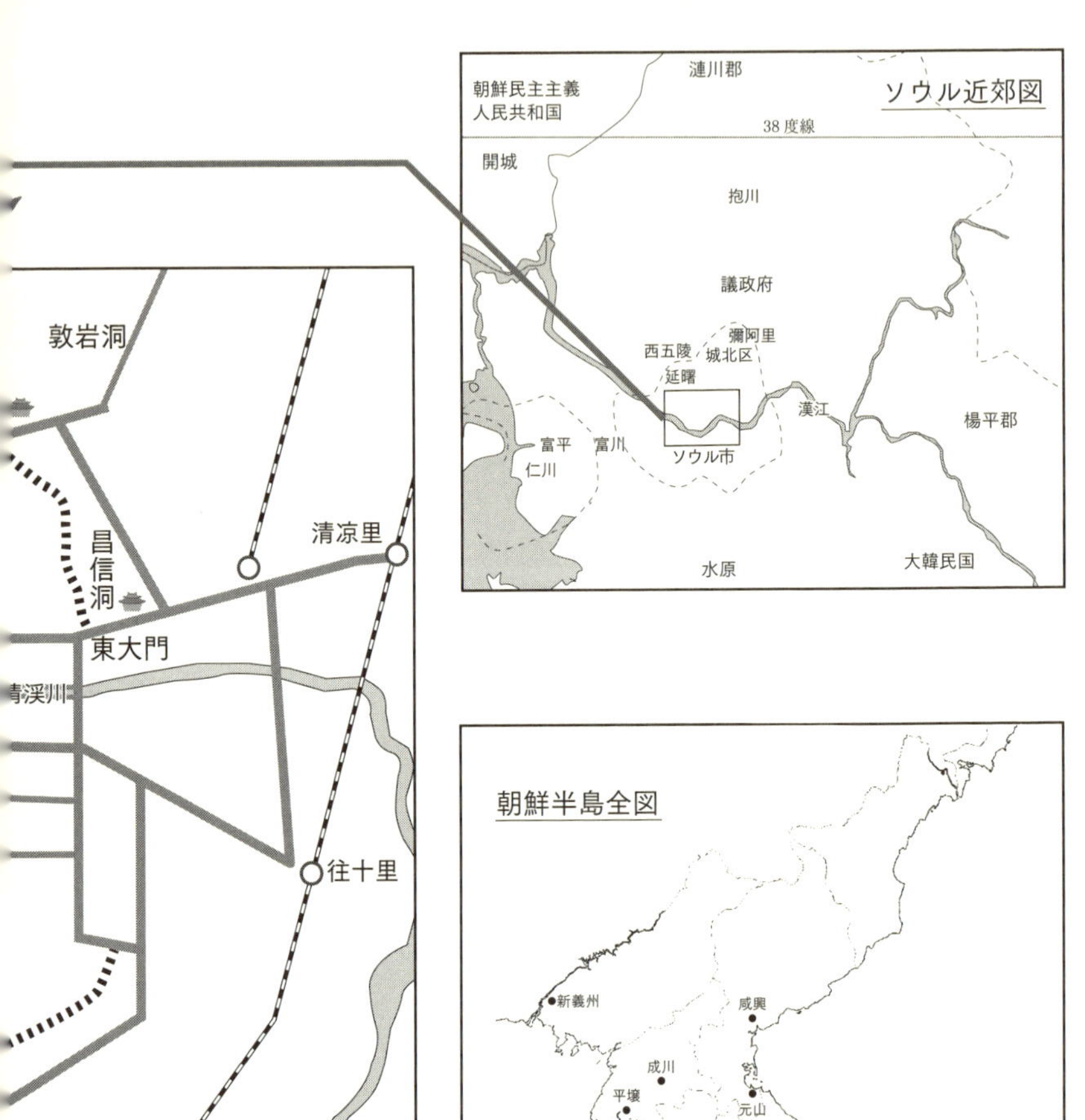

ソウル近郊図
漣川郡
朝鮮民主主義
人民共和国
38 度線
開城
抱川
議政府
彌阿里
西五陵
城北区
延曙
漢江
楊平郡
富平
富川
ソウル市
仁川
水原
大韓民国
敦岩洞
昌信洞
清凉里
東大門
清渓川
往十里
纛島
（トゥクソム）

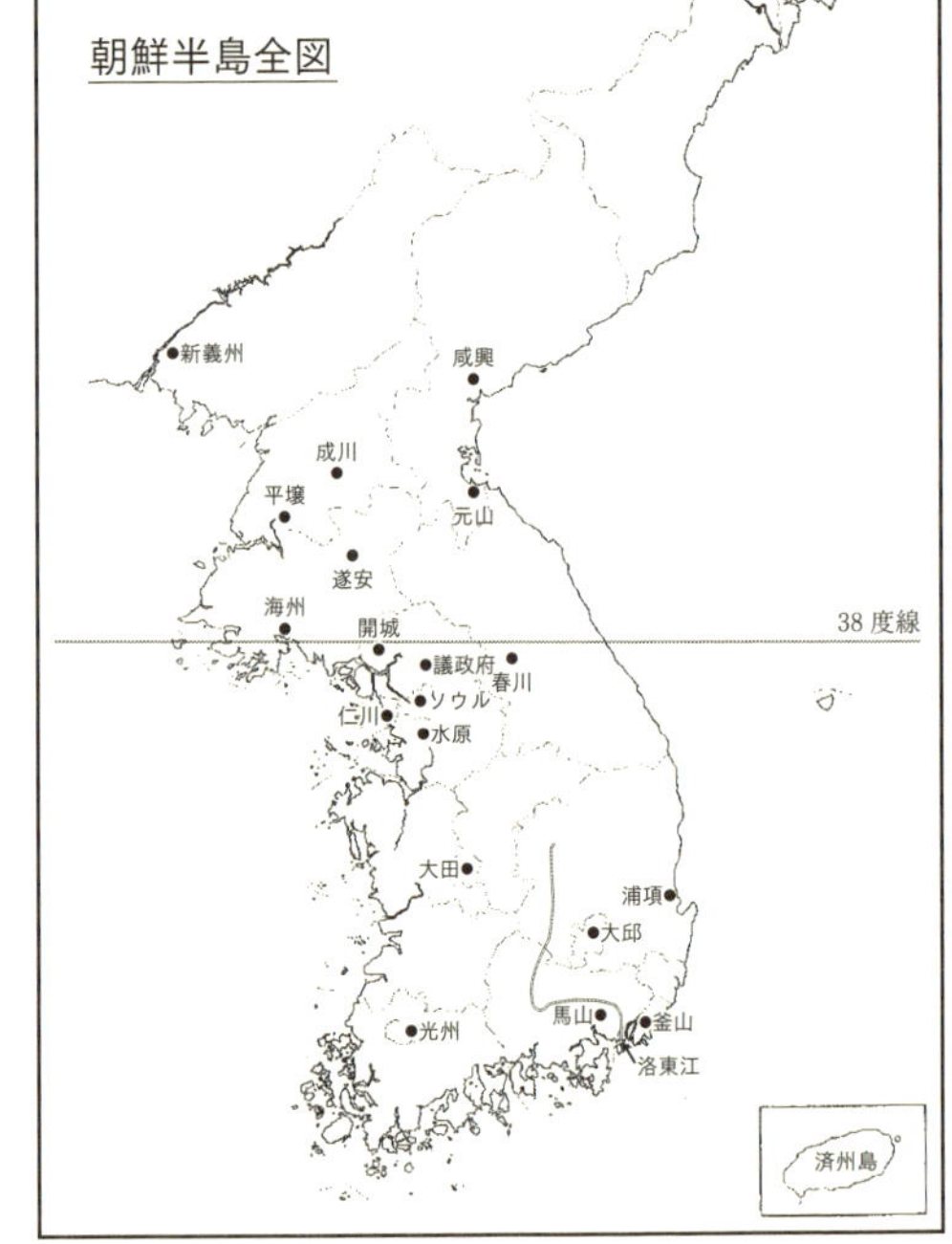

朝鮮半島全図
新義州
咸興
成川
平壌
元山
遂安
海州
開城
38 度線
議政府
春川
ソウル
仁川
水原
大田
浦項
大邱
馬山
釜山
光州
洛東江
済州島

1950年頃のソウル中心図
北岳山
三清洞
仁王山
景福宮
斎洞
昌慶苑
弘済洞
玉仁洞
中央庁
弼雲洞
内資洞
峴底洞
太古寺
世宗路
苑南洞
社稷洞
母岳峠
（ムアクジェ）
興化門
梨峴
（ペオゲ）
天然洞
黄土峴
鍾閣
西大門趾
独立門
貞洞
市役所
←水色へ
乙支
大漢門
丁字屋
新村
太平路
泥峴
忠武路
（明洞）
東和
百貨店
会賢洞
阿峴洞
（エオゲ）
南大門
会社
（韓米貿易）
ソウル駅
西江
厚岩洞
（旧三坂通）
南山
麻浦
漢江
梨泰院
三角地
龍山
汝矣島
西氷庫
漢江
漢江橋

凡　例

1．本翻訳は『驟雨』（乙酉文化社、一九五四年）を底本とし、適宜、新聞連載（朝鮮日報、一九五二年七月十八日～一九五三年二月十日連載）のマイクロフィルムと『廉想渉全集7　驟雨・花冠』（民音社、一九八七年）を参照した。

2．人名は、原文ではハングル表記されているが、廉想渉自身の執筆構想メモにみえる漢字を参考に漢字化したが、確定できない場合はカタカナ表記とした。（スンジェなど）

3．地名については、主なものを付図で示した。細かい地名はその都度、注記した。また漢字のあるものは原語の発音を原則として初回を中心にカタカナで振り、［　］内に現在の行政区域名や位置関係を簡略に補足した。なお、「洞（ドン）」とはソウル市内の各区の下にある「町」の意である。

4．日本の読者にはわかりにくい現地の風俗習慣や家族関係の呼称、家屋構造などについて［　］内に注記した。文中で誰を指しているのかわかりにくい場合も同様に補足した。

［主な登場人物］　※年齢はすべて数え歳

姜スンジェ（32歳）：会賢洞にある韓米貿易会社（原文：韓美貿易）の金学洙社長の秘書にして愛人。斎洞で家政婦らと居住。弼雲洞（弼雲台とも）には継母と異腹の妹・スニョン（23歳、韓米貿易の総務課人事係に勤務）、弟スンチョル（20歳）がいる。

申永植（29歳）：京城大学の経済科を出た韓米貿易の調査課長。天然洞で寡婦の母、妹・永姫（19歳、K女子中学を今秋、卒業予定）と暮らす。彼はもともと明信と付き合っていたが、朝鮮戦争となり、別行動で避難行に出る。そこにスンジェが急接近した。

金学洙（55歳）：韓米貿易の社長。自宅は恵化洞。妻（52歳）と、この会社の常務である息子・宗植（30歳）とその妻（スンジェの姪）と暮らしていたが、戦争勃発でスンジェらと逃避行に出るも果たせず、引き返して永植の家やスンジェの実家の社稷洞などに隠れ住む。

鄭明信（22歳）：梨花女子中学から英文科に進み、現在は海軍本部に勤務。自宅は昌信洞。韓米貿易の鄭弼鎬会長（60歳）夫妻の娘で、兄・達永（32歳）はこの会社の専務。（京城大学経済科では申永植の先輩）

装幀・カバー写真　毛利一枝

驟雨

絶壁

フロントグラスをザーザーと容赦なく叩きつける大粒の雨を、ルームライトを消した真っ暗な車内にいる皆はぼんやりと窓の外を見るともなく眺めていたが、窓にあたって弾ける雨粒が霧のように前方の視界を被い尽くすので、見えるものはといえば前を走る車の赤いテールランプだけだ。車の左右両側、ガヤガヤとざわめいていた避難民の群れも、そそり立つ真っ暗闇の絶壁のよう、ただ巨大な黒い影が一カ所に固まって揺れているだけで、喧騒のせいか雨音さえもはっきり聞こえない。車の時速は一〇キロ、五キロと落ちていく。ここはどの辺りなのか、まったくのノロノロ状態になり始めた。おそらく三角地（サムガクチ）［龍山区の地名。以下、主な地名は付図参照］は過ぎたようなのだが、龍山駅（ヨンサン）［龍山区の駅］まではまだかなりあるようだ。だが、後ろから迫ってくる大砲の音だけは次第に近づいてきて首筋に届かんばかりである。

道いっぱいに押し寄せる避難民のど真ん中を掻き分けて黒い川筋のように群れをなす車の長蛇の列が少しずつ動いては止まり、動いては止まりした。そのほぼ半分は自家用車かタクシーだった。聡（さと）い運転手は空襲にあうのではないかと恐れをなしてか、対向車もないのにノロノロ運転をした。前の車とぶつかる心配はないが、真夜中というのに雨風をものともせず無理やり出発した夜逃げ人としては、明るいライトの光もそぐわない。ヘッドライトが不規則に点いたり消えたり点滅したりするのさえ、車内で息をひそめている人間の、針の先のように鋭敏になった神経をいっそう不安と恐怖の中に陥れた。

「いくら瓢箪の口みたいに狭いところからメダカの群れみたいに抜け出すとしても、どうしてこうもノロノロなのかしら?」

真ん中に座った社長の金学洙（キムハクス）の横にボストンバッグ一つを隔てて黙って座っていた女秘書の姜（カン）スンジェがジリジリしながら初めてぼそっとつぶやいた。

「うむ、……といっても、橋［ソウル市南部の漢江（ハンガン）にかかっている橋］さえ渡ればな!」

金社長は重苦しくジリジリする沈黙が破られたので、タバコの箱を取り出してくわえ、スンジェにも勧めようとした。すると彼女は真っ暗な中、ハンドバッグからライターをすばやく探り当てて社長のタバコに火をつけてやりながら、腕時計を明かりに透かしてみた。

「あら、もう一時になるのね」

と言いながら、手慣れた様子でタバコをくわえた。スンジェはライターでもう一度火をつけた。ポーッと青い炎が上がり、形のいい口元とすっきりした小さな鼻がくっきりと浮かび上がって消えた。

「さあ、でも渡ったところで、一体、どこに行けっていうのか、まったくあきれたものだわ……」

いつものスンジェらしくもなく、タバコの煙を鼻や口から吐き出しながらこんな何ともしれないことをため息まじりに言うのだった。夜が更けるにつれ、大砲の音が次第に近づいてきて眠れたものではない。あわてて黒のワンピースに着替え、着替えの入ったカバン一つを持って一行に加わったのだった。一人暮らしなので、出かける時に後のことを託したお針子のおばさんと家政婦［当時の朝鮮では各家庭に針母（チムモ）、食母（シンモ）と呼ばれる住込みの使用人がいるのが普通だった。以下では便宜上、家政婦と訳出する］だけになるのが気がかりでもあり、この家での生活に未練もあった。

「それでも逃げ出せる人間はいいとして、後に残った人は……」

社長のもう一方の側に座った永植（ヨンシク）も家のことが心配で、こう応じた。

「ああ、そうだな、申（シン）君！　息が詰まるだろうから、タバコでも吸おうじゃないか」

社長はイライラしていて、とりわけそばに置いたカバンに気を取られ永植がいるのを忘れていたかのようだった。そのことに改めて気づいたのか、タバコの箱を再び取り出しながら言った。

金社長は永植の親友の父親なので、会社でも社長の前ではタバコをくわえたりはしないのだが、年若い課長の分際で！　しかも平素は身内とも思わない永植ふぜいにこの頑固社長が手ずからタバコのケースを突き出して勧めるなど、戦乱ででもなければ考えられないことだった。永植は固辞しながら、先に出発した会長の車に便乗すればよかった、とまたも思った。

（無事に通り抜けただろうか？……）

永植はそれも気がかりだった。会長というのは、韓米貿易の取締役会長である鄭弼鎬（チョンピルホ）のことだ。彼は夫人と娘の明信（ミョンシン）を連れて一時間前に出立したのだった。実のところ永植としてはその車に同乗するのも気が引けたが、金社長がスンジェと一緒に出立することになると知って気乗りしないまま、こちらの車に乗ることになったのだった。

「あ、どうしたんだろう？」

永植は腰を浮かせて窓ガラスから外を眺めやって、驚いたような声を上げた。

すると、ノロノロ進んでいた車がとうとう、完全に止まってしまった。

「あらっ？」

スンジェも我に返ったかのように声を挙げ自分の側のドアのガラス窓にピッタリ顔をつけて外を眺め

た。雨はいくぶん小止みになり、車の左右を埋め尽くしていた避難民の群れも歩みを止めたのか黒い影が蠢（うごめ）くばかりで、騒がしい喧騒も少しの間静かになった。だがすぐに合戦のようなワーッという絶望的とも思える喚声が天地を揺るがすのだった。

スンジェは肝を冷やして、永植の方を見た。何かを尋ねるような、すがりつくかのような顔つきだった。しかし永植はひたすら窓の外ばかり眺めている。と、助手席のドアがバタンと音を立てて開き助手が飛び降りたかと思うと、カエルの合唱のような騒がしい音が雨風とともに吹き込んできた。

「おそらく橋のたもとのところで通行止めになってるか、橋を爆破したんでしょう」

永植は先ほど驚いていたのとは打って変わって、落ち着き払った言い方をした。

やはり母親と妹たちが心配しながら待っているだろうと思うと、進めなくなったほうがよかった気もするのだった。

「ウーム！……」

これまで不安と焦りをグッとこらえながらも、内心ではブルブル震えていた社長の口からは重苦しくしぼり出すような声が洩れた。と、助手がバッと駆け込んできて

「鉄橋が寸断されたそうです！」と言うので、社長はまた、

「ウム！」

と出かかった声を飲み込んだ。助手はまるで「停戦になったらしいです」とでもいうような軽いノリで、明るくバタンとドアを閉めた。

「そうか！　もうちょっとだけ早かったらなあ！」

運転手は運転手で舌打ちをした。しかしそれは会社のこの一行を漢江（ハンガン）の橋の向こうまで渡せなくて残

念だという意味ではない。つらつら考えていたこれからの儲けがすべてフイになってがっかりしたからだった。車は会社のものだが、この御一行さえ運んでしまえば、このゴタゴタの中で車を自由に走らせてしっかり一儲けできるという夢想が一瞬にして消えてしまったのが、おもしろくない。きのうから避難する人たちを乗せて川を渡った車がしこたま儲けているといううわさに、気もそぞろになっていたのである。

「どちらに行けっていうんです？」

運転手はぶっきらぼうに聞いた。社長はこれまでこの運転手から聞いたことのない投げやりな言葉遣いに驚き、よけいに腹が立った。

「家に戻るしかないだろう」

社長は気が動転していたせいで、自然と腹立たしげな言い方でピシャリと言った。お互い、相手に当たり散らすのだった。

「今になって恵化洞（ヘファ）［鍾路区在］に戻るってんですか？」

こりゃまた何を言ってるんだろうとでもいうように、運転手はせせら笑いしそうになった。けれども、社長は是が非でも自宅に戻ろうというわけでもなかった。というのも、恵化洞一帯が戦場になるとか、へたすると火の海になるかもしれないなど、スンジェの家からさっき出発した時には想像もできなかったではないか。きのうからマッカーサー司令部が武器を飛行機で運んでおり、今日中にはソウルも、マッカーサー指揮下の戦闘司令部が駐屯しているはずだ。これは軍の機密なので、実際の動きは不明だが、政界の消息に詳しい鄭弼鎬会長から聞いてからまだ何時間も経っていないのに新聞の号外にも出ているし、精確な事実に違いない。その上、議政府（ウィジョンブ）［京畿道の町］が奪還され、国会でも首都死守が決議されたのだから、大砲音はこちら側から撃っているのであって、まさかソウルが今日明日にもどうにかなるはずがないという安心と信頼でみな真剣に動き出そうとはしなかった。動こうにも、大勢の家族とあの大所帯や事業を放り出して具体的に動き出すわけにもいかない。けれども息子が、もしものことを考えてしばらく避難しておく方がよいと必死に勧めたものだから、ほんのさきほど夕刻に大事を取ってひとまずスンジェの家に移っていたのである。

「あら、だったらもう一度うちに戻りましょうよ」

スンジェがすぐさま口をはさんだ。スンジェの家は斎洞〔鍾路区在〕の奥のどん詰まりの方なので、比較的安全地帯と言えた。この車も一時間前にそこを出発したのだった。

鄭弼鎬会長がいくら政界の事情通だとは言っても、国防部と陸軍本部が今日の正午に漢江を渡ってしまい、政府と国会がすでに水原〔京畿道の町〕に移転してしまった〔ソウル南部の漢江を渡って南に退避したこと〕のを知ったのは夜も十時を過ぎてからだった。会長の息子の達永は、家族はもちろんだが、政界の一角に影響力を持つ父親の身辺が心配になり、すぐにも水原に避難させたかったが、韓米貿易の専務という立場もあるので、金社長と一緒に送り出すことにして、金学洙の家に電話してみたところ父子ともにいないという。しかたなく申永植のところに車を迎えにやり、二人で相談した結果、鄭会長夫妻には娘をつけて先に出立させ、急いで永植を斎洞に遣って金学洙を連れ出したのだった。それで学洙はスンジェまで連れて恵化洞の自宅に寄り、後のことを指図しておいてから、例のボストンバッグと荷物をまとめて出発する頃には、もうかれこれ午前零時を過ぎていた。その時間までどこに行ったのやら、道路が渋滞して戻って来られないものやら、金社長の息子の宗植は帰ってこなかった。

「どうも斎洞までは行けないみたいです」

渡河できなかったことで気分を害している運転手は不平たらたら、先を争って車を引き返そうと大騒ぎしている中、何とか車を方向転換させ市内の方に向けた。案の定、大砲の音ばかりか、機関銃のはじける音までがさっきよりさらに近くでひっきりなしに響き東大門（トンデムン）［東大門区と鍾路区の境にある城門］か昌慶苑（チャンギョンウォン）［鍾路区在の旧昌慶宮の敷地内にあった公園］の向こうあたりか、ドーンドーンという砲声とともに閃光が天を衝いた。雨は依然としてザーザー降り注ぎ、車の渋滞は往きよりさらに激しくなった。

「麻浦（マポ）［麻浦区在］の方に抜けてみたらどうだ。舟なら川を渡れるんじゃないか」

金社長は喉が渇いたのか、しわがれ声で沈黙を破り、命令とも相談ともつかないようなことを言った。

「たしかにそうですね」

運転手は麻浦に行こうという金社長の言葉にさっと反応して、言葉つきもまた丁寧さを取り戻した。社長は自分の命と脇のカバンが無事であるためには今晩のうちに漢江を渡ってしまわねばとやきもきしていたが、運転手の方は自分の命やこの車の五人の命よりも自動車一台さえ無事に渡りおおせたらそれでいいのだという欲があり、その利害が一致したのである。実のところ運転手にしてみれば自分の命は自動車にかかっているのだし、車さえちゃんと動かしていければ自分の命はそこにあるのだが、金社長の方は、秘書であり愛人でもあるスンジェの存在など、この非常時にはどうでもよかった。この避難行でも、頼りないとはいえ、まずは中永植と一緒に傍に置いてあるカバンの見守り役として連れて出ただけだった。

「でもこう避難民が多いんじゃ、船を確保したとしても車までは乗せてくれないんじゃないかしら。無駄骨を折らないようにしましょうよ」

スンジェはこのまま自宅の方に戻りたいのだった。

「それもそうだが……」

金社長は車を乗り捨ててしまうと川を渡ってからすぐに困るものの、ボストンバッグさえ無事に渡しおおせたら、そんな心配などはどうにでも解決できるだろうと思った。

「それよりか、うちに行きましょう。実際、鍾路（チョンノ）〔鍾路区名の元になった大通り〕まで押し寄せてきているとはいっても、西大門（ソデムン）〔西大門区と鍾路区の境にあった旧城門址〕方面はそれでもまだ安全ですから」

永植は永植で、自分の家に少しでも早く着きたかった。

「何言ってるんだ。西大門はソウルの市内じゃないか。わしの言う通りにしなさい」

金社長が怒気を含んで言うと、運転手はそれには答えず車を三坂通り（サムパントン）〔現在のソウル駅から南東に延びる龍山区厚岩洞キル（通り）。当時はまだ植民地期の日本語の地名を便宜上使う場合があった。〕から西の方へハンドルを切って麻浦の方へと車を走らせた。走らせたとはいっても、こちらも道はぎっしり詰まっていて、間を縫って抜け出すのにも一苦労だった。それでも金さえはずめば車ごと渡河できないはずはなかろうと思うと、気持ちは軽くなった。

ところが麻浦への入り口付近まで来ると、抜け出す穴さえ見いだせない。土手と渡し場が人垣で陣を張ったようになっているだけでなく、人間陣地の後方にはトラック、ジープそれにタクシーでもってバリケードを何重にも築いたようなありさまだった。

「引き返しましょ。昔から言うじゃないの。スッポンが出てきて橋を架けてくれたって、こんな多くの人と車をみんな渡せるわけがないでしょ！」

スンジェは川を渡るのを断念してしまったので、もう心が決まったとでもいうように悠然とタバコをふかしながら、どこ吹く風とこんな言い方をした。百万市民がみな避難するわけでもなく、このままソウルが奪われてしまうはずもないのだから、家に引き籠って静かにしていれば、まさかこんな老いぼれを連行することもなかろうと気を落ち着かせるのだった。

「ちょっと待て、何かまだいい方法があるはずだぞ」

社長はそれでも車の方向を変えようとしない。たしかに命まで奪われることはなかろうが、何よりもボストンバッグを避難させねばならないのである。このボストンバッグが自分の命を奪いかねないが、捨てられないのならいっそのこと、一緒に持って逃げるしかない、というのが差し迫った事情なのである。

運転手も熱くなって車をあちこちに向けてみたが、またしても一本道から抜けられなくなってしまった。彼は雨が小やみになったのを待って、上半身裸のまま車から飛び出していった。舟の交渉に行ったのである。けれどもゆうに小一時間を過ぎても運転手はなかなか戻ってこなかった。

「あの野郎、逃げたのかな?」

運転手が逃げるわけはないのだが、すべてのことが疑わしく怖くもあった。この状況で運転手まで失ってしまったら大ごとだと心配事がまた一つ増えた。しかしどこを駆け回っていたのやら、運転手はあたふたと駆け戻ってきて、

「えらいことになりました。戦車がもう西大門まで来ていて中央庁［旧総督府の建物を使った韓国政府の中央庁舎］も占領されたらしいです。どこかに行かなくちゃなりませんよ」

と、せっついた。

「何言ってるんだ！　そんなはずはないだろう。あの砲火を見てみろ。銃声はまだ東大門あたりから聞こえるじゃないか」

金社長は自信ありげにかぶりを振った。こいつめ、なにか企んでるんだろう。適当な所へ連れていっ

て自分の家族だけ乗せてずらかろうと考えてるんじゃないか？　という気もしてカッと頭に血が上った。

「じゃあ、どうすればいいんですか？　いくら頑張ったところで舟は見つかりっこないんだから」

運転手の言葉つきはまたぶっきらぼうになった。

「で、橋はいつ落ちたんだね？」

永植が口をはさんだ。

「ちょっと前だそうです。よくわかりませんよ。そんな内情なんか……」

「実は今日の午後四時に落とすと国防部長官が閣議で言明したというんだが……」

永植が皮肉たっぷりにこう答えると、急にサイレンがウーと長く鳴り響いた。

「それご覧なさい。中央庁を占領したという敵方の合図でしょうよ」

運転手がまたせかせかと言った。サイレンの音はいつまでも鳴り止まなかった。スンジェはライターの火で腕時計を眺めながら無言で座っていた。じれったく不安な五分間が過ぎたが、サイレンが止むと砲声も途切れた。

「でも政府が四時に橋を落として逃げたんだったら、私たちは袋のネズミじゃないの。サイレンなんか鳴らして、どうしようというのかしら？」

スンジェはやけくそになってこう言いながら、もう怖いものなどないとでもいうように足をドンと踏み下ろした。

「運転手！　どこに行っても同じなら、西氷庫（ソビンゴ）［漢江橋のやや上流の川べりの地名。龍山区在］の方にでもやってくれんか」

金社長はサイレンの音で今や本当にソウルが占領されたんだ、という断念とともに、どう考えても漢江の流れに沿ってでもどこかへ抜け出さないことには生き延びることができないだろうという思いで運転手をなだめるのだった。

「西氷庫ですって？……この夜中にあそこまで行ったって何にもなりませんよ」

運転手は上の空で聞き流して応じようともしない。さっき龍山から引き返して麻浦に行け、と言われた時とはまるで違う。

舟を確保してみるということで出て行ったはずが、運転手どうしでずらかる相談になった。西氷庫方面はそれでもまだましだろうという話を聞いて、そっちに行ってみるかという気にもなったが、一人が、

「おいおい、こんなことしてて妻子をほったらかしにでもしたら、誰が面倒を見てくれるってんだ？四の五の言ってないで、家族を連れてずらかるのが得策だぞ」

と耳打ちしてくれたので正気に返って、そりゃそうだと考え直したのだった。出発する時には「水原まで送り届けて引き返してこい、万一の場合でも家族を飢えさせるわけないじゃないか、心配せずに行って来い」と鄭専務が調子のいいことを言うものだから、それもそうだ、また川を渡りさえすれば蜜かに一儲けして戻れるだろうと考えていたのである。しかしソウルが陥落するのを目の前に見せつけられ、また気持ちが変わった。金社長が、

「つべこべ言ってないで西氷庫にやりなさい！」

と大声できっぱり命ずるので、運転手はしかたなくエンジンをかけ、車を方向転換させた。

サイレンの音にあらためて胸がざわついた永植も、どうにかして川を渡らねばと気持ちを新たにした。

（しかし橋は一体、何時に落とされたんだろう？　明信一家は無事渡りおおせたんだろうか？）

と鄭会長一行のことがまた気にかかった。

鄭達永も後始末をしてから明日朝にはすぐ両親である会長夫妻の後を追いかけるつもりだが、年寄二

人と娘一人［鄭会長夫妻と達永の妹・明信のこと］だけを送り出すわけにもいかないので、永植を呼び出してついて行かせることにしたのだったが、鄭会長が、そこまでする必要はないと言うので、永植を金社長の方へ蜜かに連絡にやったところだった。鄭会長夫妻も永植と一緒に出発できるのなら心強いと思いながらも、娘がいるから大丈夫だと息子の達永にそれとなく言い含めたのだった。永植もその気配に気付いてはいたが、自分の家の心配もあって優柔不断にしていたところ、追いかけなくてよくなったのだった。そしてこのことに一方ではホッとしていた。しかしこうして金社長につかまってみると、やはり明信のお供をして行くのだった、と気持ちがまた乱れた。また向こうに行って再会できるかどうかも気がかりだった。

出発の時、永植が当然同行するものと固く信じていた明信もがっかりしたように、車に乗り込みながら、

「じゃあ明日、兄さん（オッパ）［兄弟・姉妹でなくても親しい年上の異性にこのようにいう］の家族が乗ってくるトラックで、必ずお母様をお連れして一緒にいらしてね」

と頼み込み、

「私、駅前で待っていますからね」

と、時間の約束ができないものだから、聞き分けのない子供のように、とにかく待つつもりだと耳元でささやくのだった。けれどもこのように切迫した情勢では、今晩中に川を渡れなければ水原の駅前で落ち合うどころか、人の行く末など誰が知ろう、どうももう二度と会えないように思われた。

また、幸いにして今、渡りおおせたとしても、明日からは敵の連中がソウルの出入り口をそのままにしておくはずがないし、さっき金社長の家から達永に電話で連絡した際、出立する時、母親と妹を一緒に連れてきてくれと頼みはしたものの、いくら誠意があったとしても、まさに達永が動けてこそであっ

て、それが不可能だとすると、自分だけが勝手に先に渡ってしまうのが得策だとも思えないのである。

永植の気持ちはまた揺れた。

車は来た道を引き返し三角地に出て梨泰院（イテウォン）［龍山区在］の方に入っていった。車の前後は数珠繋（じゅずつな）ぎになってますます混んできて、我先にと争った。大通りまではまばらだった人の数が練兵場［この近辺（龍山地区）には軍の駐屯地が広がっていた］に近づくにつれ増えてきて、さらに避難民の群れにも巻き込まれ、思うように動かせないのはまだしも、ここではまだ軍用トラックが行き来していて天衝くばかりに殺気だっているではないか。人をギュウギュウ詰めにしたハイヤーが引き返してくるのを見るや、運転手は、

「あーあ。もうダメだな！」

と車を道端に止めて飛び降り、向こうから走ってくる車をつかまえて状況を聞いている様子なのだが、戻ってきて、

「行ったところで無駄骨のようです。戻りましょう」

と言ってドアをバタンと閉め、こちらの返事も待たずに引き返した。軍用物資を積んで後退する軍人を優先で通さねばならないので、避難民も近づけない。その上、車で渡ろうなど妄想でしかないというのである。渡し場は軍が一人占めしているし、車が引き返してくるのをはっきり目にしてはさすがに、金社長もそれ以上言い張る勇気は出なかった。

「どうしたらいいのよ！」

スンジェはほとんど絶望的になって言う。

「心配いりませんよ。サイレンの音が聞こえても大砲は鍾路か東大門あたりに落ちているんだから、敵は彌阿里（ミアリ）［道峰区在］より向こうでしょう。まだ市内は何ともないでしょうから、お宅まではお送りできると

思いますよ」

　考え込んでいた永植が初めて口を開いた。

「じゃあ、あのサイレンは市内に潜んでいた奴らに安心して入ってこいという合図だったのか?」

「まあそんなところでしょう」

　サイレンが止んだ後、間遠になっていた大砲の音がまた時々聞こえ、墓場のように、暗闇の中に沈み込んでいた空気を揺るがした。押し寄せてくる歩兵たちのための合図の射撃なのか、大砲の音がさっきより一層近づいてきたところをみると、戦車が威嚇のための空砲を撃ちながら入城してきているのかも知れない。雨はピタリと止んで、深く垂れ込めた雲の合間から星がキラキラと瞬くのが見えた。歩道をガサゴソと音を立てながら幼い子供たちまでが押し黙ってノロノロと列を作り歩く黒い影が続いていた。夜通し雨に打たれ、水たまりの泥水まみれになりながらさまよい疲れ、軒下に雨宿りしようとする避難民たちはずぶ濡れのイタチのようなありさまだった。

　車はソウル駅を向こうに眺めつつ、身の毛がよだつ思いで全速力で駆け抜けようとした。何とか通り抜けても後ろからパンパンと弾が飛んできそうな気がしたが、何の音も聞こえないところを見ると、敵がまだ入城していないことだけは確かと思われた。すでに中央庁を占領しているのであれば、放送局や駅も占領しているはずだというのが皆の推測だった。

　南大門内の市内に入って車は徐々にスピードを落とした。少しずつ様子を探りながら鍾路方面がひっそりしているなら斎洞の方まで突っ走ってしまえるはずだし、うまくいけば東和（ドンファ）百貨店［植民地期の三越百貨店の建物。現在の新世界百貨店。中区南倉洞在］裏の会賢洞（フェヒョン）［中区在］にある韓米貿易の事務所にも行けるはずなので、永植の家に寄るのはやめておこうということになった。永植はどうせだから、自分の家に寄ってくれとも言えなかった。行くとしたら、それはしかたなく斎洞までお供していって社長を降ろしてからのことになりそうだった。運転手は会社まで行けば車庫もあることだし、まさにそのすぐ裏に家があるので、そのまま運転して帰りたかった。運転手だけでなく、乗っている人たちもやはり、たった二、三時間前には明るい灯火のもとでゆったり寛いで座っていたことが恋しく思われ、雨降りの夜道をさまよったとしても帰り着きたかった。誰の家にせよ、子供がすやすや眠り、女たちの姿が見え隠れするような、心安らかに手足を伸ばして寛げる家庭が恋しいだけに、流浪のつらさと避難行の苦しさを心底味わい、心までめげてしまっていた。

車はふたたび速度を落とし韓国銀行［植民地期の朝鮮銀行の建物。現在の貨幣金融博物館。中区小公洞在］前のロータリーの方、前方を走っている車の様子を窺いながら、そろそろと進んだ。

鍾路方面や中央庁の方角には火花が見えないので、ひとまず安心だ。皆の神経は耳に集中していたが、大砲の音はやはり時々機関銃の音に混じって東大門の方から聞こえる。しかも、前を走る車が大胆にもロータリーへと走らせているのをみて、運転手もやっと安心してスピードを上げた。と、ビューという風切音が聞こえた。身をすくめて度肝を冷やしたが、車は止まることなく滑るように進んだ。

しばらくのちにまたダン、ダンと二、三発の銃声がして、そのうちの最後の一発は明らかにこっちを狙って撃ったようで、ビュッと頭の上をかすめていった。永植は力まかせにハンドルを右に切ろうとする慌てた様子の運転手のハンドルさばきにチラッと目をやって、

「伏せてください」と金社長の背中に体ごと覆いかぶさった。社長は脇のカバンをつかんだまま、屈み込んだが、前に置いた衣服用のカバンに引っかかり大きな図体が窮屈に挟まってしまった。

「姜さんも伏せてください」

沈着な永植の前で慌てふためくさまを見せたくないのか、ぼんやり座っているスンジェの腕を取って

座席に伏せさせようとした時、またダン、ダンと銃声が続いた。と、すぐ後ろでガチャンとガラスの割れる音と同時に、

「ギャッ！」という助手席の走り使いの少年の一声とともに車は急に止まってしまった。

　永植もとっさにスンジェが体を傾けて伏せている後ろへ片腕をついて思い切り伏せた。前には社長のカバンに布団をこんもりとかけてあったので、縛られたようにギュッと挟み込まれて身動きならない。運転席の方から痛い痛いと泣き声がひっきりなしに聞こえたが誰もどうにもできず、声をかけてやる者もなかった。頭の後ろのガラスにぶつかる激しい金属音が、誰の耳にも雷の音のように聞こえて怖気づき、すぐまた飛んできそうな弾丸を待ち受けるかのように耳をそばだてて伏せているしかない。車が止まったので今度は銃を構えた敵兵が飛び出してくるかもしれなかった。今にも背後から拳銃を手にしたパルチザン［狙撃兵］が続々と駆けつけてくるような気がして仕方がない。スンジェは頭と肩に男の体の気配を感じるや、それが楯（たて）になってくれるようでありがたくもあり、凍りついた心が少しはゆるむようで、体をガサゴソよじって永植の腕に力いっぱいしがみついた。体中がしばしブルブルと震えたが、全身に再び血が巡りだしたかのようだった。

　運転席では運転手もやられたのか姿が見えず、助手の少年の呻（うめ）き声ばかりが低く響いた。しかしそのうめき声は大げさに立てているのではなく、本当に痛いのを我慢しながら呻いているようだった。恐怖におびえて震え声を立てているところをみれば、傷はそう深くはなさそうで一安心だが、永植は声をかけてやりたくても喉が涸（か）れたかのように声が出ず、また声を出すのも怖かった。

　一分、二分……ジリジリする時間が過ぎていった。もう銃声はなく、追いかけてくる気配もない。永植は徐々に気持ちが落ち着いてきて、頭を上げ暗闇の中で、

「チャンギル、どんな具合だ？」と静かに声をかけた。

「うう、太腿をやられました」

半ば涙声だ。声を聞いただけで顔をしかめて血の気の引いたチャンギルの顔が浮かび上がってくるようだった。

「傷口をギュッと押さえてじっとしてろよ。イムさんはどうなってるんだ？」

と言いながら、永植は中腰のまま斜めに伏せているのが窮屈で、体を揺すって起き上がろうとするのだが、スンジェが腕をしっかりつかまえているので思い通りに体を動かせないのだった。

「ううん、おじさんはいないよ」

と、またべそをかいて泣きそうな声を出す。運転手は車を停車させた後、いつの間にか逃げてしまったらしい。運転手がいなくなったというので、

「何だと？……」

と、死んだように伏せていた金社長がおもむろに頭を上げて運転席をチラッと見てからこちらの方に顔を向けると、永植はスンジェが伏せた後ろから斜めに半ば抱くようにして互いに伏せており、スンジェが永植の腕につかまっているのがぼんやりと目に入った。それを目にするや社長の目はギロリと光り、口元はぎゅっと曲がった。このドサクサの中、シートの上でガサゴソ音がしたので気配を感じながら、それから音がしなくなったので、社長は二人の男女が一体何をしているのか気になっていたところだ。

永植はつかまれていた腕をそっと離して座り直し、ここは一体どこなんだろうと外を眺めた。うすぼんやりした中で鉄格子の柵が開きその中に倉庫のような建物がそびえている様子からすると、いつも通りがかりに見慣れている東和百貨店の裏だ。

（なんとか辿(たど)り着いたんだな！）

と思いながら、永植はズボンのポケットに手を入れてしきりに何かを探そうとした。

しわくちゃになったハンカチを取り出し、急ごしらえの三角巾のように耳を折り引っ張ってみたが短すぎて、ほどけそうだ。

「姜（カン）さん、布切れなんかないですよね？」

永植（ヨンシク）が横になったままの彼女の耳に切羽詰ったように小声で言うと、目を閉じて伏せていたスンジェが、

「はい？」

と、驚いたように身を起こして座り直し、ワンピースのスカートの前の部分で指先に触れたきらめくガラスの破片を払いのけながら

「あらまあ！」

と、目は自然と頭の後ろのガラス窓の方に向いた。

「まあ！」

スンジェは思わず悲鳴が口をついて出て、肩をガックリ垂れ、うつろな目でポッカリ開いたガラス窓

の穴を眺めた。

外の様子を窺ったり、血を流して倒れている走り使いの少年の心配をしたりで疲れ果て、怖気づいてもいた永植は、弾がどこを貫いて入ったのかを探る気にもなれなかった。

「ああ！」

永植が驚きの声を上げると、呆然とした様子でボーッと座っていた金社長も力なく目をやって、

「おう！」

と驚きの声を上げた。スンジェが座っていた場所のすぐ後ろあたりにホオズキほどの穴がぽっかり開いていて、四方にひび割れが走っている。

「布切れかハンカチでもないですかね？」

永植はいつまでも穴の開いた銃弾の痕を見ているわけにもいかない。

スンジェはすばやく大きなハンドバッグを取ってサッとタオルを取り出し渡してやってから、先ほどまで座っていた席にちゃんと座り直し頭を窓にくっつけてみて、

「あら大変！　へたしたらまともに弾に当たって倒れるところだったのね！……申さんのおかげで助かったんですね！」

と改めて驚きを鎮めようと深く息をつくのだった。実際、慌てふためくさまを見せまいとして、あるいは沈着な永植に負けまいと伏せることなく座ったままでいたら、すぐにも倒れたに違いなかった。その時、あたりかまわず強引にスンジェの腕を引っ張って伏せさせたのが今になってはありがたく、命を助けてくれた恩人に対するように礼を言うのだった。

「どこをやられたんだ？」

汗臭いハンカチと香水の香りがツーンと匂う白いタオルを手にして運転席の方に身を移した永植は、チャンギルの顔に鼻が付きそうになるほど近寄って覗き込み静かに聞いた。

痛みに苦しんだ上に怖くて疲れ果てたのか、目を閉じうとうとしていて、しばらく押し黙っていたチャンギルはギョッと驚き反射的に、

「ウウッ？」

と声を立て、身をよじってオンオン泣いた。

「泣くなよ。死にゃあしないよ！　何のこれしき……」

横たわり下になっている方の太腿を触ってみると、ジトジトぬるぬるするものを感じた。作業着に血が染み込んでカチカチに固まり、シートにもべっとりと溜（た）まってこびり付いているみたいだが、幸い動脈は傷ついていないので出血自体はそれほど大したことはないようだ。とりあえずタオルで膝の裏側の下部をギュッと縛ってやると、アイタタ、と叫びながらタオルの香しい匂いに興奮するのか大きく息をついて、次第に痛いと言わなくなった。

永植は運転席に座ったままで、

（さあ、心配事は一つ片づいたが、運転手を捜しに行かなきゃならんかな？……）

と、静かに息をつきながらぼんやり考えるのだった。

「怪（け）しからんやつだ」社長は、顔だけこちらに向け体はシートに預けたまま、ひとり横になっているスンジェの胸のあたりに肘をつき、依然として座席下に座り込んだまま考え事をしながら舌打ちをした。いくら恐怖に駆られたにせよ、ふだん手足のように連れまわしていた少年が傍に倒れこんでいるのを知りながら、逃げてしまうとは怪しからん、と皆そう思った。とりわけ金学洙（ハクス）は、自分は社長なのに、あ

いつはこんな緊急事態に目上の人間を放り出して逃げ出すとはけしからんと、すぐに首にしてやるぞと暗闇の中で目をむいた。

（しかし自分の命がかかっているとなると、何も目に入らないだろうさ！　親や子供でさえ捨てて逃げるかもしれんな……）

永植は自分自身、何か口実を見つけて逃げ出さないとも限らないのだが、母一人と妹を友人に預けて先に川向こうに渡ろうとしたことを考えると、状況は違うかもしれないが、いや、——状況が違うだけに運転手ばかりを責めることはできないとも思うのだった。

「ちょっと捜しに行ってみましょうか？」

永植はさっきから運転手がおそらく、会社の裏にある自分の家にあたふたと駆け戻っているに違いないので、行って連れ戻そうと考えているところだった。ここからなら会社まで十分もかからないだろう。

「おう、そうしてくれたらありがたいが、行けるかな？」

金社長の顔がほころんだ。

「あら、それはダメよ！　いくら目と鼻の先だとしても、出て行ったらどうなるかわかったもんじゃないわ。じっとしててよ。運転手を呼び戻したってどうしようもないわ。こんな中で車を走らせられるとでも思ってるのかしら！」

スンジェが必死に引き止める。社長もそのとおりだとは思ったが、言い方があまりにも熱を帯びているのが気に食わなかった。さっきどういう意味か「申さんのおかげで助かった」と言っていたから、ご挨拶として永植に感謝する意味で言ったのだろうが、いくら恐怖に駆られていたとはいえ、若い男の腕にしっかりつかまっていたさまを思い起こすと、とても尋常には聞こえないのだった。

「しかしだな、いつまでもここでこうやっているわけにもいかないだろう。まずは車を会社まで持って行かなきゃならんからな。連中が侵入して道が塞がれたのなら、日が昇らないうちに申君の家に行き着かないことには安心できないだろう」

金学洙としては体だけなら会社に辿り着いてじっとしていることもできるし、歩いて斎洞まで行くこともできようが、万が一警戒網に引っかかってこのボストンバッグを開けてみろと言われでもしたら大ごとだから、よけいに心配なのである。こんな彼の内心は、いくら秘書であり、身も心も許しているスンジェだとしても内緒にしており、口外できない事情だった。

「でも夜明けにならなくちゃ。今、車をどうやって動かすの。どこに何があるかもわからないのに。何といっても命が大切よ」

スンジェの言葉にそれ以上は逆らえなかった。何といっても命が大切だというところをみれば、スンジェもボストンバッグが何なのか気づいているらしかった。

永植も言い出しはしたものの、到底何かできるわけでもないので、決心がつかない。ガラス窓に映る灯り(あか)で腕時計を照らしてみると、午前三時半を過ぎたところだった。

(もう少しで夜明けだな!)

と夜明けまで待つことにして座り直そうとしたところ、ズドーン、ヒューという音が遠雷のように聞こえてきた。おそらく乙支路(ウルチロ)［鍾路の南にある中区の大通り］か鍾路あたりからのようだった。

「あれ?……今やっと戦車が入ってきたんじゃないの!」

目を閉じ再びシートに横になっていたスンジェがサッと顔を上げ耳を澄ますと、学洙も「うん?」と言いながらパッと座り直した。治安と防備を完全に失った空っぽになったソウルを「夜」が守ってくれていたおかげで、一時的にせよ混乱と蹂躙と殺戮を免れる時間稼ぎをしてくれたので、まだまだ一縷(る)の活路が残されていると思うと、これが奇跡のように思われありがたかった。街路という街路、路地という路地のすべてに敵軍の銃口が待ち構えているかのような幻影におびえブルブル震えていたのが、何やら腹立たしい気もした。

犬も吠えない恐怖の都市、死の街に、静かな暁の風に乗って聞こえてくるその怪物の足跡は滝の音のようでもあり、引き潮の音のようでもある。砂利道を、重々しい車輪が押しつぶしながら走る残忍な殺戮の叫び声に、めいめいが迫りくる自分の運命を思ってしばし呆然とする。

「様子を見てきます」

永植も戦車の音に反射的に運転席のドアを押し開けてツイと出て行った。人っ子一人いなくて自分の足音が怖いほどだったが、永植は熱に浮かされた人のように何重にも板戸が閉ざされた商店街の軒下沿いにやみくもに走った。戦車が今になって先を争って入ってくるのだとしたら、先ほど銀行前のロータリーで撃っていた奴らは敵軍のスパイか内通する者のしわざだろう。彼らが大通りの要所に詰めているにしても、こんな裏通りなんかには盗っ人しか出没しないだろう。まさか何か事があろうとは思えない、という判断で自信を持って走り出たのだった。傀儡(かいらい)軍やスパイと比べれば、コソ泥や強盗など怖くもなかった。

開け放たれた会社の通用口から中にずかずかと踏み込んで、車庫の裏についている片開きの戸をドンドン叩いて、

「イムさん！」と呼ぶと、聞こえたのだろう、戸のところで待ち構えていたかのように、音もなく戸がサッと開いて運転手の黒い影が現れ、声も立てずに入ってくるようにと手招きだけする。

「何してるんです。早く行きましょう」

永植がわざと大きな声を出すと、

「どんな様子なんです?」

と、まだ恐怖に駆られたような声でひそひそ言う。

「どうってことないよ。チャンギルがちょっと怪我したけど大したことはないし……ともかく早く車を動かさなきゃ」

「ああ、社長さんが乗っておられるというのに、緊急事態とはいえ、よくまあ逃げ帰って来たこと! さあ今すぐ戻りなさいな、と言ってたところなんですよ。……随分びっくりされたでしょう。心細くお思いでしょうに、先生までお越しになって……」

落ち着いた感じの運転手の妻が、それでもまだ電燈の光が部屋から明るく洩れてくる台所に降り立って、夫の代わりにこう挨拶するのだった。すぐ近くに軍隊が駐屯していた関係で電燈が昼夜ともに点いていたのだが、電燈に飢えていた永植の目にはとてもありがたく映った。このおかみさんの心の広い言葉に、がさついていた神経が鎮まり、口元に笑みが浮かんだ。

「ごちゃごちゃ言うな。いつ戻れるかわからんが、子供と一緒に用心していてくれよ」

イム運転手は永植が彼の妻に返事する間もなく、ピシャリとこう言い残して立ち上がった。

「怖いもの知らずだな。この夜中にどこに行ってきたんだ?」

金学洙の言葉はきつい言い方だったが、慰労する口調だった。

「様子を見に出たついでに、喉も乾いたんで急いで家に寄ったんです。またどうなるかわからないものですから、言いつけておくこともありまして」

「遺言をしっかり言い残しに行ったのね！」

スンジェが笑い飛ばした。危ないヤマを一つ越えたので皆、多少気が緩んでいる。

「ま、そんなもんでしょうな。こんなふうになってみると、首を蜘蛛の糸でぶら下げて動いているハエの命みたいなもんですな。まったく！」

と、運転手もやはり不安げに溜息をつく。話を聞いてみると、彼も恐怖に駆られて飛び出しただけでなく、状況はよくわかっている様子である。

「どうせだったら運転していくべきじゃないか。目と鼻の先まで来ていながら、わしらを道端に置いてきぼりにして……ありえん話だぞ」

社長はまた腹立ちを蒸し返してこう怒った。

「じゃ、どうしろと言うんです？　やっとこさ、この下町まで運転してきたんじゃないですか。後ろから撃たれないだけでもよかったじゃないですか。またエンジンの音を立ててバックして行ったとしたら、地獄からの使いにやる飯を背負ってわざわざ出ていくようなものじゃないですか……」

傍でしばしまどろんでいたチャンギルが、ひそひそ話に気づいてフイに目を覚まして驚き、

「うーん、イテテ、痛いよう……」

と体をよじる。

「どんな具合だ？」

「ズキズキするんです。体がものすごく重くて」

「もうちょっと我慢しろ、夜が明けたら病院に連れて行ってやるから」

運転手がなだめながら、薄汚れたタオルに血がどす黒く染みついたのを、覗き込んでは眉をしかめて

顔を上げ、

「弾がまっすぐ入ってたら、お前の方が俺の死体を始末することになってたんだろうぜ。まったく！　お前の運が悪かったのか俺の運がよかったのかだな……。ともかく弾が食い込んでるようだな。ちょっと待てよ。お前を死なせたりはしないからな！」

と、太鼓判を押すようになだめるのだった。実際、下手するとスンジェの後頭部を貫通してその先の席にいた運転手の背中を貫いていた銃弾が、一、二寸〔数センチ〕右にずれ、勢いをそがれてチャンギルの太腿に刺さったのだ。

「さあ、ともかく夜が明けきらないうちに申さんの家まで行かねばならんと思うのだが、裏道から抜けられるところはなかったかな？」

　金社長はいつもなら命令しそうなものなのだが、相談する口調で問いかけた。

「ちょっと待ってくださいよ。それよりも会社に行ってこの小僧をちゃんと寝かしておくべきなんでしょうが、ブルルンと車の音を立てるとまずいんじゃないですかね」

　運転手の言い方は、またねちねちと不服そうな口調に変わった。怪我している小僧には目もくれずに自分のことばかり考えているという非難めいた言い方だった。

　学洙もそれ以上ごり押しはできず、黙り込んでしまった。

　外が薄明るくなってきて、お互いの顔がやっと見えるようになった。運転手はチャンギルの膝の裏と、自分のシートの方にまで流れたじっとりした血を見て顔をしかめた。金社長の方はその間に血の気が引いてやつれてしまったスンジェの顔を冷たいなと感じながら見つめた。しかしスンジェは社長のその大きな青白い顔が憂いに沈んで元気のないのを顔色も変えずに眺めながら、

「さあ、もうこちらにお座りになって」

と言葉をかけて、その横に座っている永植を見つめながら、ひとりでに笑みがこぼれた。真っ暗な中に閉じ込められて死境をさまよった挙句、ひと安堵した人間どうしのうれしい朝の挨拶だった。しかし微笑むスンジェの横顔をチラッと見た金社長の顔は歪んで暗くなった。

永植は女の喜ぶ顔と生気に満ちた眼差しに、憂鬱で疲れ切った心がサッと晴れ渡るようだった。相手に合わせるように微笑み返したのだが、金社長の不機嫌そうな顔に気づいて永植はサッとドアを開けて、明るくなった車の外に出た。

「どこにいくの？」

スンジェは驚いて声を上げた。この困難な状況でまだ明けきらないうちに出ていくのは危険でもあったが、信じて頼り切っている若い男が傍にいてくれないのが心細くもあったからだ。

「大通りの方にちょっと行って見てきますよ」この言葉に運転手もじっとしていられなくなったのか、ついて出ていった。二人はしばしロータリーの方を観察していたが、道の脇によけてゆっくりと用心深く進んでいった。昨夜からぐっすり寝られた人間はいないだろうが、攻め込んでくる敵の情勢を探りに夜明けから歩き回っている勇士（？）もこの二人のほかにはいないであろう。家々の塀の内では百万、二百万の目が瞬きしているのであろうが、夜明けの街は掃き清めたように、遠くから響いてくる戦車の音に息をひそめて静まり返っている。昨夜の砲声はどこからのものだったのか、今は影も形もない。南大門方向にある銀行の脇の交番を見やると、蓋のない棺を立てかけているかのようだ。政府が、国会が、口ばかり死守すると言いながら捨てて逃げたソウルで、交番を死守した警官を捜すというのは松林で魚を釣るようなものだった。

目の前を通り過ぎるものもなく、止める人間もいないので永植は大胆になってきて運転手と二人、あたりをさらに探ってみることにした。

車内に残った二人は、出て行った人間の便りを待って元気なくぼんやりと座っているばかりだった。心に余裕がないので機嫌がいいはずもないのだが、学洙がなぜこんなに不機嫌に座っているのかスンジェにはわからなかった。

「申永植さんの家に行ってもしようがないじゃないですか？　道が塞がっているのなら仕方ないけど、家に直行しましょうよ」

スンジェは話しかけてみた。

「いや、ダメだ」

金社長はたしなめるように、ぶっきらぼうな返事をした。

「どうして？　このカバンのためなんですか？　何が入ってるのか知らないけど、うちに持っていって置いときましょうよ」

「ダメだと言っているじゃないか。黙っていなさい」

スンジェは鼻白んで腰を引いた。こういう時だからこそ、もう少し相談すべきだし、お互いを頼りにしてちゃんとしなければならないのに、何が気に食わなくて急にこんな言い方をするのだろうと思った。

（自分の身一つさえ持て余しているのに、私がお荷物になるのがうっとうしくて、こんな言い方をするのかしら）

スンジェはこんなことを思いながら、

（あなたがそうなら、私にも考えがあるわよ！）

と、プイと冷たくふくれっ面をして、外の方ばかりを見やった。

バタバタと忙しない足音が駆け戻ってきた。その忙しない足音に車中の人間は胸をドキリとさせた。しかし安心したという顔つきで元気よく駆け戻ってくる永植の顔を見てスンジェは緊張が解けて口元にありがたいという微笑を浮かべた。目が合って向こうからこちらを見ている永植もグッと緊張していた心が緩んだのか、微笑みをたたえた美しい顔が荒んだ気分を和らげてくれるようで、ニッコリ笑うのだった。金社長の、針の先のように鋭敏になった神経は、それを見逃さなかったようで、スンジェの顔を睨みつけ、

「どうだったんだ?」

と、永植の方にしかめっ面の視線を向けた。

「大丈夫みたいです。行きましょう」

運転手がどっかと乗り込んできて、威勢よくブルルルとエンジンをかけた。

怪我したチャンギルもそのまま乗せていくことにした。こんな時に夜明けから開いている病院もないだろうが、永植の家に向かう途中に赤十字病院があるので、そこに寄ってみようと永植と話がついた。しかし車を走らせて例の忌々しいロータリーに差しかかるや、たちまちにして引っかかってしまった。ほんの少し前に様子を見に行った時には人っ子一人見えなかったのに、どこの隅っこに隠れていて出てきたものやら、餅のかけらのような白いキャップが目に入るや、両手を広げてバタバタと駆け寄ってきて、

「止まれ!」

と叫ぶのだった。運転手はまずもってその見慣れない白いキャップに気後れして急ブレーキをかけた。

手には何も持ってはいなかったが、狂った人間の目のように大きく目をひんむいて見回しては、

「どこに行くんだ？」

と訊いた。

「この小僧を病院に連れて行くんです」

運転手は傍に横たわっているチャンギルを指差した。とっさに出た言葉だったが、こいつの仕業に違いないと直感的に思い、お前これをちゃんと見ろ、と言わんばかりに運転手の言葉遣いは大胆なものにもなった。

「ウム……あんたは？」

視線が、まず若くて丈夫そうな永植の方に行った。

「会社員です」

「あんたは？」

「雑貨商です」

金学洙はなるほど雑貨貿易をしているのでその通りではあるが、前もって考えておいたとおりに「貿易」という言葉はサッと抜いて軽く答えた。

「そう、で、どこへ行くんです？」

「みんな避難すると言うんで出発したものの、このありさまなので家に戻るところです」

「避難だと？　何が怖いんだね。×××〔×印は原文どおり〕にくっついて行こうとしてたんだろ？」

「私らに何がわかりますか。ただただ大砲の音が怖くて逃げだしたんですが、もう安心して戻るところです」

金社長が浅黒く大きな顔で、へつらうようなぎこちない笑顔を作ったところは、どう見ても市場でメリヤスや化粧品類なんぞを広げて座っている商売人だと言っても怪しまれないだろう。しかし、それよりもどうあっても弾に当たって倒れた少年を病院に連れて行くと言ったのがよかったのか、意外にも、

「よし行け！」

と手振りをするのだった。ともかくもかわいそうな幼い犠牲者のおかげだった。

「あの餅のかけらみたいな変てこな帽子は何というんだろうね？」

スンジェは顔をしかめながら笑った。永植が受けて、

「前もって潜入していたパルチザンでしょう」

「ソウル言葉だったじゃないの」

「そりゃ、南労党［南朝鮮労働党の略］だとか民愛青［一九四七年に結成された民主愛国青年同盟の略］だとか、ソウルにもいくらでもあるじゃないか」

金社長がぶっきらぼうに言った。

永植の家に着くと身づくろいも整えられず、まんじりともせずに一晩を明かした母と妹が走り出てきて、死にかけて生還した人間でも迎えるように喜んでくれた。とりわけ客人がわんさと押しかけたので、火の消えたようだった家がまたたくまに明るくなり、ひそひそ声ながらうわさ話でにぎわった。

「まあ、どうしましょう。社長様までが……」

永植の母親は社長のお出ましに恐縮するあまり、おろおろした。話に聞くだけだったスニョン［永植の会社の総務課員］の姉のスンジェに会えたのもうれしかった。永植の妹の永姫（ヨンヒ）はスンジェの美貌とワンピースの着こなしが一目見ただけで気に入り、自分に姉でもできたかのように何となく照れくさかったが、気分はよ

かった。

車は一行を降ろしてすぐ病院に向かった。永植は運転手一人に任せるのはよくないと思ったが、お客の接待があるので社長から金を出してもらって彼にやり、送り出した。

「避難民の一行が押しかけてお騒がせします。すみませんね」

母と妹がそれぞれ居間（アンパン）［主婦の居室］と向かい部屋（コンノンパン）［居間と板の間を隔てた向かいの部屋］を分担して急いで片付けているのをスンジェは新居の入居祝いにでも来たように部屋を覗いて回りながら母親らに挨拶をした。

板の間（マル）［伝統韓屋で居間と向かい部屋の間にある板敷き］の端っこにはカバン類が集められており、布団包みが置いてあったり、ひっそりしている様子から、スンジェは避難民というよりは寺に転地療養にでも来た気になった。

「まあ、すみませんだなんて。ずいぶん驚かれたでしょうね。本当に身の毛がよだちます。戦乱だ、戦乱だと言いますけど、こんな藪（やぶ）から棒なことってありますかね」

かなりの年配にみえる純朴そうな婦人は、サッパリした印象だった。三十前の息子がいるのだから五十は越しているのだろうが、背格好や体つきが男のように大柄なので、おとなしくて女らしいというよりは中性的な印象を与えるのである。それは早くから寡婦になり、女手一つで自分の才覚のままに生きてきたことにも原因があるのだろう。永植はこの母親の気性に似ているのであろう。それと比べると妹の永姫は華奢（きゃしゃ）でおっとりしていた。神経が細やかでぽっちゃりしているのは、おそらく父親によく似ているのであろう。

「いやはや、運が良くて死にかけたところを助かったんだね。血まみれのあの子を見たらゾッとしてねえ……」

息子は寝ばなに呼び出されて行って、そんな苦境を乗り越えて戻ってきたんだと思うと、無事に戻ってこられただけでもありがたかった。思い返すだけで、永植の母は息子を不憫にも思うし腹も立ち胸が痛み、本当にまだ身の毛がよだつのだった。

「私の方こそお宅の息子さんがいなかったら、えらいことになってました。寝ていたところを引っ張り出されて、とんでもない災難にあうところだったんですよ。……まさか何ということもないだろうと思って車中で座っていたところを、息子さんがとっさに手を引っ張って押し倒してくれたとたん、頭を伏せる間もなく、ズドンとまさにちょうど座っていたところに穴があいたんです！」

「ええ？　まあそんな！」

と、永植の母は話を聞いただけでもゾッとするとでもいうように、雑巾がけをしていた手を止め、部屋の入口に立ってニコニコしているスンジェの顔を見やっていたが、

「運なんだね！　すべてが自分の運なんだよ」

と言いながらうなずいて見せるのだった。しかし金学洙は依然として板の間の端に二人で腰かけて永植に、この町内の人たちの感情がどんな感じなのか？　以前からアカの連中が出入りしていることはないのか？　などということを根掘り葉掘り聞きだしていた。そこに彼女の「寝ていたところを引っ張り出されてとんでもない災難にあうところだった」という言葉が耳に引っかかって、学洙はスンジェをチラリと振り返って見た。なぜか自分を恨んでいる言い草のようで、嫌な感じがした。事実、スンジェとしても何気なく口をついて出た言葉ではなかった。さっき車の中で社長があまりにも聞き分けのないことを言うので、腹に据えかねて皮肉ってみたかったのである。すぐさまソウルがもぬけの殻になるわけでもなく、火の海になるわけでもないし、また自分のこの女の身一つがどうにかなるというわけもなかった。だから急いでソウルを脱出せねばならないわけでもないのに、わけもなく無理やり引っ張り出さ

れてえらく苦労をさせられたと嫌味を言いたかった。

　社長も最初のころは斎洞に家も構えてくれて、生活費や身の回りを整えるのに気配りをして金を使ってくれたのだったが、近ごろは会社からの月給五万ウォン、それに生活費として自分の財布から五万ウォンを渡してくれるだけで、それ以外には何もなかった。金で買われたわけではないにしても、一緒に連れて行くとしても、別に特別待遇をしてくれるわけでもなく、やっと安定しかかった暮らしを捨てついて行くのは本当に嫌だったのである。

　金学洙社長は逃げ帰った逃亡者のように町内の状況を尋ねてから、急の場合にずらかる抜け穴でも探すつもりなのか、家の中をあちこち覗き込んでは一人座り込んで思案にふけっていた。

「部屋にお入りくださいよ」

「うん、まあちょっと来てくれ」

　社長は折り入って話でもあるかのように先に立って向かい部屋に入ると、永植が後ろからついて入ってくるのを待って、何かにせかされるように自分で部屋の戸を閉めた。家族みたいなものなので、当然のように一緒に入ろうと足を踏み入れかけたスンジェはハッとして立ち止まり、居心地悪そうに顔を曇らせた。

「お疲れでしょうに、こちらにお入りになってちょっと横になられたら」

　この家の女主人は居間から出てきながらこう声をかけ、娘に床を取って差し上げなさいと指図して台所の方に行った。夜を明かしてやってきた人たちのためにちょっと早い朝食を出そうとする様子である。

　会社の仕事にしても家のことにしても自分を差し置いて、これまで大して気にも留めなかった永植とばかり相談しようとする様子なので、急にまたどうした気まぐれなんだろう？　と思いながらスンジェは居間に入って座り込んだ。だがあまりにも疲れが出て、勧められるままにそっと横になって朦朧（もうろう）として寝入ってしまった。

向かい部屋ではゆったりと息もつかずにヒソヒソ話している社長の声がとぎれとぎれに洩れてくる。

「狭苦しくてみすぼらしいのは構わんよ。何とかして狭くて貧相な所を探して入ろうと考えているところなんだから」

金学洙はこの家の下の部屋（アレッパン）［オンドルの焚き口に近い部屋、あるいは離れの部屋を指す場合もある。家によってどちらか不明なので、この作品では建物の配置から推定して「下（しも）の部屋」あるいは「離れ（の部屋）」と訳し分けた］が空いているのを見て、そこを貸してくれというのである。

「でも斎洞にお戻りになったほうがいいのでは？　あそこは大丈夫でしょう」

「いいや、あそこの町内でもスンジェを西洋人の会社に通っている通訳だとかタイピストだとか……洋装で出かけるもんだから、西洋人相手の娼婦だろうなどという噂まで出ておるそうだから、ひょんなことで、どこのどいつが密告するやら知れたもんじゃないぞ！」

金社長はこの広い世の中に身の置き所がないかのように、おどおどと震えていた。半ば洋館みたいな堂々たる邸宅がありながら、あばら家の下（しも）の部屋一間を借りたいと頭を下げ口を酸っぱくして言うのである。それでも永植としてはこちらの方がむしろ哀れに思って充分なお世話もできないからとお断りしているわけなのだが、まったくもって世の中が変わってしまったんだな、という気がした。

「それじゃこの部屋をお使いください。あちらの部屋はオンドル［温風を通す床下暖房。床下にクドゥルチャン（敷石）を敷いてチャンパン（油紙）などでその上を覆う］が壊れてしまって、だいぶ前から部屋を使ってないのでお使いになれないんです」

「え？　オンドルが壊れてるのかね？」

なぜか金社長は彼の話に考え込む様子だったが、

「そうか！　オンドルが壊れてるのか。まあ、いいじゃないか！」

と言って、さらに何やら言いかけて、

「ちょっと見てみようか」

と相手が返事もしないうちに立ち上がった。オンドルが壊れているというのに、それもいいと言いながらすぐさま職人を雇って直せるかのように急いで見に行くというのは、日頃は堂々として傲慢なところのある韓米貿易の社長にしては身が軽すぎた。

下（しも）の部屋と言うのは一間半の部屋だった。オンドルは焚き口に近い方の床の真ん中あたりがへこんで穴が開いていて、その続きの一丈［約三〇センチ強］ほどは足を踏み鳴らすとギシギシと音を立てた。

「このぐらいなら構わんよ。すぐに片付けてくれ。もうこっちに移って横になりたいんだ」

初めて足を伸ばして寝そべれるところを探し当てたとでもいうように、社長の顔には安堵の色が浮かんだ。

「ゆっくりなさったら。お食事をされている間にでも片付けさせますよ」

「いや、どうせだったら今すぐ移ることにして、ちょっと横になりたいんじゃよ」

兄は箒（ほうき）を持ってきて、妹の方は雑巾がけをして床がきれいになったので、ありあわせの茣蓙（ござ）を全部引っ張り出して一間半の部屋に三枚を敷いてから荷物を移して布団まで敷いた。

「さあ、君も引き揚げて一寝入りしたまえ」

金社長は引き戸を閉めて横になった。けれども永植が自分の部屋に引き取って横になったのか台所から聞こえるガチャつく音以外は静かになると、社長はガバッと起き上がって布団を茣蓙と一緒にぐるぐると丸めて片付け、がたついているオンドルの床の敷石（クドゥルチャン）がある部分をしきりに触ってみていたが、手カバンから洗面道具を引っ張り出して剃刀の鞘を取り、敷石の端に当たるところの油紙を二丈分〔六十センチ強〕ほどもツーッと切り裂き始めた。裏側を見せた油紙をスッとめくり上げて、その下に塗り込めてある土を手で掻き出してから、とりあえず目の前の敷石を一個そっと剝がして持ち上げた。覗き込んでみると、オンドルの煙道なので灰や煤がいっぱい詰まっている。油紙をもう一枚剝がしその隣の敷石を一個また持ち上げてみた。ここは煙道部分がかなりポッカリへこんでいる。

社長は部屋のオンドルの焚口から遠い方の床に置いてあった大カバンの上にドッカと載せてある重そうなボストンバッグを取って、ズボンのポケットから鍵の束を取り出しバッグをそっとあけると、上にかぶせてあった新聞紙の束やら西洋の雑誌の類を引っ張り出して真っ黒なオンドルの煙道に縦にずらりと敷き詰めた。小さな子供一人分の死体ぐらいは横たえられるぐらいの空間ができた。次にはボストンバッグからずっしりと重たそうな大きな布袋を三つほど順に取り出し、雑誌を敷き詰めた上に並べて、その上にまた新聞紙を広げて被せた。ぴったり閉ざした部屋の中で息を潜ませてせっせと両手ばかりを動かしているさまは何かにせっつかれた罪人のようで、目の前に埋め込まれた白っぽく細長い一塊の物体は伸ばした姿勢の死体を掛布団一枚で覆ったかのようだ。社長は敷石で覆ってしまおうと手をかけて、やっ、しまったと何やら思い出してオンドルの焚口から遠い方に急いで足を運んで、真っ黒になった汚い手でまた鍵の束を引っ張り出して大カバンを開け、四角な角がはっきりした紙袋を探し出してこっちに戻ってきた。角を一か所ビリビリと破り、中ほどを縛った札束を五束ほどスッと抜いて空のボストンバッグにグッとねじ込んだ。そして大きい方の一塊はまた新聞紙にぐるぐる巻きにし、上に被せてあった新聞紙を持ち上げると、布袋をいくつか埋めてある端っこあたりに押し込んでから、今度は敷石を順にまた元通りに並べ、掻き出しておいた土をならし、油紙を元のように敷いた。切り取った跡は残ったが、土埃にまみれているのでちょっと見にはわからない。莫蓙を敷き直し新聞紙で手を拭いてから、ボストンバッグには大カバンに入れてあった日用品を分けて入れ、また元の場所に積み上げた。そうして初めて社長は額ににじんだ汗をワイシャツの袖でサッと拭った。

　これだけやっておけば、自分の家の金庫に入れておくのよりずっと安全だ、とホッと一息つき、社長は延べておいた布団に倒れこむように長々と寝そべった。韓米貿易の全財産と一代で築いた財産を布団の下に敷いて横になったのである。

　最初のうちは永植に預けておこうか？　永植だけには打ち明けて甕に入れてこの家のどこかの片隅に埋めておこうか？　などといろいろ考えを巡らせていた。それほどに永植は誠実で信じられると考えたわけだ。しかし意外にもこの部屋のオンドルの床が抜けているということを聞いて急に考えが変わり、誰にも知られずに自分の手ですばやく処理することができたのは本当に幸いだった。こうなったからには、それを持ち歩きながら川を渡ってあちこち彷徨（さまよ）うのよりは安全だと思った。

「おい、ちょっと手を洗いたいのだが、水をくれんか」

　金社長はまずもって汚い手を洗いたくて板の間に出て声をかけた。

「もうお泊りになる部屋に入られたんですね」

うたた寝から醒めたスンジェが、手を洗う水をくれと言う社長の声を聞きつけ急いで起き出してきた。そして世話をしに中庭（マダン）［伝統韓屋でコの字型などに建てられた棟の間の空間］に下りてきて口元に微笑を浮かべた。短い時間ながら目をつむってまどろんだので神経が休まって気持ちも落ち着いた。永姫（ヨンヒ）が汲んでくれた顔を洗う水の入った盥（たらい）を縁側にまで運んで部屋の中を覗き込もうとすると、

「どうだ、これぐらいなら二人でも大丈夫だろう」

と、金社長はスンジェと一緒にこの部屋を使いたいという口ぶりだった。

「え？　何ですって？」

「何だ、嫌なのか？　なら好きにしろ！」

社長もぶっきらぼうに言いかけて、

「だがな、用心しなきゃならんぞ。あそこの町内の雰囲気がどうなのかだな。西洋人の通訳をしているという噂が出てるんだろ？　大して広くもない家に玄関先ばかりが広くてだな、自動車が出入りするわけだから人目に付きやすくて目立ってるじゃないか」

と遠回しに言うのだった。事実、老人もそれが嫌で斎洞の家の方には行きたがらないのだった。

「どうしても急な場合には弼雲洞（ピルン）の家に行っていますよ」

弼雲洞の家というのは独り身の母と、一緒に住んでいるスンジェの異母弟のいる家のことだ。社長は一人で寂しいものだから、スンジェと一緒にいたいという口ぶりだがスンジェは内心、首を横に振った。気候は次第に暑くなってくるのに、何でこの狭い家で老いぼれの言いなりになってジッとしていなければならないのかと思うのだった。英語ができるので西洋人の社会を渡り歩きながら会社の仕事を助けるとか、時折金社長がやってくると、夕食を一緒に食べて相手をする程度であって、世にいう妾のようにいつも傍にいてこまごまと世話を焼くようなスンジェではなかった。今日のようにこの人の顔を洗う水を汲んで運んでやることなどは生まれて初めてのことだった。生活の方便として——物質的にも生理的にも必要に応じてお互いに利用する以外に、互いの生活を縛るようなことは少しもないという考えをしっかり持っているスンジェだった。

「申君、食事をしたらちょっとうちに行って見てきてくれんかね。あいつは一体、夜中までどこに行ってるのか。まだ戻らんのかね？」

　食卓を囲んだ社長はこんな頼みごとをしながら舌打ちをした。金学洙は妻には家にじっとしていろと言いつけ、息子夫婦だけには水原（スウォン）で会おうと言い残して家を出てきたのである。

「どうせちょっと外の様子を見てこなくちゃならないですから。鄭（チョン）会長ご一行は無事に川を渡られたようですね」

　と言いながらも永植は、鄭達永（ダリョン）の事情をおもんぱかると、年寄り二人と妹だけを送り出しておいて後から追って行けなくなったのだから、気の毒だと心配するのだった。

「わしもあのご老体と同道していたらよかったんじゃ！」

　金学洙はチッと舌打ちをした。金社長は鄭弼鎬（ピルホ）会長が政界に隠然たる裏の勢力を保っていることが羨ましく、嫉妬しながらも、それを自分の事業に利用しているのであり、将来は政界進出を夢見ているだけに、鄭弼鎬老を持ち上げて、付き従いたくもあった。

「嫁も家でじっとしていてはいかんと思うのだが、実家にでも戻っておれとでも言うかな？」

「それもいいでしょうね」

　金社長の息子の嫁の実家がまさにスンジェの本家なので、スンジェに相談してみるのである。

　朝食をすませて永植が出かけようとすると、スンジェが、

「一緒に行きましょうよ。私を連れて行ってくださらなきゃ」

　と言いながら下（しも）の部屋に下がって行き、自分のカバンをあけて韓服（ハンボク）［チマとチョゴリなど］にサッと着替えて出てきた。

「出かけるのか？」

「ちょっと様子見ですよ」

あまりはっきりしない返事をして、永植の後を急いで追いかけるスンジェを眺めやって、金社長はさっき真っ暗な車の中で男の腕にぴったりしがみついていたあの光景がまた脳裏に浮かんで口元が歪むのだった。

真空の炸裂

商店の扉はどこも幾重にも閉じられており、電車や車の影とてなく、昨日までのあの雑踏はきれいさっぱり姿を消し、雨上がりの強い日差しが照りつけて明るい大通りには湧いて出たような人々の群れで溢(あふ)れかえってはいたが、いつ戦争があったのかといわんばかりに平穏で、ポッカリ穴が空いたようにうら寂しい。すれ違う人はみな、口を真一文字に結んで、沈痛な面持ちを作るだとか物思いに沈んでいるというよりは、気が抜けたように呆然として、ほかの人の歩みに合わせて機械的に足を運んでいるだけで、ノロノロとほかの人の後について歩いているのだった。それは用のある人間の足早な歩みではなく、どういう状況なのか様子を見に出てきた人たちの歩みだった。それでも用心深く、どこかの角でガサッと音がしようものならギョッと驚いて後ずさりするほど極度に神経が緊張し、寝不足の充血した目ばかりが異様に光るのだった。

「チャンギルをちょっと見舞ってから行きましょう」

永植(ヨンシク)が先に立って病院に入っていったが、ガランとした中でチラリと目をかすめるものとてなく、いくら大声を出しても出てくる人もいない。入院病棟に回ってやっとのことで看護婦を一人つかまえて聞いてみた。

「わかりませんね。こんな中で外来患者が来たとしても、どうしようもなかったと思います」

看護婦はためらいがちにそう返事をして、忙しそうに小走りに行ってしまった。

「結局、そういうことなのね。たぶん、朴外科の方にでも行ったんでしょうけど、あれからもう何時間経ってるっていうのかしら？　たらいまわしにされてたら死んじゃうじゃないの！」

とスンジェは不満そうに言った。朴外科と言うのは会社の近くにあるかかりつけの医者だったから、初めからそこに連れて行ったらよかったのに、皆、それぞれに事情が切迫していて、やはり個人病院よりはこういうところが手っ取り早く何とかなると思ったのである。

病院の玄関を出ようとすると、ブルルンと飛行機の音が騒々しく響いた。一機、二機、三機……比較的低空を偵察機が次々と大きな姿を現してぐるぐると旋回する。

「あっ、アメリカの飛行機だわ。みんな逃げて強盗にやられた家を、ちょっとだけでも様子を見に来てくれた初めてのお客さんじゃないの。とにかくうれしいわね」

スンジェは歩みを止めてしばし眺めてはニッコリ笑った。一晩のうちに国家の保護から完全にこぼれ落ちて、孤島に閉じ込められたようなソウル市民はドサクサの中で親を失くした天涯の孤児にも等しい身の上であるだけに、飛行機の音でさえうれしくないわけがなかった。

大通りに出ようとすると、あちこちからドーンドーンという高射砲を撃つ音が、ダッダッダッという機関銃の音に混じって聞こえてくる。いつの間にかもう高射砲を据え付けたようだった。

「姜さん、家に戻りましょうよ。急ぐのでなければお宅へは後でゆっくり行ってもいいじゃないですか？」

大砲の音を聞いて永植はあらためて心配にもなるし、今、市内では掃討戦が繰り広げられていると思うと、こんな派手で目立つ女を連れて動くのが怖くもあり、お荷物でもあった。

「いいえ、かまわないわ。韓国軍はみんな退却してしまったんだから無人地帯みたいに妨害もなく入ってきたはずよ。だから、市街戦があるはずないわ。私、こんな時、ちょっと見物しておきたいのよ」

と、スンジェはどこ吹く風だ。それでもピクニックにでも行くかのような出で立ちが、戦乱のこんな空気にはそぐわないという気がするのか、皺一つない薄絹の夏のチョゴリの衽(おくみ)と化粧をあちこち見回してみる。

飛行機の音がしなくなったと思うと、待ち構えていたかのように中央庁のあたりから戦車の音がザー、カタカタカタとし始め、その音が近づいてくる。貞洞(チョン)［中区在］の入口を通り過ぎようとして二人は立ち止まって顔を見合わせた。前を歩いていた人たちもどやどやと立ち止まった。

「貞洞の方に抜けましょうよ。どうせ中央庁の前は詰まってしまってるんじゃないかしら」

スンジェの提案に永植は黙ってついていった。

貞洞の入口まで引き返してくる間に戦車はもう昔の興化門(フンファムン)［鍾路区にあった旧慶熙宮の正門］の前をまがってソウル中学［旧慶熙宮址にあった］あたりまで来ていた。道を歩いていた人たちは左右にサッと道を開けて逃げ、逃げ切れない人たちはしかたなく軒下に退避した。スンジェは怖いというよりは嫌な感じがして、知らぬふりで貞洞の方に入りかけて、それでも気にはなるので、

「もうちょっと、見物してから」

と言いながら、先に立って歩いている永植を人混みの中で見失いはしないかとぎゅっと腕を引っ張りながら振り返った。

帽子もかぶらずノーネクタイ姿の永植はさらりと腕に触れた女の手の柔らかな感触を感じながら、スンジェの体を包み込むように前に出た。スンジェは言葉もふるまいも泰然として大胆なのだが、やはり胸は高鳴って永植の肩にすがりつくようにぴったりとくっ付いて、男たちの体の隙間から頭を出して向こうを見やるのだった。向かい側の観象台［旧慶熙宮の近くにあった気象台のこと］の路地も人でぎっしり。なりゆきを窺っているようだった。

スンジェはスッと伸びた砲身を見ると、その下にあるポストのような戦車の覗き穴から両目だけが見えて、瞬きしているフクロウのようなその目と視線が合うや、反射的にその次の戦車に目を移そうとした。その時、突然パチパチパチ……パチパチ……と左右両側から大豆の弾けるような音がした。すぐ前に立っていた人たちの足元で、弾を食らった湿った土くれが巻き上がるのが一瞬チラッと見えた。……いつどうやって逃げてきたのか、小学校の門の前まで来てやっと一息ついたスンジェは、肩に巻きついていた永植の腕を振りほどいた。

「ひどい奴らだ。いくら威嚇射撃だとしても……」

永植は腹を立てかけたが、自分の前後をぐるっと見回して口をつぐんだ。世の中が変わったことにハッとして、誰が聞いているかもしれぬと思うとゾクッと寒気がした。

「人でなしね、戦闘員でもない市民に銃口を向けるなんて！」

青ざめていた顔に血の気がさしてきて、スンジェは物怖じせずによく通る声で言うのを、永植が袖をサッと引っ張って目くばせした。スンジェもわかってるというようにニッコリ微笑み返した。

大漢門（テーハンムン）［旧三大王宮の一つ、中区にある徳寿宮の正門］の前に来ると、ここは市場のようにさらに多くの人々でごった返していた。

「ふーん？　あれが金日成（キムイルソン）軍なの？　あんな伸び盛りの少年たちを駆り出して……」

とスンジェは、ロータリー［大漢門の前にある市役所前のロータリー］の前でこちらに向けて銃を立て元気なく歩哨に立っている兵隊を眺めやった。十七、八ぐらいに見える真っ黒に日焼けしてガリガリに痩せた少年が、空腹なのか眠たそうにうつろな目で、ポンと突いたら倒れそうでこちらをぼんやり見つめて立っている。見慣れない網掛けをしたヘルメットをかぶっていて、以前、映画で見た中国の兵士が、背負っている包みにぶら下げた安物の軍帽に網掛けをしていたのとそっくりだった。泥だらけになったそれっぽい国防色［軍服に使われた茶色系統のカーキ色］のズボンと上着に底が擦り切れた運動靴をはいているさまは、銃を持っていなければ兵隊だとわからないほどで、あんな連中に国軍が押しまくられているなんて、とスンジェは地団太（じだんだ）を踏みたい気持ちだった。

「これが戦争かしら。おままごとじゃないの」

「それなのに我々ソウル市民は、捕虜になったたってわけさ！」

二人は失笑した。

ロータリーの真ん中と端っこに立ったり座り込んだりしている敵兵たちが、若い子たちを取り囲むようにして、何やらべらべらまくしたてている演説を聞いている。薬売りか手相見たちを見物しているようなのんびりした光景である。敵軍が押し寄せてきた大通りのようにも思えない。

「フン！　中共［中国共産党の略語だが、当時は中国自体のことも指した］式に手当たり次第の宣撫（ぶ）工作なんだろうね」

中共が蒋介石政権を追い出して大陸の四百余州を手に入れるのに一先ず成功した手段の一つが、占領とともに宣撫隊が後からついてくるのではなく、兵士自身が民衆と接触して宣伝と宣撫工作をしたところにあるということを、スンジェも西洋の雑誌で読んで知っていた。

「むしろ言葉が通じなかったらよかったんだがなあ！」

永植の口からは溜息が漏れた。

「あんな乳臭い匂いのする子供らの口車に乗せられる人間なんて出てきやしないから、心配ご無用よ！」

「染まるかと思って心配なんじゃなくて、同族に踏みにじられたんだったら、いっそ目をカッと見開いて、歯を食いしばってでも突っかかるべきじゃないか。あんなにだらしなく口をぽかんとあけて立ったまま、じっと耳を傾けてなんかいるなってんだ」

さっきは前後の様子を見回してスンジェに言葉に気をつけろと注意していた永植が、今度は口を尖らせて顔を赤らめた。

「いくら悔しくたって仕方ないじゃないの。混乱を防ぐ手段として、サッと騙して逃げていく人はさっさと逃げて行くついでに橋を爆破したんだから、もう逃げおおせることもできない袋のネズミなのよ！もう怖いものもないし望みもないわけよ。やけくそになって言いくるめておいて、自分は荷物をまとめてさっさと逃げた母親が何だか恨めしいというか、憎いのはさておいて、もうなるようになれ、という感じで気力がなくなったのよ。……さあ、早く行きましょう」

「そりゃそうだろうけど、旗を十本以上も作っておいて、こっちの連中が入ってきたらこっちの旗、あっちの連中が入ってきたらあっちの旗みたいに世渡り上手の中国人［一九四五～四九年頃、共産党と国民党の軍による中国の内戦状況のこと］のようになっていくんだから、呆れるじゃないですか」

中央庁の方を眺めやっても人がごった返していて安心できないけれども、市役所の前を抜けて渡りきることはできないので二人はそちらに向かった。しかし二、三歩歩くか歩かないうちにダッダッダッと、機関銃の音ではない十発余りの一斉射撃の音が聞こえて、朝鮮ホテル［中区小公洞在］方面の角にいた人がワッと散らばり三、四人がバタバタと倒れた。伏せたり走って逃げたりで蜂の巣をつついたようになった中で、市役所の前に集結していた数十人の傀儡軍(かいらい)〔韓国側からいう朝鮮人民軍のこと〕が後から応戦する銃声が弾けて一大市街戦が起こりそうなので、誰も彼もが青ざめた顔をしてあたふたと足元がつっかえ思うように走れない。流れ弾も怖かったが、黄土峴(ファントマル)〔世宗路一帯の旧称。中央庁前の大通り〕や中央庁の前ではまたどんな衝突があるかも知れないので、二人の男女は朝鮮日報社〔世宗路の南に続く太平路在〕の向かい側に渡り市役所の裏道に抜けた。

「公会堂の方の角っこ——大漢門の真正面だけど——あそこは米軍の食堂だったんだけど、そこから煙がもくもく出ているじゃないの」

静かな通りに入り一息ついたスンジェが口を開いた。

「うーむ、橋を爆破するまでここを守っていた衛兵たちだろうね。どこにも行けないし腹は減るしで、米軍食堂に入り込んだんだろうさ」

「あら、かわいそうね。政府にしてみれば一番まじめな功労者なのにね。でも勇敢だわね。どうせ死ぬんだからと最後に残った弾を撃ち尽くしたんだとしても……」

センジョン〔法事の道具屋か〕から新道を越えてスジュンバッコル〔現在の中区茶洞あたりか〕を通り過ぎ、薄洞(パク)〔現・鍾路区壽松(スソン)洞〕に入ると、人影も絶えてひっそりしている。どの家も戸を幾重にも閉ざして息を潜めている様子は、ここだけは戦乱が通り過ぎて行ったかのようだ。太古寺(テゴ)〔鍾路区在・曹渓(チョゲ)寺の一九五五年以前の旧称〕の前まで来ると、向かいの学校の門の横あたりからどうも人の気配がする気がして、髪の毛が逆立つようだった。戦闘帽がチラッと見えて殺気立った真っ黒な目と視線が合った。泥まみれの軍服を着て銃を担いでいた。まだ幼い顔立ちの少年だった。スンジェをチラッと見ただけで目から緊張の色が消えて顔が和らぎ視線をそらして、遠くに目をそらし立っていた。永植は歩みを止めて、向こうが話しかけてきたら応じようという態勢だったが、何も言わないのでそのまま通り過ぎた。スンジェももう一度振り返り、あの子もかわいそうだとは思ったが、こちらから声をかける勇気はなかった。

「門は閉まっているけど太古寺に入って通り抜けるべきね。あそこに入り込めたら山道があるはずよ」

「私もそれとなく教えてやろうかとは思ったけど、まあ何とかするだろうさ」

二人ともあの幼い韓国軍の兵士が無事であることを心の中で祈った。

「後退か撤収の時間稼ぎに銃だけで戦車と闘った勇士じゃないの！　あのまま死なせてしまったらその責任はだれが負うっていうの？」

スンジェは独り言のように憤ってみせた。永植は沈鬱な表情をしてそれには答えず無言のまま歩いた。

斎洞の家に辿り着くまで敵兵の影は見えない。通りに出てきた見物衆たちもここではまばらでうら寂しい。南山（ナムサン）［ソウル旧市街の南にある山］からなのか漢江（ハンガン）方面からなのか大砲の音と機関銃の音が時たま聞こえるだけで、戦争はどこの片隅に追いやられたのやら、ともかくも意外に無事で一旦、心配を忘れられるという安堵（ど）の色が通りの皆の顔に浮かんでいた。

「まあ、いったいどうしたんです？」

家の者たちは千里の彼方まで行ったはずだと思っていた人間が、洋装を朝鮮服［韓服のこと］に着替えて、ピクニックにでも行ってきたかのようにスッと入ってくるのを見て驚いた。

「要領の悪い避難民たちはかえって風呂敷包みなんかを取られた上に捕まるのよ。ぐずぐずしていて後で慌てたっててえらい目にあうばかりだしね……」

「ええ？　じゃ、盗みに入られたんですか？」

お針子のおばさんが目を丸くした。

「アハハハ。おばさんったらすごく勘が鋭いのね。……ふー、喉が焼けそうなんで、何か飲み物をくださいな。ビールもちょっと冷やしてね……」

　スンジェは板の間に上がって、

「どうぞお上がりなさいな。ちょっと休んでから私も一緒に行きますから」

と、すぐ帰るという永植を引き止めた。

「いや、時間がないんです。どうしているか心配ですぐ行って見なくちゃですね」

「時間がないって、何が？　しばらく籠って、ある分だけで食べて、のんびりしてりゃいいじゃない！

そりゃ、水原で待っているはずのお嬢さんが無事着いたか、心配でしょうけどね。でも、無事着いたと聞いても心配だし、行き着かなかったとしたら、かえってよかったということよね。ホホホ」

　板の間に先に上がったスンジェは中庭に立っている永植がサッサと出て行ってしまわないかと、もう一度庭に下り背中を押さんばかりにして上がるように勧めるのだった。家に戻ってきたスンジェは興奮のあまり、気が大きくなったのか、それともこの苦境を抜けて自分の家に辿り着いて気が緩んだからか、ひっきりなしにゲラゲラ笑って上機嫌だった。疲れも忘れてかえって元気になって瞳が輝き、女の子のように朗らかに子供っぽくふるまった。

「さあ、水原に向かったお嬢さんはたぶん無事着いたでしょうけど、私も追いかけて行けないかと思って余裕がないんですよ。ハハハ」

　永植もまた、長い距離を歩いたかのように疲れていてビールを飲めるというので、喉を潤していこうかという気になって上り込んだ。

「そこに横になったらいいわ。私も横になるから。私は一時間ぐらいうたた寝するつもりだけど……」

と言いながら、スンジェは永植を上座（アレンモク）［オンドルの焚口から近くて暖かい方の場所。冷たい方が下座（ウンモク）］においてある敷物（ポリョ）［オンドル部屋で使う分厚い敷物］の上に座らせ枕を引っ張り出して置いた。

「横になるって、今、そんなことをしているわけには」

　永植はニッと笑った。

　社長がいつも坐っている敷物の真ん中にどっかと腰を下ろすのも気が引けるし、いくら無神経といっても横になるなど、とてもできなかった。自分もやはり家で一時間ほど寝ただけだったが、それほど眠くもない。

　スンジェは部屋の反対側の下座(ウンモク)にかかっている姿見の前で普段着のチマとチョゴリをさっさと脱ぎ棄て着替え始めた。チョゴリをサッと脱ぐと、鏡の中から見えるふっくらした乳房のあたりと、すっきりした首筋から流れるようにむっちりとして弛(たる)みのない肩にかけて、体を酷使しないからなのだろうが、三十にもなった女としては、その顔とともにまだ娘そのままの体つきである。白くてポッチャリした肌にも熟し切ったような弾力がありそうにみえた。黒の筒(トン)チマ〔筒状に縫い合わせたチマ（韓服のスカート）〕をするりと脱ぎ捨てると、すべすべした紫薇紗(チャミサ)〔合いものの絹織物の一種〕の下(ソク)チマ〔チマの内側に穿(は)くスリップ〕の中から浮き上がるすらりとした脚の曲線が、三十前の独り者の男の目には面と向かってみるのが憚(はばか)られて、永植はうつむいた。靴下を脱ごうとして腰を落として座ってから立ち上がると上座の方に来て、

「今度はこの格好で出かけるわよ」

と彼にニッコリして見せ、うつむいて袖口をまくった裄(ゆき)とチマの前の方に視線を移した。

「怖いもの知らずですね。出かけるって、またどこへです」

　永植は笑いながら自然と目の前に立った女のチマの裾(すそ)のあたりに目が行った。ゆらゆらと揺れる黒のビロード地のチマの裾から伸びた白い脚も、彼女の笑顔同様にすっきりとして美しく、表情が豊かに見

えた。料理屋や事務室で見かける女性以外には女というものをよく知らないし、明信（ミョンシン）と一応、付き合ってはきたものの、彼女の肉体美などよく知らないままだった。けれども明信の柔らかで豊満な表情や体つきと比べると、スンジェの方はあまりにも鋭角的で神経質な点もあった。が、彼女が手足を動かすにつれて描かれる繊細にして技巧的な甘美な体全体の表情を、永植は今初めて発見したかのように、その顔とともにうっとりと眺めるのだった。

「いや、もうそれなりに死線を越えたんだから、厄払いはすませたんじゃないの。どっちみち私も宗植（ジョンシク）〔永植の友人。金学洙社長の息子で常務〕や鄭（チョン）専務〔鄭弼鎬会長の息子〕にも会いたいしね……」

スンジェはチマを慣れた手つきで丸めてたたみながら、左足で片膝ついて座った。チマの裾から片方は平たく、もう一方は足首を立てたかわいらしい小さな爪先が斜めに少しのぞいている。その坐る動作とチマを巻き込んで座った姿態が、天性の妾というような印象を与えながらも、挑発するかのように男の心を騒がせるのだった。

金社長の趣味なのか、紬絲席（チュサソク）〔絹糸〕で刺繍を施した夏用の敷物の上には案席（アンソク）〔背持たせの座布団〕を立てかけて、その前には真鍮の灰皿がテカテカと光り、板の間には籐（とう）椅子で夏の応接セットをしつらえてあった。その一方で片隅にはピアノが置いてあり、釣り合わない感じがした。この家で見るスンジェは、外で見るのとは別人のように、妾のような嬌（きょう）態と愛嬌があるのも永植には意外に見えるのだった。

「さあ、国連の安保理が動いてアメリカが積極的に急いでいるみたいだから、そう長引かないんでしょうけど、私なんかどこにも行けるところもないし、息が詰まってこの夏どうやって過ごしたらいいのやら……」

スンジェは運んできたビールを注ぎながら、相談するかのように独りごちた。

「息が詰まるのはさておき、用心しなくちゃいけませんよ。ご町内が騒がしいようなら、取りあえずうちに来てもらってもいいんですよ」

コップをしっかり持って永植が受けて答えた。汗ばむほどの陽気ではないものの、氷で冷やしたビールの味は久しぶりでもあり、呑助(のみすけ)の永植としては堪(こた)えられなかった。きのう社長が来ていたので、冷やしておいたもののお蔭をこうむったわけである。

「こりゃ一人で飲むのは社長に申し訳ないよ。ちょっと持って行って差し上げましょうよ」

それで永植は自分の家に来られた金社長のことを思い出した。そして社長が下(しも)の部屋にぽつんと取り残されてじっとしているはずだと思って、冗談半分にこう言って笑うのだった。

「これまでだってそんなに誠意を尽くしてないわよ！」

とスンジェは笑いとばして、

「私はお宅に行きたくても、社長がどっかと座りこんでいるのが嫌なのよ……」

と、何気ないふうに眉をしかめてみせる。

「大変なことをおっしゃいますね。ほんとに大ごとになりましたな」

若い連中が集まると社長と秘書の艶聞を言いたい放題に騒ぎ立てていた癖が出て、永植はカラカラと笑った。

「もうカバン持ちもうんざりよ！……あのボストンバッグ見たでしょ？　あの人ったら、あれを隠しおおせないと足を伸ばして寝られないんだから……」

スンジェはビールをもう一本注(つ)いでやりながら、自分の飲み干したカルピスのコップにも注いだ。

「いや、それなら余計に『ドル箱』を大切に持ち歩かなくちゃいけませんよ」

「大切に持ち歩いてるんだけど、あの『ドル箱』の中身は言わずもがなじゃないの。どうするつもりかしらね。欲の皮が突っ張って無駄な苦労をしているだけじゃない」

スンジェはビールの味よりも、この大変に物騒な中で、気に入った男友達と一緒にこうして酒を酌み交わして静かなひと時を過ごすのが楽しくて、座ってコップを手に持ったまま、一口ずつゴクゴクと飲んでいた。

「ご明察ですね」

「まあそんなところよ。もともと秘書だか通訳だかで来てくれと言われた時に、いろいろと迷った挙句に、私の方も考えがあって受けた話なのよ。いまさら嫁入り先だの結婚だのという歳でもないけど、当座のところ食べて行かなくちゃならないし、私としても何かやってみる仕事らしきものでも掴(つか)まえられたら、という欲は出たのよね！」

「で、思っていた話とは違っていたというわけですね？」

「ご存じの通り、通俗雑誌によくある『社長と秘書』みたいな小説のネタを別にしたら、残ったものといったら、あけすけに言えばこの家一軒だけなのよ」

「フーン、なかなかお見通しですね」

「でも、体を売って家一軒こしらえたなどと笑わないでよ」

スンジェもつられて笑いながらビールの残りを手に持って、

「私、これまで買ったものはあっても、売ったものなんかないんだからね！」

と言いながらゲラゲラ笑った。

「徹底してますね……。さすが姜スンジェ女史です。帝王の富貴をもってしても美人の気持ちを買うことはできないと言うけど、美人の微笑一つで天下の富貴を手に入れたり手放したりができるんだから！」

カラカラと笑っていた永植は、女の睨(にら)みつけるような微笑に胸が締め付けられた。

「美人がどうしたっていうの？　若い時分のひと時よ。歳を取ってくると、お金に対する欲よりも歳を取るのが怖いってことの方を最近、切実に感じるのよ。老いぼれといっしょにいるもんだから、つられて歳を取るみたいなの」

気安いから親しげに言うのだろうが、三歳ほど年上のスンジェは永植を弟扱いしていつもぞんざいな言葉遣いだった。

「まったく、髪が真っ白になるようなこと言わないでくださいよ。歳を取って心配だっていうんです？それとも歳を取るのが怖いんですか？」

「女ってそうじゃないのよ。女はね、三十歳を越えたら見るべきものはすべて見たってなるのよ！　でもこのまま老いぼれるのは惜しい！　これからは私も自分の生活をしなくちゃという気持ちが切実なのよ。これまで誰かのために生きてきたわけでもないんだけど、無駄に生きてきた気がするのよ」

次第に酔いが回ってとろんとしてきた目をパッチリ見開いて、かすかな微笑を含んだ目を輝かせるのをチラッと見ながら永植は、またしても胸がドキリとするのを感じた。それは赤みを帯びた両頬とともに、睡眠不足でこんがらがった頭と体全体に強烈な刺激を与えた。

「カバン持ちなんかをやってるのが無駄な人生だったたっておっしゃるんですね？　動乱が収まったら会社を一つ立ち上げて社長に収まるんですね。その時には僕がカバン持ちをしてさしあげますよ」

「私なんかの分際で会社だの社長だの、そんなものをやってみたいというわけじゃなくて、女としてまともな暮らしをしてみたいのよ」

両膝を立てて頭の後ろに腕枕のように両手を組んで、チマの裾からのぞかせた足指のかわいらしい白い爪先をしきりにチョコチョコ動かしながら、何やら秘めごとでも訴えるかのように悠然と受け答えする表情も、気にしなければどうということはないものの、どことなく刺激的で婀娜（あだ）なポーズだった。

「ははあ、結婚でもしたいということですか！　それはまあおめでたい話ですね」

永植は酔いが回った体がよじれてだるいので横になりたかったが、笑いながら立ち上がってしまった。

「これを全部飲んでからにしましょう。みんな引き籠ってジッとしていると思うのよ。だからそんなに急いで行く用もないでしょうに……」

スンジェは座ったまま様子を探るかのように男をみつめた。

「早く行ってみなくちゃならんのですよ。鄭君［鄭達永専務のこと］は夜明けに出立する予定だったけど、おそらくまだ出発してないと思うんで……」

「出発ってどこへ行くのよ。まあ、お座りなさいな。ひと眠りして昼ご飯を食べてから一緒に出ましょうよ。だって、私もう、眠くてたまらないのよ」

と伸びをして、スンジェはパッと立ち上がり、行く手をふさいだ。

永植も疲れていることはいるのでそうしたかったが、いくらこんな時とはいえ、いつも出入りしていた家でもないのに寝るというわけにはいかない。

「はやくお休みなさい。僕は煩わしく付きまといませんよ」

とたしなめた。すると、

「何よ？　煩わしいですって？　うんざりするほど付きまとってやるから！　今日だけじゃないわよ……ホホホ。様子がわからないうちは一人で外に出かけることもできないし、急にあたりが寂しくなって一人でいるのは嫌なのよ」

　いくら男勝りの女ではあっても、やはり女は女だと永植はその気持ちはわかるのだった。

「ともかく、金社長が目を瞬かせて今か今かと連絡を待っておられるんじゃないですか」

「あら、私よりいいんじゃない。今日から秘書役は申さんがなさったらいいのよ」

　スンジェは笑い飛ばして足袋（ポソン）［爪先が割れていない朝鮮在来の厚手の足袋］を引っ張り出して履き、チマの胴回りに腰紐［チマが広がりすぎないように腰回りに巻く紐］までキリリと巻いて、ついて出ようとする。

　腕まくりをして腰紐を巻いたスンジェのいでたちに、町内の人たちもあらためてあれがあの女かと見直す様子である。きのうまでいつも社長の車で通勤していた姿しか見ていないからだ。

　陸橋［昌慶苑の中ほどを貫く道に掛けた陸橋］のあたりまで来ると、昌慶苑（チャンギョンウォン）からこちらに向かってくる人ばかりである。苑南洞（ウォンナムドン）［鍾路区在］ロータリーから東大門警察署方面は通れないという。ロータリーの角にある交番はその隣の本屋とともに真っ黒に焼け、その前には焼け焦げた死体が転がっていて、半焼したハイヤーや電柱にぶつかったジープが乗り上げている様子が遠くからでも見えた。街の角々に人民軍兵士が立っていて、腕章を巻いた青年たちが押し寄せる人たちを押しとどめるのに躍起になっていた。

　鈴なりになった見物衆たちの中にいた永植は、死体とともにつぶれた車の後方、本屋のあった場所に焼け残った本が、灰の山の中に積み上げられているのを見て、

「あ、あの百科大事典と、七万ウォンすると言っていた文芸百科事典が出たばっかりだったのになあ！」

と本当に惜しいというように独り言を言った。

「経済学者が文芸事典なんかどうするのよ！　そんなにほしかったら、なんで買わなかったの。泥峴（チンコゲ）［当時ソウル一の繁華街・明洞（ミョンドン）の俗称］に行ったらいくらでもあるはずだから、私がこの動乱記念に一冊買ってあげるから

心配しないで」

スンジェが、自分の本を焼いてしまってしょんぼりしている弟でも慰めるように、真顔で受け答えした。戦場にいながらこんなのんびりしたことを言うなんてあまりに場違いで、スンジェの言葉が物質万能主義のようにも聞こえたが、それでも永植は思いやりを感じてうれしかった。

（どうしてこう急に優しくするんだろ？　さっき車の中で、あんたがいなかったら死んでいたと何度も言ってたんだが、それでなのかな？……）

と思いながら、並んで歩いているスンジェの方をそれとなく見ると、スンジェもこちらを見てニッコリ笑う。歩みも確かで元気そうにスタスタと歩く様子は、戦場を抜け出すのだという緊張した気持ちも怯（おび）える様子も少しもなく、恋人同士が気兼ねなく散歩にでも出たかのように心も軽く愉快な様子だ。

大学病院［鍾路区在のソウル大学校付属病院のこと］には二日前から国軍が貼り付けた野戦病院という白っぽい板の看板がそのままになっていたが、傀儡軍の兵士が玄関前で蠢（うごめ）いている。昌慶苑も脇の門だけ開け、敵兵が忙しそうに出入りしている。

「あの中に死体を放りこんであるんだそうだ」

傍を歩いていた誰かがそんなことを言っているのが聞こえた。そう言われればそうで、通りには千切れた電線が垂れ下り、中にいた人間が逃げ出した電車だけが線路上にうずくまるように停まっている。弾に当たったちっぽけな砲車が砲口を市内に向けたまま車輪が外れて尻餅をついたように止まり、むき出しの砲弾と弾薬の箱を手当たり次第に拾い集めて積んだトラックがぽつんと停まっているだけで、なるほど戦場というのに、死体も血痕も目につかない。

「このドサクサの中でどうやってサッサと片付けられたんだろうね？」

「要所要所で機関銃だけを撃ち続けて、一気にどっと攻め込めないように防御していて、最後には潮が引くようにサッと引き上げたのかもね」

「だから火の海にもならず、家のガラス窓が割れたぐらいですんだんだな」

二人はこんなことを話しながら以前の薄石坂（パクソクコゲ）［鍾路区壽松洞の坂］を越えて行こうとしていると、それを証明するかのように人家のすぐ前に傀儡軍の死体が――一体だけ転がっていた。身に着けているものといえば、ぺちゃんこの帽子だけで、黄ばんで膨れ上がった顔が浮き上がり、血の滲（にじ）んだ跡も別にないまま倒れていた。

「ハエがたからないうちに片付けるべきなのにね。自分たちのものさえこんなにして、ほったらかしてるんだから……」

恵化洞（ヘファ）の四つ角まで来て、道の向かい側の、天主教［カトリック］の聖堂の扉の前にも傀儡軍の古びた黄土色の軍服を着た連中がいるのが目に付いた。さっきも遠くで銃声が二、三度したが、ここまで来て天主教の聖堂の中からまたダッダッダという銃声が間をおいて二度聞こえた。逃げそびれた神父が捕まっていたとしても、即座に銃殺ということもないだろうから、国軍の捕虜をあの中で処刑しているのではないかと、スンジェは恐怖に駆られて目を見開いた。

金社長の恵化洞の家の前はとりわけ物寂しい。外の鉄扉は内側から錠をおろされていて、腰をかがめてやっと潜り抜けられる潜り戸だけが開いていた。しかし居間のある奥の棟への扉と客間の棟への扉［大きな邸宅では居間と客間が別棟にある］も固く閉ざされている。門札まで剝がされているところからすると、息もつけずにその中に潜んでいるであろう人間の顔が目に浮かぶようだ。奥の棟への戸口の呼び鈴をしばらく押し続けているとやっと走り使いの女の子が出てきた。

「若旦那さん〔宗植常務〕は帰って来られたの？」

「わかりません。いらっしゃいませんけど」

「若奥様をお呼びしてよ」

スンジェは大奥様に会うのが気づまりでもあり、こんな身なりで入って行きたくもないので、姪っ子を呼び出そうというわけだ。

「あら、どうしてまた戻っていらっしゃったの？」

宗植の妻が小走りに出てきて、ギョッと驚いたふうである。きのう出発する際にもスンジェは奥に入ってぐずぐずしている金社長を真っ暗な車の中で待っていたので、社長がスンジェと一緒に避難することは、玄関先まで見送って出てきたこの嫁しか知らないのだった。

「そう、じゃ若旦那さんはまだ戻って来てないのね」

「明け方にちょっと、と言って出て行ったんです。歩いてでも川を渡るんだと言ってましたけど……鄭専務と一緒に出発したんだと思います」

それ以外に聞き出せたことは何もなかった。

「ふーん、で、あんたにはどうしろって？」

「何も言われてないんです。お母様と一緒に引き籠っているしか。ところで、お義父(とう)様〔金社長〕はお宅に行っておられるんですか？」

「いいえ、この申(シン)さんのお宅に行っておられるのよ。ともかく用心してなさいね。お義父様の方から何かお達しがあるはずよ」

お入りなさいと言うのには応えず踵(きびす)を返した。門札を剝がすことまで考えながら、この大きな邸宅を年老いた母親と年若い嫁にだけ任せて皆、出払ったとすれば社長が脱出できなかったからよかったようなものの、後のことを誰に託すというのだろうと思った。うまく立ち回ったので、幸い、面と向かってぼろ儲けの輩（やから）という陰口を叩く人間はほとんどいないにしても、軍政時代［1945年の解放後48年の政府樹立までのアメリカの軍政下の時期］から韓米貿易という看板でしっかり一儲けしてきた金学洙といえば、以北から下ってきたばかりの兵卒ならいざ知らず、皆、知っていることである。人間にせよ家にせよ、目に付きさえすれば網にかかった鳥みたいなもので、下手すると指名手配されるかもしれないのに、この家だとて無事でいられるだろうか、と改めて見回してみるのだった。

「若い連中だから、必ずや潜り抜けて乗り越えたとは思うけど……」

韓米貿易の中堅幹部であるこの二人［宗植常務と鄭達永専務］が川を渡ったのだとしたら、あのボストンバッグを抱えてどうやってでも無事に向こう側に渡っていなければ困る、と改めて思うのだった。すぐにも首都が奪還修復されるのなら別だが、意外に長引いた日には鄭会長父子が持って出たものなんて問題にもならず、逃げおおせた人たちもまた、ボストンバッグが後に残されているとしたら、大いに落胆することだろうし向こうで活動もできないにちがいない。

二人の男女は急ぎ足で恵化洞の四つ辻から向かい側の東大門近くの昌信洞（チャンシン）［東大門区在］の鄭達永の家に向かった。しかしここでも新しい情報はなかった。

夜明けの五時ごろ宗植が駆けつけるや、手鞄一つずつを持って纛島（トゥクソム）［城東区、広津区にまたがる漢江の北岸一体の地名］の方に行くといって出て行ったとのことだった。

ここでも鄭会長の世話と娘のために、会長夫人が一緒に出掛けたので、息子の達永の妻が子供三人と一緒に残っていたが、それでも七十近い伯母と年若い家政婦（シンモ）、それに子守の女の子がいるので、寂しくはない様子だった。

「そう、若旦那さんは出て行ってしまって、どうなさるおつもりなのかしらね？」

スンジェは明信と同じ女学校を卒業していたが、六、七年先輩にあたり、明信の縁談に仲人(なこうど)役を買って出たこともあるので、一時はこの家にしょっちゅう出入りして達永の妻とも親しい間柄だった。

「いよいよ差し迫った場合には伯母様に家政婦と一緒にこの家の留守番を頼んで、私には子供たちを連れて実家に行っていなさいって言うんですよ」

実家というのは富平(プピョン)［現・仁川（インチョン）市在］の実家のことである。どちらにせよ金学洙社長の家と違って奥まっており、そんなに大きな家でもないので比較的安全だろうし、鄭弼鎬会長は政界に出入りしていても、まだ一度も立候補したこともないので、家族まで巻き添えになることはないであろう。

鄭専務の家から出てきた永植は急に孤独を感じた。

「皆逃げてしまって寂しいんですって。私なんか、まずもって遊びに行くところもないんだから退屈でしょうがないじゃない？」

スンジェもこんなことを言った。南に下ったとしたら、バタバタ過ごすことになっただろうが、彼女がつきあっていた西洋人たちがこの二日の間にすっかり姿が見えなくなったところをみると、水から上がった魚のようで、自分の家のことが気にかかる。行くのをやめた時とは打って変わって、抜け出した人たちがうらやましい気もした。

「申さんまで引き留め損ねていたら、どうなっていたことやら！」

スンジェはまたこんなことを言いながら、パッと微笑を浮かべる。永植は黙って笑うだけだった。

「さあ、戦跡視察にでも出かけましょうよ」

スンジェは疲れたふうもなく、相変らず上機嫌だった。以前にも時たまこの小ざっぱりしてすらりとした、やや歳のいった青年と並んで歩くのが気分よくて、他人にも誇りたいような気になっていたものだが、今日はやけに興奮して気持ちが浮つき、どこにでもこの男を連れまわしたいのだった。それはちょうど洋装やよそ行きの服を脱ぎ捨て、普段着に腰紐を巻いた格好で出かけるような気楽な気分だった。鍾路(チョンノ)交差点まで来てみると、ここは道が塞がっているというほどでもなく、電線がごちゃごちゃにもつれて鉄条網のようになっており、看板は崩れ落ちてめちゃくちゃになり、電柱がめりこんでつぶれた車や、横転した軍用ジープなどがあちこちに姿をさらしており、足元には粉々になったガラスの破片が踏むとギシギシと歯ぎしりするような嫌な音を立てるので鳥肌が立ち、……それこそ戦場跡の様相。東大門署の前は三重もの人だかりがぐるりと取り巻いて何かを見物していた。

人だかりの間を掻き分けて見てみると、警察署前のセメント敷きのところからずらりと一列に武装解除された韓国軍の兵士が二、三十人座り込んでいた。うなだれたり力尽きてへたり込んで座っている姿勢の者は一人もいない。真っ黒になった顔にぐっと窪んだ目が、灯火の油皿のようにギラギラと光を放っており、息を弾ませて肩と胸ばかりが波打っている。

永植とスンジェは自然と眉をひそめ、見世物でも見物するようにぼんやりと向かいから眺めているのが悪い気がして、かわいそうにと思ったたし、冒瀆だという気もした。今朝、太古寺の前で出くわした、あのかわいくて目鼻立ちの整った国軍兵士の姿が頭に浮かんできて、あの中に混じっていないかと胸がひやりとした。

(同族どうしでなかったら、それでも国際的な体面とか思慮というものがあろうから、まともな捕虜の扱いぐらいは受けると思うんだが……)

永植はこんなことを考えながら、さっき天主教の聖堂の中から聞こえた銃声がまた聞こえるような気がした。

「あそこの山の中により集っていたのを包囲してなだめ、やっとのことで引っ張り出してきたんだが……」

見物衆が押しかけて飛び出さないよう、壁のように立っている年若い傀儡軍の一人が昌慶苑の方を顎(あご)で指しながら最前列に立っている人たちに話しかけていた。その付近の山といえばおそらく昌慶苑越しか大学病院の裏の方の城壁［朝鮮王朝時代に築かれたソウル市内を取り巻く城壁］の下あたりのはずである。

「……あれを見てみなさいよ。あんなに興奮してるんじゃ、まともじゃないだろう。それに食事を何度も抜いているというんだから！　フン、ソウルのど真ん中で飯も食えずに戦ってるなんて！」

連中にしても同族だから思うのか、できるだけ現地民と接触をしろという指示が出ていて親しくしようという意味なのか、聞いてもいないことを自分からしゃべって、しまいにはせせら笑ってしまう。しかしその嘲笑は目の前で戦っている軍隊の補給がそんなざまなので、寝ぼけているのかと嘲笑(あざわら)っているのであり、それほどに無関心な市民を皮肉っているようにも聞こえた。事実、国軍が食事を抜いているという話に皆、呆れ本気にしようとはしなかった。しかし誰一人として、

「だからそれだけ勇敢なんじゃないか！」

と嘆いてみせたり、怒って反論しようという勇気のある人間もいない。

あの路地をちょっと見てみろと傍でささやく声に、警察署の真向かいの長屋(ヘンナン)の裏の路地を、首をかしげて見ようとしたスンジェの口から思わずアッ！　という声が出た。

目をつむったまま半分つぶれて血まみれになった顔に、片方の目だけ血走ってカッと見開いたその悲

惨な死体を前に、狭い路地にずらりと座らされた十人余りの捕虜ならぬ捕虜たち――この人たちももうはっきりとただ一つ残された最後の結末を震えながら待っているのだった。あの向かいの家で震えながら座り込んでいて捕まるまでは、命令通りに動く真面目な人間だっただろう。融通が利かなかったとみえて、どこで引っかかって捕まったものやら、ノーネクタイに短いズボンをはいてジカタビ［地下足袋。日本語の発音をハングル表記してある］を皆一様に履いているところを見ると、警察官だと思われた。睡眠不足と空腹と絶望でうなだれて、目もうつろで元気なく座っているのだった。

どうも鍾路四街から乙支路(ウルチロ)四街［街は丁目ほどの意］にかけての間が激戦地だったようだ。

「あっちにもちょっと行ってみましょうよ」

スンジェが先に立って交差点を横切り何歩も行かないうちに、梨峴(ペオゲ)［鍾路区仁義洞在］の市場前の電車道に幼い乞食(こじき)の死体が一つゴロンと転がっているのが見えた。傍には大きな空き缶が転がっているだけで、誰も見向きもしないでその横を無心に通り過ぎていた。苑南洞(ウォンナム)の焼け残った死体が国軍の戦死者であり、今見かけた顔が潰れた死体が警察官だとすると、傀儡軍の戦死者と幼い乞食の死体を合わせて、このまっすぐな道路で四体の戦死者を見ただけだった。

ここからは砲弾を食らって二階が崩れた家が二、三軒あるのが目についた。乙支路四街に目を転じると、敵軍の戦車が四方に火を噴きながら盛んにぼうぼうと燃えていた。戦車を爆破できる性能のある砲弾か爆弾があったら、ここまで引き入れながら撃ったはずがないので、ひとりでに爆発したのかも知れない。ともかく、やっと戦場を見たという感じで、気分がスッキリした。

「これ以上見ておくものもないわね。もう戻りましょうよ。家の方に」

スンジェは立ち止まって永植を見つめた。

「いや、私は帰らなくちゃなりません」

「じゃ、あしたは来てくれるわね？」

「行きますとも」

永植はすぐさま返事した。スンジェは寂しげな顔つきだったが、それ以上は言わずにさっさと離れ去っていった。

しかし一人で歩いていくのを見ると、この危ない時期に一人で帰すのは安心できず、永植はこっそり後を追った。

銃声に目覚めた心

足音で永植(ヨンシク)だと気付いたスンジェは、笑いをこらえて振り返った。

「井戸端に置いてきぼりにした子供みたいで、気が休まらなくてね……ハハハ」

「アラ、まあ！」

スンジェは依然、口元に浮かぶ笑みを押し殺して睨んでみせる。一方では、とてもうれしがっているようだった。怖いことはないけれど、心配してくれるのがうれしい。けれども無言で歩き続ける。

「さあ、ここからはもう一人で行けるでしょう？」

町のはずれまでやってきて、ここにはもう傀儡軍も見かけないし、女たちも時折行き来するのを見て、安心したのか永植は別れようとする。

「そんなこと言わないで、うちまでいらっしゃいよ。よく考えてみると店も閉まっているし、おかずのことでお母様が一番困っていらっしゃると思うの。うちに寄ってお手伝いの子を連れて行ってくださらない？　うちにも何もないけど洋酒一本でも送り届けてさしあげなくちゃね」

スンジェが口に泡を飛ばさんばかりに、こんな頼みごとをするのを聞くと、やはり女は違うんだなと

思って頷(うなず)き、

「わかりました。社長にできる限りのお勤めをしようというその真心に免じて、それしきのお遣(つか)いなんぞ、できないわけないですね」

と、永植は気軽についていく。

「すみませんね。お疲れのところを二度も往復させて」

「家に戻ったところでどうしようもないですよ。何もできずにボーッと座り込むだけで……」

永植も今では社長に急いで伝えなければならない話があるわけもなく、スンジェの家に立ち寄って冷たいビールでももう一杯飲み、横になってから行きたかった。こうなってみると、さっきまでは何を言われても上の空で返事していた永植だったが、スンジェのような話し相手でもいるほうが非常に心強かった。
二、三時間歩き回って、二人とも日差しを浴びて汗がじっとりにじんでいる。
「ちょっと、顔を洗うんだから水を汲んでちょうだい」

この家の主人であるお嬢さん［スンジェ］が戻ってきて板の間(マル)に上がって声をかけると、台所から家政婦(シンモ)が出てきて、

「風呂場にお湯を沸かしてございます」

と返事をする。

「そりゃちょうどよかったわ。中(シン)先生から先にお入りなさいな」

スンジェは部屋に上がって靴下(ボソン)を脱ぎ、板の間でくつろぐ永植に勧めるのだった。社長がやってきて泊まって行く日には朝、風呂を沸かすので、きのう水を汲んでおいたのだ。それでスンジェが立ち寄っ

たのを見て、沸かしておいたのだった。台所には温かい昼ごはんまで準備して帰りを待っていてくれた。
この家にやってきて風呂にまで入るのはためらわれるし、社長がいないのに裏口から入ってきて堂々とふるまうようで、お針子のおばさんや家政婦の手前、ばつが悪い。

「水原(スウォン)まで行ったんだったら皆、再会してるはず。あんな狭いところでぐずぐずしてるわけないし。どうせもう踏み出したんだから、いっそそれを口実に東莱(トンネ)温泉〔釜山市在〕か海雲台(ヘウンデ)〔釜山市郊外の海浜行楽地〕にまで下ってそこで寝泊まりして、ひと夏を快適に過ごしたらいいんじゃない！」

いつの間にやら黄色っぽい身軽なワンピースに着替えたスンジェは、まっ白な新しいタオルを出してやりながら、そんなことを言うのだった。

「さあて、温泉に行ったものやら海水浴に出掛けたものやら……」

座っていた永植は一体全体、情勢がどうなっているんだろう？　という心配に気を取られ投げやりな返事をするので、

「あら、明信(ミョンシン)お嬢さんが心配で元気がないんでしょ？」

と、スンジェはまたからかった。

あの日以来、言い出しにくいからか、明信の話はタブーだったスンジェが、今日は二度も口にしてからかうというのは永植にはちょっと変な気がした。

あの日以来というのは、明信の縁談にスンジェが仲人を買って出たが、うまくいかず手を引いてしまってから後のことだ。宗植(ジョンシク)がひとしきり明信に熱を上げていた時、スンジェは宗植の懇請に負けて仲人役を引き受けたのだった。宗植だけでなく、家族の皆が惚れ込んでいたし、明信の両親もちょうどいい話だと、半ば承諾していた縁談だった。しかし、まさにその当事者は少しもその話を耳にしていなかっ

た。そんな中、永植の立場がとてもつらいものになっていたのだった。達永(ダリョン)は妹の気持ちや態度を理解もし、永植のところに妹をやるのであれば不安は少しもないけれど、鄭(チョン)会長があくまで反対するので、永植としてはすべてのことを傍観者として放っておくしかなかった。今でも鄭会長夫妻は永植には冷たい。永植もやはりそのままにし、ぐずぐずとやり過ごしているのだった。だからといって永植がスンジェに対して少しでも何か特別な感情があるというわけでもない。明信の方は女どうしだから心中は、スンジェを快く思うはずはないが、永植はスンジェの立場もよく理解できる。スンジェも初めのうちは二人の間柄を少しも知らないので、仲介役を買って出たのだった。だが話が進んでいく中で、永植があっさり譲歩し黙って引き下がりそうなので、スンジェとしても何とか縁談をまとめようとしたのである。つまり、明信を説得してみたり、二人の仲を引き離そうと一生懸命になったりするのも当然だろう、と永植は寛大に考えていたのだった。

　風呂場は一旦、板の間に上がってから北窓の方へスリッパを履いて廊下を曲がったところ、台所の裏にあった。タイルを張った清潔な浴槽の中は明るく、傍の棚に置いてある石鹸と化粧水から漏れるのか香ぐわしい匂いが漂い、湯気の立ち上る風情はさわやかである。大きな家ではあるがもともと間取り的には、客間(サラン)もない小所帯にしては、ちょっと不必要なくらいの豪華な設備である。

　ほどよく暖かい湯にすっぽり体を沈めてみると、だるかった体の疲れがすっきり取れて、混濁していた頭の中までが爽快だ。

(何も僕のためにわざわざ風呂を沸かしたわけでもなかろうが、成り行きでこんなことになったのか……)

　去年の秋、あの頭の痛い縁談のことで一、二度この家に引っ張って来られはしたけれど、女が一人住まいしている家に来て風呂に入るというのは、どう考えてもあまり好ましいことではない気がする。

縁談の仲人問題はさておくとしても、何だかんだで一年以上、毎日顔を合わせ、会えばどうでもいい無駄口をしょっちゅう交わす間柄ではあるが、今の今までスンジェを「女」として意識したことはなかった。女友達というか、年上の姉御のような淡々とした感情で、少し距離を保って過ごしてきたのが事実である。けれども今日の何時間かの間に急接近した気がして、お互いの暮らしが近づきすぎたようだった。急に大胆かつ露骨に好意を見せようと骨を折っているようにも見えた。

(女の特性として、少しでも気に入ったらたちまちのぼせ上ってしまうのかもしれん。こんな時だから気持ちをよく知っている人間が大切で、頼りにするところもないから、近づきたいと思うのだろうが……)

しかし、先ほどから三度も四度も何やら囁(ささや)きかけられた気がして、うっかりやり過ごすことができないのである。

(後頭部を銃弾がかすめて行ったものだから、頭がおかしくなったのかな?……)

永植はバシャバシャと音を立てながら湯から出て目の前にある薄っぺらだが大きめの木の寝台に腰を下ろした。ぐったりと緊張が解けて横になりたかった。腕枕をして両足を伸ばしてまっすぐ寝そべると、青いカーテンで日差しの半分は遮られていたが、半分は枕元にある開け放たれた窓からよく晴れ渡った空が見渡せた。

(……しかしこれまで無駄に過ごしてきたから、一日でも若いうちにまともな生活をしなけりゃ、と言うところをみると、大砲の音で狂ったというよりは、胸の内に鬱々と潜んでいた不平や欲望が一気に噴出してきたのだろうか?……)

体面とか生活保障とかいうもののために、チマチョゴリの内に閉じ込めておいた本能といおうか野性といおうか、ともかく隠れていた若い息吹が、急に結んでおいた紐を断ち切って力強く噴出し、大きく息をついているような、そんな雰囲気がスンジェの体全体をぐるりと巡っているような感じを何となく受けるのだった。

外の廊下から裸足でペタペタと床板を鳴らしながら早足で近づいてくる音がするので、いつの間にかまどろんでいた目をパチッとあけ、耳を澄まして横になっていると、ガラッと戸が開いた。永植はびっくりして起き上がった。脱衣場所に人がスッと入ってくる気配がしたかと思うと、カサコソと衣擦(きぬず)れの音がする。本当に気が狂って、スンジェが自分がいるのも忘れて何も気にせずに入ってくるんじゃないかと思ったとたん、あわててタオルで前を隠し空咳(からせき)をしてみた。

「お出になる時にお召しになるように、着替えを持ってきて差し上げました。お洋服はお引き取りします」

お手伝いの女の子の声である。

「だれの着物だね?」

永植の顔からは緊張がほぐれて、勝手に驚いたもんだと笑いが込み上げた。

「暑いですから、お上がりになる時にこれをお召しになるようにとのことです」

「うん、わかった!」

何を持ってきたのかはわからなかったが、とりあえずこう返事だけしておいた。

それこそ温泉にでも来たように、着替えを持ってきて……臨機応変の対応があまりにも手際よいのが面映ゆくもあり、気分もよかった。しかし、いくらなんでもスンジェが入ってくるんじゃないかとギョッと驚いた自分こそどうかしてるんじゃないか、と思って、またひとり笑いした。

温泉の連想から温泉で湯浴(あ)みしている明信の姿を想像して、裸になった明信の裸体像をあれこれ思い描いてみた。けれども明信の手足しか見たことのない永植には彼女の肉体美を想像してみる手立てがなかった。疲れで興奮した頭が女の幻想で上気するのをぐっと抑えて、永植はそれを追い払うかのようにたっぷり湯を汲んでは、ジャブジャブ音を立てながら肩からかけ、石鹸を洗い流した。

服を着ようと出ていくと、絹の覆いをかけた衣服台の上にはアイロンをかけて畳んだパジャマがきちんと置いてあった。すぐさま手に取って着るのも躊躇(ためら)われたが、お手伝いの子が脱いでおいた全部、下着まで勝手に持って行ってしまったので、着るものがなく、ともかくも羽織った。幅広の青い縦縞(じま)の入った絹のパジャマが風呂上がりできれいになった体に触れるのがさっぱりとして心地よく、すっきりといい気持ちだった。

(ともかく俺も狂ったな!)

こんなものを着せる人間も、気分よく着てしまった人間もおかしいんじゃないかと永植は苦笑した。板の間の北窓の角を曲がらないうちに、居間の西側、窓辺のところからじっとこちらを見ているスンジェと目が合うや、永植は照れ笑いをしながら自分の姿に目がいく。

「あのやぼったいズボンよりすっきりしていいでしょ」

きのう雨の中を飛び出した時の、黒のサージのズボンをそのまま履いて飛び回っているのが、重たげに見えて、しばしの間でも着替えさせてあげたのだったが、スンジェは風呂から上がった若い男に、こんなさっぱりしたパジャマを着せてみたい気分だった。風呂上がりの体から漂う男の体臭もそうだが、永植の広い肩とすらりと伸びた白い腕や足を惜しげもなくさらす、がっしりした体格は溌剌とした若さをふつふつと発散させていた。そしてそれが部屋の空気をガラリと清新なものに変えている感じがした。

その一方で、スンジェは全身に心地よい威圧を感じ取っていた。

「ここに腰かけて髪をお梳きになったら」

スンジェは二尺［六〇センチ強］ほどもある鏡台を引っ張ってきて、クリームはこれを塗って、油はこれがいいと、一々、瓶を見せた。

「僕は今まで散髪屋でしかクリームを塗ったことがないんだけど……」

永植はそれでも気まずくて恥ずかしそうに、鏡台の前に座って出してくれる櫛を受け取って顔を鏡に映しながら

「もしかしてこれ、社長のパジャマじゃないですか。どうしてこれを真昼間から着ろっていうんです……」

と嫌みを言うと、

「あら、いいじゃないの？　社長が連れてくるお客さんは、泊まっていく田舎のお客も、お酒に酔ってだべっていくお客も皆、決まって先にお風呂に入ってパジャマに着替えてもらってから、一席設けて楽しんでいただくんだから。たまには私のお客さんもそうしなくっちゃ。というより、実はこうしてみたいとずっと考えてたのよ！」

と言って、スンジェはゲラゲラ笑う。背中側から鏡を覗き込みながら笑うスンジェの目は生き生きと生気がみなぎり、両の頬は恥ずかしがる乙女のようにさっと上気した。

「変な癖があるんですね」

永植は返事のしようがなくて笑い飛ばしたが、こういうのがこの家ではいつものことだというので少

しは安心した。けれども自分の客にもそんなもてなしをしてみたいというのは、また何か意味があるのではないかと思うと、また少し警戒するのだった。

「油もちょっとお塗りなさいな。いくら戦乱だからって嫁取りをする新郎じゃないの。体のお手入れはしなくっちゃ」

スンジェはできることなら自分の手で油を塗ってやりたいとでもいうように、傍に寄ってきて油の瓶をちらつかせるのを、永植は無視して櫛で髪を後ろになでつけながら、避けるかのように鏡台の前から立ち上がった。

「あら、ひどい分からず屋さんね。まったく今どきの紳士ではないんだから」

スンジェはまたこんなことを言って大笑いして板の間に出て行きながら、

「私、ちょっとお風呂に入ってくるから、こちらにいらしてビールでも飲んで待っててくださいな」

と台所の方に声をかけると、お手伝いの小娘がビールを乗せた盆を持って板の間に上がってきて、そこに置いてある籐（とう）のテーブルに置いた。

スンジェはお客を居間に置いてある、社長が座る安楽椅子に座らせ、ビールを注いでやってから風呂場に行った。

籐椅子にどっぷりと腰を沈め冷たいビールで風呂上がりのカラカラの喉を潤していると、遠くで聞こえる大砲の音も耳に入ってこず、天下泰平で気分は爽快だったが、やはり心の片隅から不安な気持ちが消えることはなかった。

（礼を尽くし過ぎるのはかえって非礼だというが、急にどうしてこうも大騒ぎするんだろう？……）

こんなもてなしを受けるのは初めてだし、やたらと分不相応でもったいなく思うのが、向こうにしてみれば、いつものことじゃないか。とは思いつつ、また考えようによってはすべてのことに一々意味があるような気もするのだった。

一体全体、自分の客ももてなしてみようと常々考えていたと言うが、狙っていた客というのは誰なのか。ただ単に漠然と若い男友達を呼んで遊んでみたかったということか？　考えようによっては今日のような日が来るのを長いこと待っていたということではないか？……そう考えると、今朝方に車の中で自分の腕にギュッとしがみついて放さなかったのも、怖かったからだけではないような気がする。

ふと、明信がいつもスンジェのことを皮肉って言っていたことが脳裏をかすめた。——

「自分の姪っ子を嫁入りさせようと思ってこの縁談を進めてうまくいったというのに、何でまたごちゃごちゃ口出しするのかわからないのよ。嫉妬してるのかな。どうしても引き離せなくて、カッカして騒いでいるのかしら！」

スンジェは宗植にせがまれて仲人に立ったのだが、明信との縁談の見込みがないとわかって、内心ではうまくいったからそっと手を引くという気配だった。しかしその一方で、明信の両親の側に立つという言い方で、依然として遠まわしに陰口を叩いているのをみて、明信は何度となくこんなことを言うのだった。

「そんなはずないよ。宗植のことは一段落したけど、明信の結婚相手として申永植だけは断念するように友達同士でよくよく言い聞かせてやってくれ、と鄭会長が頼むものだから、友達のためを思って忠告してるんだよ。嫉妬なんかじゃないさ」

永植は冗談半分で明信にこんなふうに言って聞かせた。それはさておき、スンジェは自分と初めて会った時から恥ずかしそうにしながら好奇心を持ったらしく、その後はひどく好意を見せたかと思えば次にはよそよそしく敬遠したりもして、感情や行動に起伏があった。それも今にして思えば、何か意味も理由もあったのかもしれないという気がした。しかし率直に言って、自分としてはこの女はあくまで会社の一社員として、あるいは同僚としてだけ見ていたのだが、「女」として好奇心や関心が全くなかったのか？……永植は改めて自分の感情をじっと座ったままつらつら反芻してみた。

（……だが、この家でこうしているところに明信が不意にやってきて、見たとしたらどうだろうか？……）

と思って永植は苦笑いした。いつぞや達永の家に行った際に、スンジェと出くわして皆で遊んで一緒に帰ることになった時、玄関先まで見送りに出てきた明信があまりいい気持ちがしないという顔つきで黙って見送っていたあの時の表情が浮かんできた。

（だが、なりゆきでこうやって一時的にここでゆっくりしたところで、それがどうしたっていうんだ。それとこれとは別問題じゃないか）

永植は自分で弁明しながら心中、少しもやましいことはないと思った。

（それはそうと、本当に今頃は水原駅前で立ち尽くして待っているはずだが……）

と思うと、心残りがするというよりは、目を見開いてあちこち見渡しては、来ない人間を待っているであろう明信がかわいそうな気がして、こんなふうに座っているのが罪作りに思えた。

と、表門がギシギシと揺すられる音がして、永植は耳をそばだてて身を固くした。金社長が心配になってやってきたのではないか？　と恐れるのだった。

「あけてくださいよ」

会社の走り使いの少年だった。

「あ、ここにいらっしゃったんですね」

この子は自転車を押して入ってきながら、板の間に座っている永植の見慣れない格好に目を丸くした。

「おう、ちょうどいいところに来たな。どうしたんだ?」

自転車で来たこの子に何か頼めるかも、と思ってこんな言い方をしたが、永植は面映ゆい顔つきだった。見られて困るところを見られたというわけでもないのだが、永植が金社長を自分の家に案内したまま、すぐさまスンジェの家に来て引き籠って羽目を外して遊んでいるところをこの子に思われるのが嫌だった。

「心配になって恵化洞の社長のお宅に行ってみたら、奥様が怒っておられて、こちらに伺って中先生のお宅の場所を聞いて来なさいとおっしゃるもので……」

「ユンマン、おまえ、うちに来てみたことはなかったのかい。ちょっと待って、教えてあげるから」

「あら、でもどうして奥様が怒っておられるの?」

いつのまにか風呂から上がったスンジェが居間に入ってきて口を挟んだ。

「こんちは?」

ユンマンはペコリとお辞儀をしてから、

「金先生の奥様［金宗植常務の妻のこと］を悪く言って怒っておられました。自分には知らせもしないで、社長様が行っておられるところをはっきりと聞かなかったと」

スンジェはフン! とせせら笑った。口汚く悪態をつきながら若嫁にがみがみ言う姑の顔がはっきり見えるかのように、顔をしかめた。スンジェ自身も向う見ずに多少の欲がなかったわけではない。宗植は一応、再婚ではあるが、三十歳にもならないうちに妻と死別して子供もいないので初婚といってもよかったし、今どきそれほどの話はなかなかないし、兄弟も多くはなかった。姑だけは学のない旧式の老婆で堅物ではあるが、気兼ねする舅らもいないようなものだと言って、強引にスンジェの姪っ子を引っ張ってきたわけだが、最初から嫁姑の関係がぎくしゃくして夫婦仲もよくなかった。失恋というほどではないが、熱を上げていた明信から拒絶され、結婚を急かされるものだから、気の進まないまま結婚したのだった。それで当然、急に仲良く暮らすことなど望むべくもなかったわけだが、姑は姑で若嫁が気に入らない。

　スンジェが通訳だとか秘書だとかいうので、何となく気にはなっていたものの、まさかと思っていた。ところが夫との関係を知るところとなり、だまされたと思った。嫁取りをするまでは夫とそんな関係であるなんて全く知らなかったのだ。嫁が気に入らないというよりはスンジェの姪っ子だから憎いのだった。すっかりだまされたのが余計に腹立たしく、一々ケチをつけるのだ。まだ嫁を離縁するという話が出ないだけましだった。最近になってスンジェもさすがに後悔して、当事者には悪かったとも思うのである。

「おばさん、ご飯できたの？　この子にご飯を食べさせてから、自転車で持って行ってもらってよ」

　スンジェは洗い髪を束ねて乾かす間に中庭に降りてきて、炊事場の方を覗き込んだ。

「仕度は全部できてますけど」

　肉とニベを別々に真鍮の器ほぼいっぱいに並べ、家政婦のおばさんは塩漬けをこしらえていた。おととい、きのうと、肉や魚はソウル市内では見ることのできない貴重なものだったが、冷蔵庫があるのでこの家ではまだ豊富に味わえるのである。

　ユンマン少年が食事をしている間に干し肉、干し魚、塩漬けの魚卵、ニベの塩漬けを干したものを包んで缶詰なんぞに洋酒の瓶まで取り混ぜて実家からの土産でも持っていくかのように板盆いっぱいに並べた。

永植は自分の家の地図まで描いてやってユンマンを送り出しながら、

「社長に、私もすぐ行くと伝えてくれ」

と言い含めたが、実のところ、自分がここにいることを言うなと口止めしたいのをぐっと我慢した。

そんな卑屈なまねはしたくない。

「もう一時になるのね。お腹が減ったでしょうけど……ちょっと待ってらしてね」

スンジェは少年を送り出してから板の間に上がって、ご飯を待って座っている子供をなだめるように、ふざけて永植の顔を首をかしげて覗き込みながらこう言って、さっさと部屋に入る。バサバサに髪を解いた顔がずっと若く見えて、余計にかわいくも見えるのだが、いきなり出てきてはニッコリ笑ってサッと踵を返して出て行くその振舞いを見ていると、三十歳にはとても見えなかった。明信によると、日本統治からの解放前に嫁入りして、二、三年前に別れてしまったという噂があるというのだが、おそらく自分の夫にもこんなに伸び伸びと隠し立てせずに自分の感情をぶつけたり、嬌態を振りまいたことはなかったであろう。とりわけ金社長との短い交際や同居生活においては、それは感情としてもあるいは生理的にも自分を殺し、生きた人形として振舞っていたか、あるいは機械的に従っていただけであろうということは明らかだった。そのある種の反動で、心と感情が自由に羽ばたいていて、全身の細胞が忙しく、せかせかと息づいているのかもしれない。

(それでも社長のところに運ぶ食べ物を人任せにしないで、自ら心を込めて見つくろうところは、なかなか心が広いなあ……)

永植はスンジェのような社交的な女性が家事のやり繰りになかなか細かいことだとか、口では何を言うにせよ、それでも社長に対する気遣いが格別なことには内心、拍手した。事実、スンジェのように活発でしっかりしている女性は、家事の楽しみも知っているし、精力が余っていることもあって、力を出し惜しみしないでまめに動くのであろうが、時々台所に立って自分の納得のいくように鍋物（チゲ）も煮て食べるし、気が向けば西洋料理もちゃんと作れる腕前を持っていた。金社長に対しても深い愛情があるとは思えないのだが、年配者待遇、目上の人待遇という意味でも自分のやれる道理は通そうとするのである。けれども今日のように彼女が精魂込めなくても、当然、本宅の方でやるべきものを、あり合せをすべて取り揃（そろ）えて運ばせたのは永植の家だからなのだろう。

　手際よく簡単にサッと薄化粧を済ませ、髪を梳（す）くのが煩わしいのか、ありあわせの赤紫の髪紐でさっさとまとめて、また手を洗いにコマのように素早い動作で中庭に降り立つ。永植は軽やかなワンピース一枚に包まれた美しい肩の線と、すんなりした腰のあたりが動くのを目で追いながら、その身から漂う曲線美と律動美を静かに眺めながら座っていた。それはこれまでこの女に対する別の新たな発見みたいで、改めて目が行くのだった。

（今日は自分の目がどうかしてるんだ。本当に頭が変になってるんだな……）

　永植はまたこんなことを思って一人苦笑した。

「さあ、入っていらして」

　運ばれてきた食事の膳の後から、スンジェは男の前にスッと立った。男の視線が自分の体を追っていることを意識して、満足と自慢とうれしさを一度に感じて、心行くまで見てちょうだい、と言わんばかりの秋波を送り、少し開いた口元に恥ずかしそうな笑みを浮かべて立っていた。男は男で、これほどに元気いっぱいで怖いもの知らずの女が自分の前では恥ずかしがっているのか、という思いに自慢したい気持ちと優越感を感じ、立ち上がる際に女の頭のてっぺんから足の先まで見ないふりをしながらすばやく見回した。気付かないふりをするのが惜しいほど誘惑を感じるのだった。男がまたしても見てくれていることに女は愉快と満足を覚えたという笑みを、今度は大胆に男の顔にかぶせるように返した。

「ああ、眠い」

永植は生あくびをしながら目をそらした。

「お食事を召し上がるというのに、どうしてあくびなんかするの？」

眠気も疲れも全部飛んで行ってしまって心が浮き立って一しきり気分のいいスンジェは、永植が疲れた様子なのが気に入らなかった。

「さあ、眠気覚ましにすっきりするものから……」

膳の前に座ってスンジェは取りあえずビールをついだ。

「何もありませんけど、ゆっくり召し上がってくださいね。危ないところを乗り越えて、随分驚いた後なんだから、食べるものでもしっかり補給をして痩せないようにしなくちゃ」

大変なご馳走の膳の前に二人きりで座って食べることになり、永植は眠いのはさておき、やはり居心地が悪く、ちょっとドギマギする感じだった。心をかき乱し気持ちを高揚させて、やたらに興奮した神経が今度は緩んで、永植は女の顔を見るのも眩しい感じで、こうやって向かい合って座っているのもつらいほどだった。その上、金社長ともこう向かい合って食膳を囲んで座り、食事の介添えをしてやっているのだろうと思うと、日ごろ社長の座っている所に座っていることに気が重く負担を感じた。

永植がニコリともせずに黙りこくってスンジェのコップにビールを注いでやるのを受けて、

「何を考えていらっしゃるの？　心は水原に飛んで行って座ってらっしゃるんでしょうから、余計にお疲れですわね！」とからかう。スンジェは自分の膨れ上がった感情や愉快な気分に合わせてくれないのが不満だった。それは結局、自分には関心がなく誠意を尽くしてもてなしをしようという彼女の好意に乗らない、ということのようだった。それで男の視線が自分の体をなめるように見るのをうれしく思った気持ちも萎えてしまい、自信をも失ってただ寂しかった。スンジェは最初に見かけた時から自分より若いんだ、という思いが先立っていたが、いつも「私、三歳も年上なのね！」という思いと、「明信とは十歳ほども違うんだよね！」と、自分の方に勝ち目がないという気持ちが脳裏を離れなかった。この年齢のことがこれまで永植に対する空想や欲望を自制する安全弁にもなってきたし、逆にこういう時には自信を失うことにもなるのだった。

「ああ、スカッとしますね。やっと頭の中の霧がすっきり晴れたみたいです」

永植はひと息にビールを一杯飲み干して初めて微笑んだ。

「どうぞ冷めないうちに召し上がって。お肉には洋酒が合うそうだから、ブランデー召し上がります？」

スンジェの目と顔は再び明るくなって、すばやい身のこなしで納戸から洋酒の瓶を取り出し、グラスを洗いに出て行こうとした。

「いやあ、こんなにしていると本当に眠くなってしまったら困るよ」

「ひと寝入りして行ったらいいじゃないの！」

スンジェは誰かがケチでもつけるかのように、わざとぶっきらぼうにこう返した。

酒の香りにつられもしたが、舌も乾ききって朝飯にありつけなかった空腹の胃に洋酒が入って食欲を刺激したのか、勧められようが勧められまいが永植がガツガツと食べるのを見て、スンジェは自分も空腹だったが、ずっと笑みを絶やさずに一人話しかけてはビールで喉を潤してばかりいた。酔いが回るにつれて体がますますカッカとしてきて手足が熱くなった。

「もしこのまま共産党の天下になったら、たぶん私は真っ先に首を吊って死ななきゃならないわね」

どう考えても避難すべきだという相談をしながら、スンジェはふとこんなことを漏らした。

「そんなことはもう考えないようにしなくちゃ。たった一日でも憂鬱で耐えられないんだから！」

「ともかく、越北［北部朝鮮に越えていくこと］した連中までが押し寄せて来て、のさばらないうちにけりがつくんでないと、でなければ……」

スンジェは次第に深刻な顔になり、何か物思いに引き込まれる様子である。

「何か引っかかることでもあるみたいですね。転向の方がいいんじゃないんですか？」

と言いながら、永植は考えても仕方のない話題を収めようと、ワハハと笑い飛ばした。

「私、もともとアカと言えば毛虫よりもっと身の毛がよだって生理的に嫌なんだから！」

スンジェは一人考え込んで口を尖らせながら笑い飛ばした。

「でも、敵(かたき)とバッタリ出くわしたみたいに、昔の〈同志(トンム)〉が「姜(カン)同志！　久しぶりだね」と言いながら目をむいて、毛虫みたいな手を差し出したらどうなるか……」

変な言い方をしたかなと思って、永植はさらにこう畳みかけた。

「ちょっと待って、と言っておいて首を吊るわよ」

スンジェはニッと笑って、

「どうしてもうまくいかない時は、私たちソウルから離れましょうよ。申さんの友達だとか親戚だとか、どこか静かな田舎の片隅に行けるところはないかしら？」

と、見込みがあるのでは、というように相談を持ちかける。

「そうだな、楊平（ヤンピョン）［京畿道在。ソウル東方の内陸部の町］にうちの父方の叔母の家があるけど、こうなってみるとどこに行っても変わりはないんじゃないかな。ソウルの方が広いんだから、かえっていいかもしれません」

「町内が騒がしくなったら、うちの実家に行こうかとも考えたんだけど、……今思うとそこも安心はできないし、延曙（ヨンソ）［ソウル北西部、恩平区在］にうちのお墓があるんだけど、そこに行ってみようかしら?……」

どこに行くにも当然、同行する人間だと決めたかのように、言葉尻を上げて尋ねる。

永植は内心多少おかしくもあり、気が軽くなるようだったが、よくわからないふりをして、

「そりゃいいですね。お父様の墓の脇に防空壕を掘って、いっそ、その中に入ったらどうです」

と言って、また笑った。

「行くと言ったって、私一人で行けるわけがないじゃない、一緒に行ってくださるのかしら?」

「お供するぐらいのことは……」

「でも息がつまりそうだから、一人ではいられないと思うの。申さんもそこにしばらく身を隠しておくのがいいと思うのよ!」

と、スンジェはニコリともせず真顔で勧めるのだった。

「お言葉はありがたいですけど、お宅のお墓に穴を掘って入り込んだら、ご先祖の祟りがあるんじゃないですか?　鬼神がゾロゾロですよ。ハハハ」

二人とも笑った。永植はそんな相談をされるのが嫌でも不愉快でもなかったが、何か抵抗しがたい力を急にドンと押し付けられたような気がして怖くなり、かえって気が重くなった。この女の過去というものをよく知らないので、何かわけがあって強迫観念に駆られてブルブル震えているのやら?　それで自分を利用しようとしてこう言うのか?　あるいは自分を引き寄せる計画的な手段として滅多やたらと

急いでみせているのだろうか？　まったく見当がつかない。下手(へた)すると社長の手前、申し開きもできずに誤解され、皆の前で恥をかくのではないかという思いに、しっかりしなくちゃいかん、と気を引き締めた。

「ああ、もうぼちぼち帰らなきゃ。ご飯をいただけますか？」と永植が腰を浮かそうとした時、中庭の方から、

「お嬢様、弼雲台(ピルンデ)〔鍾路区弼雲洞の俗称〕の妹御さんが見えました」とお手伝いの子の声がした。

「え？……」

と、見やるスンジェの顔には邪魔者が割り込んできた、とでも邪推するような色がありありと見えた。

「あら、恩愛(ウネ)まで来たのね。上がっていらっしゃいよ」

スンジェはそれでも嫌な顔は見せずに迎えた。

妹のスニョンの後ろから靴脱ぎ石の上に立った李(イ)恩愛は、開け放してある部屋の取っ付きの引き戸のところから部屋の中を眺めて、

「あれ、課長さん、どうされたんです？」

と大げさにうれしそうにしながらも、驚いたようにケラケラ笑った。

「どうしたというほどのことでもないさ。さあ、上がりたまえ。だけど、ずいぶん驚いただろう。家の方は皆、無事なのかね？……」

ややおどけた口調ながらも、課長らしい体面は繕った。スンジェの目には弟のようで、うぶな独身青年だが、部下の前では大人びた態度だった。恩愛というのはまさに自分のところの調査係の係員で、スニョンの方は姉の口利きで入社して総務課の人事係にいるのである。

「で、どこで恩愛と会ったの？」

「お母さんが、気がかりだから行って見てくるようにとおっしゃるんだけど、一人で出かけるのも何だから、来る途中で引っ張ってきたのよ」

と言いながら、板の間に上がったスニョンは永植に軽く挨拶するだけで、あまり面白くないという顔つきだった。

「あら、私、来ちゃいけなかったかしら？　でも、課長さんはこちらに避難されたんですか？」

板の間でもじもじしているスニョンはそっちのけで、恩愛は平気で部屋にずかずか入って座り、永植のパジャマ姿を、変ね、とばかりににらみつけるように笑った。あくまで明るいのである。大柄で色白だがポッチャリしているので、ちょっと見にはそれほど目立つ顔つきではないが、近くでよく見ると鼻筋だとか口元にかわいいところがあり、澄んだ大きな瞳は素直そうで晴れやかだ。

「避難しようと出たんだけど、苦労するばかりで、死にかけて生き延びて驚いた心臓をだね、この温泉旅館でひとしきりほぐしているところさ」

永植が弁解がましく、長たらしい説明をして笑い飛ばすと、

「案の定、お姿を拝見すると温泉旅館にでも泊まられたみたいですわね。それはそうと、社長さんはどうされたのかしら？」

と、恩愛は内心、一目見た瞬間に眉をひそめたのだが、気がかりなことを尋ねた。スニョンも意外な光景に半ば怒った顔つきで冷やかに無言でいたが、入りたいわけではないものの、姉に言われてしかたなく部屋に入って隅っこに少し離れて座った。

けれども姉から一部始終を聞かされると、あら！　ええ？　を連発して驚き、感嘆した二人の娘はや

っと疑いが解けたかのように表情が和らいで、

「まあ、どんなにか驚いたでしょうに。本当に運がよかったんですね！」

と、しきりに感心するのだった。

「さあ、それはそうと、スニョン、そういう温泉なんだから私たちも湯に浸かって出てきてから御馳走になって行こうじゃないの？　この戦乱の中だし、いつまた入れるかわからないんだから」

恩愛ぐらいになれば、別に恥ずかしがることもなく、あくまで胸にしまっておくようなこともなく、あけすけな性格でもあった。

「そうそう、そうしたら。あんたも早く一緒にお湯に浸かって汗を流してらっしゃい」

けれども妹はすぐには立ち上がろうとしなかった。もともと無愛想な性格の上に、友人と裸の肌を見せ合って狭い浴槽に一緒に浸かるのは嫌だった。

反感

「あ、そうだ。明日、朝十時に会社に集まるの、ごぞんじでしょ？」

「知らんよ」

「さっき総務課のイム・イルソクが来てそう言ってましたよ。社長はどこに行っておられるのか、と探し回っていましたけど……。あさってが月給日じゃないですか」

「うん、そう言やあ、そうだな。だけど社長が僕の家に行っているということは誰にも言うなよ」

永植（ヨンシク）は下座（ウンモク）の方に座っているスニョンにも言って聞かせるという意味で、そっちに顔を向けた。

「うん、そう言やあ、はないでしょ。社長がどこかに行ってしまわれたりしたら、私たち、月給も貰い損ねるところだったじゃないの！」

と恩愛（ウネ）は皮肉っぽく笑う。課長の前でも駄々をこねるように、いつも礼儀知らずにふるまう恩愛だった。

「月給というのは社長がいようがいまいが、期日になったら当然、会計係から支給するものじゃないか」

永植は泰然とこう返事はしたが、確かに社長がそこまで指図しておいて出発しようとしたのか、自分もバタバタしていた中で注意してなかったことを内心、悔やんだ。

「月給は当然もらえるでしょうけど、今後の生活保障をどうするつもりなのか、何か条件でも出すみたいでしたよ」

「ウン、話としては当然、そうするつもりなんだろうが、さて今後の生活保障までは……」

永植は社長の側に立とうというわけではないが、この状況で生活保障をするといっても、どうやってするのかが問題だし、それよりもイム・イルソクのような若い連中がしゃしゃり出て、そそのかして回っているらしいのがちょっと気にかかった。

「イム・イルソクって、何にでも先頭に立つ厄介者の例のあの子のことでしょ?」

スンジェも思い出してそう一言言って、

「アカなんじゃないの?」

と眉をしかめた。

「いや何、アカと言うほどではないけどね。ちょっと知ったかぶりをして口をきくもんだから、ややもするとアカだと噂をされはするけども……」

永植も以前から聞いてはいたので、内心、そんな不安がなくはないのだが、お互い先回りして心配するのも嫌なので、当たり障りのない言い方をした。

板の間のテーブルに取りあえず冷たいカルピスを注いで置いて、スンジェが二人の娘を部屋から連れ出す間に、永植は服を持って脇の小部屋に入り、急いで服を着替えて出てきた。

「もう帰るんですか?　ダメよ。私たちを見送ってからになさらなくっちゃ」

恩愛がまた駄々をこねるように前に立ちふさがった。

らないんだよ」

「僕に出くわさなかったらどうなってたと思うんだね。こういう時には女の人も勇気を奮わなければな

永植は恩愛の腕を振りほどいて出かけようとした。

「あら、私たちが来た途端に逃げ出そうとされるからよ」

「そうさ、恩愛の顔を見たくなくて、逃げ出すんだよ」

「それなら余計に意地悪しようかしら」

サバサバしていて誰にでも邪気もなくズバズバものをいうので、誰とでも仲良くやっている恩愛である。とりわけこの年若い課長は、堂々として屈託のない気さくなこの子を好ましく思っていた。で、時には親友にでも対するようにやたらと突っかかりもするのだった。それでももちろん自分なりの心づもりはあった。スニョンが知らせてくれた明信（ミョンシン）とのやり取りの話はしっかりと耳に留めていて、内心、大きな秘密を隠し持っているのだった。

どうかそうなってくれたら！　そうなりさえすれば、第二の候補者は自分のはず――こんなとんでもない考えが恩愛の心の片隅のどこかにあるとしたら？　それは永植にもわからないのである。こういう欲望というのは仏と夜叉（やしゃ）が背中合わせに息をしている具合だから、考えてみればひどい話というか、仕方のないことでもある。スンジェは、この子がいつのまにこんなに馴（な）れ馴れしくなったのか、と思いながら、二人がふざけ合うのが気に食わないが、笑顔で、

「お食事もあまり召し上がってないのに、出かけるんですか」

と、引き止めてみた。しかし永植は急いで靴を履いて出かけようとする。だんだん煩わしい気がしてきて、早くスッパリとここから抜け出したい。この家のあまりにも艶っぽい雰囲気の濃さと彩（いろど）りが、肉

を食べた後の食欲のように思われ、胃もたれして疲れた頭には持て余し気味だった。

「じゃあ、明日は何時にいらっしゃるの？」

「え、うちの方には来られないんですか？」

「まだ家から出ない方がいいと思うの。一日に一度は必ず寄ってくださいね。気にもかかるし……」

「こんな土壇場で毎日ご機嫌伺いは難しいなあ！　急ぎの用があったら来ますよ」

「ずいぶん冷たいのね！」

スンジェは軽く睨（にら）んでみせ、履物をつっかけて玄関口まで見送って行きながら、何やら囁く。

（一体いつからあんなに親密になったんだろう？……）

と二人の娘は同じように、見ちゃいられないというように、しかし一方では羨ましそうにじっと見ていた。が、お互いに顔色を探るというのか、何かを聞き出そうとしてか、無言で視線を合わせた。

二人とも同じように嘲笑の笑みが浮かんだ。というより、スニョンの顔にははっきりと怒りの表情まで漂っていた。また椅子のところに戻って座り直したスニョンは冷やかに口をつぐんで、無言で一人物思いに沈んでいた。

（こんなのないわ！）

さっきここに入ってきた時から憤慨していたことをもう一度脳裏に浮かばせた。これは嫉妬でもなんでもない。ただ友達を――明信のことを思って憤慨しているのだ。一時は蜜かに嫉妬もしたし、明信が憎くもあったけれど、あの縁談が出た時から自分の姉が、してくれと言われてもないことをする、と言って反対もしたし、完全に明信の側に立って、彼女の勝利のために共同戦線を張って激励していたのである。それなのに、今になって仲人に立つと買って出ていたまさにその姉が、永植に気があるというのだから、姉も姉だが、男の方も男の方だと憤慨するのだった。

（人間には義理というものがあるし、体面もあるじゃないの！）

友の顔に泥を塗るようで明信がかわいそうな気もした。これは家族皆の定評と言ってもよかった。何よりスンジェが最近、出世してうまくやるようになって、家の暮らし向きはだんだん苦しくなっているというのに、知らぬ顔で何一つ助けようともしないところからくる反感もあるのだった。だが、もともと母親違いだというところから感情の行き違いも大きくなっていたのである。

「明信一行は漢江を渡ったらしいから、皆、すっかり安心して羽を伸ばして遊んでるんだろうね！」

恩愛も見込みが違った嫉妬と不平をぶちまけてしまった。

「だからといって、あれは何なの。申課長もいやらしいよ！」

「あの人だってうぶな青年なんだから、言われるままにあっちにヨロヨロこっちにヨロヨロ振り回されているのがむしろかわいそうよ」

恩愛の癇癪に対してスニョンは鼻で笑いながら睨んで見せた。

「あら、怖いわ。あんたどうして睨むのよ？」

「あんたも割り込もうという、その腹づもりが見えたから睨んだのよ」

「どうせだったら、真っ正面から見たらよく見えるわよ」

恩愛は笑い飛ばした。

それでもスニョンは姉に正面きっては何も言えない。気おされて姉の前では口を開くこともできないスニョンだった。実のところ、お互いに負けん気が強いので、正面衝突をしたところでいいことは何もないので、避けているだけかも知れない。

「あんたどうしたの？　ふくれっ面をして」

見送ってからかなり時間がたって戻ってきたスンジェは、姉をチラッと見ただけで座ったままの妹を不快に思って、きつい言い方をした。

「私が話しましょうか？……明信と一緒に行くべきなのに、ぐずぐずしてどうしてこちらに出入りするのかって、申先生が変だからなんですよ」

恩愛が冗談めかしてこう皮肉った。

「またそんな、心配事が多いのね」

スンジェは笑いとばすだけだった。

三人の女は昼食の膳を囲んで座ってもあまり面白くなかった。やはり食欲もなく、腹も減ってないスンジェは、また一杯ビールを飲んで、眠いと言って膳の横に突っ伏した。二人の娘も門前払いでも食らったような不愉快な気分でためらいながら座っていたが、やおら立ち上がった。気兼ねのない客だから、夜更かしした人間が妹にその場をまかせて横になるのは普通のことではあったし、自分たちもほかの時だったら何の気兼ねもなく心行くまで食べて遊んで行くのに。だがスニョンに引っ張り出されてきた恩愛もこうなっては楽しむ気になれず、スンジェにそれとなく反感を持った。

翌日、スンジェは行かないつもりだった会社に少し早く出かけた。考えてみると、自分まで避難したように誤解され、社長を捜し出せとせっつかれるのが嫌でもあり、臆病にもなるからである。きのう若い連中が会社に集まったなら、社長が運転手の口は封じておいたろうが、彼の口からすぐにもばれていそうな気がして、気が揉めるのだった。

しかし出勤してみると、運転手の家にも車庫にも鍵がかかっていた。家族を乗せて逃げてしまったらしい。事務室の前の戸をギシギシと揺すってみても開くわけがない。がっかりして行きかう人を眺めてぼんやり立っていると、意外にも永植がとぼとぼとやってきた。

「あら、どうしたの？　こんな早い時間に？」

「いや、運転手をとっ捉まえておこうと思ってね……」

スンジェはうれしくなり、心強いので笑顔でじっと男の顔を隅から隅まで穴の開くほど見つめた。

「私もそれが気がかりでちょっと早く出てきたんだけど、いるのかしら？」

永植は事務的にやり取りしながらも、女の愛情の籠った視線がまぶしく顔をそらした。

「戸に鍵がかかってるなあ！　かえってよかったさ」

永植はそれでも一回りしてきてから、助手のチャンギルがその後どうなったか、朴(パク)外科に行って見ようと歩き出した。

「社長はゆっくりお休みになられたんでしょう？　社長の奥様は来られたんですか？」

スンジェはついて行きながら尋ねる。

「本妻と妾が張り合うので、被害がこっち一人に来る、と不平を漏らしながら座っておられましたよ」

と永植が笑うので、

「え？　妾って何よ、何を張り合ってるっていうの？」

スンジェはその言葉が皮肉っぽく耳障りで、侮辱でもされたように男を睨んだ。

「ところで、大変なことになったんですよ」

永植は素早く話題を変えた。

「社長は銀行が閉まっているから自分としてもどうしようもないではないかと、会計課長にだけ責任を押し付けるようなことをおっしゃるんですよ。しかし会計課長に会えばわかると思うんだけど、誰にしたって、はいそうですか、と聞き入れるわけがないんで……」

「はっきりしてるじゃないの！　すぐにも生計の道が途切れるところなのに！　私にも銀行が開いているうちに預金があったら全額下ろしておけ、とせっついていた人が、いくら何でも月給を渡す算段をしてなかったというわけね……。話にもならないわ、片意地を張って手を引くにしてもあまりにもひどいわね！」

　スンジェは自分も雇われの会社員であるというより、学洙(ハクス)社長のケチで薄情なやり方に憤慨するのだった。

「それなら姜(カン)さんが行ってちゃんと説得してみる方がいいんじゃないですか？　どうしてもだめなら、とりあえず半月分だけでも支給して、当座の渇きを癒(いや)すようにすべきだ、と言わなくちゃ、社長はやっぱりシラを切るようなことばかりおっしゃるんだから……」

「私、知らないわよ。会計の方でちゃんとやってくれなきゃ。申さんもどうしてそんなに興奮して言うのよ」

「いや、こんなことしてて騒ぎになって、社員たちがうちの家に押しかけたりしたら、下手するとえらいことになりゃしないかと思ってね」

　えらいことになるかも、という言葉にスンジェは納得できないという顔つきで口をつぐんだ。社長が南に逃げようとして失敗したとわかれば、社員たちはどうやってでも捜し出そうとするはずだ。そうなれば社長は身を隠している意味がなくなる。

朴外科には想像していた通りチャンギルが入院していた。太腿の付け根から弾丸を摘出して、経過は良好とのことだった。

「この子の家はどこなんですかね？　両親に知らせて連れて帰ってもらうようにしないと……」

と、医者は自分もいつどうなるかわからないので、いつまでも引き受けておくわけにはいかないという状況だった。運転手がチャンギルの家に知らせに行くと言っていたのだが、まったく連絡がないところを見ると、自分のことにかまけて知らぬふりをしてしまった様子だ。

チャンギルは永植とスンジェを見るや、体を伸ばして寝たままでオイオイ泣くばかりだ。ロクに世話を焼いてくれる人もなく、死ぬか生きるかでジリジリしながら一昼夜を過ごした挙句に、ともに災難に遭ったこの人たちに会ったので、うれしくもあり恨めしくもありで、悲しみが堰(せき)を切ったらしかった。

「で、君の家はどこなんだい？」

「城北洞(ソンブク)［ソウルの北部、城北区の町名］の奥の、山のてっぺんの方です。ユンマンは知ってるんですけど……。母にすぐ来てくれるように言ってください」

「わかった、もう少ししたらユンマンが会社に来るはずだから、ちゃんと伝えてやるからな」

「会社に皆、集まるんですか？　そうか、月給をもらいに来るんですね。じゃあ、僕の月給はユンマンに渡してこっちに持たせてください」

チャンギルもやはりこんな中でも月給日は忘れていなかった。

「ここに百ウォン札が十枚あるんですけど、喉が渇いてもリンゴ一個買って食べることもできないんですよ。ユンマンに何か買ってきてくれと伝えてください」

入院させろと運転手に五千ウォンを預けたのだが、千ウォンだけ渡して帰ったらしい。帰り道に薬局に寄って聞いてみると、手術費と入院費は会社の方でもらってくれ、とだけ言い残して行ったとのことだ。

表通りに出て二人は閉まっている店を叩いて果物を買おうと骨を折ったがダメだった。

会社に行くと、戸は閉まっていなかった。

事務室の大部屋には二十人余りの社員が机に腰かけ、思い思いに三々五々、寄り集まっていたが、スンジェが先に立ち永植が入ってくるのを見て、

「やあ！」

と冷やかすやら驚くやら、喚声を上げた。

「みんな、どうしたのよ？」

スンジェは平静を装って微笑みながらも、永植と一緒に来たからなんじゃないかという引け目を感じないでもなく、まずスニョンと恩愛の方に目をやった。

「おや、どちらの奥方がお出ましかなと思ってですね……」

「それよりも、秘書のお嬢さんが戻って来られたところをみると、社長を逃さなかったのが皆うれしくてですよ」

確かにこの女が、カラムシ（苧麻(モシ)）のチマをふんわりと穿(は)いて腰紐をしっかり締めていることだとか、足袋(ポソン)にゴムシン［朝鮮固有のゴム製のつっかけ］を履いているのを初めて目にするだけに、物珍しくもあった。姜スンジェが現れたのだから、社長がソウルを離れたというのは噂に過ぎなかったようだと、喜ぶのだった。

「秘書になってからもう何年だと思ってるの。私も今日、お給料をもらいに来たのよ」

スンジェはまずもって予防線を張っておいて、若い連中の間にもぐり込んで座ったが、すぐに立ち上

がってこちらに合図を送る妹のところに行った。前に座っている恩愛もニッコリ笑うばかりである。

「家の方は大丈夫でしょ？　私、後で行ってみるから」

スンジェは妹に声をかけてから永植の後について社長室に入った。

「あ、姜スンジェさん！　行かなかったんですね？　社長はどこにいるんです？」

事務室では目に付かなかったイム・イルソクがここにいて、目を丸くして咎めるようにこう聞いた。

「私は知りませんよ。幹部の皆さんは水原の方に下ったんですって？……」

スンジェはきっぱりシラを切った。社員代表格のイム・イルソクと若い二人の青年が総務課長と営業課長を取り囲んで座って談判をしているらしい。表の事務室よりちょっと険悪な空気のようでもあり、以前なら礼儀正しく姜先生、社長先生と言うはずなのに、言葉遣いからして変わったなと思いながら、スンジェは自分の部屋になっている横のドアを開けようとすると、

「あれ、秘書が知らないんだったら誰が知っているっていうんです？　ちょっとこっちに来てください」

とイルソクがいちゃもんをつける。顔はかわいいのだが、神経質そうで憎たらしく見えるところへ、目をカッと見開いて突っかかる様子は以前には見られなかった別人のようで、殺気立っていた。

「秘書ってのは盲人の杖みたいに、いつでも社長をとっ捉まえていろっていうわけなの？」

スンジェが笑い飛ばすので、

「僕はいつも連れて歩く秘書だと思ってましたがね！」

とイルソクも皮肉って失笑した。

「急な時には親や子でも放りだして逃げるんだから、連れ歩いてたのを落として行ってしまったんでしょうよ」

スンジェも冗談に紛らして答えておき、自分の部屋に難を逃れた。

姜スンジェは当然ながら社長について南下しただろうと思っていたので、家の方にも捜しに行かなかったらしいが、運転手はもちろんのこと、ユンマンや恩愛の口からも何も聞かされてない様子なので、本当によかったと思った。

永植も下手に話に割り込むのもまずいと思い、そっと外に出てユンマンが来るのを立ったままで待っていたが、自転車でやってくるのを捉まえて、方向転換させ、城北洞のチャンギルの家に遣った。

会計課長の崔ジョンウはイルソクが寄越した出納係の金ハンに捉まり、出て来ざるを得なくなっていた。崔課長が二日前に二十三万何千ウォンかの会社の金を横領した現行犯なのを知っているのは、部下の金ハンだけだった。二十五日の夕方に預金すべき金庫の中の現金を預けずにそのまま一晩寝かせておいて、二十六日に残務整理をして退勤する時、その金をこっそり引き出してカバンに入れて帰り、二日間家でじっとしていて今日になって現われたのである。三、四カ月分の月給をあらかじめ引き出しておくというつもりだったのかもしれないが、自分の目で見た金ハンは、課長が一人占めするつもりなのかと、やきもきしているところだった。が、社長は逃げ出すし、月給は出るのやら出ないのやらでイルソクがそそのかすものだから、よし、とばかりに先頭に立って、まずはこの横領犯から捉まえたのである。

それでも崔課長は出てきたその足で、イルソクが何やら労働争議の交渉代表にでもなったつもりで先を急ごうとしているのを横から遮り、

「けさ出勤途中で金ハン君から聞いてわかっているよ。どうもこうもないさ。私も賛成だよ。今月分の月給は当然出ると思うよ。これから三カ月分の生活保障費も受け取らなきゃ。だが、まず我々だけで相談しなきゃならんから、ちょっとだけ外に出て待っててくれないかね」

と、大げさに快活に言ってのけて出て行かせてから、スンジェの部屋に入った。

きのうも家に訪ねてきた金ハンから、社長が永植とスンジェを連れてソウルを離れ、一足遅れて専務と常務も南に下ったという話を聞き、崔ジョンウはかえっていい具合になったという気もしていたのだ。今、会社に行く途中で永植に会って大体の話を聞いてから、一方で二十三万ウォンの件を気にはするものの、一安心してイルソクの前で大口を叩いたのである。

「途中で大変な目に遭われたそうですね。で、社長はどちらにいらっしゃるんです?」

スンジェの周りに課長たちが集まってきてぐるりと取り巻いた。スンジェは答えを永植の方に振り向けるかのように、しばし彼の方を見た。秘密を公開せよという相談のようでもあった。

「状況がどう急変するかわからないので、とりあえず私の家に来ておられるんですが……」

課長たちに嘘をつくわけにもいかず、永植が本当のことを話した。

「じゃあ、月給の支給には問題がないな」

総務課長の言葉である。

「ですが、社長がおっしゃるには、金庫の中に現金がいくらかあるはずだから、崔課長に取りあえずはそれで、あれこれ言われないようにしておけ、とのことなんです」

「いや、よくそんなことが言えるな。残金は銀行に預けてしまって、常務が通帳をかき集めて持って行ってしまったじゃないか!」

崔課長はすぐさま反論した。

「もし会計課にいくらか現金があったとしても、それで口塞ぎをせよと言うのは無理だろ」

営業課長が口を尖らせた。

「ともかく崔課長が直接行ってみてくださいよ。ボーナスは貰えないにしても、月給をごまかしたなんてのは話にならないわね」

スンジェが最終判断を下すように自信ありげに言った。

「さあ、こんな状況なのに、三カ月分の生活保障をしろと言うのだが、そんなもので若い連中が黙っていますかね」

崔課長は若い連中の気勢にそれとなく恐れを抱いている口ぶりだった。

「ともかく、社長の居場所を教えたらダメですよ。それだけは私たち約束しましょうよ」

スンジェが念を押した。

「でも、どうしても七十万ウォンぐらいにしかならない月給を払うのが惜しいと言うんだったら、社長自ら出てきて納得のいく説明をしてくださいと言いたいね」

崔課長は言い逃れようとした。

部屋の外の事務室では依然、ガヤガヤやっていたが、突然、イルソクの荒々しい声がして、

「同志(トンム)の皆さん！　お静かに……」

と言うや、場が静まり返った。スンジェの部屋の中にいた人たちは目を丸くしてお互いを見た。事務室に集まった男女たちもこの同志たちという初めて聞く一言に、口にしてはならない恐ろしい言葉を聞いたかのように驚いた表情で息を潜めて次の言葉を待つのだった。

「……同志の皆さん！　暴利を貪る輩(やから)の巨頭である金学洙(ハクス)は、網にかかったドジョウのように抜け出して逃げました。いや、飾り物(ノリゲ)［女性の韓服上衣に付ける飾り物］のようにいつもぶら下げていた女秘書と従者たちが一緒に行けなかったところをみると、まだソウルにいるかもしれませんが……」

スンジェは顔が蒼白になりパッと立ち上がるや、ドアを蹴らんばかりにして開け事務室の方に出て行った。

「あら、皆、何を言ってるの？　誰が月給をくれないと言って心配しているのよ？……飾り物だとか何だとか言ってるのは私のことなんでしょうけど、さあ、飾り物がどうしたって言うの？……」

と、スンジェが大声を出すので、イルソクも目だけは吊り上げていたが、じっと見つめて言葉を切った。

「同志ですって？　皆さんはいつからこの方の同志だったんですか？　この方の同志は皆、こちらに出て来てください」

永植と会計課長が左右から捉まえんばかりにして引き止めるのも振り切って、スンジェはバンバン言い立てた。誰も何も言えなかったが、人垣の中で恩愛とその横に立っているスニョンの顔もともに緊張していた。姉が飾り物と言われるのを聞いて憤慨したというよりは、同志と言う言葉に反発している姉の心境を思いやってのことで、あんなことを言って何か災いを被るのではないかという心配とともに、以前の姉の夫の顔が浮かんできたのだった。

以前、夫婦げんかをすると「私はあなたの同志にも妻にもなる資格がないんだから！」と食って掛かって口癖のように冷たく言っていたスンジェだった。最後に別れて家に帰ってきた時も、

「あの分からず屋たちの中にいて〈同志〉なんていう言葉を聞かなくて済むだけでも安心して手足を伸ばして暮らせるわ！」

と述懐するスンジェだったから、飾り物と蔑(さげす)まれることよりも、あの〈同志〉という言葉がより一層神経を逆なでして心に響いたらしかった。スンジェの結婚生活が失敗に終わったのには、あまりにも生

活苦に苛(さいな)まれ、幸か不幸か子供を授からず、いわゆる倦怠期に入ったことなどもあるけれど、あのどうしようもないアカというアヘン中毒のような病に罹(かか)った夫に従って、〈同志〉にはどうしてもなれないということも大きな原因だった。それでも元々、ほかの人たちからも恋愛結婚と言われたように、最初は惚(ほ)れていただけに、あのアカの夫が人間としてはそれほど嫌なわけでもなく、たまに思い出しては心を痛めているのだった。

　イルソクはスンジェや課長たちの気勢に押されもしたが、〈飾り物〉と言う言葉がつい口をついて出たのはちょっと言い過ぎたと反省したし、実のところ自分でも初めて使ってみた〈同志〉という言葉がしっくりこない気もした。それに社員たちが自分の言葉に応じる様子もないので自信をなくして、依然として口だけ尖らせて険しそうな顔で目を剝いて虚勢を張って立っているだけだった。

「皆さん、月給は明日差し上げられるはずです。社長はいなくても、ほかの重役たちと相談すれば、それっぽっちのことができないわけがないですよ」

　会計課長が、少しもカッカと血をのぼせて焦るようなことではないというように、にやにや笑いながらこう遮った。

「あげるはずって？　そんな曖昧なことを言って、責任を取れるんですか？」

　イム・イルソクは言葉尻を捉まえたのが儲けものとばかりに、喧嘩腰で突っかかる。

「あんたも私も社長じゃないんだから、責任なんて取れないじゃない？」

「会社をたたむんだったら月給は渡してから解散すべきだということぐらいは考えたはずなのに、知らんぷりをして持ち出して逃げた奴らも、そういう準備をしなかったあんたも同罪だというんですよ。二、三十万ウォンをポケットに入れたら、ほかの社員たちは飢えても知らぬとばかりに足を抜いた会計課長も、億万長者になっても労働搾取をするつもりの金学洙と同じじゃないか?」

ここまで来ると、社員たちも「そうだ!」と言いたかったが、〈同志〉になってはまずいと思って黙り込んでしまった。

「何だと? わしを何だと思ってるんだ!」

会計課長は目をむいて息を弾ませた。

「証人を出しましょうか。何をほざいてるんだか! だから、あんたは引き下がって我々社員に任せろっていうんです。社員代表が先頭に立って在庫品でも処分したら三カ月分以上の生活保障になるんじゃないか!」

と言いながら、イルソクは営業課長と顔を見合わせて怖い顔をして睨みつけた。倉庫に贅沢品や貴金属があるはずはないが、マカオ紙と洋服地［当時、服地なども密輸を含めてマカオから輸入されていた］の残りがあると踏んでいるのだった。

「社員代表? 誰がいつ選んだ社員代表なの?」

スンジェがまた食ってかかった。

イルソクはたじろいだが、

「個別に訪ねて行って承諾してもらったんですよ」

と応じた。

「私たちは社員じゃないの? 我々にはいつ承諾を取ったの? 社員会というのを作って代表を選ぶんだったら、ここで選ぼうじゃないの」

「いや、そうしなくても、明日月給は出るというんだから必ずや出るだろうし、今後の生活保障問題の交渉も課長の皆さんが当然されると思うから、一任して今日は解散しましょうや」

皆の中で年配で落ち着いている庶務主任の意見である。

「そうだ！」

「そうしましょう！」

　初めてあちこちから声が上がった。もしこの人たちが、金社長が会計係にすべてを押し付けて金庫に残っていた金で当座の糊口をしのげと言っていた、という話を聞いていたとすれば、こんなに易々と引き下がるはずもなかった。また、〈同志〉という一言に、イム・イルソクに乗せられてしまっては大ごとだという慎重さが先に立ったので、早くこの場を逃れたいという不安感が皆を動かしたのである。それは誰かがアカだと言いたてて捕まえに来る人間がいるのではないかという不安ではなく、感情的にそうだったのである。

「じゃあ、明日まで待つまでもなく、この場で代表を選んで交渉にやって、我々はこのままで結果を待ちましょう」

　金ハンが一言言う機会をしきりに狙っていて、イルソクの横にしゃしゃり出て存在感を示そうとする。

「もう、どうして借金取りみたいに言うの？　明日が給料日なんだから、明日になって月給が出ないんだったら枕を並べて寝そべって抗議するなり、断食同盟でも作りましょうよ。こんなに急なことになるとは思わないから、準備も連絡もなくてこうなったのよ。まさかノミの肝を取り出して食べるようなみみっちい真似をするもんですか……」

　恩愛が友達どうしの話みたいにタイミングよくこんなことを言うものだから、険悪だった場の空気とはまるで違う言い方がおかしくて、若い連中はワーッと笑い転げ、うやむやのうちに一人、二人と散じ始めた。そこへユンマンがチャンギルの母親を連れてあたふたと駆けつけてきた。

そっと人垣を掻き分けて出た永植は、何も言うなとユンマンに目くばせした。しかしチャンギルの母親は、

「あんた、このお方かね？　どうしてこんなことに！　で、ほんとに生きてはいるんだろうね？」

と息遣いも荒く、泣きかかった声ですがるように尋ねる。

（すぐに病院に連れて行けと言っておいたのに！）と思うと、永植は眉をひそめるのだったが、顔には出さず、先に立って出た。何よりもイルソクがこのご婦人の言葉を聞きつけただろうことが気がかりだった。

「で、どこの病院ですね？　そうすると二日程、連絡もなかったわけですね。こんなことがありますかね」

もう咎めだてする口ぶりである。永植はこの母親を病院に連れて行きながら、大体のいきさつを話してやって慰めもした。

母と子が対面して泣きわめきながら愚痴を言うのを聞かされるのは居たたまれないし、嫌でもあったが、それよりも頼まれていたリンゴ一個も買って食べさせてやれないのがかわいそうだった。

「医者がひょっとして何か言うかもしれませんが、入院費や当座の生活費ぐらいは社長にお願いして心配ないようにしますから安心してください。ただ、誰が尋ねても社長が市内にいるということは言わないでください。お前たちも注意してくれよ。会社にもアカがいて、社長を捜し回っているからな。言葉一つで人ひとりの命がかかっている状況なんだ」

と永植は若い二人に念を押して注意をした。

「へえ、会社にもうアカが入り込んだんですか？　うちの先の町内ではゆうべ、ゾッとするような殺

人があったんですよ……」

人ひとりの命がかかっているという言葉につられてチャンギルの母親はそんな話をした。

「どこの誰が告げ口したんだか、うちの家から見渡せる産婆さんの家なんですがね、何と寝ている人間を起こして呼び出して戸の前に立たせて手を上げろと言っておいて、体操でもやらせるように前へ出ろ、後ろに行け、右に行け、左に行けときりきり舞いさせておいて、ズドンと撃って殺したんだから――そう、うちの玄関の真ん前なんだから、もう！」

真っ黒に日焼けした大きな顔を、身震いがするというように顰めて、チャンギルの母親はまだ驚きが鎮まらないというように大きく溜息をつくのだった。

「へえ、殺されたのは誰なんですかね？」

「昔、巡査をしていたという五十歳ぐらいの年配の人なんです。誰かが焚きつけたんでしょうよ。真っ暗な夜中に枕元で銃声がするんだから、この子は死んだのやら生きているのやら連絡はないし、あまりに震えが止まらなくて寝つけるわけがなくてね。……ところでうちの方でも、もう引っ張って行かれた人が何人になるのかわからないそうですよ。今に人民裁判とやらが始まるんだという噂で大騒ぎなんですよ、……毎日目覚めると食べるものもないし、町内はざわついていて恐ろしげな話ばかり聞かされるし、……ああ、お前も生きていただけでも不幸中の幸いだがね、そんな足になってどうやって暮らしていけるっていうんだね……」

ちょっとおしゃべりなこのおかみさんは、気もそぞろで焦点の定まらない目をまた息子の方に向けて涙をにじませる。

「あ、そう言やあ、僕も行きがけに大変なものを見ましたよ」

ユンマンも興奮していて、さっき見たことを忘れていたかのように目を見開いて話し出した。

「ちょうど昌慶苑の真向いの鉄格子の門の中で包帯を巻いた大学病院の患者が、軍隊で着ている黄ばんだ下履きのズボンにチョゴリ姿で十人余りがズラッと倒れているじゃないですか。足にぐるぐる巻きにした包帯だとか頭に巻いたのが白いままでですよ。ああ、到底あれが同胞だとは！　いつそんなに恨まれたんだか、全くわからないですよ！　なあ、俺もお前みたいに弾に当たってじっと寝かされてたとしたら、運よく何も見なくてすんだんだ！」

「ほう！」

と永植の口からも独りでに溜息が洩れた。

攻勢

「きょうはまた、どうして来たんだね?」

金社長は昼食時に昨日のあの洋酒を一杯やったのか、赤らんで上機嫌だったのが、顔が曇った。

「何も思い出して来たわけじゃないですよ。ちょっとお話があって来たんです」

スンジェはどうして咎(とが)めだてされるかわからないでもなかったが、ちょっと皮肉る言い方をした。

「このところ何をしていたのかっていってるんだ?」

「このところろって何カ月も経ったみたいじゃないですか? まあまあ……、あら、いつからそんなに忙(せわ)しなく気にしておっしゃるの?」

スンジェは自分に課せられた任務のことを思って、社長の機嫌を損ねてはいけないので笑いにごまかした。

「だって、そうではないか。ここに閉じ込めておいて放っておくんだからな。こんなやり方があるかね?」

ずいぶんと待ち焦がれていた様子だ。歳を取ったので心細くはなるし、寂しいのだろうが、母親がいなくなった子供のような表情と言葉つきが侘しそうだった。

「ああ、そうそう、明日、月給はくれるんでしょ?」

崔課長自身もちょっと引っかかることがあるので来たがらなかったが、隠れ家にいろいろな人を出入りさせるのはよくないし、課長たちが押しかけたりしたらイム・イルソクの側が後をつけやしないかという心配もあって、まずはスンジェが交渉を引き受けてしまったのだった。

「誰がそんなお節介を焼いておるのかね!」

と社長はまた不機嫌になった。へそを曲げた心中にはまた別のことがつっかえているのだった。

「わざわざお節介などするものですか。もう〈同志〉と言う言葉が出て、暴利を貪る巨頭の金某を突き出せ、と若い連中が騒いでいるのをご存じないからなんでしょうけど、とても危険な状況なんですよ!……私を前に立たせて、社長がいつも連れ歩いている飾り物を外して行ったはずなどないんだから、社長を捜し出せと皆、大騒ぎなんですよ!」

スンジェは長々と説明したくないので勘どころをついて話した。

「どいつらだね? じゃあ社員の中にそんなアカがいるというのかね?」

金社長は腹を立てながらも目を大きく見開いた。

「本物なんだか、付け刃なんだか? でも生兵法は怪我のもと、っていうじゃないですか? 付け刃の方がかえって問題を起こすし、余計に怖いんですよ」

スンジェは自分の夫も付け刃だったので、おとなしく中学校の先生をやっておればよいものを、共産主義の本を一冊も読んでいるのを見かけたこともないのに、南北協商［一九四八年四月に平壌で開催された南北諸政党の連席会議などの総称だが、ここでは単に南北朝鮮の話し合い程度の意］だとか何だとか言って、熱くなって動いて、暮らしも彼女もみんな捨てて越北したのだ、と笑い飛ばすように言うのだった。

　しかし平壌（ピョンヤン）に行って中学校教師のイスにでもありついたものやら、どんな様子でどんな苦労をしているのだろうと思うと、身の上がかわいそうにもなるのだった。

「金庫の中に三十万ウォンは残っているはずだから、そいつで平社員らだけに分けてやるんだな！」

　社長はまたぶっきらぼうに言う。

「一銭もないって言ってましたよ？」

「何だと？　会計課長の崔ジョンウの奴がそう言ってるのか？　盗っ人野郎が！」

「今は戦乱の最中じゃないですか。そんなコソ泥程度のことは目をつむるんですよ」

「見逃すことならほかにもあるぞ！」

「どうしてそんなにおっしゃるの？　会社のお金を全部一人占めしておいて六、七十万ウォンほどの月給を出し惜しみする社長さんも、自分の手中にあった二、三十万ウォンをくすねるのも……」

「そうか、わしが大泥棒だというんだな？」

「じゃなきゃ変でしょ！　コソ泥の親分は大泥棒でしょうけど、親分の飾り物って何なんでしょうねえ？」

　社長は呆れたというように無言で見やったが、駄々をこねるようにふざけてへらへら笑うのにつられて、

「飾り物は飾り物じゃろ！」

　と言って、フッと笑ってしまった。

「私にも慰労金百万ウォンぐらいはくださるんでしょ？」

「慰労金だと？」

「もう秘書だの通訳だの、用がないじゃないですか。飾り物と言われるのも嫌だし……。飾り物と言うのを聞かされる慰謝料としてでも、それぐらいのものはくださってても惜しくはないでしょ」

「何だと？　何バカなことを言ってるんだ？」

社長は目を白黒させて叱りつけるように、腹の中を透かしたように恐ろしい剣幕でじっと睨みつける。

「そんなことを言うんなら、この家に閉じ込めて一歩も外には出さんぞ」

目の色が変わって嫉妬の炎が燃え盛る。酒の入っている顔に血が上って一層生き生きとして精力的な気勢は怖いほどだ。

「どうせ私もこんなふうにしていては、どうなるかわかりませんから、草深い田舎の方にでも行ってしまおうかと思うんですけど、手元にお金がないじゃないですか」

スンジェの感情にはさざ波も立たないかのように泰然としている。

「フン！　田舎へだと？……お前の腹づもりはちゃんとわかっとるぞ！」

こんな言い方は愛撫が最高潮に達した時にだけ耳にするものだった。嫉妬は愛に通じるものだから、やはりかわいいのでこんな言い方になるのだろう。

「あらあら。私の腹づもりがどうだ、ですって！　お荷物になるでしょうから、おとなしく引き下がってさしあげようというだけよ！」

スンジェは相変わらずニコニコとしてみせるだけだった。

「つべこべ言うな！　銃声に驚いて頭がおかしくなったっていうのかね？　気が狂ったというのかね？……」

「あらまあ。誰の頭が狂ったのかしら！　使い道のない通訳なんかをどうしようというんで連れまわしているんです？　飾り物より護身用のピストル一丁とか、しっかりした護衛兵の方がもっと大事なんじゃないかしら」

　彼が本気で突っかかれば突っかかるほど、スンジェの方は茶化しながらやんわりとそれを手で封じるというやり口だった。ひとしきりああだこうだとやり合っているところへ永植（ヨンシク）がスッと入ってきた。

「例の件、申し上げたんですか？」

　ちょっと様子がおかしな感じなので、永植は板の間の端のところまでやって来て、双方を見比べながら話しかけた。

「ええ。でも私、三カ月の生活保障問題は知りませんよ。私の慰謝料というか、慰労金をもらうのだけでも、相当に出し渋りなさるんだから……」

　スンジェは顔をしかめてみせながら微笑を送る。永植が入ってきたことで和らぎかけていた社長の表情がまた硬くなり、スンジェを睨みつける。永植はすべてを察した。きのうスンジェの家で昼ご飯をごちそうになったのを快く思っていない様子だったが、スニョンと恩愛（ウネ）も来て一緒に楽しんだというので、少しは機嫌を直した社長だった。それはさておき、どういう風の吹き回しで急に慰謝料だとか慰労金だとかいう言葉までが出てきたものやら？　そんなことを言うから疑惑が余計に深まるのじゃないのか。そもそもがスンジェの不真面目な態度がいけないのだ、と永植は心の中で彼女を叱った。

「月給はわしが食うに窮することがあっても支払うつもりだが、うちの会社が解散するだろうとかいうことになれば、それは一介の会社の問題ではなく、大韓民国に対する逆賊の言うことだぞ……」

「あら、億万長者だと言われている社長さんが、食うに困るなんてことをおっしゃるの？」

　とスンジェがまた笑った。

と、その時、表門がギーッと音を立てて、金社長の恵化洞の夫人が入ってきた。そしてその後ろからは濃紺の風呂敷包みに包んだ大きな四角い盆を頭に載せた家政婦が続いた。社長はしばし言葉を切って、目で応じてみせた。

「このところ、こちらに来ておられたのですね」

夫人の、ぶ厚い瞼がピクピクと動いて険しい表情を作ったが、金学洙社長はこれには無表情で、挨拶しようと立ち上がるスンジェの方に先に目をやった。それでも一応、社長夫人はスンジェと姻戚に当たるので、丁寧な言葉つきだった。

「いいえ、今、来たところなんです」

自分は決してこのご老体の妾ではないと思っているスンジェは平然と応対するのだった。

「どうぞお上がりください」

「いいえ、こちらのお母様にちょっとお会いしてからにしますよ」

太ったこの奥方が足を運ぼうとした時、家政婦が降ろしたものを受け取った永植の母親が、社長夫人に挨拶をしようと中庭の方に出てきた。

「物が貴重な折に、気難しい年寄りの面倒を見ていただいて、随分とご苦労様です」

金社長と兄妹だと言っても真に受けるほど気難しげな感じのこの夫人の、どこからそんな言い方が出てくるんだろうと思うほど、話し方だけは丁重だ。

「いいえ、旦那様がいらっしゃるようなところではありませんから。恐れ多いし、お気の毒でたまらないんです」

「二人も厄介になるのはご迷惑でしょうけど、それでも私がどうしてもこちらで夫の世話をしなければと思うんですよ」

「ああ、こちらに来られるのでしたら、どれほどありがたいかわかりませんよ」

挨拶し終えた社長夫人は、中庭に下りてきたスンジェと入れ替わりに夫のいる部屋に入った。

「じゃあ、うちの方にはどうしてもお帰りになれないんですね」

「当分の間は無理だろうな」

社長は口先だけで返事しながら、目は永植と立ったままで何やらひそひそ話をしているスンジェの顔の方に向いていた。

この場から抜け出したいスンジェは、永植にあした自分の月給をもらい受けてくれという頼みごとをしているのだった。

「僕は行く時間がないかもしれないから、妹さんに託して送って差し上げますよ」

永植は社長が意識して見つめているのを感じて、「妹さんに託して送って差し上げますよ」という最後の部分を大きな声で言った。

「ダメよ。相談事があるんだから、絶対来てくれなくちゃ」

スンジェはすばやく囁いた。

「それでは居心地は悪くても、私もここに来るしかないね」

夫人は部屋の中をぐるりと見回して、カバンに目を留めながらこう言うのだった。

「こっちに来てもどうしようもないぞ。うちの方はどうするんだ」

社長がすかさず反撃すると、

「ああ、あなたのお酒の世話をするだけでも、こちらにいる方がいいじゃないですか！　遠くならいざ知らず、どうして知らぬ顔でいられますか。……ところで、あのカバンは誰のものです?」

と、三段重ねになっているカバンの一番下のものを指差した。

「うん……」

社長が空返事ばかりするので、夫人は枕元に洋酒の瓶と並べて盆に並べてある重箱の蓋を取ってみて、

「あら、避難暮らしでもお召し上がりになるものは皆、揃っているのね!」

と皮肉ってみる。干し肉、魚の干物に魚卵の塩蔵漬けをきちんと取り揃えて、どこで手に入れたものやら、皮をむいた朝鮮松の実に干しブドウまで山盛りに添えたおつまみ類だった。スンジェの家から持ってきたものを、この家(や)のおかみさんが精いっぱい見つくろって部屋に運んで来たものだった。

「アメリカ人がみんな逃げてしまっても通訳というのが要るのかねえ? そこのカバンを持って行きなさい、って言ったらどうなんです?」

夫人はスンジェとの例の関係をとっくに知っていながらも、面と向かって喚(わめ)き散らしたくはなかった。ただ、名目にせよ夫人とスンジェは相舅(あいやけ)［結婚した両人の親同士の関係］なので、体面を考えると突っかかって喧嘩をするわけにもいかず、遠回しに嫌味なことばかり言うのだった。

「あんた、私の布団袋を取ってくるついでに、このカバンをあのお嬢さんの家に持って行って置いてきなさい」

夫人はカバンを引きずり出して板の間の端に置き、スンジェと向かい合ってひそひそ立ち話をしている家政婦に言葉をかける。

「ちょうどよかったですわ。人手がなくて持って行けなかったんですよ」

スンジェは侮辱でもされたように不愉快だったが、相舅の夫人なので、それ以上皮肉も言えなかった。

「さっきまでお嫁さんに、お前の顔も見たくない、私が出ていくんだから、と大騒ぎしておられたのに、旦那様を捉まえて一緒にいたくてイライラしておられたんでしょうに」

と、家政婦は口には出さず苦笑いする。スンジェが嫁の親戚筋に当たるので、嫁はスンジェに会うと姑の悪口を言うのだった。

「おい、どうして恥ずかしげもなくそんなことを言うんだ」

社長はカバンを持ち出すというのが気に食わないので、不機嫌にやんわりとたしなめるが、

「布団袋なんぞ持ってきてどうするんだ？　運んでくることはないぞ」

と、部屋の外に向かって大声を出した。スンジェに対する腹いせを社長夫人は嫁に、社長は夫人にするのである。

「女っていうのは前世の何の業なんだか、生きるか死ぬかという状況でも仲良くやれないんだな！」

「よく言いますよ」

夫人が空（から）になった盆を外に持ち出すために部屋の中に上り込もうとすると、社長は手招きをしてスンジェを呼んだ。台所の前で永植の母と一緒に立っていたスンジェが、今度は自分の番だと言わんばかりに、夫人と入れ替わりにササッと入って行くのを、永植は向かい部屋（コンノンバン）から見届け、一人笑った。玄関先を一歩出ると、うら寂しい通りに若者までが元気なくあたりを探りながらフラフラと歩いているような世の中になっても、ここだけは別世界のような気がした。一年十二カ月、いつも寺のように静まり返っていたこの家が、皆てんでに青筋を立ててザワザワと喚（わめ）いている感じだった。皆とは言っても社長夫妻とスンジェが醸し出す愛欲あるいは痴情の発散に過ぎないのではあるが……。

「……どこにもこんな所はありませんよ。絶対に社長はここを動いちゃダメですよ。ここが一番の安全

地帯ですよ。それに第一、奥様もいらしているんだから……」

　社長が小声で話しかけるのを、スンジェはたしなめるようにこんなふうに言いながら宥める様子である。スンジェが草深い田舎に引っ込むという話をしたものだから、いいところがあるのなら、自分も一緒に行こうという相談らしかった。缶ビールだとか缶詰などをずらりと並べていた社長夫人は、聞きつけて振り返る。社長はスンジェの声が大きいことにさっと眉をしかめるのだった。

　ビールを一ダースほども持ってきたのを見てスンジェは、永植をもてなすことばかりを考えて洋酒ばかりを送りつけた自分より立派だと思うと、やはり女房は違うのだなと感じた。

　家政婦は下の部屋の板敷きにやってきて、カバンに空の盆を乗せて括りつけながら、

「で、夜具は運んでくるんですか？　どうするんです？」

　と笑いながら言うので、

「もちろんあたりまえですよ」

　と、夫人が強調した。一方社長の方は黙り込んでしまった。スンジェが来られないのだったら、しかたないので女房でも傍に置いておきたかった。頼りにもなるし、オンドルの煙道に隠した宝物を守るにも、スンジェよりむしろ女房の方が信頼できると考えた。それに、スンジェを永植と一つ屋根の下に一緒に過ごさせるのも嫌だった。かといって、スンジェを勝手気ままに放っておいたり田舎にやるのも安心できず、どうにもこうにも困りはてるばかりだ。

　スンジェはカバンを頭に載せて出かける家政婦の後からついて出ていきながら、担架に乗せられ追い払われるようで気持ちがよくはない。もう二度とこの家に来ることもないし、これで社長ともお別れなんだと思うと寂しくもあった。しかしどう考えても、もうとっくに結論を出していなければならなかっ

たものを、ずるずると引きずったのがよくなかったわけで、こんな口実で別れてしまうというのにせいせいするのだった。

家の近くの町内の入口あたりまでやってきたスンジェは、目を丸くした。大抵のことでは驚かないスンジェもなぜか胸がヒヤリとして息が詰まった。朝方言い合ったばかりのあのイム・イルソクが路地の入口にしゃがみ込んでおり、金ハンが火のついた煙草をくわえてこちらを見ているのだった。

「あら、どうしたの？　誰を待ち伏せしているの？」

スンジェは笑い飛ばしてみせた。

「うん、スンジェさんに会おうと思ってね……」

金ハンまでが今では刑事のような言い方で威圧的に出た。イルソクの方はしゃがみ込んだまま、目をひんむいて睨みつけるばかりだ。

「その目つき、随分怖いわね。誰かを殴って捕まえていくつもりなの？　あらまあ」

ドキッとしていた自分の気持ちをまず落ち着かせて、相手を宥めるように笑いに紛らせた。

「やっぱりな！」

イルソクは立ち上がりながら難詰するように、「殴られて捕まるとわかっているんだな」とせせら笑う。

スンジェは冷や水を背中に浴びせかけられたような、ゾッとする感じがした。動じないふりをして先に立って歩きながら、

「動乱になったと思ったら、犬殺し屋の天下になったのかしらね？　うちには子犬一匹いないいんだけど！」

と、依然として笑いごとで済ませようとした。癪に触ってたまらないのだけれども、さっき会社で自

分の一人天下のようにのさばろうとする彼の鼻をへし折ったので、それを恨んで仕返しをしようとするのか、本当に背後で誰かが操っているのか、やはり怖くないわけはない。カバンを頭に乗せてついてきていた家政婦も異様な雰囲気に顔色が変わった。しかし、追いかけてやってきたイルソクが、がむしゃらに永植の家を教えろと言いながら、

「あんたたちは何百万ウォンかずつ貰って持ち歩いているのかもしれんが、ちょっと痛い目にあわないとな。並大抵のことでは逃げられんぞ……」

こうせっつくところをみると、彼らが本当に狙(ねら)っているのは人間ではなく、何か〈獲物〉でも引っかからないか、と虚勢を張って喚いているのだろうとも思われた。

とにかくチャンギルの母親が会社にやってきて大騒ぎするものだから、感づいてすぐさま後をつけて来て、手がかりを得たものらしかった。

車の中で怪我をしたそのチャンギルも、赤十字病院［旧慶熙宮の先の鍾路区平洞在］の近くだということしか推測がつかなかった。それでイルソクが会社に来てみたところ、再び戸が閉まっていて聞き出せないので、ユンマンに案内させてここまで来たというわけだった。それでも本当のことを言わずに頑張ったユンマンという子はよくやったと思うのである。

「あ、そんなにしなくても教えてあげるんだから行ってごらんなさいな。まさかあの方に行くところがなくて、あんなところに隠れているもんですか。チャンギルを何とかしなきゃならないので困って、そっちに回って赤十字病院に行く途中で先に降りて休んだんだけど、もう今頃はとっくに親子が再会して高飛びしてるはずよ。自動車がなくなってるんだから、わかるじゃないの……」

「この荷物は何です？　その時に持ち出したやつを運んでいるんだろ？　あんたも申永植の家から来た

んですかい？」

まるで刑事のような口ぶりだ。

「これがあんたの目にはどう見えるのかしらないけど、うちの兄さんの家から来たのよ。一人でいるのが怖いから泊まりに来ていたのよ！」

さりげなく牽制しておいて、

「どうしても信じられないんだったら私と一緒に行きましょう。さあ、来なさいよ。ビールでも一杯飲んで休んでから行けばいいじゃないの」

と、言いつくろった。ビールを出すというと、二人の若者は仕方ないというふうについてきた。

スンジェは大切なお客でもない二人を部屋に入れて座らせ、家政婦を台所に連れて行った。

「さあ、ビール、たった三本だけどね、一人一本よ」

スンジェは恵化洞の家政婦を取って帰して永植の家に使いにやり、しっかり時間稼ぎをしておきながら、酒の膳を手ずから運んできてビールをポンポンと栓抜きで抜き始めた。

「誰かさんに似てみみっちいんだな！」

イム・イルソクは座布団の上にドッカと腰を下ろしてニコリともせずに、ふんぞり返って意地悪な言い方をした。

「みみっちいことを言うようだけど、今どきこんな状況でビールの味にまた巡り合えるとでも思っていたの！」

「ヤンキーのビールを飲まないで過ごせる世の中になったのが幸いだとは思わないのかね……」

ますます気取った物言いをするのが憎たらしかったが、

「さあて、そうすると私、ロシア語でもまた習おうかな？」

と言ってゲラゲラ笑った。

「ロシア語をまた習うって？」

金ハンが目を丸くした。

「いいじゃない？　米軍の通訳をするだけだと思ってたのね！　私、少しはできるんだから月謝を持っていらっしゃいよ」

以前しばらくは夜になると、秘かにロシア語を学ぶんだ、と十数人が夫のところに来ていた時期もあったのである。

「ところで一体、これからどうなるの？」

スンジェは自分もビールのコップを手にして、何か聞き出せるのではないかと話題を変えた。

「どうなるかって？　またひっくり返るとでも思っているんですかい？」

と、イルソクは冷たく言い放った。こういうところをみると、やはり本当なんだ、とまたヒヤッとした。

「さ、そうすると私のような人間は箸にも棒にもかからないんだけど、どうしたらいいんでしょうね？」

スンジェは相談を持ちかけるかのように、もたれかかるような様子で笑いながらウインクしてみせた。

「ほう、ロシア語をおやりになるんですって？　言葉は宝ですよ。それに北朝鮮じゃあ英語のできる人が貴重なんだから、まずは女性同盟にでも加入しておいてうまく立ち回れば、すぐさま、来てくれ、来てくれと言われるはずですよ！」

金ハンがコーチした。

「そううまくいきさえすればね！……ともかく私は何もわからないし。これからはお二人の後をついて行くつもりなんだから！　このビール一杯にどんな意味があると思っていらして？」

スンジェはサッと言い方を変えた。

「こんな、苦いビール一杯だけで？……」

イム・イルソクが口を尖らせて応じる。

「じゃあ、まだ何か？……」

「聞くまでもないじゃないですか。スンジェさんほどの人ならピンとくるでしょ！　まずはドル箱の鍵がいるんだが……」

「ハハハ……」

と、金ハンが意味深長な笑みを浮かべて調子を合わせた。

ビールを一杯飲み交わしながらほぼ二時間ほども引き延ばしておいてから、スンジェはそれでは行こうと言い出した。これぐらい経ったら恵化洞の家政婦が天然洞（チョニョン）の永植の家に行き着いて何か対策を講じているはずだった。

二人の青年は得心したのか、スンジェには来なくていいと言い、自分たちだけで行ってみると言い残して出ていった。

その後、何日かは永植も立ち寄らないし、こちらから出かけるのも嫌で、どうなったのかまるでわからず過ごした。月給を持ってきてくれたスニョンに聞いても何も変わったことはない様子だった。けれども、月給を持ってきてくれるようにと、あんなに念を押して頼んでいた永植が、まったく知らぬふりを決め込んで音沙汰ないのにも腹が立った。

待ちきれなくて、三日ほどしてからスンジェは恵化洞に行けば様子がわかるだろうと出かけた。苑南洞ロータリーまでやってくると、食べて寝ること以外に――いや、食べる心配以外にすべきことは何もないはずなのに、何の用事がそんなに多いのやら、どうしてこんなに人が湧いて出てくるものやら、道は行きかう人々でごった返していた。

スンジェは何気なく昌慶苑の方に曲がろうとしたその時、誰かが肩を叩いたかのような気がして振り向いた。すると、

「ほう、久しぶりですな」

と、宋（ソン）ビョンギュ［スンジェの夫の友人の左翼青年］が作り笑いを浮かべて突っ立っていた。腕に巻いた腕章には何の新聞なのだか、「新聞」と言う文字が目に入った。

「本当にお久しぶりですわね」

スンジェはニッコリしては見せたが、言葉が空回りした。この人がどうして知り合い扱いしたのかと思った。ほかの時だったら、出くわしてもかなり向こうからでもさっと顔をそらして通りすぎる人だった。そうでなくとも最近スンジェは外出すると、こういう連中の、顔をそらして通りすぎたひと頃の「同志」にでも出くわすのではないかと気掛かりだったのである。

「これからは出てきて一緒にちょっと仕事をしましょうよ。逸民（イルミン）も来てるんですから！」

電信柱の上にタワシがブランとぶら下がったかのような顔をして、怖い感じの目だけギラギラさせている宋ビョンギュは、相手を透かして見るように依然として作り笑いを浮かべている。スンジェは逸民が来たという言葉に、無言で見つめるばかりで言葉が出てこなかった。逸民というのは三年前に自分を捨てて北朝鮮に行ってしまった夫の張鎮（チャンジン）［最初の新聞連載時には姜鎮となっていた］のことである。

「こちらで今は何をやってるの？」

「何をやっているにせよ……ともかく会うんでしたら市役所［中区武橋洞にある市庁舎］に行ってみたらいいですよ。私のところでしたら、昔の京郷（キョンヒャン）新聞社［中区小公洞在］の場所をご存じでしょ？　そちらに来られてもいいし」

スンジェは曖昧な受け答えをして別れた。引き返しながら、

（どんな様子なんだろう？……会うとしたら何と言えばいいんだろ？……丸め込んで引き入れようというんじゃないだろうか）

こんなことを思ってみるのだった。

うれしいわけでもなく嫌なこともないが、下手すると出てきて仕事をしろと捉まりそうで、怖い気がした。そんなことは考えまいと頭（かぶり）を振ってみた。

恵化洞の家では何重にも戸締りをした中に、七十歳を越してボーッとした感じの金社長夫人の実の母親が、孫［宗植常務のこと］の嫁と家政婦と三人でひっそりと閉じ籠っていた。走り使いの女の子は社長夫人の世話のために天然洞［永植の家］にやったという。この実の母親と言うのは、娘［金学洙社長夫人］とは全く違って、この上なくしとやかで、孫の嫁にも優しく接してかわいがる、それこそ昔ながらの貴婦人である。

「きのう、義母様（おかあさま）が帰ってこられてたんですよ」

スンジェの姪っ子［宗植の妻］はガランとした家の中で何をしているのか不明だが、退屈だとか怖いということもなく、とても機嫌がよかった。

「そう、このところどうしておられると言ってらした？　食糧を切らすことなく、やりくりしておられるのかしら？」

配給米で食いつないでいる状況で、五、六か所ある市場は閉鎖され、もうどこの家でも食糧の心配をし

ているのに、スンジェには本家の長兄にあたるこの若嫁の実家の父親というのが、何の稼ぎもなく、彼の年若い息子が米軍部隊のハウスキーパーとして働いて家族四人がそれにすがって暮らしている有様だった。金持ちの婿の恩恵にあずかれるのではないかと思っていたのだろうが、新婚当初からしっくりこない関係で、とりわけ婿の宗植常務の言いなりになってはいけないと思い、ぼんやりとはしておれないところだった。

「あの日、出発された日に、宗植さんが夜遅くまで帰ってこなかったのは、実は私の実家の社稷洞(サジク)［鍾路区在］の家に行って泊まっていたからなんですって!……」

宗植の妻はニコニコ笑った。前に会った時にはそんな話はなかったのに、今日はその話をしたくて機嫌がいいのかしら? それとも機嫌がいいからそんな話をするのかしら? ともかく、宗植が妻の実家に行って泊まったというのは意外である。

「仲がよければ、妻の実家の棒杭(ぐい)にもお辞儀をするって言うじゃないの!」

スンジェが笑うと、「仲がよければ」という言葉が気に入ったのか、姪はへへと笑いながら、

「これは叔母さんにだけ言うんですけど、お金を引き出して大カバンをひとつ預けて行ったんだそうです。夜更けに密かに地面を掘って甕に入れて埋め戻したんですって」

と小声でささやいた。誰にも言うなと言われていたのだが、あまりにうれしくて、仲人をしてくれたこの叔母だけには打ち明けるのだった。

「へええ……昔話みたいね」

スンジェはまた笑いながら、この子がこんなにも笑顔で機嫌がいいのは、姑がいないからだけではないことが分かった。十万ウォンぐらいの金を摑(つか)ませて行ったのだろうから、この戦乱のさ中に飢えるこ

とはないだろうし、それ以上に妻の実家をそれほどまでに信用してくれる夫がありがたく、それこそ仲がいい印(しるし)だと心が和むのだった。

スンジェは羨むことはないのだが、自分も金社長とうまくやるためには、彼を少し宥めるなり、せがむなりしなければいけないと思うのだった。

天然洞に行ってみると、玄関を揺する音に、しばらくして走り使いの子が出てきて戸を開けてくれながら、

「あら、どなたかと思いました」

と、狐につままれたとでも言うように笑った。

「どうしてよ？」

「いえ、何でもないです」

走り使いの子はまた笑う。

永植は下(しも)の部屋から機嫌よく出迎え、この家の主の母親と娘は向かい部屋の窓からこちらを見た。

「社長は？……」

永植は無言で微笑みながら居間の方を顎で指した。なるほど永植の所帯道具が下(しも)の部屋に運び込まれており、部屋を入れ替わったらしかった。居間へ行こうとすると、納戸(タラク)［部屋の奥を中二階にして物置などに使うことが多い］から社長夫人が浮かぬ顔をしてサッと降りてきて、その後ろから金社長が這い出すように出てきて、気まずそうな笑みを曖昧に浮かべてみせた。

「あらまあ、大変でしょうけど、お年寄りどうしで仲良くお過ごしでよろしゅうございますね」

と、からかった。社長はお年寄りという言葉が気に食わなかった。

「早く逃げていたら、こんな苦労はしなくてすんだのに、私に苦労をさせようと……」

夫人は責めるようにこんな独り言を言いながら、それでも苦笑いを浮かべるところを見ると言うほどには苦労と思っていない様子だった。暑さが苦手のご老体がもうバテて、ピッタリ閉じた納戸にちょっといるだけでもう蒸し風呂状態で、降りてきてはビッショリ汗をかいているのを見て、夫人はタオルを手にして待ち構えたり、団扇(うちわ)であおいだりで大変な世話の焼きようである。

「この前からどうしてさっぱり顔を見せないのかね?」

「出歩くのも嫌だったので……今日は退職金を貰(もら)いに来たんです」

と、スンジェは夫人にちゃんと聞いてくれ、と言わんばかりに一言そう言った。

「あら、お嬢さんはとうとう退職金をくれと言いだしたのね」

生活保障問題だとか言って、若い連中が毎日せがみに来るのに頭を悩ませていた夫人は、スンジェが退職金というのに耳をそばだてた。この機会にいくらかをやって完全に別れさせてしまうのがいいのではないか、という考えが浮かぶ。スンジェ自身もそうなるようにと、わざと夫人が聞いているところで話を切り出したのである。

「そうそう、今出てきたついでにお宅にも寄ってみたんです。皆さんご無事でした。大奥様もお元気でしたし」

夫人のご機嫌を取ろうと、さらに付け加えた。

「ああ、ご苦労様。……で、あなたも退職金三カ月分でいいんだね?」

「それは思(おぼ)し召しどおりで結構です」

話がこのように露骨に進むので、家政婦暮らしでも辞めて出て行くみたいで、浅ましい気がして、スンジェは笑いにごまかしておいて、下の部屋の板敷きの方に出てきた。

「どうして一度も寄ってくださらないの……」

怒っているというそぶりだったが、永植は目くばせをして笑顔をみせるだけだった。

スンジェは居間の方に聞こえようが聞こえまいがおかまいなしにあけすけに話をするのだが、永植はわけもなく社長の気配が気になってそれが嫌だった。

「で、その後どうなったの？　若い連中は来てるのかしら？」

「来てるどころじゃないですよ。毎日、例の気勢じゃないですか！」

永植は眉をしかめながら笑った。あの日、家政婦がやってきて聞いた話から、その場で部屋を交換してバタバタした直後に、イム・イルソク一派がやってきた。知らないと突っぱねて追い返してもよかったのだが、どうせならちゃんと見ていったらいいと下の部屋まで見せて、うまく言いくるめて返したのだが、何をどう嗅ぎ付けたものやら、その後も毎日退屈になると一度はやってきて、見張ったり脅したりしては帰って行くとのことだった。

「でも、家主の家族が向かい部屋と下の部屋を使って、居間を空けているというのだけでも変じゃない？」

「だって、ご夫婦が納戸に隠れたら、うちの母が居間に入って座っているわけだから！　ハハハ」

「芝居を仕組んでるのね！」

スンジェはこんなことを言いながらぐるりと見回し、敷居の上の棚に目が行くや、

「あれは何なの？　社長の靴じゃない？　あれに気が付いたんじゃないの！」

と、スンジェは立ち上がって引っ張り出そうとする。

「お?」と言う声と同時に永植と居間の社長が顔を合わせた。棚からピカピカのかなり細長い赤い靴を引っ張り出した。

「頭隠して尻隠さずね!」

スンジェは遠慮もなくこんなことを言って、大笑いした。それでもスンジェは社長の靴を手に持って、母屋の板の間に社長と一緒に出てきた夫人に渡しながら、

「こんなふうになさらずに、あの子たちにちょっとお金をやって口止めしたらどうですの」

と忠告した。

「理不尽な金をどうしてやらないといけないんだ? そんなことをしたら、わしがここにいるということを宣伝して回っているようなものじゃないか」

「いくらそうでも、この先の尖ったハイカラな靴を見ただけで、すぐさま気付いたはずだわ」

スンジェはまた下の部屋の板敷きに行っては座り込み、永植とひそひそ話をする。実のところ今、社長に話したことをまた繰り返しているのだった。つまり、イルソクたちの口封じをしろと言うアドバイスだった。それでも金社長はよく聞こえず、ぼんやりとそれを見守っていたが、この様子が気に食わないので、エヘンと咳払いをして部屋に戻ってしまった。

さっきの話の続きというのか、夫人がまた話を切り出した。

「もう一気にそうしてしまいなさいな。むこうも金に目がくらんで毎日のように来るんだから……」

「つべこべ言うなよ」

社長は腹を立てながら、耳は依然として下の部屋の方に向いていた。あの二人、通じ合っていて、あんなふうにしているんじゃないのかと思うと、今日は余計に興奮した。

「私は嫌ですよ。第一、やって来るのも見たくないよ！」

夫人は納戸に置いてあるカバンから枕ほどの紙包みを取り出して、夫が止める間もなく板の間に出て行って、

「相舅のお嬢さん、これを退職金として差し上げるんだって」

と言いながら、ぶっきらぼうに板の間の端っこの方にポンと投げ出した。相舅のお嬢さんなどと呼びかけるその声も、嘲笑（あざわら）っているように聞こえて不愉快だったが、スンジェはあまりにも意外で、侮辱されたと思って顔が青ざめて、座ったままジッと見つめていたが、

「どういたしまして。それはここにやって来る若い連中にでもあげてください」

と、鼻で笑った。

移動戦線

「あしたはちょっと来てくださるんでしょ？」

「さあ……」

「さあって、何よ？　私がどうしたってでもいうの——誰かが揺すり取るとでも？　どうしてこそこそ逃げてばかりいるのよ、何でよ？」

　スンジェはこれだけは誰かに聞かれるとまずいので、ひそひそ声でズバリと言い切って、笑いをかみ殺した目を意地悪げに見開いて睨んで見せた。その馴れ馴れしい言い方がおかしくて永植（ヨンシク）はエヘヘと笑いながら目をやると、目が合うや眩（まぶ）しそうに視線をそらしてしまった。大胆に見つめ合うのが怖かった。

　居間にいる社長は、下（しも）の部屋から話し声も聞こえないので気になって、首を傾（かし）げて見る。板の間の端っこには十万ウォンの札束がそのまま放り出されており、女房の方は自分の出番は果たしたとばかりに戻ってきて、西の窓の下に横になって目をつぶっている。

「明日も来れないんだったら、私、今すぐ表に出てますから、少し後から出てきてくださいな。急いで話しておかなくちゃならないことがあるんだから……」

密会でも約束するような密かな耳打ちは永植の心を揺さぶった。しかし、出かけるとなると十中八九、社長にまたとっ捉まるであろうし、怪しまれると思って躊躇もした。

「僕がそんなに暇に見えますかね。近ごろ、社長にしっかり捉まって身動きが取れないんですよ」

と、永植は笑い飛ばした。何やらひそひそやっていたかと思うと、突然の笑い声に金社長はまた目を丸くして耳を傾けた。

「あなたはまたどうして、そんなふうに耳をそばだてているんです？　若い者たちがどうしたっていいじゃないですか！　恥ずかしげもなく！」

　夫人がいつの間に目覚めたのやら、横になったまま咎め立てしてブツブツ言う。社長は慌てて女房の口を塞ごうというように飛んで行って睨みつけた。けれども向かい部屋では布団の手入れをしているこの家の女主人［永植の母］と娘が顔を見合わせて笑った。スンジェもニッコリ笑って覗き込んでいると、外を見ている女主人とも視線が合って微笑んだ。

「社長さんったら、まさかあなたが私のところに遊びに行くんじゃないかと思って、閉じ込めて離さなかったわけじゃないでしょ？　ホホホ……放蕩息子が妓生のところに行くんじゃないかと心配して、靴を隠すということはあるでしょうけど」

　スンジェは後の言葉に自分でもおかしいと思ったのか、声を立てて笑った。その笑い声に社長は自分たち夫婦のことを話して嘲笑している気がして口を尖らせ、またそっと外を見た。

「まさかそこまでのことはないだろうけど！　でも、近ごろは僕の様子を変だと思っておられるのは事実だね。それはさておき、イム・イルソクという奴が、あの翌日、僕のいない時にやってきて、いないと言うと、居留守を使っていると思ってか、無理やり入ってきて下の部屋の板敷きの端っこに座り込んで待ち伏せるものだから、納戸(タラク)に隠れて蒸し風呂を使う時間が長引いて、汗だくになって死にそうにきつかったんだとか。それからは用もないのにどうして出歩くのか、と奥様が捉まえて離さないんですよ！　ハハハ……」

と笑うので、スンジェも、汗だくになって納戸で目をしばたたかせながら潜んでいる老夫婦の様子が目に浮かぶようで、また大笑いした。依然として若い二人が顔を突き合わせてひそひそやっていたかと思うと、フフフ、ホホホとふざけているので、これはたまらんとばかりに、金社長は顔を青くしたり赤くしたりして、心中、地団太(じだんだ)を踏んでいるのである。

「でも、むやみにそんな口実を使わないでよ……私、知らないから、明日来なかったら絶交よ」

スンジェは拗(す)ねてみせながら、サッと立ち上がって居間の方に何歩か歩み寄って、

「私、帰ります」

と声をかけた。

「帰るのかね？　明日もまた来なさいよ」

社長は顰(しか)めていた顔が瞬く間に緩んで、機嫌よく返事をするのだった。どうしても宥(なだ)めねば、と方針を変えたのである。また事実、そっと逃げていこうとするにつけ、惜しいという気がグッと湧いてきて、憎ければ憎いほど余計にかわいく思ってしまうのをどうすることもできなかった。

「こちらに来てどうするんです。さようなら」

スンジェはさっさと出て行ってしまった。

（フン！　こんな老いぼれがひとしきり焼きもちを焼いたってどうしようもないじゃないか……）

急に女房が憎たらしくなって、また目を閉じて横になっている彼女を睨んで舌打ちをした。戸の前に

立ちふさがって入れないようにしておいて、言葉も交わせないまま帰してしまったのが心残りで、とうとうウーンとうなってしまった。

「またどうしたんです？　舌打ちしてみたり、ウンウン言ったりして。ほんとに皆に見せたいわね！　そんなに熱くなるんだったら、追いかけて行きなさいよ」

社長夫人はサッサと寝返って背を向けた。

「わしの心配を誰がしてくれと言った？　邪魔立てせずにさっさと家に帰りなさい」

これが自宅であれば雷を落とすところだったが、人の目があるので体面上、声を立てずに静かに睨んでみせるだけだった。

「若い男と通じて逃げようとしている女を、白髪頭になってから糟糠の妻を蹴っ飛ばしてあたふたと追いかけるざまが見苦しいのよ。私にどこに出て行けと言うの？　フン！……」

女占い師が一人で呟くように、女房は背を向けたまま午後の青い夏空を眺めてブツブツと愚痴を並べるのだった。

「何だ、文句があるのか？」

「若い男と通じて」という言葉に、社長は怖気づきながらも目を怒らせて問い返す。問い返すというよりも、何か聞いて知っていることでもありはしないかと尋ねるのである。

「いや、お前から見てもやはり変だったかね？」

ここ何日か気になって仕方がなかったことは自分の思い込みかと思っていたのだが、他人の目にもそう見えるようなので、余計に心配になって根掘り葉掘り聞くのだった。

「あたりまえじゃないの！　若くてぴちぴちしている女が、どうしてあんたみたいな老いぼれをいつまでも捉まえて取りすがったりするもんですか。考えてもみなさいな」

「白髪だとか、老いぼれただとか、バカ言うな！　わしの髪のどこが白いのか、どこが老いぼれたと言うんかね」

「フン……」

興奮して弁解に躍起になるのが滑稽でもあり、事実、まだまだ三十代になった頃と変わりない亭主の精力旺盛な立ち居振る舞いを思うと、独りでに笑いがこみあげてくるのである。

「いくら喚いたって、歳は歳じゃないの！　今現在のことだけを考えなさいよ。若い女の尻ばかりずる追いかけていたら、急にバッタリ倒れることもあるんだって考えなきゃ！　お金だけ吸い取られるんじゃなくて、生き血を吸い取られるということがわからないのかしら。命は長らえるっていう保証でもあるんですか！　お金だけつぎ込んで、寿命が煮詰まるでしょうに……」

依然として外の空を見上げながらつぶやく。

「貞淑な烈女だな、お前は、貞女だよ！」

「でなきゃどうだっていうのよ！　露骨に退職金をくれと言うから十万ほどやったら、目もくれずにサッサと行ってしまったあんな娘にどうして入れあげるのかねえ」

この家に避難してきて二人きりで過ごす間に、女房の話し方が随分と若返ったのは事実だが、それだけに焼きもちも強くなったのである。

「いくら貞女だとは言っても、わしも煩わしいし、こっちはどうでもいいと言っているのに、どうしてこう、やいのやいの言うんだか……」

社長は妻にねちねちと腹立ちをぶつけながら、持久戦に持ち込み座っていた。

「死に時が近づいたものだから、必死になっているのかねえ?」

どうでもいいだの、煩わしいだのと言いたい放題なので、女房もプッンと堪忍袋の緒が切れて、ガバッと起き上がり座り直した。

「口のきき方にも程があるぞ。死に時とは何だ?」

捕まったら殺されそうな気がしてブルブル震えているのに、そんな縁起の悪い言葉は聞きたくなかった。

「生きていてこそ楽しみがあるんじゃないか、もう余生はいくらもないんだから、誰が怖くて思いのままにできないというんだ。お前さんこそ早くすっぱりと死んでくれよ」

「男というのは盗人なんだね。三十年もの間連れ添ってありとあらゆる苦労をさせて老いさせておいて、やっと食べていけるようになったと思ったら、本気で出て行けだって! 面を見たくもないから死ねだって?」

向かい部屋の家族に聞こえるのを計算して同情を買おうとでもいうように、余計に大きな声を出した。

「そんな口のきき方はやめないか。これがまともな家の、社長夫人の言い方かね? ひとつ部屋に寝起きしているもんだから、やむを得ずちょっと気遣いしてやったら、たちまちそのざまか、みっともないったらありゃしない!」

社長の声は少しずつ煮詰まってきた。事実、歳は取ったが白くてつやつやした肌が体に触れるのはそれほど嫌でもないし、スンジェに対する嫉妬と疑惑から湧き上がる情熱や空想で情欲が突き上げてきて、自然とこの数日、目の前にいる女房の方に溢れ出し、向かい部屋にいるこの家の女主人の目にも羨ましいほど仲睦まじく過ごしてきたのだった。そのおかげで社長夫人はたちまち十歳ほども若返ったようで、顔の表情も穏やかになり、全身に生気がみなぎって機嫌がよかったのだが、相方の方はとっくに嫌気がさしていた。

「せいぜい、そんな言い方しかできないのね！」

女房は気遣いしてやったという言葉に、期待に昂っていた感情がしぼんでせせら笑う。しかし、女房の言葉つきはますますひどくなっていった。夫を自分の息子のように振り回すのが痛快でもあり、この男がスンジェをひとしきりかわいがっているというのに、女房がわざと「この子、あの子」呼ばわりしてやたらと挑みかかるのも、どちらかと言えば、夫が貪っている愛欲に罵り言葉をかけることで嫌な気持ちを晴らして、やっとすっきりするからであった。

「とにかく、気に入らん！ わしも女運がない運勢なんだか、ガミガミ言われて痩せ細ってだな、一度も勝手気ままもできずに老いさらばえてしまったのが心残りでないというのかね。もう何年も生きられんのだぞ！ 残りの人生が貴重だから、一日を二日にして二倍生きねばならんというのに！」

「フン、聞いて呆れるよ！ 男が一日を二日にして二倍生きるというのが、たかが浮気なのかい？ 社長様、大仕事をなさいますこと！」

と、女房は嘲笑してみせたが、

「こりゃ聞き分けのない子供かアヘン中毒患者だわね。一度若い女の味を知ったもので、もう我慢できないいんだから、どうしようもないんだね！」

と嘆く。

「だからだろう、歳取って味を覚えた泥棒が夜が明けるのを忘れるというじゃないか。そんなに怒ることはないぞ。羨ましくてジリジリするんだったら、お前もやってみたらいいじゃないか。お前さんも気に入った若い奴を見つけたらどうだ。嫌じゃなかろう？」

と、今度はワハハと笑い飛ばす。

「よくそんなことが言えますね！　そんな言い方をして自分だけは上品なつもりなんでしょ？　いくら動乱のさ中だといったって！」

「悪態をついて、そんなに喚くのは何でだね？　ホウ、まだ男女同権だとか民主主義というものを知らんのだな？　だから嫌だと言うんだろ。ハハハ」

「なんだって、それが男女同権なの？　民主主義のことがよくわかりましたわ！　私は男女同権も何もかもみんな嫌いだよ！」

と社長夫人は夫がねちねちとしつこく怒りを募らせることに腹を立て、拳骨を握りしめて振り回すかのようにして飛びかかろうとしていると、下の部屋から永植が出てきながら、

「はい、今、行きます……」

と、大きな声を出すので、夫人はガバッと身を起こした社長をあたふたと納戸に押し込んで自分も上り込む。

今日は玄関先でいなして帰すものとばかり思っていたところ、水をくれと言うものだから永植がちょっと中の方に引き返したすきに、蛭のような若者が二人、永植の後からついて入ってきた。玄関口で入らせないようにするものだから、かえって怪しんで水を飲ませてくれと巧みに言ったのかも知れなかった。

中庭に入ってきて二人の目にまず入ったのは、板の間の隅に置いたままになっている紙包みだった。居間に引き取った母親も金包みに手を触れるのがためらわれたのか、そのままにしてあったのだ。イ

ム・イルソクは恵化洞の社長宅の家政婦(シンモ)が汲んで差し出す水を受け取って台所の入口の前で一息に飲んで、残りを金ハンに回してやり、居間の前の板の間の端に腰かけて金包みを持ち上げてみていたが、

「やはり社長がお泊りになっておられるんで潤沢なようですな。銀行から下ろしたての手が切れるようなやつでしょうな！」

と、そそられるかのように撫(な)でまわす。

「触らないで置いといてくれないかな。贈り物でもらった角砂糖の袋だよ。毎日来られる偉いお方が喉が渇くというんで、コーヒーでも一杯出そうというのでね……」

と、永植はニッコリ笑ってごまかした。

「水が浸みた角砂糖かね、えらく重そうだが！」

「いや、社長の靴がなくなったところをみると、居間の納戸も危ないと思って持って出る時、包みを解いたついでに飯代代わりに置いて行ったんじゃないか！」

相槌(あいづち)を打ちながら金ハンがこんな解釈をした。

「よく当てたな。そうとわかってたら、その靴を持って行けと言ったらよかったんだが、そのままに置いといたんだな」

と、永植はから笑いをした。

「持って行けだと？」

イルソクが口をはさむ。今や言い方も共産主義になったのか、あけすけにぞんざいな口ぶりだ。

「いや社長が息子の宗植(ジョンシク)君と一緒に出発する際に、遠くまで歩くということで僕の運動靴を履いて行ったものだから、棚にそのまま載せておいたものなんだがね……」

納戸に隠れている社長は、金（キム）ハンが飯代として置いて行った金だろうと言うのを聞いて、胸をなでおろしはしたものの、内心（あいつめ、ぬけぬけとうまく言い抜けるもんだ！）と、感心もし、ああいう小才が効くんだから、スンジェをとろかしていながら、知らぬふりをしているんじゃないかという疑念もふと湧いてくるのだった。

「それじゃ、今、恵化洞に行ったら、その靴が自分で歩いて行っているというわけだな？」

「ああ、そりゃ間違いないさ！」

「さあ、それはそれとして、こいつに触っているだけじゃあ帰れないぞ。こっちに来る途中、市場にはチャングクパプ［肉入りの汁ご飯］の店も出ていたし、ピンデットク［緑豆のお好み焼き］も焼いていたよなあ」

と、イルソクが切り出す。

「ほう、もう店が出てるのか？ おごってやるよ、一杯おごるから。この間、歩き回った足のお疲れ賃としても、このまま返すわけにはいかんよ」

と、永植は下の部屋に行って着替えて出てきた。

「ほんとにこれ、持って行きますか？」

金ハンが金包みを手に持った。一杯おごると言ったもので、言葉遣いまで丁寧になる。

「ダメだよ。持ち主があるんだから。お母さん、これ、下手（へた）したら強盗にやられますよ」

と大きな声を出して笑い飛ばしておいた。

「当て外れだな。しこたま食えると思っていたんだが」

金ハンはがっかりして、どうしても惜しいというように金包みを置いて出て行った。

納戸からフウフウ言いながら出てきた社長は、パタパタと団扇（うちわ）を使いながら、

「スンジェのおかげで……勘が鋭いよなあ！」

と、またしてもスンジェのことを持ち出す。

「いや、そうじゃなくて。申課長が言い抜けてくれたからこそ、うまくいったんじゃないの。大したものだね」

と、またしても新たに口喧嘩の火ぶたが切られるのだった。


「あら、それでもいらっしゃったのね。もう解除になったみたいだから、今日からは私の護衛兵の役をしていただかなくっちゃ」

スンジェはそれほど大げさには［斎洞の自宅に来た］永植を迎えはしなかったが、この男の顔ばかりをまじまじと見つめながら、何やら一人、思いにふける様子だった。以前のようにいそいそと男を煽(おだ)てあげるような、そんな派手な素振りは影をひそめ、何やら一途(いちず)に考え込んでいるような沈着さが浮かんでいた。

「解除だって？　きのう例の連中がまたこちらにも来たんでしょ？」

きのうイルソク一味が用もないのにやってきて、ひとしきり煩わせて行ったのだが、今では露骨に社長夫人にでも話をして金を出させろと言わんばかりの話しぶりだったという。

「もう、いや。うるさくてたまらないわね。ご町内では米の在り処(か)を探して銃を担いだ若い連中が騒ぎ立てるんだから、怖くて安心して暮らせないじゃないの」

スンジェは眉をしかめていたが、椅子からサッと立ち上がって部屋に入るようにと目配せをして、自分から先に立った。永植はしかたなくついて部屋に入り、やはり居心地の悪い上座(アレンモク)の敷物(ポリョ)に座った。

「私、どう考えてもソウル市内にはいられない感じなんだけど、どうしたらいいと思う？……」

スンジェは洋服ダンスの引出しからラッキーストライク［アメリカの代表的なタバコ銘柄］を取り出して置きながら、

「最近、タバコも珍しいでしょ？　差し上げましょうか？　後でお帰りの時に忘れてたら、教えてね」

と言いながら傍に来て坐り、タバコの封を切る。そういう言葉やら動作に何か意味があるというわけではないのだが、実家の兄に対するような家庭的な情感が漂っているのも、以前ふざけまわっていたのとは違ってみえた。

「どうしてそんなにやたらと怖がって急ぐんです？」

「怖いというのじゃないけど……でもどうなるんだろうと考えると怖くないこともないし……」

スンジェはどこから話の口火を切ればよいのかわからない。

「私、今、イム・イルソクなんぞは問題にもならない、本物のアカの〈同志〉の包囲網に囲まれているんだけど、どうやったら脱出できるか、寝ても覚めてもそのことはいくら考えても妙案が浮かばないんだもの……」

と、スンジェは笑いを浮かべながら、男にライターを渡してやり、自分もタバコに火をつけた。

「え？　じゃ私も塹壕（ざんごう）の中に這って入ってしまったわけだな？」

永植はふざけて見せたけれども、冗談のようにも思えず、ちょっとヒヤッとした。

「そう、捕虜よ！　私の捕虜！　まだアカの捕虜にはなってないけど、私の捕虜なの。絶対に釈放はしないんだからね！」

と言いながら、またしきりにこんなことも言った。

「私、法律上はまだ夫がいるのよ。驚かれたでしょ？」

「驚くべき人はほかにいるんじゃないの。そう、で、法律上の夫君が包囲網を指揮しているというわけで？　やあ、お熱いことで、火の粉が怖いよ！　私めはお暇いたします」

永植は冗談めかしながらも、本当に立ち上がろうとした。

「あら、怖がり屋さんね。もう私の捕虜なんだから静かにしてらっしゃい。うちにはまだビールが二、三ダースはあるんだから、それを一緒に飲んで片付けてから、今後のことを考えましょうよ」

スンジェは笑いながら立ち上がって部屋から出て行った。また以前のように屈託がなくなったスンジェは初めて明るい顔になったが、気持ちは揺れているようだった。夫・張鎮に対する警戒心と、永植をどうやったら本当に捕虜にしてしっかり捉まえられるだろうかという二つの心配事で気もそぞろなのだった。

ビールを飲みながらスンジェがぼそぼそと話す昔話めいた彼女の来し方を聞くのはまんざらでもない。最近は大砲の音も遠ざかって時折、飛行機だけが轟々と飛んで行ったり飛んで来たりするものの、前線から遠いソウルは爆撃の目標から外れたらしかった。日増しに蒸し暑さが増してくる夏の日差しに、中庭はジリジリと蒸せ返りはじめ、部屋の表裏の窓を開け放した室内はかえってじっとりとしてひんやりと静まり返っており、家の中はこの上なくひっそりしている。

「……一応は恋愛結婚だったんですよ。でも、結婚を前提にした恋愛ってスケジュールを立てて出かけた旅行みたいで、好奇心はあっても目的意識が眼前にあるものだから、メラメラ燃え上がる美しい命の火花だとか炎なんてものはないよね……」

「ハハハ……砲煙と弾雨の中でもあくまで恋愛を論ず、ですか！　ロマンチックな夢を失わないスンジェさんこそ幸せですね」

と、一杯やったせいでしぼんでいた血管がパッと開いて、ゲラゲラ笑うものだからスンジェも負けず

に赤く染まった顔に笑みを浮かべて、

「朋有り遠方より来たる、亦悦しからずや、ね！　あらあら、美人の酌に酒を飲み、恋の語らいに日の長きを忘るに、遠来の君さえ興尽きずと言わる［朝鮮の短歌である時調（シジョ）風にふざけている］、ですね！　どうです？　時調一首みたいでしょ？　あら、恥ずかしげもなく、美人がもてなしたなんて言ってすみませんね」

と言って笑う。

「でも、その遠来の君というのが、無骨者にして一向に雰囲気にも無頓着、自分一人で悦に入るのだから、美人ありながら才子なしで恨めしくござる、というわけか、ハハハ」

永植も呑気に調子を合わせる。

「その無骨者というのがかえっていいじゃないの。度胸もありドッシリしていて、サバサバしていてさ……」

スンジェははしゃいで、

「そう、で、申先生の場合はどうなの？　もちろん私みたいなお婆さんも羨むぐらいなんだけどね……」

と言って、また言いかけていた話に引き戻す。

「どうするもこうするも。もともとスケジュールも目標もなしに岸を離れた舟なんだから、ユラユラと下って行きながら、どこに辿り着くやら着かないやら……。いやもう、とっくに暗礁に乗り上げているわけなんだろうけどね……」

と、永植は自嘲して笑った。事実、明信との関係がそうでもあるのだが、そもそも明信に対する自分の気遣いや感情がこの何日かの間になぜこんなにもなおざりになり、ぼやけてしまっているのか？　一週間ほどの波風をくぐった落ち着かない生活の泡の中で、明信の影が水滴のようにひょっこり浮かんではプツンと消えたりしているのである。すまないという気にもなるのだが、混乱した頭の中では、どうするつもりだとか、どうなるだろうとかいう期待も漠然としたものだった。

スンジェは意外とこの男が気乗りしないような言い方をするので、ハッとしながらも内心ではうれしくもあった。しかし何食わぬ顔で、

「どうしてそんな弱音を吐くのかしら。船頭がいないっていうのなら、私が櫓を漕いでさしあげましょうか？　邪魔立てするなと蹴飛ばしたくなることを言ったかもしれないけど……」

と、ニッコリ微笑む。

「さあ、それはどうであれ、結婚前の一番よかった頃の話でも聞かせてくださいよ」

永植は明信の話に触れられるのが嫌なので、話題を転じた。

「どうってことないわよ。お互い好きだったけど、それは若い男と女がただただ異性だということで好奇心に駆られただけのことで、初めての恋愛だったし、盲目的だったわけよ。今、思うとそんなの恋愛じゃないわ。私、恋愛はまだ未経験だっていう自信があるんだから！　自信というよりはウブなのよ……」

結婚経験があり、五十を越した男の二号さんというレッテルを張られた三十路の女が、婚期遅れの青年の前で「恋愛にはウブ」などという言葉がためらいもなく出るところは恥知らずと言おうか、大胆と言おうか、しかし開放的で明るいスンジェの性格をよく知っている永植には、それが少しばかり誇張ではあっても、率直な言葉に聞こえるのだった。結婚と恋愛とは別物だという論法からすると、男の手から手へと二股、三股かけて渡り歩いてはいてもまだ燃え残った情熱が、――いや、まだ火のついてもいない情熱が、もくもくと立ち込めたまま、突き抜けられる穴を探そうと喘いでいて、焦燥と苦悶に打ち

ひしがれているのかもしれないと思うのだった。以前の夫というのがどのような人物なのかは知らないけれども、中学の先生をしていた堅物であるか、アカに染まって女も捨ててしまうような冷徹な人間だったのではないか。そうでなければ五十を越した男なんぞを相手にはしないだろう。スンジェのような撥剌(はつらつ)とした性格では愛欲にどっぷり浸かる機会がなかったのは確かだろう。それが一生の不満であり、「歳を取らないうちに！　歳を取らないうちに！」と、しきりにもがくように言うのかもしれない。

「この機会に生活を整理して新生活を始めなくちゃいけないんだけど……」

スンジェはしばし物思いにふけっていたが、ふとこんなことを言った。

「どうやって？」

「まず張(チャン)さんに会ってみて、戸籍を別にしてちょうだい、とはっきり言うつもりだし、会社ともキッパリ縁を切ってしまって……」

「おやおや……どんな恋愛をなさるおつもりやら、しっかり準備ができているんですね」

永植は何も知らないふりをして笑顔で言った。

「やるんだったら命がけでやるのよ。恋愛だって戦いよ。戦場に赴く兵士は跡を濁さずにきれいにしておかなくちゃならないでしょ。手足の爪を切って沐浴斎戒して出陣してでも勝てるかどうかわからないんだから！　死ぬ覚悟で行くんだから！　その代り結果は厳然たるもので容赦がないわね！　それからすると、恋愛は独裁なのね。民主主義ではないわ。相談とか合議じゃなくて命令なのよ。軍令だわねえ」

スンジェは取り留めのない戯言(ざれごと)めかして笑いながらも、男をキラリと光る眼で見つめた。

ニコニコ笑いながら、浴びせるようにひそひそと話し聞かせるのを、何やら音楽でも聴くように面白そうに耳を傾けていた永植は、

「アチチ、熱いな、誰か運の悪い男が引っかかるかもしれないね。まるで火山に登って火口に座っているようなものだね！　ハハハ……」

永植が笑うので、

「ちょっと見てよ。こんなに熱くなってるんだから！」

と、スンジェは笑いもせずに突然こわばった表情で、右手をサッと差し出して男の手の甲に押し付ける。

「アチチ、熱いな！」

と、永植は手を引っ込めて大声で笑った。

「さあ、気が抜けますよ。早くお飲みになって」

と、スンジェは恥をかかされた具合になった手を、そのまま引っ込めるわけにもいかず、ビールのコップを手に持って、男の口に付けんばかりに彼の顎の下に持っていった。

「こりゃまた何の罰ゲームの酒なんだい！」

「そう、罰ゲームのお酒よ。毛虫に触ったみたいにどうして慌てて手を引っ込めるのよ？」

と言いながらスンジェはほとんど詰問調でまた睨んでみせた。男の肌に自分の肌を触れさせてみたいという衝動がまた一段と燃え上がった。

「だけど、ほんとに冗談は抜きにして、どうしたらいいのか、ちょっと考えてみてくださらない？」

スンジェは自分の興奮を鎮めようと真顔になってまた話を切り出した。風呂場の方からは家政婦と下働きの女の子たちが水をかぶっているのやら洗濯をしているのやら、ジャブジャブという水音を立てながらワイワイやっている声がのどかに聞こえてきた。

「こんな状況でどこに離婚手続きを持って行くって言うんです？　そんなことをしていたら虎の尾を踏むようなもので、罠にかけてくれといわんばかりですよ！」

「そうね、私もそうは思ってみたけど、罠にかかるようなことって何かあるかしら？　これまで手続きをしなかっただけで、話はとっくについているんだし、私がどんな生活をしていようが道義上の責任を負ったり遠慮するようなことって少しもないんだから……」

「今でも人間としては嫌いじゃないって言うんだったら、そんなふうにしないでもう一度元の鞘に収まるのがいいと僕は思うんですがねえ」

永植はチラッと見上げてみた。

「アカじゃなければまた考えようもあるんだけど！　でも、アカでないとしても何を期待して？　一度考え抜いた挙句に難しい決心をして出て行ったんだから、忘れられないなどと言って、どうして元に戻れるものですか」

スンジェは鼻で笑って、

「それはそうと、中先生もいずれ清算されるのがいいんじゃないの？」

と言って顔色を窺う。

「何をです？」

「私、明信の問題にわざと触れようっていうんじゃないわよ。けど、政府が戻ってきて韓米貿易の看板が元通りに掛かっても、額に穴をあけても膿一つ出ないような金学洙社長にズルズルついて行ったって、暴利を貪る輩の下僕になるだけで、いいことは何もないんだから。何か展望がなくっちゃ」

永植が自分を敬遠してそっと抜け出ようとばかりする原因というのが、まず第一に学洙社長のもとにいるからだということに思い至るや、永植を道義上の良心の呵責から解き放って安心して自分のもとに寄せ付けようとするには、まずは韓米貿易から抜けさせることだと思うのだった。明信の問題は放っておいても独りでに引き下がるだろうと楽観するが、手の内に入れさえすれば、そのあとは自分の手管で充分に解決がつけられるという思いだった。

「僕の問題なぞは自分で何とかしますけど、スンジェさんは額に穴をあけても膿の一滴も出ないってことを今になって悟ったんですね。急に清算するだの整理するだのとお急ぎなところを見ると」

と、永植はすべてのことをまったく知らないふりをして、相手の気持ちには無頓着な言い方をした。

「私の場合はちょっと違うのよ。そりゃあ生活の方便も計算に入れないことはなかったんだけど、物欲しげに何かに食らいつこうという欲から飛びかかったわけじゃないんだから。あの方があまりにも優しくしてくれて、私もそれが嫌じゃなかったからそうなったのよ。だから結局、お互い感情とか気分とかがよく一致するから、対等な人格として自分のことは自分で責任を持って一つになったのよ。決して一方的に貞操を捧げただとか蹂躙されたとか犠牲になったわけじゃないのよ。でも、今じゃもう飽和状態になって、これ以上続けていく興味も能力もなくなったのに、ズルズルと引きずっていては何にもならないじゃない？　大体、ほかの人たちもあの方と奥様も、私のことを二号さんぐらいにしか見ないというのはちょっと違うのよ！　私、決して貞操を失ったとか性愛をもて遊んだんじゃないんだから……こう見えてもわたし、真面目なのよ。自分では理性を失っちゃいないと思っているんだけどね……」

そう一生懸命、弁明するのだった。

「ハハハ。ちょっと火遊びをしたっておっしゃるんですね？　徹底的ですなあ、ハハハ」

「どうして笑うのよ？　火遊びでも浮気でもないわよ。必要な要求の自然な解決方法を取っただけなのに、どうして笑うの？　私、人を騙すのが嫌いだから、まともな手段を使ったとは見えないのかしらね。だけど妻のある男性を選んだという点だけはいけなかったわね。何かはっきりした被害者が出たわけではないんだけど、ともかくそんなこともあって早く清算したいんだし、近ごろはますます屈辱を感じる気がして、一刻も早くちゃんと決着をつけなきゃと思うのよ」

「結婚と恋愛は違うというのはそうだろうけど、じゃあスンジェさんは結婚をする準備で清算をされるというんですか？　それとも恋愛を選ぶと言われるんですかね」

永植はスンジェが自分の熱情や愛欲に対して開放的でありながらも、人格的な自覚であるとか自尊心を尊重しようとする点で、決して放蕩(とう)女ではないと思えて、庇(かば)ってやりたいような気になり、次第にこの女に興味を持つのだった。その大胆な態度とか、言葉や表情から自然に醸し出される技巧というものが、明信に見出していたものとは違い、成熟していて、そこはかとないところにも魅かれるのだった。

「じゃあ、取りあえず恋愛をすることにしましょうか。もう少し歳を取ったら落ち着きどころを探してまた結婚するかもしれないけど……」

スンジェは真顔で男の顔をまた鋭く見据えた。その大胆に肉薄して来るような表情に永植は怯(ひる)みながら、

「そんならお相手はどう考えても既婚の男性だと思うんだけど、金社長の夫人にすまないと言いながら、そりゃあ矛盾しているんじゃないの？」

と、釘を刺した。

「いいえ、矛盾はしないわよ！　他人の家庭生活だとか、一夫一妻という社会的な制約を無視して犠牲者を出すというのでは申し訳ないし、できるだけそんな機会は自制して避けなければならないでしょう

けど、そうじゃない場合にはライバルを犠牲にするぐらいのことは道義上の責任を負わなければならないことじゃないんだから！　例えば姜(カン)スンジェ対中永植の短兵接戦において、流れ弾が水原にまで飛んでいって鄭(チョン)明信が倒れたって誰も責任が取れる人間なんていないんじゃないの？」

と、スンジェは冗談のように言って笑い、またしても男の目の中に入り込まんばかりに頭を突き出して、真正面から鋭く見つめるのだった。さっき板の間で憂いに沈んでいた表情とは正反対に、次第に大胆になり感情的に男を手玉に取り弄(もてあそ)ぶかのような勢いである。

「ハハハ……こりゃ大変だ。独身男は結婚もできんな！　うちの母が聞いたら大ごとになる話だね」

もうすぐ三十歳という独身者は手慣れた言い方で、苦もなく体をサッと引いてしまった。スンジェもつられて軽く笑い飛ばしていると、いつの間に入ってきたのやら、

「お姉さん！……」

というスニョンの声が聞こえ、彼女が誰もいない中庭に入ってきた。いつもは戸締りをしっかりしているのだが、男の客が来たので安心して開けておいたようだ。

「どうぞ、上がってらっしゃい」

「私って、先生がいらっしゃるときに限って来るんですね」

と、スニョンも靴脱ぎのところまでやってきて、部屋の中に向けて挨拶をした。

「さあ、俺の後ばかりつけてるんだったら、怪しいぞ」

永植は明るく笑って、ちょうどうまい具合に来たとばかりに立ち上がった。

「お姉さん、ちょっと……」

スニョンは急用ができたので来たという様子で、姉が板の間のはずれにまで出てきたのを、下りてき

てくれと言って、台所の戸のあたりにまで引っ張っていき、ヒソヒソ話をするのだった。すると、スンジェはやや緊張した面持ちだったが、また渋面を作って話に耳を傾けていた。

「すっかり三八度線の南の方に下って行ったのでもないらしいの」

「だからと言って、どんなつもりで急に訪ねてきたっていうの？」

スンジェが時折ぶっきらぼうにこんなことを言うところをみると、昔の実家の方に張鎮（チャンジン）［スンジェの別れた夫］がやってきたという話のようだった。

「どうにでも適当に口実を設けて追い返せばいいのよ。ふらふらと私のところに来てどうするの。帰って会えなかったと言いなさいな」

スンジェは妹につっけんどんにいい、板の間の縁に腰かけて靴を履いている永植を見て
「彼が家に来たっていうのよ。来たんだって！」と、勝手に自分一人でおかしそうに言う。

そうして差し迫った心配事を軽くいなしてしまおうとするのだった。しかし、刑事が捕まえに来たということよりもっと恐ろしい気がするのはどうしようもない。宋（ソン）ビョンギュ［張鎮の友人で左傾新聞報道員］から話を聞いた時から、突然やって来はしないかとは思ったが、彼にも体面があるだろうし、プライドもあるだろうから、まさかわざわざ私のところに現れることはなかろうと思っていた。もし万一会うのならついでにだが、離婚手続きまでしてしまえばいい――そんな思いもあって、むしろ会った方がいいかとも考えていたのだが、いざ直面してみると思い切って出て行く勇気が出ないのである。それはまだ法律上は夫婦であるという家庭問題だとか貞操の問題で追及されるのではないかという心配ではなく、思想問題で反動分子だという罠（わな）がすぐにも首を絞めるだろうことが、火を見るより明らかなせいだった。

「申さん、どうしたらいいのかしらね……」

取りあえず、妹には、行ったけれども会えなかったと言えと言い含めたが、この状態が長引くと後の憂いが怖くもあった。もし恨みを抱いて徹底的に探し回ったら、この狭い市内で隠れおおせるだろうかという心配なのである。

「さあて……家庭問題でいうなら会うべきだろうし、社会的、国家的には会ったほうがいいと勧めるわけにもいかないから、僕だとてどう言えばいいのか……？」

永植も気の毒な事情なので、それ以上言いようもなかった。

「私もどうしていいのかわからないのよ！　私、先生の言うとおりにするんだから」

スンジェもどうしようもなくてこう言うのではあったが、男にしっかり負ぶさるかのようにせがむのを、スニョンはおかしな感じだという目つきで無言のまま傍観して立っていた。いくら別れ話が出ていたにせよ、好きで何年も一緒に暮らした夫なのに、こんな状況になったとはいえ、「彼が来たんだって、来たって」と永植に面白がって言うことからして、まともではないように思われたし、姉はどうしてあ下品なんだろう、と腑に落ちないスニョンだった。

永植は、自分の言うとおりにするという言葉がうれしくはあったが、ずっしりと荷物をしょい込まされた気がして気が重い。

「いい考えがあったらお聞かせもしようけれど、ともかく僕の言うとおりにするつもりなんですか？」

「言うことを聞けないはずないわ。言い付けてくれさえすればいいんだから」

冗談めかした返事だと受け流し、面はゆいかのように妹の方を見た。

「じゃあ出かけて行って会ってみるといいよ。案外、かの地に行ったものの、失望して南朝鮮に下ってきたのかもしれないし、そうでないとしてもスンジェさんの愛の力で気持ちを変えさせるチャンスがないとも言えないだろうから」

「それはご挨拶ね。というのも、アカがどういうものなのかご存じないからよ。でも行ってみろとおっしゃるのなら会ってみますよ。まさか私を陥れたり首に縄をつけて引き回したりはできないでしょうよ」

と言ってスンジェは部屋に上り込んでワンピースをチマ、チョゴリに着替えて出てきた。スニョンは心配事が一つ減ったとホッとした。このまま姉が隠れてしまいでもしたら、自分たち母娘が責め立てられるのが怖かった。母親が、別居しているというのはよくないと思ったのかとっさに、家庭教師としてある家に住み込んでいると言い繕ったところ、張鎮の態度が思いのほか柔らかだったのだ。そういうところを見ると、説得してまた一緒になろうという様子だったが、世の中がどう動くかわからないからには、そんな人間が傍にいてくれれば安心な点も多いと思うし、あるいは彼らが後退していくときには姉を一緒に連れて行ってくれたら、という利害からの打算もスニョンにはあるのだった。姉がいてもいなくてもそれで助かるわけではないから、明信のためにも危なっかしい姉のような人間は、北朝鮮の方に送り出してしまうのがむしろいいのではないか、という薄情な気持ちにもなるのだった。

潜伏

［弼雲洞のスンジェの継母一家の家の］板の間に弟と向かい合って座っていた張鎮(チャンジン)は、戸口から入ってくるスンジェを見て何やらもごもごと口の中で呟(つぶや)きながら、今気づいたという仕草をした。口元にはかすかな微笑さえ漂わせている。居間からこちらを見ている母親や子供たちまでもが、板の間に座り込んでいる人と靴脱ぎのところにやってきた人の様子に忙しなく視線を動かしていたが、すぐに皆の顔から緊張が解けて安心するかのようだった。

「血色がよくなられたわね」

スンジェは笑顔を作った。どこか旅行に行って帰ってきた夫に対するかのように自然な口ぶりだった。スンジェ自身も会ったら何と言葉をかけたものやら、どんな態度を取ればよいものやらと思いを巡らせていたくせに、案外言葉が自然に出た。張鎮はうれしい気持ちを隠すようにニッコリと微笑んだだけだった。これを見た家中の人間もつられて安堵(ど)したように笑ったが、スンジェもともかくはホッとして、お返しにまた微笑んだだけだった。冷たい目をしてしかめっ面で対することになるだろうと思っていたのだが、少しやつれた感はあるにせよ、以前よりむしろ頬がふっくらしたような色白の顔で、家から着て出た見覚えのある、薄いグレーの背広を着こんだ様子は少しも変わったところがなかった。ただズボンにピストルを隠し持っているのか、右のポケットが膨らんでみえるのにはハッとさせられた。

「僕はちょっと散歩してくるから、兄さんと部屋に上がって話でもしたら」

　弟は疑いと不安に駆られて言うべき言葉も見つからなくて、無理して用心しつつ義兄と応対するのに冷や汗をかいていたところだったので、やってきた姉とすばやく交代して引き下がった。「兄さん」という言い方がスンジェの耳には変に聞こえる。

　張鎮に向かい部屋に入ってもらい、後から部屋に入ったスンジェは戸を閉めて戸口のところに座った。部屋の戸を閉めて二人きりになるのは怖い気がして嫌だったが、わざと閉めた。前方の窓は開け放ってあったが、正午に近い東からの日差しが差し込んで部屋の中は暑かった。

　二人は何から話したらよいのやらわからず、お互いうつむいたまましばし無言で座っていた。けれどもスンジェの方は何を言われるのやら、と緊張して耳をそばだてていた。

「あっちにいた時も大体のところは風の便りで聞いてはいたんだが、韓米貿易にいたんだってな？」

　スンジェは黙ったままだった。宋（ソン）ビョンギュに聞いただけでもその程度の情報は知らないはずがないので、家庭教師として入ったなどということを信じるはずもないけれど、北朝鮮に行っていながらスンジェのことを探っていたということに彼女の心は重苦しくなった。

「そりゃあ食べていかなきゃならんのだから、誰のところで何をしようが、そんなことは問題じゃないさ。他人になったも同然なんだから、何か特別に思うところがあって訪ねてきたんじゃない。世の中が変わって新しい時代になったんだから、少しは考え方も変わったんじゃないかとね？……」

「さあ、どうなんでしょうね」

スンジェは腫れ物に触るように用心深く言葉を選んで受け答えしながら、顔色を窺った。次の言葉を早く聞きたかった。

「こうなったからには、考え方を変えなくては生きていくすべがないということぐらいは想像できるんじゃないか？　ほかの人間ともまた違ってスンジェのような人間はきっぱりと清算をして──自己批判をして先頭を切らなくちゃいかん。グズグズしていて機会を逃がしてしまったら、真っ先に粛清に引っかかるのが明らかだから……実のところ、今日僕がこうして訪ねてきたのは、過去のことはさておき、到底知らん顔をして放っておけなくて、ともかく会ってみようと思ってのことなんだよ……」

張鎮は宥めすかすような口調ながらも、心の底では彼女を慈しむような様子がみえた。

「そんなことぐらい想像はしてますよ」

党に入ったことがないので自己批判だとか粛清だとか、とんでもない脅しだと胸の内ではせせら笑う気持ちだったが、言葉自体がおどろおどろしくて、スンジェは彼を刺激しないように気を遣った。

「時間がないから詳しい話はできないんだが、出てきて仕事を手伝ってくれないかな？」

「手伝ってさしあげたいけど、舌足らずの英語なんかも役立たずでしょうし、手伝えることなんかあるんですの？」

「いや、その英語がいるんだよ」

役所のあちこちの机の引出しから引っ張り出した米軍顧問団とやり取りした英語の文書が山ほどあるのだが、それを整理して翻訳することと、米軍捕虜が捕まったらその通訳として一線にも出られるように待機しなければならないのだが、ともかくやるべき仕事が山ほどあるというのである。

「やってみましょう。遊んでいてもしようがないし。けど、今、どこで寝てごはん食べてるの？」

スンジェはサッと家庭的な問題に話題を変えた。

妻としての夫の身の上を整えようという気持ちと、やる気を見せようとしたのだった。

「ウン、友達の家で……。それはそうと、そんならともかく、すぐやろう。僕と一緒に行ってみようよ」

張鎮は事務的に冷然と命令する態度だった。こんなにもせわしなく急(せ)かされるとは思っていなかったスンジェは、ビクッとしてそんな口実で捕まえていくのではないかと怖くなり、自分の顔色が変わったのではないかと気になって、

「ちょっと待ってよ。昼ごはんでも食べてからにしてよ」

と言って、立ち上がった張鎮を引き留めた。

「いや、時間がないんだ。行こう」

「でも久しぶりなのにこのまま行くなんてないわ。ゆっくりお話しすることもあるんだし。お座りになって。私も昼ご飯を食べないと出かけて行ってもお仕事できないわよ」

と、ぶら下がらんばかりにして必死で引き留めたものだから、張鎮もいくらか気持ちが和んだのか、ためらう様子だった。スンジェは居間に飛んで行って、板の間に置いてあった手カバンから札束を取り出し、出前を取るなり昼食を準備するなりしてと言い付けた。

「で、本家のことは聞いていらっしゃるの?」

部屋に取って返したスンジェは、新たな話題を切り出した。彼の本家というのは礼山(イェサン)［ソウルの南方、忠清南道の町］にある。還暦をすぎた母親一人と長兄、次兄とその一家がそれぞれ、それなりに中農以上の暮らしを営んでいる家だった。その後、今に至るまでスンジェの方から関係を断とうとしたわけではなく、自然と連絡が途絶えてしまっていたのである。おそらく相手側からすると、三男つまり三番目の弟だけがアカにな

ったのではなく、三男の嫁までアカなんだろうと思って連絡を絶ったのかもしれなかったし、こちら側からすると、とりわけて訪ねて行く用もないので、そのままにして過ごしてきたのである。

「本家にはそのうち行ってみるさ」

張鎮の返事は冷たいものだった。

「私も自然と縁遠くなってね、子供たちだってソウルに来る機会もあるはずなんだけど、様子を窺ってみるすべもなくて……」

「訪ねて来たってしようがないじゃないか」

「でも、お母様はお元気なんでしょうね？」

「ああ、去年の秋に大体のところの様子は聞いたんだが……」

スンジェは気がかりと言うよりは、何とか家庭の話を持ち出して気分や感情を和らげるように誘導しようとしたが、張鎮はそれがかえってつらいのか、しかたなくごく短く返事をするばかりで、眉をひそめる様子だった。

「平壌（ピョンヤン）はどうですの？」

「どうって何が！　到底こっちとは比べられんさ」

「いつ帰って行くの？」

「いつ帰るって？」

張鎮は正面から見据えた。何気ない言葉にも何か意味でもあるのではないかと神経を尖らせるようだった。

「あら、こちらにもう戻ってきたんですか？」

「そうさ、政府が来るんだから！」

張鎮は元気よく、しかし咎め立てするかのように返事をした。

「でも、また押し戻されたらどうするの？　私もついて行かなくちゃならないんでしょ？」

「何だと？　押し戻されるだと？……」

張鎮は驚いて目を吊り上げ怒りの声を上げたが、

「……フン、そんなことを考えてるんだったら、初めから僕についてきて仕事をするなどと言わないことだよ。これでもまだ目が覚めないいんだな。ちょっと苦労をしなけりゃならんな！　平壌に行って訓練を受けてこなけりゃならんな」

と、射すくめるように急き立てた。

「私の言い方が悪かったのかもしれないけど、訓練はあなたのもとで受けるだけでも充分じゃないの。これ自体が訓練じゃないの」

スンジェは平壌まででも行こうと言われれば行くつもりで好意を表わしたつもりだったが、下手に火をつけてしまったかもしれないと思いながら、もう希望はないと諦めてしまった。後腐れがないようにしないと怖いし、万一の場合を考えて煽てながら取りあえず利用してみようか？　ともかくも宥めすかすのがいいだろう、と思い直して会ってみたのだが、引っ張られて行って仕事をしたりすれば、再び政府が戻ってきた時にまた何を言われるかわからないので、どう考えても身を隠すしかない、と心の中で考えを巡らせるのだった。

昼ご飯を出すのも、すぐにも連れて行こうとするのを宥めて信じさせ、一人で帰らせるべく気分を変えさせる手段だった。

「僕のところで訓練を受けたいだって？　調子のいいこと言うなよ。無理に知ろうとは思わないが、今、どんな暮らしをしているんだ！」

静かに顔色を窺いながら、腹の内を探ろうというのか、嘲笑って言うのかよくわからない言い方をした。

「どんな暮らしって何よ。私のいるところに来てみたらわかると思うんだけど、私があなたに合わせる顔がないんだったら、ここに駆けつけるわけがないでしょ」

スンジェは怒ってみせた。

「そうか。で、今どこにいるんだ？　韓米貿易とかいう暴利を貪っている奴の家に住み込んでるんだろ？」

過去のことは言うまい、別れた後、どうなったなどと言うことは聞きたくもないと言いながら、それでも嫉妬の色が目つきや言葉尻から漂っている。共産主義というのが何なのか、主義のためには親も兄弟も女も捨てる冷血動物でありながら、愛欲というものがそれでも残っていたのかと思うと、スンジェはこの人が夫だったのか？　と改めてじっと見つめ直す。

「社長の娘の家なのよ。私の同窓生、後輩だったから一緒に暮らしているのよ」

明信のことを思い出して口から出まかせに言ってみた。続いて永植の姿が浮かんできて、家に帰る途中で寄っていかなくちゃ、という思いにぼんやりと気を取られてしまった。永植の家の下の部屋が眼前に浮かんできた。

（安全地帯とは言えないけれど……）

こんなことも思ってみた。急に身を隠すいい考えが一つパッと浮かんできたのである。

張鎮もそれ以上は追及せずに黙って座っていた。話が途切れて向かい合って座っているのが窮屈で苦しかった。張鎮の吸っているタバコの銘柄は何なのか、煙が香ばしいというわけでもないのだが、タバコを吸いたくなって、すぐにもハンドバッグに手が伸びそうになるのを我慢した。以前、夕餉（ゆうげ）に酒を一杯やっていて、飲んでみろと無理強いするものだから、杯に半分ほど飲むのが習慣になってしまったのだが、それはお互いに気分がよい時のこと。タバコまで吸っているのを見せたら驚いて、すぐさま信用を失ってしまいそうだ。

こんなご時世ではあるが、それでも錦川橋（クムチョン）［鍾路区臥龍洞在］の市場にある中華の店が一軒開いているらしい。弟が行ってできあがるのを待って持ち帰ってきた、と外でワイワイ言っているのが聞こえたので、スンジェは立ち上がって部屋の外に出て一息ついた。

膳を母親と二人して運び部屋に入りながら、

「トクチュンもお入りなさい」

と、弟を呼んだところ、

「僕なんか食い意地が張っているから、匂いを嗅いだだけで我慢できなくて。待っている間に一杯食べてきたんだ」と、手を横に振って、自分も捉まって仕事をしに出てこいとでも言われそうで怖くて、逃げだしてしまった。スンジェは一人で相手をするのはきついので弟に加勢してもらおうとしたのだが、この若者も二人が水入らずで話ができるように避けたというよりは、この別世界からの侵入者から冷たい風が吹いているようで、ゾッとして嫌なのだろう。

スンジェが酒を注ごうとすると、

「あ、いかんよ、真昼間に！」

と、張鎮は怯(ひる)んで頭(かぶり)を振った。けれども平壌に行ってこの方(かた)、二年ほど見ることもできなかった中華料理が目の前に広げられたのを久しぶりに見て、食欲もそそられ、いい気分にもなったようだ。

「でもお肉にはコーリャン酒が合うのよね。一杯だけ召し上がって」

スンジェはこの前、永植にもこれと同じことを言って納戸(タラク)から洋酒を取ってきて勧めたのを思い出した。人の心というものはこんなにも邪悪で、情と言うものはこんなにも泡のようなものなのか？ すべてを惜しみなく捧げ——隠し事などなかった夫婦でも、別れてしまえば他人よりもっと酷いという気がして心おだやかではない。

それでも酒を注ぐのは断らない。

「私も一杯いただきますわ」

許しでももらうように、こんなことを言いながら自分の杯にも一杯注ぐと、

「あ、会ったことのない人に会わなきゃならんのだから、酒はいかん」

と、きつくたしなめる。まるで留置場から連れ出した罪人を監視しながら食事をさせる看守の言葉のようだと、スンジェはいつぞやこの夫のおかげで留置場の見物までしたことを思い出した。不快だったがグッと我慢して、

「大丈夫よ。私たち、これぐらいのお酒で顔には出ないわよ。以前、お酒を飲みたいとおっしゃってた時、付けで買ってきて私までは飲ませられない、と言ってらしたの思い出しません？ さあ、お飲みになってよ」

と、この男の心を何とか動かそうと一生懸命になった。今、思い出してもあのころは間借り生活で苦労しながらも、楽しかったと懐かしくも思うのだった。

「あの頃はあの頃さ……そんな類のセンチな思い出に浸っている暇はないんだから！」

張鎮はこんなことを、それでも先ほどよりは随分と和らいだ口調で言いながら、あれこれ食べ物に箸をつけながら酒も飲んだ。スンジェも杯を空けた。

「ゆっくりたくさん召し上がれ。いくら忙しくてもちょっとは休む時間がいるでしょう。近ごろはとりわけ、どこに行っても食べられるものがないのよね。きのうおとといから、やっとお店が少し開き始めたんだけど……」

スンジェは黙ってまた酒を注いだ。

「僕はこれでおしまいにする。君ももうやめなさい」

心中は飲みたいので拒絶したくはないが、そのまま飲み続けるわけにもいかないので、こう言ったのだった。ともかくおいしそうに食べてくれたのはよかった。二度と会うこともないだろうし、もしまた会ったらその時は殺そうと飛びかかる敵（かたき）として対することになるのだが、顔を赤らめてロクに別れの言葉もなく別れてしまったあの時のことを思うと、こんな具合だったとしても会ってくつろいでから別れるというのはよかったという気にもなった。

「ともかく金某（キムなにがし）とかいう奴の家にいるのはいかんよ。目を覚ましな！　容赦はしないぞ！」

何を思って言うのやら、口を尖らせて眼光を光らせ、またこんなことをポロッと言うのだった。

「もうみんな逃げてしまって、私は連絡もしてませんよ」

「じゃ、どうしてずっとそこにいるんだね？　こっちに来ている方がよっぽどいいじゃないか」

張鎮の語調がふたたび柔らかくなったところをみると、やはりスンジェの身辺を心配し、それとなくアドバイスする様子である。以前の感情からしても今日のやり口からしても、公私ともに自分の本心を吐露するわけにはいかないながらも、もう一度繋ぎ止めようとする下心が顔色からも透けて見えるのである。主義と行動に盲目なわけではなく、情にほだされもし、心情をよく知っている間柄であるだけに、いわゆる訓練でもさせながらまた気持ちが落ちついてきたら、新たに出くわす人間よりは（そんな人間が都合よく現われるとは考えにくいが）よっぽどましだと考えるのだろう、とスンジェも推測するのだった。

麺が冷めたと言って温め直してきて果物をむいてやり、「婿殿」にというよりも腫れ物にでも触るように、母親も忙しなく立ち働いて精いっぱいもてなした。母親はその殺気走った目とズボンの右ポケットからのぞいているピストルの握りに余計に震えあがっているのだった。

スンジェは喉越しの悪い麺では喉が詰まるだろうと、また酒を一杯注いでやった。しかし張鎮はもう杯には手を付けず、麺を掻き込んで立ち上がった。

「あら、私もこんな格好で行かなくちゃならないの？　こんな恰好じゃ恥ずかしくて……」

カラムシ（苧麻）のチマにチョクサム［韓服で羽織る上着の一種］の袖をまくって足袋を履いた自分の姿をかえりみて、スンジェはニッと笑って見せた。それはまるで主婦を映画館にでも連れ出そうとする夫と交わす会話のようだった。

「何でもいいじゃないか」

張鎮はサッと彼女の姿を眺め、半ばニッコリ笑いかけたところで表情を止めた。今日会った時から、以前よりは顔も明るく活気がみなぎっている全体の印象が、妬ましいというか、嫉妬のようで自分でも嫌な気がしながらも好ましく感じるのだった。服の着こなしがすっきりしていて普通の家庭の主婦のように目立たないところが、実のところいい感じだと思っていたのである。

「こんななりじゃあ、ご飯を炊いていたまま出て来たみたいじゃない！　今日はもう遅いから明日着替えて行きますわ。市役所のどこに行けばいいの？」

何気ない普通の言い方をしたが、また何と言われるやら、内心ではやきもきしていた。

「そうか、じゃあ明日絶対に来るんだぞ！　市長室の隣の部屋に来るんだ。ところで、今いる家の番地でも教えてくれよ」

張鎮は手帳を取り出そうとする。

「斎洞(チェドン)××番地よ。でも心配しないで。明日必ず行きますから」

スンジェは意外にも釈放された囚人のように、初めて全身から笑みがこぼれて大きく息をついた。

母親は靴を履いて出かけようとする張鎮を見送りに出てきて、

「普段の暮らしを早く整えなさいな。見知らぬ土地みたいなもんだから、随分と大変でしょうに……。いつでも寄ってくださいよ」

と、上の空の返事ばかりの張鎮に向かってしきりに話しかけた。

「じゃ明日ね……」

スンジェが町内のはずれまで見送って行きこう言うと、

「ウム！」

と、張鎮はもうそれ以上何を言うでもなく、後ろも振り返らずにスタスタ行ってしまった。

スンジェは遠ざかる人の後姿を見ながらため息をついた。なぜか後姿が寂しそうに見えて、しなくてもいい苦労をわざわざ買って出ているのがかわいそうにも思えた。表向きには粘り強く見せて踏ん張っているものの、内心はズキズキ痛んでいるのではないかと思うと、勝利感を感じたし、その感情の葛藤と矛盾に苛まれる様子は当然の報いだという気もしたが、やはり運命なのだと思うと、気持ちは晴れない。

「じゃ、明日からほんとに出勤するつもりなの？」

見送って帰ってきた姉にトクチュンが目を大きく見開いて尋ねた。

「行くわけないでしょ。そんなことするんだったら爆弾を抱えて火の中に飛び込んだ方がましよ」

スンジェはまずもって我慢していたタバコを取り出し火をつけるとすぐにくわえて、板の間の端から遠くを見ながらぼんやり座っていたが、

「スニョン、悪いけどあんた、明日、ちょっと市役所に行ってきてくれる？」

と、聞いた。

「ええ？ 姉さんったら！ それこそ爆弾を抱えて火の中に飛び込めってことじゃないの」

スニョンはこう尻込みした。事実、考えるだけでも胸がヒヤッとして肩がガタガタ震えがくる。

「で、何て？ 行けなくなったと言いに？ そのまま放っておけばいいよ。どうするっていうんだい？ 首を吊って引き回すとでも」

トクチュンはとんでもない、と力説する。

「でもね、しょっちゅうやってきたら、あんたたちが困るんじゃないの？」

「それもそうだね。それじゃ手紙を書いておきなさいな。私が預かっておいて、こっちに来たら渡すから」

母親の発案だった。スンジェは向かい部屋に行って、紙と筆記具を借りて弟の机で手紙を簡単に書いた。

「人生の虚無と無常を今日のように感じたことはありません。ただただ寂しいばかりです。お会いしてもお話もできずに、こうしてお手紙を差し上げるのは結局、心弱いせいでしょうが、久しぶりにうれしくお会いできた場で、大声を出すとか不快な顔をして別れるというのは、もったいない気がしてのことなのです。私は心の中では、あるいは精神的にはあなたの妻です。こういう言い方が何の意味も内容もないというなら、少なくとも人間的にはあなたが嫌いなわけでもなく、あなたの妻であることを望んでいます。ですがこれを阻む鉄のカーテンを突き破って入り込む才もなく、勇気もないのですから、どうしようもないのです。自由に背を向けてまであなたの妻でいられるほど、自分を捨てて出て行く勇気もありません。逆の立場で考えられても、私だけが間違っているとはお考えにならないと信じます。雅量のある理解がお怒りをほぐして差し上げることになると思いますので、これ以上は申し上げません」

スンジェは手紙を母親に預けて社稷洞の本家の方に行った。こっちから行くと城壁越えの道に抜けて永植のいる天然洞の方とは反対方向になるが、相談することもあるので訪ねて行ったのである。

戸を閉めて鍵をかけているところをみると、金を隠した甕が埋めてあるのかと思われた。父親と息子ら三人が居間と向かい部屋で昼寝をしており、兄嫁だけがのろのろと洗濯物を踏んで「当時は洗濯の一環として、汚れ落としに、よく洗濯物を素足で踏んでいた」いた様子である。

「あんた、起きなさいな。弼雲洞のお嬢さんがいらしたわよ」

と夫を起こす。

「うん？」

彼は目をこすりながら起き上って座り直し、ぼんやりとスンジェを見る。娘をいいところに片付けてくれて表向きはありがたがりながらも、内心は面白くなく思っている従妹（いとこ）だった。以前はアカに染まったということからであったし、最近では相舅にあたる金社長の二号さんらしいというところから面白くないのである。

「せっかくよく寝ていらっしゃったのにすみません。まるで法事が明けた日のようですね。あっちこっちで皆、お昼寝で」

スンジェは板の間に腰かけた。相手は十歳あまりも年上ではあるが、遠慮もなくポンポンと言いたい放題を言うスンジェだった。

「用もないので寝てばかりさ。避難生活になったら、まともに寝ることもできんだろうからな」

彼は笑って、

「で、何か用かい？」

と、嫁に行った娘のことで何か聞いておくべきことでもあるかと思って尋ねる。

「お願いがあって来たんです。下の部屋の学生さんたち、そのままいるんですか？」

「ここでは食べられないもんだから、荷物を置いたままどこかに行ってしまったんだよ」

兄嫁が答えた。

「ちょうどよかったわ」

「田舎から来た避難民のご夫婦を置いていただけません？」

「断るよ。狭苦しい家だし、夏場にもなることだし」

彼としては大変に持て余し気味の取引である。金塊を入れた甕を埋めたところ、家中の者たちの顔つきも緩んで、この一家は動乱で得をしていた。

「でも、夫婦二人きりなんですよ！　別所帯にするんじゃなくて、下宿代を出す温厚なお客だと思えばいいんですよ。食事代はいくらでも出すはずだし……」

スンジェはやや大げさに吹聴した。

「私がちょっと大変になるけど、じゃあ置いてみますかね？」

と、妻は夫を見る。

「一体、誰なんだね？」

彼も食事代をケチらない裕福な夫婦だというところに気持ちが動く様子だった。

「わかったら後で腰を抜かすかもしれないけど、ともかくお兄様の酒代の心配はないんだから、それだけでもすごいじゃないですか。」

「え、醸造所をやってる人なのかね？　酒の甕を担いで来るって言ってるのかい？」

彼はただ酒を飲めそうだというのにますます心ひかれた。

「ええ、銀よ出てこいトントン、金よ出てこいトントン、金の甕に酒の甕に、来さえすれば運が開けますよ。ともかく迎え入れましょうよ」

スンジェはまた笑う。金の甕という言葉に彼は婿殿のこと——相舅の爺さんのことを思い出して、

「そう言やあ、恵化洞（ヘファ）のご老体はどこやらに避難したと言っていたが、元気にしているんだろうね？奥方も一緒について行ったんだって？」

と尋ねた。

「けど、実のところ、その家というのが静かに暮らせなくて、あれこれちょっかいを出す連中がいるんで、こちらに引っ越したいというんです……」

もちろん彼女一人で勝手に口から出まかせを言っただけだった。

「何ですって？　相舅のご夫妻が？」

と、兄嫁は目を丸くした。悪くはないが気詰まりなお客だし、来てくれとも来るなとも言いづらい。

「じゃ、社長さんがほんとに来たいと言ってるのかね？」

彼はへええ、と言う口元になって、

「おい、どうしたらいいかね？　来るなとも言えんだろう」

と相談を持ちかけた。

「じゃあ、お互い気詰まりではあるが、しかたないな。わしが我慢するさ」

娘のためにも大概のことは我慢しなければならんと思うのだった。

何だかんだと議論を尽くしたあげく、大事なお客を下の部屋に入れるわけにはいかないので、居間を明け渡して自分たちが下の部屋に移ることにした。

その足で天然洞に向かったスンジェは、斎洞で別れた永植がまだ帰ってないのを見て、よかったと思った。奥方は自宅が心配で恵化洞に行く支度をしているところだった。

「奥様、ちょっとお座りください。お話があるんです」

スンジェがせかせかとひそひそ話をしている気配に、金社長はじろっと目を向けた。社長夫人も夫をスンジェに預けて外出するのが気がかりだったので、うまくいったとばかりに座り直した。

「あの連中の動きばかり気にしてたら落ち着いていられないでしょう？　ここから引っ越してみませんか？」

「いや、連中も諦めて帰っていったんだから、もう来ないと思うよ」

「諦めたですって？　奥様もこちらに来られていることを知って、靴を履いたままで屋根裏部屋に隠れたものだから、靴が消えたんだな、とまで言ったんですよ。最後の手段としては、保衛隊［北朝鮮の人民軍組織の憲兵警察にあたる部署］だか内務署員［北朝鮮の警察官］だかを連れてきて捜索したらわかると脅すんですよ」

「よくまあそんなことを！」

まずもって社長の頭によぎったのは、永植の奴と示し合わせて突き出そうというのではないかという疑いだった。しかし、保衛隊だか内務署員だかを連れてきて家宅捜索でもするつもりだ、という話がまったくのでたらめでもないようだった。

「そうか、じゃあ、スンジェはどうするつもりなのかね？　どこやらへ行くと言っておったが……」

「私なんかはこのままいますよ。いよいよここで居られなくなったらお墓のある延曙（ヨンソ）にでも避難しようかとは思ってるんですけど、まさか私なんかにまで目をつけることはないんじゃないかと思います」

「いや、用心はした方がいいぞ」

もしスンジェを引き止めておいて、自分が隠れているところを白状しろと迫られたりしたら大変なことになるという心配もするのだった。しかし、ともかく斎洞の家にいても墓の方に行くにしても、どこでも会えないことはないわけで、永植と会って過ごすのに不都合なものだから、自分を追い立てようとするのだろうが、そんな都合のいい妙案があるものかと思い直した。

「そう、そんな静かなところでもあるっていうの？」

社長夫人はさりげなくそう言って様子を窺った。

「社稷洞にいらっしゃったらどうでしょう？　相舅どうしなので居心地は悪いかもしれませんけど、お互い遠慮はいらないんだから、かえってよくはないでしょうか？」

「いやだね」

と、夫人は頭を振った。いくら何でも、怪しからんと思っている嫁の実家に入り込むわけには、という思いである。

社長もすっきりした顔つきではない。

「ですけど、常務［宗植のこと］が銀行から引き出したお金を、そっくりあそこの家に預けて行ったんですよ」

スンジェは第二弾の釘を刺した。

「何だと？……」

と、金社長はギョッと驚いた。

「急なことなので、しかたなくあそこに走って行ったんでしょうけど、甕に埋めておいて行ったんですって」

「そんなら、わしにはどうしてその話がないんじゃ？」

「入れ違いになってしまったんじゃないでしょうかね」

「社稷洞の奥方が密かに知らせようと恵化洞に行ったら、社長の奥様はこちらにいらっしゃってご不在だったものだから、自分の娘［宗植の妻］にだけ知らせて帰って行ったんですって。ですからそんな秘密を誰かに急に知らせにやるわけにもいかないので、社稷洞では奥様があちらにお戻りになるのだけを待っているみたいでした」

スンジェは宗植の妻が責められないようにと極力、言い訳をした。

「ほう、そうなのか！　でなくとも気にはしていたんだが、持ち運びできないんだったら、とりあえずはそうしておいたのはよかったが、その家というのは不用心だとか危険だとかではないのかね？　町内は静かなのか？」

「あばら家ですから、お宅みたいには目立ちませんよ。ともかく、例のものをちゃんと保管しておくためにも、あちらに移られるのがいいと思います」

　スンジェは言うべきことはすべて言った。

「それもそうだな。おい、どうするかな？　行ってみるか？」

　夫人はそれには反対もできなかったが、

「それにしても宗植も悪い奴だね。自分の連れ合いには話したはずなのに、私には知らんふりをして行ってしまうんだから、そんなのあるのかね！」

　と、怒りをぶちまけた。

「あの子〔宗植の妻〕も知らなかったんですって。社稷洞の実家の母が心配して立ち寄った時に話したんで知ったんですって。あの子はあの子で奥様にはお話をして行ったはずだ、社長にも申し上げているはずだ、と思い込んでいたんですって」

　スンジェはまた弁明してやった。

「そういうことだろうな。お前も金をどこに置いてあるなんてことを知ってどうするんだ。ともかく、そこに行ってみようじゃないか。それが安全でもあるし、安心もできると思うからな」

　スンジェも多分そうしてくれるものと考えて言い出したのだったが、案外すぐに落着した。今日の日暮れ前に移ることになった。

「そうすれば、いよいよ急な場合には嫁も実家に戻しておけるんだし、スンジェも弼雲洞の家にいるようにしなさい」

　金学洙社長は嫁のことはともかく、スンジェが傍にいてくれれば実家と彼女の弟たちのいる家の距離も近いので、固まって暮らすことになって安心で心強いし、それもよかろうと思うのである。

さて、引っ越すことになって金社長が一つ最も心配なのが、例の下の部屋のオンドルの床下の煙道に詰めた宝物を掘り出す発掘作業なのだ。居間に移った時にあまりにも急いだので、まったく手を付けることができなかったのである。いつも気になっておりながらも、しかたなく見張っているだけで放っておいた。しかし、永植の奴が感づいていはしないだろうか？　昼間は部屋の戸をあけておくが、夜、戸を閉めて寝ている間に手を付けていはしないか？　金や貴金属の中でもイヤリングだとか腕輪、ダイヤの指輪など値の張るものは目立つから、無理にどうにかすることもないだろうが、金時計や普通の指輪なんぞは個数もはっきりしないから、二、三個足りなくなってもわからないだろう。こういった心配を一つ減らすためにも移ろうというわけだ。

社長は引っ越すからには部屋の住人がいない間に例のものに早く決着をつけねばならんと考え、女房に向かい部屋で話でもしておれと遣っておいてから、彼自身も夏の一重のパジ・チョゴリ［パジ：男性の韓服のズボン］姿で板の間に出てきて、

「ああ、わしが下の部屋の床下に物を置いたままにして忘れておったんじゃが、ちょっと探し出さねばならんでね」

と、話を切り出した。この家の女主人は、社長がここに移り住んだ日に、オンドルをいじったとかで、煤の付いた手を洗っていたのを思い出した。

「ええ、お探しください。でも、急にお発ちになることになって、お名残惜しいですね。落ち着くところに移られるのはよかったですけど……」

「突然にこういうことになりましてな。長らくお世話になりました」

社長が部屋から降りて行こうと履物を探していると、夫人が先に下りて待ち受けながら、一緒に行って手伝おうかと尋ねるのを、目をしばたたかせて遮りながら、

「じゃあせっかく着替えたんだから、遅くならないうちにそこの女の子を連れて行ってきなさい。スンジェも嫁の実家に行って、これからすぐ行くからと言っておかにゃならんだろ」

「ええ、では奥様、行っていらっしゃいませ」

と言い残して、板の間に出てきていたスンジェは向かい部屋に入ってしまった。

庭に降り立った社長夫人は、スンジェが下の部屋に入りはしないかという疑念が引っかかってぐずぐずしていたが、さもしげにずっと見ているわけにもいかず、家に寄って言いつけておくべきこともあり、家政婦を早く連れてこないことには荷物を運ぶこともできなかった。それでしかたなく小間使いの女の子を連れて家を出た。

その間に金社長は再び居間に入ってボストンバッグを持ち出し、チラチラと向かい部屋の方を気にしながら下の部屋に入って窓を閉め切った。

向かい部屋の母親と娘は外を見つつお互い目配せをしながら笑い、スンジェの言葉に答えるように、

「ほんとに急な場合は構いませんよ、またおいでくださいな」

と、女主人が返事をした。スンジェは社長夫妻を相舅の家にお連れする事情を話してから、彼女の立場をあらかた説明して、急な場合にこちらにしばらく避難したいということを耳打ちしておいたのである。

「あのお方ったら、来られた時みたいに、また床下のオンドルの石をいじって、手を洗う水をくれとおっしゃるわよ」

話し終わってスンジェはこんなことを言って女主人と娘を笑わせておいて、下の部屋の方に出て行った。

「入ってもいいですか?」

「おお、いいとも」

待っていたと言わんばかりにヒソヒソ声になった。この家にやってきた時にはスンジェの目まで気にして臆病風をふかせていたのだが、今ではスンジェを逃してしまうのではないかとビクビクしている始末だ。

戸を開けてみると金社長は杵つき小屋の人間の手のように、白っぽい埃の付いた手を止めて、やっていた作業を体で隠しながら、きまり悪そうにへへへと笑って見せた。敷いてあった茣蓙を巻き上げてチャンパン［オンドル部屋の床敷き］を引き剝がしている。スンジェは足袋が汚れるといけないと思い、足の持って行き場がなかった。やっと入り込んで戸を閉めると、立ち上がった社長の照れくさそうな笑みは、愛撫するかのような笑みに変わって、彼女をじっと見つめる。その目つきが何を意味するのかを感じ取ったスンジェは、床の方に目を転じて、

「また左官屋さんの真似をなさってるのね。お手伝いします?」

と言いながら、ニッコリ笑った。

「何言っておる。服が汚れるぞ」

手が汚れているのでどうしようもないというように、社長は改めて女の顔を愛撫するごとく目で優しく撫で回し、背を向けて作業をしていた場所にしゃがんだ。スンジェも静かな家で戸を閉め切って二人だけで会っているという気分から、男の衝動につい応じそうになるのを感じたが、机に立ててある永植

の写真に目が行くや、たちまち正気に返った。

「その重いものをお一人でどうなさるの？」

社長がオンドルの石をどけようと揺すっているのを見て、スンジェは裸足になって床下に下りた。

「手も足も汚れるから、下りなくていいぞ」

と言いながらも社長の目は彼の真向かいにしゃがんだ白くてきれいな手足の方に行った。

「久しぶりだなあ！」

女の肌と体臭からくる興奮で自然とこんな言葉が出た。

社長の機嫌はよかった。

「どんな金銀宝石が出てくるのやら、久しぶりのご対面でうれしいでしょうね」

と、スンジェははぐらかして笑った。

「老いぼれをからかうなよ。こういう時こそ安心させてくれなきゃ」

オンドルの石ひとつを二人して抱えて退けた。

「ええい、こいつめ！　イライラさせないで安心させてよ」

スンジェはオンドルの煙道に新聞紙に包まれた子供の墓の土盛りの半分ぐらいの塊に向かって叱り声をかける。

二つ目の石を運び出しながら、

「意地が悪いよなあ」

と、社長はハハハと声を出して笑うのだった。

「木の枝の鞭、ないかしら？　罰にふくらはぎを叩いて下さいな［昔、子供への罰として木の枝などでふくらはぎを打ったこと］」

と、またスンジェはふざけるのだったが、被せてあった紙をサッと取りのけるのを見て、

「これはまた何の物乞い袋かしら？」

と、貴金属が入っている袋を取り上げた。

「何をバカなことを言ってるんだね。こっちに寄越しなさい」

社長は取られやしないかというようにせかす。

「ずっしり重いところをみると！……」

と、スンジェは撫でまわしていたが、

「あ、そうだ、私に一つはくださらなくっちゃ、記念にね」

と、袋を前に突き出した。

「やるとも、やるとも。しかし、何の記念にだね？」

慰労金だとか慰謝料だとかいう言葉からピンときて、気にかかっていたものだから、記念と言う言葉が引っかかった。

「避難に出た記念」

「そうか、じゃ一つやろう」

社長は袋の括り紐を解いて中を覗き込んで引っ掻き回しては、取り出したり元に戻したりしていたが、女物の腕時計を一つ、より出してやった。

「ナルダン［スイスの高級時計］だぞ。朝鮮の女でこれをはめている者は何人もおらんぞ」

上機嫌で口調も滑らかにこう言い、袋の紐を縛ってサッとカバンにしまい込んだ。

「成り行きでこんなこともなくっちゃね。お手数のかけついでに、退職金はいただけないんですの？」

一気にもらうべきものはもらおうとばかりに畳みかけた。

「何だと？　そんなことを言うならビタ一文やらんぞ」

「じゃ、これから何カ月かをどうやって食べて行けばいいんです？」

「その分はやるがな、毎日出勤はするんだぞ！」

社長は韓国銀行券の札束をおおよそ四束、そそくさとカバンの方に移して閉じながら笑う。

「事務はどこでやるんです？」

「社稷洞の家だよ。だから弼雲洞の方に来ておれと言っておるだろう」

「じゃ、そうしますから五十万ウォンほどくださいな」

「五十万ウォンもか？」

ギョッと驚いて、

「そんなに一度に何に使うんだね？　この動乱のさ中に……」

と言いながらも、カバンをまた開けて札束を渡してやる。

「動乱のさ中だから、いつどうなるかわからないじゃありませんか。一日で一万ウォン、五十日分を前払いでくださいというわけですよ」

「またやるからな——まさか飢えることはなかろうて」

社長はそれでも安心したわけではなかったが、機嫌はよかった。

「中君が戻ってきたらまずいから、早く片づけよう」

「値打ち物のナルダンをもらった分だけ頑張ってたら、腕が抜け落ちますわ」

スンジェはオンドルの敷石を持ち上げながら笑った。あまりにも分に過ぎる贈り物をもらってうれしくはあるものの、悪いような気もしなくはない。

「オメガよりずっといいものなんだよ。アメリカでも極上品なんだが、どうしても誰かさんにやりたくて買ってきたものを……」

社長は次の石を二人して元に戻しながら、大いに恩に着せるのだった。

「すみませんわね。どうしてもあげようと思っていた人のものを横取りしたらいけませんわ。その方に差し上げてくださいな」

社長の言葉は冗談のようでもあるが、スンジェは自分が厚かましいと思い、実際、ちょっと悪い気もした。

「心配はいらんよ。どうしてもやろうと思っていた人にやったんだから！」

と、彼はニコッと笑いながら、反応を見ようとばかりにスンジェを見つめる。

「どうしてもあげようと思っていた人にあげたんですか？　あげるつもりの人にはもうあげたんですの？　あの中にまだナルダンが何個ほど残っているのかしら、一個ぐらいは私の方に回ってきても惜しくはないんでしょう？」

「惜しいんだったらやらないさ。だが、わしが惜しいことをしたと思うようなことはするなよ」

それはひねくれた言い方のようだが、哀願するようでもあった。

スンジェは気が重くなった。これまでこの男性を騙したことはなかったが、つまらぬことを言い出して余計なものをもらったという気もした。金を五十万ウォンくれと言うのとは意味が違うし、事実、違うものになってしまった。

「もらう人はつらくとも、あげる人には幸あるべし！　ですか、まあ。どうして後悔なさるのかしら」

「口は重宝なものだぞ！……だが、つらいって何がつらいんだね？」

「あまりにもお世話になるからですわ」

「あまりにも世話だと？」

社長は腑に落ちないという顔つきで相手の様子を穴の開くほど見つめた。けれどもスンジェは押し黙ったままオンドルの敷石の上に塗り込める壁土の粉をならしていた。彼が怪訝そうな顔をしているのが却ってスンジェの気持ちを軽くさせるようだった。

部屋をきれいに片づけてから、スンジェは社長に水を汲んできてやり、自分も手足を洗って永植の妹・永姫と二人して雑巾がけをしたり、とひとしきり忙しく立ち働いた。

奥様がやってきて荷造りをしたが、どのカバンにもアメリカに行った時にホテルでペタペタ貼り付けてくれたいろいろな荷札ラベルがあるのを見てスンジェが、

「あら、どうして今までこれをそのままにしておいたのかしら」

と言いながら小間使いの女の子と水で剥がして、ボストンバッグは布団の中に入れ、この家で借りた古びた大風呂敷にくるみ、もう一つのカバンも麻袋の中に入れた。社長はチョゴリを着たままで、やっと足の入る永植のゴムシンを借りて履いたが、例の立派なパナマ帽だけはそのままかぶって出かけることにする。久しぶりに家の外に出るということで、すべてのことに怖気づいていた。それでも永植に会ってから行こうとしてグズグズしていた。しかし日が落ちてから城壁沿いの道を越えて行くのは物寂しいので、出発しようとしていたところへ、永植が元気のない足取りで帰ってきた。自主的に集まっていた経済再建研究会の連中の集まりから戻るのが遅くなったとのことだった。

「これはまた、どうしたんです？」

とばかり、永植が驚いてスンジェの方に目を向けて聞いた。スンジェは微笑するばかりだった。

「羹に懲りて膾を吹くというわけか、ともかくよかったよ」

スンジェが黙っているところを見ると、永植はとっくに知っていたのではないか？ 自分たち同士でグルになって謀ったのではないかという疑惑がまた頭をもたげてきて、社長も容易に返事ができなかった。永植は挨拶し終えると、スンジェにそっと、

「例の件はどうなったんです？」

と訊いてみた。だが彼女はよくわからないふりをして、頭を振ってみせるばかりだった。これを見た永植は改めて気になった。

一行は布団包みを頭に載せた家政婦とスンジェが先に出発し、社長夫妻が小間使いの女の子の頭にカバンを載せさせ［当時の女性はよく頭上に荷物を載せて運んだ］、いくらか距離を取りながらついて行った。音を立てないようにと、誰も見送りには出てこないまま、ソッと落ち延びていった。

「お前、これを置いたまま出て行ったんだねえ……」

永植の母親は部屋に上り込んで、この前、板の間の端に置いてあるというので騒ぎになった例の札束を手に取って息子に見せながら、ほくほく顔ではありながらも、その一方で何だか心残りで物足りないような顔つきになった。十万ウォンというまとまった金に触るというのもよくあることではないので、うれしくはあるものの、その宝箱を放り出すようにして行ってしまったということを息子に話してやりながら、何かを逃したようで寂しいのだった。

「そんなもの、どうでもいいじゃないですか」

永植もそう口では言いながらも、ここにもう少しいられるようにしてあげて、今後のことも考えよう

という気持ちがなくはなかったので、せいぜいその程度だったのかと思った。

「だけど、よく見ていると、すべてがあの女の仕業じゃないかね。奥方を追い出しておいて下(しも)の部屋に二人きりで籠もって戸をピシャリと閉めたかと思うと、魔法でも使ったんだか、急に何だかわからないカバンを下げて出て来るところを見ると、あのカバンには何が入っているんだか、自分の手中に収めようというやり口じゃないのかねえ」

社長夫人を追い出してから二人で入り込んでカバンを引っ張り出したという話に、永植は夢にも思ってみなかった嫉妬が頭をサッと駆け巡るのを感じた。ボーッとひとり思いにふけっていると、母親はまたこんなことを言った。

「ところで、これはまたどういう意味なんだろう。元々の旦那がアカなんだが、それが怖くてうちに隠れに来るかもしれないとか?」

「で、何と答えたんです?」

「何とも。……来るという人間を来るなとも言えないから、適当にいいように答えておいたがね、こちらに来ても心配だねえ。普通のまともな女じゃない感じだよ!」

と言いながら母親は頭を振った。

「差し迫った事情だったらしようがないじゃないですか。人柄はさっぱりしていて物分りがいいんだから、まさか社長さんご夫妻みたいに神経を使わせて、嫌になることもないと思いますよ」

「そりゃそうだろうけど……」

母親としては嫁取り前の息子のいる家に若い女を入れるのが嫌だったのであり、また明信(ミョンシン)が目にかなっていて、もう嫁取りしたも同然ぐらいに固く信じているのに、別の状況が生じるのではないかと気掛かりになるのだった。

けれども永植の方も、スンジェがこちらに来たいと言っているという話に目が輝いて、うれしくはあるのだが、一方で心配でもあった。母親や大きくなった妹の前で遠慮もなく冗談口を叩いたり、流し目をして甘ったれたりする様子を窺わせては、母や妹の胸中をかき乱すことになりそうで、それも彼としては嫌ではないものの、心配にもなるのだった。

翌日も朝食もすまさないうちに、洋靴を履いてすっきりと身づくろいをしたスンジェがやってきた。その後ろには布団を頭に載せた家政婦がついてきている。

「引っ越し荷物を運び出したり入れたりですみませんね」

スンジェは入って来るなり、明るく笑いながらこう言った。

「でも、どこへ行くというんです？」

「死線を突破してここまで必死でやってきたんですよ」

来る途中でもしや張鎮に出くわすことがあったら、今、市役所に行く途中だと言い逃れて逃げるつもりで、こんな恰好で来たのだと言う。しかし、何も知らせないで急にこうしてやって来るとは意外だ。

母親は不満顔だった。

「田舎に行くんだったら、髪を結いあげて銀の簪(かんざし)でも挿さなくちゃ。こんな時はパーマをかけた頭は目の敵(かたき)ですからね。……今朝、出てこいと言われるままに市役所に行かなかったら、すぐさま捜すと思うんです。本家の方に行こうかとも考えたけど、当然そこにも行くでしょうから、屋根裏部屋も地下室もないあんな家では隠れようがないんですよ。思いあぐねて社長と交替しようと考えたんです……」

「そう、で、社長はスンジェさんがこっちにくるのを知っているんですか？」

永植の思いつきの問いに、

「ええ」

と、微笑みながら目をパチクリさせて見せてから、

「お母様にだけはちょっと申し上げたいんです。自分の家のように有無を言わさず押しかけて申し訳ありませんけど、家政婦を一人置いたつもりで、しばらく置いてくださいな」

と、お願いをした。

「何の、滅相もない。差し迫った事情でそうされたんだから……私と一緒に居間を使いましょう。急な場合には納戸を使われたらいいですよ」

永植の母親はさっきよりは打ち解けて微笑んで見せた。

けれども結局、下の部屋は永植が今のまま使いたいということで、スンジェの所帯道具は向かい部屋に運び入れた。そうして、家政婦は再び荷物を取りに帰した。

母親も永植もこの美人の新しい侵入者が嫌ではないものの、二人ともそれぞれに別の意味での不安を感じるのであったが、あれこれ考えずに、ただ喜んだのは妹の永姫だった。この秋の卒業を前に家に籠もっていた永姫は、母親の膝下で大切にしとやかに育った娘で、この年頃でほかの最近の娘とは違う、幼いままの子であったが、スンジェが颯爽と入ってくると、家じゅうがたちまち明るくなったようで、わけもなくうれしいお客がやって来たと、心がウキウキするのである。

「おばさん、この机、このまま置いておきましょうか？」

いつの間にやらついて入ってきて、向かい部屋を片付けていた永姫がこう言うと、

「まあ永姫さんったら！　お姉さんでしょ、おばさんはないわよ。わたしたち姉妹みたいにして暮らし

ましょうね」
と、笑いながら言うスンジェの声が聞こえてきた。

混乱

今日も永植（ヨンシク）は朝食を摂ってから、自分の部屋に戻り横になっていたが、いつの間にやらサッと出かけてしまった。片付けなければいけない仕事もなく、心が落ち着かず本を読んでいても一行も頭に入らない感じだった。かといってゴロゴロ寝そべって一日過ごすわけにもいかないので、思い切って家を出たのである。その上、スンジェが同居するようになってから永植は家にじっとしているのが次第に居心地（ごこち）悪くなってきた。どうしてもそっちの方に神経が行ってしまい、向かい部屋の方に目が行くのを我慢するのが辛かったのである。最近ではめっきり口数も少なくなっていた。スンジェとは朝起きて中庭で顔を合わせる時や、夕方戻ってきて外の様子を尋ねたりして、しばしのやり取りをするだけで、自然とよそよそしくなった。それが母親にとってはありがたかったし、心配していたことを考えると、やはりうちの息子は礼儀正しいと思って胸をなでおろすのだった。だがそれは母親の気持ちを汲んでそうしているわけではなかった。また特別に防御線を張ろうとして意識的にやっているのでもなかった。自然にそうなっていったのである。

スンジェの方も相手がそうなので、よそよそしくならざるを得なかった。サッと男の視線ばかりを窺って以前のようにストレートな物言いをしなくなった。そういう機会が与えられないのでそうするしかないのだが、それでも時折この男が呆(ほう)けたようにぼんやりしているかと思うと、深刻な表情でジッと見つめられたりすると、スンジェもピリピリと全身に電流が走るように緊張して、その気分に引きずられるのであった。

ともかくそれでもスンジェは依然として朗らかで楽しそうだった。よそよそしく振舞う男の心の中を、その放心したような表情や緊張した面持ちから推し量ることができたのである。この男の、言葉にできない苦悶が甘ったるくうれしく感じられた。安心してどっぷりと浸っているのもいいものだが、無言で視線を交わすだけで過ごしていても、男の傍にいるだけで心強いので満足だった。

「お嬢さん、今何してるの？　ちょっとこちらにいらっしゃいよ」

スンジェはきのう家政婦(シンモ)が運んできた毛糸の包みを前にして色をいろいろと選んでいたが、部屋の入口に掛けてある簾(すだれ)を持ち上げて、居間の方に声をかけた。

「あらまあ！　毛糸屋さんに来たみたい」

永姫(ヨンヒ)は部屋にやってきて驚きの声を上げた。長々と毛糸をよって縄結びにしてたくさんに積み上げてあるのにうっとりとするし、美しい色合いがまぶしかった。

「どれか気に入ったのがあったら選んでみて。一日が長いんだから私たち、編み物でもしましょうよ。この家にいる四人にセーターを一着ずつ編んでみない？」

「私、編み方を知らないもの」

「私が教えてあげるから。これどうかしら？　あなたに」

と言いながら、薄いピンクの毛糸の束を手に持って肩に当てては白い顔に映してみる。

「この黄緑色のも似合いそうね」

「どれでもいいですよ」

「ほんと、そうね。お嬢さんはきれいだから何でも似合うわね」

「私が！　もう、おばさんったら！」

と、永姫がパッと顔を赤らめて苦笑いしかけると、

「またまた、おばさんって言うのね」

と、スンジェはあきらめ顔だ。まだ二十歳の時の気持ちを持ち続けているスンジェは大きくなった娘からおばさんと言われるのが嫌だった。とりわけ永姫にはそう言われたくなかった。

「じゃあ、私にも、お嬢さんって呼ぶのはやめてくださらなきゃ」

永姫は彼女なりに、お嬢さんという言葉がもったいなく聞こえるのだった。

母親には薄いグレー、兄には白いもの……こうして選んで、スンジェは編み物の本を探すんだと言って大きい方のカバンを引き寄せた。

見てごらん、とばかりに編み物の本やら西洋のグラフ誌を取り出してから、小さな皮の箱を探し出して、ごそごそやりながらエナメルの紐がついた女物の時計を取り上げて、

「お嬢さん、時計は持っているでしょうけど、何も差し上げるものがないから、これでもあげましょうか？」

と、差し出す。

「まあ、そんないいものを！　私は結構ですわ」

永姫は尻込みした。友達が持っているのを見て羨ましいとは思っても、まったく考えもしなかった金

時計をおもちゃでもやるように、むしろ無造作に言うのが不思議でもあった。しかし内心うれしくはあった。

「これね、入社して初月給で買ったものなのよ。頑張って買って持っていたものなんだから、私の気持ちとして受け取ってくださいな」

　誰か男性から贈られたものなんかじゃない、という意味だった。

「困ります。母さんに叱られるから！」

と、ニッコリ笑う永姫の顔は、まだまだ幼いかわいい表情だった。

「何言ってるの！　それから、これは兄さんに差し上げてね」

　今度は新品のライターを差し出す。永姫はこれは手に取ってみるだけにした。これも表面の模様が変わった感じの珍しいものだった。

　やって来るたびに洋物のタバコや洋酒を置いていき、あの貴重な砂糖を甕の中に入れてくれるし、いろいろな缶詰に粉ミルク、チョコレートというように毎日運んできては置いていくものがあまりにも多くてすまないと思うのに、金時計までもらっては、もらいすぎだと思うのだった。

「私ね、針は持ったこともないんだけど、これだけは女学校時代から興味を持ってるのよ、事務所に出勤しても暇さえあればやってるの。ルーズベルト［植民地期末期のアメリカ大統領］夫人はお客と話していても原稿を読みながらでも編み物をするとかいうんだけど、私が身に着けているものは全部、私が編んだものなのよ」

　一緒に編み物の本を覗きながらこんなことも言うのだった。会社勤めをして男性たちと付き合い、タバコを吸ったりしているこんな女が、編み物にこんなにも熱を上げているというのは意外だった。

「ちょっと見せてくださいな。いいものがたくさんあるんでしょ」

「今度、うちにいらっしゃいよ。ところで、お兄さんのセーターあるでしょ。ちょっと見せてよ。お母様には差し上げるものがないから、チョゴリの上に羽織る上っ張りを編んで差し上げるわね」

スンジェには心を落ち着かせるにも、集中させるにも、また何か考え事をするにも編み物が一番だった。編み物を手にすると、大砲の音も聞こえないかも知れなかった。けれども、永植にセーターか何かを編んで着せたいだとか、恩に着せたいだとかいうのではなく、永植のものを編むというその一念で自分を縛り付けようとする衝動というか、欲望に早くも満足感を感じているのだった。精神的な満足ではなく、感覚的な愉悦を全身で感じるのだった。

「永姫や、出てきなさい」

居間から母親が呼ぶ声に、永姫は弾かれたように立ちあがって戸を開けて出て行った。

「先生、大変です。お米を全部持って行かれて、家も明け渡せですと……こんな無茶苦茶がありますか」

荷物を頭に載せて運んできた家政婦（シンモ）が家に戻ってきて、中庭で大きな声を出した。昔のようにお嬢様と言うわけにもいかないし、おば様でも変だしで、家でも先生で通っていた。

「え？　誰が来てそんなこと言ってるの？」

スンジェは板の間に出てきて荷物を下ろして受け取りながら、家政婦が汗をポタポタ流しているのを見て、

「ご苦労様。すぐ顔でも洗いなさいな」

と言いながら、案外それほど驚いた様子もなく、泰然としていた。

「強盗が入るという昔話を聞いても、どんな感じなのかわからなかったんですが、白昼の強盗というのはああいうものなんですね。男衆がいない家に鉄砲を担いだ奴が先に立ってドッと押し込んできて、身

動きできなくしておいて、罪人を扱うみたいに、まずもって主人を探してこいと大声を上げるんです……」

米は地下室から二叺分を引っ張り出しても、まだしつこく引っ掻き回して、甕に残っていたものまで二、三食分だけ残して残りを全部さらっていったのだという。家も明日、明け渡せとのことだという。

「で、戻ってくるついでに急いで納戸から銀の食器だとか、こまごました所帯道具だけ選んで持ってきたんですけど、あのいろんな所帯道具全部はどうしようもありませんでしたよ」

「一体、どこの誰のようだった？」

「平服だったのでよくわかりません。鉄砲を担いで先に立ってきた男の人は、町内で見かけた人のような気もするんですが……」

おそらく張鎮の魔手が伸びてきたのだろうと思い、スンジェは胸がひやっとした。しかし、自分がここに来ているということは弼雲台の家の方にはまだ知らせてないので、張鎮がその後どうしているかの消息は知りようがない。

「同じ町内でも家を明け渡せと言われた家がほかにあるのかしら？」

「お米は探し出して持って行ったとしても、そんなことはないみたいです。そうとわかってたらお米を毎日一斗ずつでもこっちに運んできておいたのに」

家よりも何より惜しくなったのが米であるというのは、この家政婦だけではなかった。そんなこととは知らず、せいぜい小豆を一斗分運んできていたのだが、市場ではまだ米が売られていないので、スンジェからして他人の家なので大変なことだった。その上に追い出される家政婦ら三人をどこにかくまって、どうやって食料を確保して食べさせるかが大きな心配事だった。

「ねえ、家も家だけど、まず食べるものがなくちゃね。私、手紙を書くからそれを持って弼雲台に寄ってうちの兄を連れ出して恵化洞の社長のお宅にすぐ行ってちょうだい。あそこもやられたかもしれないから、ともかくできる限りお米を運んでおかなくちゃ」

スンジェは弼雲洞(ピルン)の家と恵化洞(ヘファ)の姪(めい)〔社長の息子＝宗植常務の妻〕に当てた手紙を二通急いでしたため、鍵の束といっしょに差し出し、洋服ダンスの引き出しを開け、自分の洋服と衣装を全部カバンと行李(こうり)に詰め込み、小間使いの子にこれも弼雲洞に持って行くようにと言いつけた。米は社稷洞(サジク)にいる社長たちや、また斎洞の自分の家の分を取っておけば、後は弼雲洞に送ってやろうと思ってそちらに持って行くように、と言ったのだった。しかし、自分の荷物の方はこちらに持って来たくても、もしや後をつけられたら、と思うと怖くてこうしておいたのである。

「そんなら運び屋さんを一人つけますかね」

「そんなことして、お米をまた運ぶ途中で奪われたらどうするの」

やはり自分の服よりも米がもっと大事なのである。

「お櫃(ひつ)か甕に隠して、引っ越し荷物のようにしたら、わからないいんじゃないですか。でも、私らはどこへ行ったらいいんです？」

「行くって、どこにも行かないでいいの。お米を何とか一斗ほど手に入れて、そのままじっとしてなさい。所帯道具は炊事場か地下室にまとめて入れといて、下(しも)の部屋だけでも使わせてもらったらいいわ」

指図してやった家政婦が出て行くと、スンジェは張りつめていた気力が急に萎(な)えて、ひとりでに溜息が出た。

「へえ、ということは、お宅は裕福だからそうなさるんでしょうけど、どうも安心して暮らせないですね。うちだって誰かが飛び込んで来ないとは言えないじゃないですか」

　永植の母親がビクビクと心配した。

「こちらはまさか、どうってことは……。私の方の事情はちょっと違うんです。心配しないでください」

「いいえ、それが全部北朝鮮の方から来られたという人がやっていることなら、ここだって捜しにこないわけがないでしょ。私らはどうということなくても心配で……」

　と言いながら、さらに大きく目を見開くのは、息子まで連れて行かれるのが怖くて内心、スンジェがここにいるのを嫌がっている様子だった。スンジェも返事のしようがなく、あまりいい気持ちはしなかった。「私の方の事情は違う」などと変に言ってしまったのはまずいと後悔もしたが、確かに万が一のことを考えると、永植のためにもこの家にいつまでもいてはいけない気がした。結局、行くところもなく、身を寄せるところのない身の上なんだと思うと、うら悲しい。

「お嬢さん、これ！」

　部屋に入ったスンジェは床に置いてあった時計とライターを拾い上げてニッコリ笑った。

　釈然としない気持ちをそんなもので濯（そそ）いでしまおうというかのように笑った。永植はもうそれ以上断るわけにもいかず、彼女も微笑みながら遠慮がちに手を差し出して、そっと受け取った。

「お母さん！」

　居間に戻った永姫は、母親の目ばかりを気にしながら手にしたものを見せた。

「それはどうしたの？」

　母親の目が輝いてうれしそうにする様子に永姫はホッとして、

「向かい部屋のお姉さんが私に使いなさいってくださったの。ライターはお兄さんにあげてって」

と、ニコニコ笑う。しかし母親の表情は曇った。ものを見た時には喜んだが、それが何を意味するのかと思うと喜べなかった。

「色とりどりの毛糸がこんなにたくさんあって、お母さんが上に羽織るチョゴリを編んでくださるんだとか。私たちのセーターもよ」

母親の気持ちを和らげようと話題を変えた。

「この戦乱のさ中、こんなに暑いのに賃仕事をするってかい?」

編み物の本を取り上げて編むべきものを選びながら、聞くともなしに聞いていたスンジェは、サッと顔を上げ両の眉間(みけん)に皺を寄せた。

「それを返してきなさい。そんな値の張るものをもらっては困ります、と母親が小言を言ったとね……」

しばらくしてこう言うおかみさんの低い声がした。

「何度もいらないって言うのに、無理やり持っていけって言うからもらってきたのに! 私、知らないわ。お母さんが返してきてよ。私は惜しくないんだから」

その後は何の音も聞こえなかった。スンジェはやっと気持ちが落ち着いた。憤慨するほどのことはなく、叱るほどのこともないのだが、ただあげたいからそうした自分の素直な気持ちをわかってくれないのが寂しかった。それでもなおスンジェは、永植に似合うセーターの見本を熱心に探し続けた。思い乱れた気持ちを落ちつかせ心配事も忘れようとしたが、編もうと思ったのだから絶対に編むんだ、と意気込んだ。セーターを編むということが永植と自分とを心の上でも縁を繋ぐことのように思われるのだった。永植から離れては生きるすべがないということを、さらにはっきりと思い知ったというように、ひとりでに顔が緊張してきて胸の中がカッカと火照るのを感じた。

永姫が昼ごはんの準備に台所の方に下りて行く気配に、手伝おうと出て行くと、母親が居間からどうにも腑(ふ)に落ちないという顔で、

「さっきはどうしてあんな値の張るものを娘っこにやったんですかね。お返ししても悪く思わないでくださいな」

と、挨拶にもならない挨拶をするのだった。

「どうしてそんなことおっしゃるんです？　かえって私の方が恥ずかしくなりますわ。私が娘時代に手にしていたものでしてね、おもちゃ代わりに受け取ってもらったんです」

娘時代に持っていたものという言葉に、どことなく堅いこの一人親の母親も気が変わったものか、

「おやまあ、もらってばかりで悪いねえ……」

と言葉を和らげた。
三、四時も過ぎて家政婦がまたあたふたと駆け戻ってきた。
「あら、どうなってたの？」

「どうなったですって。恵化洞のお宅も今朝、お米を一切合財(がっさい)持って行かれた上に表の棟(サランチェ)〔当時の中流以上の屋敷では、客間のある表の棟と主婦らが居住する奥（アン）の棟が分かれていた〕を使うんだからと、所帯道具はそのままにして明け渡せと言われたんですって。どうしてなんですかね？　会社のとばっちりじゃないんでしょうかね？」

と、さもわかったふうな口をきく。

「余計なことを言うんじゃないの」

と、スンジェはたしなめた。けれども偶然にそうなったのかもしれないが、二軒の家が同じ日に同じやり口で家を明け渡すようになったことは、どう見ても尋常ではない。

「ああ、それから、前に弼雲洞に来られたお客様がおととい来られて、お手紙を見られて腹を立てて、それを投げ捨てて行ってしまったとのことです。そうお伝えすればおわかりだとかでした」

「うん、そう……」

スンジェは短く返事するばかりだった。手紙を読んでカッとして挨拶もなく出て行ったであろう張鎮の顔がはっきり見えるようで、騙されたということに余計に恨みを抱いてこちらを苦しめるであろうことも確実に予想された。けれども一言も話しかけないほど怒るとは思わなかったし、出てきて仕事をしてみろという話さえなかったら、こんなふうにはしなかったと思うのである。むしろ米を奪われたり家から追い出されたりはしないようになるのでは、と思ってのことだったのに、今や命まで狙われるようになってみると、どうにも逃げ場のない袋小路に追い詰められた気がした。生活をめちゃくちゃにされ、家まで奪われてみると、もう気落ちしてただただ面食らうばかりだ。

それでもスンジェの母親が所帯道具を保管してくれるということで、弟を連れて斎(チェ)洞の方に行ったというので、米一升でもすぐにもらい受けてくるようにと、一万ウォンを家政婦に渡して使いにやった。

夕方になって永植が帰ってきた。永植の母親は彼を居間に呼び入れてヒソヒソやっていたが、気配がいつもとは違っていた。さっきの彼女の話の様子から推し量っても、自分を厄介払いしようという相談をしているようで、スンジェはいやが上にも針の筵(むしろ)に座らされている感じだった。それで永植がどう思っているのか怖くなるのだった。しかし男の本心を今になって確かめられるという期待とともに、心の中では祈り続けていた。一言も内容が聞こえてこない居間の話が終わるのを、こうして待っているのがじれったかった。

永植が板の間に出て来る気配にスンジェは身がすくんで、簾(すだれ)越しに、じっと見つめた。

「今、いいですか？　何と、家を明け渡せって言われたんですって？」

と、言葉をかけてくれることだけでもうれしくて、返事するより先に、簾をまくり上げてそそくさと板の間に出て行った。

「ええ、そうなんですよ。社長のお宅も明け渡せと言うところを見ると、しっかり引っかかってしまったようですよね」

相手方がどう思っているかわからないので、かまわず笑い飛ばしてしまうわけにもいかなかった。

「食べて行くのも大変な世の中なんだから、体だけでも抜け出せてよかったじゃないですか。所帯道具さえ確保しておけば、まさか家を持って行くわけがないじゃないですか」

永植はさっきのライターを手に持っていじくりながら、何食わぬ顔で笑い飛ばす。この男の笑顔に少しは安心してニッコリ笑い返した。いつ以来の笑顔だかわからない。

「連中は一か所に集結しているんじゃなくて、軍隊を要所要所に分散させて隠しておくために民家を接収しているようですよ。その上に民愛青［民主愛国青年同盟］だの、女盟［女性同盟］だのというのが、看板を掲げる家を町内ごとにそれぞれ決めようとしてるもんだから、こういうことになってるみたいです」

「え、そうなんですか？　私たちだけじゃないんですね。私、彼が恨みを抱いてそうしているんじゃないか、そうだとしたら指名手配でもされるんじゃないかと思って、ビクビクしてたんです」

ともかくスンジェは、自分たちだけがやられたのではないとのことで、少なからず気が休まった。

「何もそこまでは。それは個人的、家庭的な問題じゃないですか。心配しないでいいですよ」

「さあ、公私をはっきり分けられるかしら？」

「誰よりもよくご存じなんじゃないですか！　ハハ」

と言って、永植は下の部屋の方に行きながら、

「ところで、これはどうしてくださったんですか？　ありがたく使わせてはもらいますけど」

と、ライターをもらったお礼を言う。

ライターにオイルを入れてカチッカチッと着火してみて、勢いよく青い炎がまっすぐに立ち上ったり横に広がったりするのを見て、

「やあ、なかなかだなあ！」

と言いながら、永植は縁側の方に出てきたスンジェに微笑みかけた。

「炎が横に出るのは、マドロスパイプに火をつけるためなのよ」

些細なことではあるが、永植が放り出さずにすぐさまオイルを入れて楽しそうにするのがうれしかった。永植はすぐ引き出しからマドロスパイプと刻みタバコの缶を出して一服つけて口にくわえ、スンジェにも巻きタバコを勧めた。

「私、タバコなんか吸わないわよ」

スンジェはたしなめるように言って笑った。以前ちょっと来た時にもタバコに火をつけてくわえたことはなかったけれど、こちらに移り住んでからも自分の部屋に一人でいる時も、永植の母親の目が怖くて燻らせたことは一切なかった。

「どうしてそんなにおしとやかにふるまうんですか」

永植は居間の方には聞こえないように、一言こう言ってニッコリ笑った。こんなやり取りも久しぶりのことだった。今日はスンジェの気持ちが落ち着かないだろうから、慰めようとそう言ってくれるのか、母親の度を越した心配やら干渉が煩わしくて無言の抗議でそう言うのやら、急にまた顔つきが変わった。

マドロスパイプを悠々とくわえているスタイルがこの人の風采によく似合っていると思いながら、じっと見つめていたが、

「私、どう考えてもどこかほかのところへ移らなくちゃね……」

と、話題を転じた。

「どうしてです？」

「お母様も随分と心配していらっしゃるんだけど、こちらにまで足が付いたら、私一人が捕まるのはさておき、あなたまで変に誤解されて、万一のことが起きたら大変じゃないですか」

居間にいる奥方にまで聞こえよとばかりに、大きな声で話を持ちかけた。

「まさか、そんなことになったとしても僕が何で誤解を受けるんです？　心配しすぎないで、成り行きに任せて暮らしましょう」

「ご挨拶で言っているんじゃないんです。それに私、辛くて息が詰まって死にそうなのよ」

スンジェは声を潜めて訴えかけるかのように、哀願する顔になって男の顔色をサッと窺うのだった。

「どうして？……」

男も声を潜めて、いたわるような顔になり、

「辛いと言うんなら僕も同じだよ！」

と、こちらもまた独り言のように訴える口調になった。スンジェは耳をピクッとさせた。

「傍にいながら煩わせるのはすまないしうれしくもあるんだけど、こんなに気詰まりで辛いことを思うと、いっそ離れてしまってお会いしないのがいいかもしれないと思うのよ」

永植の母親の世界とあまりにも距離があることが、一つ屋根の下に暮らしてみてわかったし、またこ

の母親の、軽蔑するかのような目がいつも追いかけてくるのも辛かったが、それより何より、時々でもいいので、安心して会える奥まったところでもあれば、隠れてしまいたいという気持ちに切なるものがあった。

「そうは言うけど、出て行くところがあるんですか?」

「それはご心配なく。私が出て行ったら、しめたと思って、まったく知らん顔をして見向きもしないいんじゃないかと、それが心配なのよ」

スンジェはそうなのか、そうでないのかと問い詰めるかのように男を恨めしそうにジッと見つめるのだった。

「いいところだったら——安全なところだったら私もお供しますよ」

永植は本気とも冗談ともつかぬ言い方で笑った。

「他人の話をどうしてふざけて茶化してばかりなんです? 冗談にして笑い飛ばすぐらいならいっそ、銃口をこっちに向けて突っかかって来られた方がまだましよ!」

捜索

昼ごはんを食べ終わった頃になって、町内の班長［町内は洞―班―統の順でさらに細分化されており、その班の長］と統長［町内の最小単位である統の長］に先導させて内務署員が押し込んできた。朝から内務署員が出てきて家々を捜索して回っているという噂に、永植（ヨンシク）は気がかりで外出せずに家にじっとしていた。スンジェは下手（へた）に隠れることなく、戸も開け放しておいた。真っ黒に日焼けして頬骨がグッと突き出した顔に、目がごろつきのようにぎらついている内務署員が先頭に立って、銃を担いだ部下が一人そのあとについてきたほか、班長と統長が取り巻くようにして入ってきた。ゾッとした。

「あんたがこの家の主人かね？」

中庭に出た永植を上から下まで見る。居間から母親が板の間に出て来ると、部屋の中を覗いてみて、

「あれは誰です？」

と、永姫（ヨンヒ）を指差し、返事もしないうちに家の中の者は全員出て来るようにと命じた。向かい部屋からスンジェが出て来ると、美貌に目がくらんだのか、しばし射すくめていたが、

「あの方は誰です？」

と、比較的丁寧な言い方になった。

「私の家内です」

永植はあらかじめ考えていたとおりに、すかさず答えた。内務署員の視線に少しひるんで顔が青ざめていたスンジェは、家内と言う言葉に危ないヤマ場をやり過ごしたかのように顔が明るくなり、永植をチラッと見やった。

「え？　何ですって？」

内務署員は「家内」という言葉を聞き取れずに再び聞いた。

「奥さんですよ」

班長が傍から説明した。それは同時にスンジェがこの家の嫁であることを証明するという意味でもあった。実際、班長が持っている班の名簿にスンジェの名前が載っているはずもなく、この家で嫁を取ったという話も聞いたこともない班長の口から何を言われるやらと皆、やきもきしていたのだが、感づいて庇(かば)ってやろうとしたのか、コトを荒立てまいとして、そんなふうにも見えると思ったのか、内務署員はそれ以上、聞き返しはしなかった。

地下室があるのかと聞いて、ないと答えると、居間と向かい部屋を覗いてみてから、台所の上にある中二階の納戸(タラク)の格子戸だけを開けてみるように言い、爪先立ちをして見てから今度は下(しも)の部屋の方に行って覗いてみるのだった。

本棚に経済原論だの財政学だのという経済書の類と韓国銀行の調査月報類が目に留まるや、

「会社勤めですか？」

と聞いた。

「いえ、女子商業学校に勤めています」

実際のところ永植は週に一度、母岳峠（ムアクジェ）［峴底洞から弘済洞へと越える西大門区の峠］の女子商業学校に出ていた。身分証明書を見せろと言うので財布を取り出した。その間に女三人は中庭に下りてハラハラしながら、険しい目付きで立っていた。

　朝っぱらから出てきて戸口調査をしたいのか、怪しい人間を引っ張って行こうとするのか、ともかく一切合財（がっさい）、くまなく調べて回っているとのことなので、この家だけを狙って出てきたわけではないのは明らかで、安心ではあるものの、スンジェは格別に恐れを抱かないわけにはいかなかった。

　内務署員は身分証明書を返してくれながら、無言のまま踵（きびす）を返して、二人の若い女の顔をもう一度ジロリと見てから出て行った。スンジェはその視線にゾッとして鳥肌が立った。

「ああ、寿命が十年縮んだみたいだよ。だけど、何もなかったからよかったようなものだけど、お前、あんなことを言ったら町内では皆知っているのに、班長さんが違うことを言ったり、班の名簿を見せろと言われたら、どうするつもりだったんだね？」

　母親は息子をたしなめる言い方をした。ためらいもなく私の妻だと言ってのけたのは、急場で仕方なかったのだろうが、ますます疑惑が大きくなるのだった。

「じゃあ、どう言えばいいんです？」

　と、永植はスンジェを見やりながら笑った。

「訪ねて来た親戚だとか何だとか言って辻褄（つじつま）が合わなくなったりしたら、かえって大ごとじゃないですか。あるじがサッと出て来て遮（さえぎ）ったら、滅多なことでは手が出せないものですよ」

　永植の言うことももっともだったが、スンジェは「私の家内です」と言った一言がどれほどうれしかったかわからなかった。

「何でもいいじゃないの。危ないところを免れたんだから、それでいいのよ」

スンジェの方がかえって本気にしない、というふうな言い方で永植をそっと見て笑う。

「しかし、夕方また来たりしたら厄介だから、班長のところに行って家族簿に載せてもらうようにしたらどうだろうか？」

永植は母親に相談するのだった。

「急にどう言って載せてもらうんだね？　まさか二、三日前に結婚したとでも言うのかい」

母親がたしなめると、それが可笑しくて永姫がニッと笑う。スンジェは巻き込まれないように、そっと向かい部屋に入ってしまった。

永植がその日の夕方、班長と統長の家に目立たないように行ってきたようすだったが、すぐさま配給通帳にスンジェの名前を載せてもらって帰ってきた。洞会［町内会］の会長はアカの男に替わっていたが、付き合いのある統長と班長は昔のままだったので事情を汲んでくれたのだった。

「そんな事情があるんならそうしてあげますけど、このことはほかの人には言わないでくださいよ。実のところ、町内会の班の名簿が半分ほどなくなってしまって、ごちゃごちゃになったもので、新たに作り直しているところだからできるんであって、下手すると我々の首が飛ぶんですよ」

こんなことを言いながら、配給通帳には戦争勃発以前に記入したようにして載せてくれた。「そんな事情」というのはスンジェと婚約した間柄だということで、こんなふうになったものだから、本当に家に入れたのだ、ともっともらしく焚(た)きつけたのだった。ただ、通帳の戸主との関係欄に妻と言う文字だけは書き入れないで空けておいた。しかしもう安心とばかりに足を伸ばして寝られそうだと喜んでいたところ、二日ほど間をおいて、前にやってきた内務署員が、今度はほかの若者を連れて二人だけで密かに訪ねてきた。

表玄関を開けに行った永姫は顔が青ざめて口もまともに利けなかった。居間と向かい部屋から出てきた永植の母親とスンジェも胸がドキンとして様子を窺うばかりだった。

「ちょっと聞きたいことがあって来たんだが、いや何も思い当たる節がないんだったら怖がることはないんでね……」

警査［警官の階級。下から三つ目で、警長の上、警衛の下］ぐらいにでもなるのか、黄色い肩章を付けた内務署員は自分としては騒ぎを起こしたくはないというように、宥める口調で板の間の端に腰を下ろしてスンジェと永姫の方を振り向いて見るのだった。しかしその毒気を帯びた険しい顔つきは少しも緩めなかった。

「その娘さんはどこの学校に通ってるのかね？」

「K女子中学校です」

スンジェが先に引き取って答えてやった。

「あんたはどこか会社にでも通ってるんですかね？」

スンジェのような美人が受け答えをするのが内心うれしいのか、口もとがややほころぶように見えた。

「家事ですよ。どこにも出てませんよ」

会社にでも通っているのか、という言葉にまた胸がドキンとした。

連中もお互い無言で、きょろきょろしながら押し黙って座っていたが、フイに、

「あんた方がどんな本を読んでいるのか、ちょっと見せてもらえますかね。日記でも友達の手紙でも何でもいいから、見せてもらえないかな」

と言いながら居間の本棚に目をやった。

「もうそんなに何かご覧になるほどのものはありませんよ」

どうしてここにやってきたのか大体のところの推察が付いたので、スンジェは自分を捕まえに来たのではないとわかって安心はしたが、どこの隅から何が飛び出すやら、また怖くもあった。

「ちょっと上がってもかまわんでしょう?」

と、靴を脱いでどっかと上り込む。

内務署員が無言でずかずかと居間に入ってくると、肝を冷やして部屋の戸のところに隠れて見ていた永姫は怖さのあまり、目の焦点を失って泣き顔になり、青ざめて飛び出して来た。母親もギョッと驚いて立ち上がり、娘を向かい部屋の方に引っ張って行って震えながら様子を窺っている。一人は板の間の前に銃を杖代わりについて座り込んでおり、ピストルをぶら下げたもう一人の男は、居間の方に入って行った。女たちだけで暮らしている家だけに、何が起こるのか? 永植の母親は自分も仰天していながらも、表玄関の掛け金をかけてあったのに入って来たのか、門があいていたのかという疑問が生ずるのだった。しかし、真昼間なんだから、大声を出せば町内の人だって出て来るのではないかと思うと、少しは気持ちが落ちついた。

スンジェもしばし戸惑って板の間の真ん中で立ち尽くしたまま覗き込んでいたが、向かい部屋の方に入って、

「心配しなくていいですよ。座ったままでいてください」

と、耳打ちをして、ハンドバッグからタバコの箱を取り出して居間の方に入って行った。落ちついた顔つきと振舞いに、永姫とその母は心の中で大したものだと称賛もし、頼りがいがあるとも思った。

「タバコでも一服なさいよ。そんなもの見たって何の役にも立ちませんよ」

机を前にしてあの本この本と引っ張り出してはめくっていた内務署員は、立っているスンジェに目をやってタバコに手が伸びた。口元に笑みが浮かびかかるのを我慢する顔つきである。その様子に安心しながらも、手首でもギュッと捉まれはしないかと思って、近寄りすぎないようにその場にジッと立っていた。

内務署員はタバコを二本取り出して、一本を板の間の男の方に投げてやり、自分も床にあったマッチで火をつけて、今度は引き出しの方にかかった。向かい部屋から突っ立ったままで、それをジッと見つめていた永姫は、また胸がドキンとして自分の体に手が伸びたかのように身の毛がよだった。引き出しのすぐ前に置いてある金時計を取り出して、矯めつ眇めつしては、ありがたい人間にでも出くわしたかのように笑う。スンジェに微笑みかけようとして引っ込めた微笑をこれに向けて微笑むのだった。

「ここの女学生たちは相当に贅沢なんだな。あちらの女学生たちはピストルを下げて出てきて、看護婦に志願して出ていってるんだがね！　これだから争いになるんだな！」

独り言のように冷笑しながらこう言って、時計をポケットに入れるのかと思いきや、机の上に置いて、今度はきちんきちんとしまってある手紙を取り出した。手当たり次第に封筒から中身を引き抜いてはバサッと投げ捨てながら、

「こりゃ何だ！　日本語じゃないか！　まだ日本語を使っているんだな、こんなのは燃やしてしまうんだな」

と、怒る。言葉つきはぶっきらぼうだが、粗探しをするというよりは注意しておけと言わんばかりだった。どうしてそんな厚意を見せるのだろうかと思われた。

彼は机の上がごちゃごちゃ散らかっている部屋の中をグルリと見渡していたが、タンスの横のテーブルの上に飾ってあった大きな写真帳に目が行った。このアルバムはスンジェも何日か前に見て知っているものだった。大体のところは家族写真だが、その中で一枚、西洋人と宴会をしているのがあって、気になった。案の定、その写真が出てくるや、これまで探していたものにでも出会ったかのように、

「ほう、ここにいるんだな。このアメリカの奴らは?」

と、目をむいた。スンジェはすぐにも捕まえられるかのように髪の毛が逆立ったが、永植が勤めているという商業学校のことを思い出して、

「それはうちの旦那が勤めている学校に寄付してくれた人たちなんです。お礼の挨拶で、もてなした折に教師の夫人たちも出席したんです」

と、とっさに言い繕った。

「娼婦代わりなんだな」

と、口を尖らせた。その写真には金社長をはじめとして韓米貿易の幹部たちと妓生(キーセン)たちがたくさん写っていた。スンジェはそんな場に着ていける洋服がなかったので、朝鮮服を着ていたのだったが、こんな時にはそれも助けになった。

物心がついたころから鉄のカーテンの中で育ったこの若者の目には、とりわけ普通の家庭婦人と遊び女(め)の区別がつかないのだろうが、さもそのように見えたのか、この写真についてはそれ以上追及しなかった。どうして結婚当時の写真がないのかと聞かれはしないかと気掛かりだったが、写真帳を閉じて立ち上がり納戸(タラク)の戸を開けてみてから向かい部屋の方に移った。永姫と母親はまた怖くなって板の間の方に飛び出した。

「この本は誰のものです？　英語ができるのかね？」

机の上には古くなったタイム誌と編み物の本が置いてあり、編みかけの白いセーターが投げ出してあった。

「うちの旦那のものです」

「この時計はもっと高級なもののようだな」

鏡台の上に置いてあるスンジェの新しい時計を手に取ってみる。やはり時計に興味がある様子である。

「このカバンには何が入っているんです？」

大ぶりの立派なカバンが二つも重ねて置いてあるのを、もの欲しそうに足でドンと蹴ってみる。

「私の服ですよ」

「ピストルなんかが入ってるんじゃないでしょうな？」

「まあ、とんでもない」

スンジェは驚いたように大声を出して笑った。そんな疑惑で開けてみろと言われたら大変だった。その中には半分以上は服が入っていて、西洋人からもらった贈り物だとか西洋人と写っている写真帳があった。壁にかかっているワンピースに目をやって、

「どう見てもアメリカに行ってきたみたいですな？」

と、鋭い目を向けた。

「夏場には楽だから、誰でもそういうのを着るんです」

最近、北朝鮮から下ってきたのではないかという言葉と、アメリカに行ってきたのかと疑われるのは、法廷の場で検察官が死刑を求刑する言葉と同じくらい、恐怖を感じるのだった。

「で、所帯道具というのはこれだけですか？」

「だって月給取りの貧乏人なんだから、ほかには何もないじゃないですか。南京虫が湧くんで、下(しも)の部屋に移したんです」

　一体、何を調べに来たのかさっぱりわからない。若い女たちをもう一度見に来たのか？　金時計が二個あるのを確認しておこうというのか？　思想を調べるためなのか？　張鎮(チャンジン)が手配して怪しいと踏んで、探りを入れて根掘り葉掘り聞いてみようとやってきたのか？　見当がつかないので余計に気が揉(も)めた。時計にご執心の様子なので、それが口封じになって二度と来なくなるというのなら、もう一つ残ったものをくれてやってもいいようなものだが、二人して来ているのでそうもいかず、そんなことをしていては癖になって朝に夕にやってくるようになってはまずいので、下手にそれもできないのだった。

　しかし、実際には下の部屋はロクに覗いて見もせず、最近の食糧事情はどうだとか、衣類を売ったりしないでも暮らしていけるのか、などと米俵でも持ってきてくれるかのようにいろいろと聞きながらも腰を上げず、別に政治的な話も持ち出さないまま静かに行ってしまったので、思想を調べるために来たのでもないようだった。

　母親は気が緩んで板の間の端にペタリと座り込み、永姫は部屋に入って机を片付けながら、

「嫌な奴だわ。それでも真昼間に時計を懐に入れていくのは恥ずかしかったみたいね」

と、ぶつぶつ言う。スンジェも表玄関に鍵をかけて戻ってきても、すべてのことが自分のせいのように思われて、何となく申し訳なくて言葉が出てこなかった。

「どう考えてもそれの災(わざわ)いだね。あんたを試してみようとして来たんだね。そうでなけりゃ、どうしてここにまた来るんだね？」

恨みがましく言う永植の母の言い方に、スンジェは一層、肩身が狭かった。

逃避行の一日

夜明けのご飯だからなのだろうが、口の中がカサカサした感じで、スンジェは二匙、三匙手を付けただけで食べるのをやめた。昨夜は遠足に行く子供のように寝付けなかった。この家を出て行くのが寂しくもあり、田舎に下っていってどうなるかと怖くもあったが、永植がついて行ってくれるというので、心がざわついてご飯が喉を通らなかった。

チマに裸足のまま運動靴を履き、リュックサックを担いだ出で立ちはおかしくもあったが、また見方によってはほほえましい風情でもあった。米を調達しに行くと言いながらも、あちらに行って泊まることになるかも、という思いから、そのリュックサックの中には髪梳き用の棒櫛と毛糸の包みやら化粧品、ハンドバッグ、タバコなどが入っていた。永植は空っぽのリュックサックをグルグル巻きにして手に持った。

「田舎は怖いのにどうするんだね。行ってみて具合が悪かったらすぐ戻ってきなさいな」

永植の母親はそれこそ名残惜しくもあり寂しくもあり、という挨拶をする。スンジェは気さくで面白いところがあり、人をうまく使い立てしながら男のように振舞っていた割には身も軽く、台所にまで下りてきて朝に夕に手伝ってくれる間に情が移って、いよいよ行ってしまうとなると寂しくもあった。だが行ってしまうことが息子のためにもいいことだと思うのだった。

保安隊員が二度目に訪ねて来た後で永植は、

「なに、うちに美人が何人もいるもんだから来るんだろうさ。いや、裕福な暮らしをしている家は密かに内偵させたりして、自分たちが何かほしい物でもあるかと、引っ掻き回したりして歩いているらしいんだが……」

と言って笑い飛ばしたが、どうであれ、安心はできなかった。そうこうしているうちに、日が経つにつれて食糧事情が次第に苦しくなってきた。

この家でも五升入りの枡で一万五千ウォンにも跳ね上がった米をもう二度も買っていたのだが、斎洞の下の部屋に身を寄せあって暮らしている家政婦たち三人はもちろんのこと、弼雲洞の家の方にも、もちろん知らぬ顔はできないので、スンジェとしても負担が大きくなっていた。高い米をそのつど買って分けるわけにもいかないので、米俵を安く買う工面をしてみようという考えもあって出かけることにしたのである。しかし、それよりもやはり、スンジェとしてはこの家の女主人の顔色を気にしながらご飯を食べるのが嫌だったのである。二里〔約八キロ〕だけとはいえ、ソウルを離れれば気が休まるような気がして、延曙の墓地の方に行ってみようというわけだった。いきさつからすれば、弟を連れて行けば米俵を買ってでも担がせて帰らせればいいのだろうが、永植がどうも心配だといって同行すると言うものだから、頼んだわけではないのに願ってもないことと、昨夜は寝つけないほどうれしかったのである。実のところ、永植と一緒に行きたかったのだが、永植の母が怖くて、到底言い出せなかったところ、永植が、

「じゃあ、ぼくと行きましょう。僕も退屈していたところなんで、気晴らしを兼ねてそのついでに米一

斗でも買い付けてきますかね……」

と言うので、一緒に行くことになったのである。

爽快な初夏の朝の微風が気持ちよく、体が軽かった。二人の男女は閉じ込められていたのがやっと外に出られた人間のように羽を伸ばして軽快に歩きながらも、母岳峠(ムアクジェ)を越えるまで無言だった。

なぜだかお互い胸がいっぱいだった。今日一日をどうやって楽しく過ごそうか? スンジェは幸せな空想をしながら、あれこれ考えるのに忙しかった。いや、並大抵の楽しさではないので理屈抜きに、胸が塞がって全身が火の玉のように熱くなってきていた。

「道をよく覚えておいてくださいね。こんな遠いところにまた来ていただくことはないでしょうけど……」

スンジェは道を曲がるたびに遠回しに言う。

「まあ一応はそうだけど、田舎に行って暮らすというわけでもないでしょう? 一日だけ体を動かしてまた帰るんじゃないですか」

第一、スンジェを一人残して帰れるわけがない。

「おや、またどんなご用件でお越しですか?」

まずもってリュックサック持参であるのを見て、墓守のチョンスは内心、面倒なことになったとは思いながらも、快く迎えてくれた。最近になってソウルから食糧調達にやって来る連中が、一日に何回も来るので頭が痛かった。

「孝行心が褒められたものでしょ! で、ここは何事もなかったの?」

スンジェは墓守夫婦の顔を代わる代わる見ながら返事をした。

「ほんとによく孝行なさいますですね」

五十を越したチョンスの女房はスンジェと母親が毎年、春と秋の二度やってきては大盤振る舞いしてくれるのがうれしく、下にも置かないもてなし方だった。

「私、今日は避難してきたんだけど、しばらく置いてくれるでしょ？　部屋はあると思うんだけど」

板の間に上がって座りながら、スンジェはまずこう切り出した。

「こちらにおられるのは私どもはかまいませんがね、お口に合うものがないですし、近ごろは少し静かになった方ですけど、ここもうるさくなってですね……」

「ここも人民委員会ができたんでしょ？　内務署員も来るんですか？」

「人民委員会はあっちの上の部落にできたんですがね、喧嘩腰のあの剣幕にはまったく……」

日頃の恨みからお互いに噛み付いてはいがみ合うせいで、あちこちで血を流す騒ぎを起こして、みっともなくて目も当てられない状況になっているというのである。

「それでもこのあたりは静かなんです。滞在されるのでしたら、そうなさいませ。ご夫婦でおられるんでしょう？　そんならやっぱり居間の方をお使いになられなきゃ。いかがですか？」

と、チョンスの女房は夫の意向を確かめる。これまで姜（カン）家［スンジェの一家］の婿殿の顔は見たこともなかったが、おそらく夫婦なんだろうとチョンス夫婦は推測するのだった。ためらいもなくご夫婦という言葉が出たので、スンジェはぼんやりとした目で永植をチラリと見て微笑んだ。永植の方は、借りてきた猫のように黙って座っていた。

「どっちでもかまいませんよ！　で、ご滞在になりますか？」

チョンスも金が入りそうな期待から乗り気な様子である。

「何でそんなことを言うんだね、内務署員でもやってきて粗探しでも始めたらどうするんだね……」

永植が反対した。夫婦と思われているからには、夫婦らしく振舞えばいいのだが、戸惑いながらスンジェに対する言葉つきも丁寧語を使わずにあいまいにするほかなかった。

「内務署員が一度訪ねて来たことはありますけど……」

内務署員という言葉には、スンジェもビクッとしないわけにはいかなかった。

「抱川（ポチョン）［ソウル北方の京畿道の町］から避難してきたと言っておくのよ」

「さあ、本気にするかね？」

永植の目は、何よりもスンジェの顔の方に行った。なるほど自宅にいた時はしょっちゅう髪を洗ってキチンキチンと梳（くしけず）って束ねたりして、パーマもかけていたのが、今ではそれほど艶々しているわけでもなく、服装も普段着を適当に着ていて地味ではあるが、それでも垢抜けして愛くるしい顔が、田舎に持ってくると、うら若い妓生（キーセン）みたいに見えるのをどうしようもなかった。

「抱川で飲み屋をやっていてこっちに来たのよ。料理屋の女将（おかみ）だと言ったら、それほど変じゃないでしょ」

スンジェはこんなことを言って、皆を笑わせた。

女房は嫁と一緒に台所でご飯を炊き始め、亭主は居間に入って団扇（うちわ）でハエを追い出して簾（すだれ）を垂らして、

「お疲れでしょうから、こちらで少しお休みなさいませ」

と言って、おかずになるものを取ってこようというのか、サッと出ていった。スンジェはリュックサックを持って先に立って部屋に入りながら、永植に、

「入ってちょっと横になったら」

と、声をかける。

「ともかくもソウルからここまでずい分離れたんで、気分も軽くなっていいじゃないの」

スンジェは男が面倒がるかと思って、しきりに機嫌を取った。

「けど、こんな混乱のさ中に村の若い連中がいちゃもんをつけるんじゃないかと怖いし、さあどんなものかな……」

「まあ、そりゃそうだけど……」

永植がタバコに火をつけ、ライターの火を消さずにスンジェに向けて火をつけるよう促したが、

「私、いいのよ」

と首を横に振った。

「どうしたの？　もうタバコはやめるの？」

永植の家では彼の母親の目を気にして吸えないでいたのを知っているので、しきりに勧めるのである。

「吸えるような時になったら吸うわよ」

スンジェはニッコリしながら、静かな家の中でこうして二人きりで向かい合って座っているのがうれしくて、しばらく見つめるのであった。何かを訴えるような、心をすっかり預けるかのような、そんな表情である。

「吸えるようになるって、いつのことだ？　で、吸わなくてもどうもないのかい？」

「吸いたいとは思うんだけど、傍で臭いがするじゃないの。口から臭いがするのが嫌なのよ」

笑いをかみ殺すように口元だけ尖らせて見せる。艶のある赤い唇をパックリ開けて吸いたそうにするかのようだった。

「臭いがするのが嫌だって?」

男もその言葉の意味が分かるようで分からないままニッコリしながら、片腕で右頬を支え頬杖をついて寝そべった。スンジェはポッと顔を赤らめ、もう一度微笑んで見せてからリュックサックを引き寄せ小さなキャンデーの袋を引っ張り出して一個を自分の口に放り込んだとみるや、また一個丸っこいのを目の前に寝転んでいる男の口に押し付ける。永植は笑いながらタバコを灰皿に置いて、手で受け取ろうとするのだが、そうする間もなくツルリと口の中に入ってしまった。空を切った男の手がやんわりと女の手に捉(つか)まり、女の素足の爪先が短いズボン姿の男の脛(すね)をくすぐるかのように触れた。永植も頭の中と目の中がカッカと充血した。

裏庭の方で、燃やしている竈(かまど)の薪がパチパチとはぜる音が聞こえるだけで、静かな前庭と裏庭には日差しが燦(さん)々と降り注ぎ、薄ら寒い部屋の中は深い日陰の部分がむしろじめじめした感じで、灰皿からの青いタバコの煙だけがくっきりと立ち昇るのだった。

出かけていたチョンス爺さんが板の間の前まで戻ってきて、カサコソと音を立てる気配にスンジェは慌てて身を起こして座り直し、髪に手をやって整えた。

「大したものはありませんけど、お酒を一杯召し上がりませんか」

と言いながら、板の間に酒瓶をドンと置く音がした。

「お酒だなんて。でも、本来なら私の方があなた方に一杯お勧めすべきでしょうに」

スンジェが枕元近くにある引き戸を開けて受け答えをする。寒食(ハンシク)［冬至から百五日目の日で、墓参をする］や秋夕(チュソク)［陰暦八月十五日の中秋節で、墓参などをする］に持参するお神酒(みき)は当然、墓守のお爺さんのものであるが、今日は年若い方たちというのを口実に、逆に自分たちが手ずからもらい受けていただいてしまおうというわけである。

「少しお酒を飲みませんか？　いい色をしているみたいだけど」

と、寝そべっていた永植を振り返るスンジェの両頬は紅潮しており、目は情熱で充血していた。

「マッコリの匂いの方が、タバコよりもっと酷いんじゃないか！」

と、永植は大笑いした。

「あら、私も一杯いただくんだから。共犯だったらかまわないでしょ？」

しかしチョンス爺さんが酒瓶を台所の方に持って行く間もなく、すぐさままた男の顔の方に身を寄せた。

酒の膳が出た。昼飯を待つ間に退屈だろう、と客を気遣うのであろうが、二人の男女には恭しくされるのが重荷だった。そっと放っておいてくれる方がどれほどありがたいかわからない。

「いや、義勇軍ってのは、ほんとに捕まえて行くんですかね？」

「え？　義勇軍ですって？」

永植も初めて聞く話だった。

「そんなら、そういうのはこちらの村でだけなんでしょうな。最近の若い者たちは何を考えているのかわかりませんな」

市内からやってきた民愛青の連中が采配を振るって、村の中で知ったかぶりをして生意気に振舞っていた奴らを集めて、人民委員会というのを立ち上げたという。この委員会に出てきて、積極的に何やらバタバタやっている奴でなければ反動分子だと言い立て、体よく義勇軍というのに志願しろと急き立て、そそのかすのだと言うのである。

「義勇軍に出れば家族まで食べさせてくれるし、土地もいくらでもくれるんだとかです」

「そりゃ、いいわね。どこに引っ張って行くんですって？」

「わかるもんですか。まだ引っ張られた者がいないんですが、どうにもこうにも大変なことになりました。若い者らは振り回されたくないから逃げてしまうし、老いぼれは心がざわついて仕事が手に付かないし、こんな具合だと今年は大変な凶作になりそうですわい」

チョンスはこういまいましげに言うのだった。それでも長男夫婦が真面目に野良仕事を手際よくやってくれるので、自分たち夫婦が手伝ってやってはいるが、二番目の子（娘）は市内で米屋をやっている婿のところに避難させておいたとのことだった。

「ほらごらんよ。かえって村の方から市内に避難していくという状況なのに！」

と言って永植はスンジェの方を見た。

動乱になってからの農村の事情を聞くのも参考代わりとしてはいいけれど、別に目新しいこともなく、亭主の繰り言を聞くのもうんざりで、酒を五杯ほど続けざまに飲ませてから、酒の膳をさっさと片付けさせた。

「義勇軍だと！　名目はいいが、捕まったら生き地獄じゃないか？　身の毛がよだつよ」

二人だけになって座るや、永植はこんなことを言って笑った。

「まさか、二十歳前後の若い連中ならいざ知らず……」

「わからんさ。北朝鮮では六十歳まで働かせると言うんだから、運が悪けりゃ引っ張られるんだ。我々みたいなのは引っ張られたら重労働だよ。監獄暮らしじゃなくて、地獄に落ちるんだろうよ」

永植は冗談めかしてこんな言い方をしながらも、なぜか胸がドキリとした。

「ええ、もう。縁起の悪いことを言わないでよ。いい歳なんだから、よりによって。引っ張られる人は他にあるんじゃないの」

スンジェは不吉な話を聞きたくもなかったし、そんなバカげた心配をして、せっかくのいい気分がしらけるのが嫌で、

「お口直しにこれでも」

と、今度はハンドバッグから白いガムを出して勧めた。

「タバコの代わりにかい？　今日は僕にまで禁煙令が出たみたいだね」

と、永植も笑った。

「よく言うわね。タバコの臭(にお)いだか何だか、私、何もわからないわよ」

と言いながら駄々をこねる子供のように顔を赤くして、癇癪(かんしゃく)を起して永植の方にしなだれかかるのだった。冷めていない先ほどの興奮が再び湧き上がってきた。

昼の膳が運ばれてくると永植は二、三杯ほど飲んだ酒のせいで食欲がそそられた様子だったが、スンジェは夜明けにほんの申し訳程度に食べただけだったのに、やはり食事には手を付けずに無駄口を叩いてばかりいる。

「こんな風にして、ここで過ごすつもりなんですか？」

と、永植は単刀直入に聞いた。墓守のおかみさんも冷めた鍋物(チゲ)を熱いものに取り換えに来て、ロクなおかずがないのを心配して懸命に食べるように勧めるのだが、スンジェが食べないのはおかずがないとか、口に合わないというのではない。

よく漬かってはいないけれど、キムチ、カクトゥギ［角切り大根の漬物］にホウレン草のお浸(ひた)し、ゼンマイのお浸し、モヤシのお浸しと、ナムル［ごま油などであえたお浸し］だけでも三、四皿あり、スケトウダラの干物をもどしてから

赤黒く焼き上げたものだとか、塩辛の類を膳いっぱいに並べてあった。いろいろと整えてくれたおかずの一つ一つを目に留めたわけではないが、なぜか腹が膨れていて、おいしいかどうかに関わりなく、食べたくなかった。ただただ体がカッカと熱く、胸いっぱいで、じっと坐っているのが息苦しかった。それでも永植がおいしそうに食べているのを見るのはうれしくて、

「このお浸しも入れて混ぜてあげましょうか？　いろんな魚が入っていて、この鍋物、おいしいわよ、冷めないうちに召し上がれ」

　と、しきりに勧めるのだった。

　膳を下げてからスンジェは上気した顔を洗い、そのついでに足も洗って戻ってきた。

　チョンス親子も板の間で食事を済ませてから、行ったり来たりしていたが、野良に出て行く際に居間の方を覗き込んで、

「それじゃ、ともかく今晩はお泊りでしょうな？」

「さあ、もう少し考えてみなくちゃわからないけど、もしこのまま帰ることになったら、お米をちょっと準備しておいてくださいな」

「お米ですか？　準備するって、どれぐらい持って行かれるんで？　後から若い者に運ばせますよ」

　と、チョンス爺さんは笑う。実のところ、土地改革とやらでこの二、三年は春窮期［毎年、春に訪れる食糧不足の時期］にも食糧の心配をしないで過ごしており、今年も、上の村も下の村も別に豊かな村というわけでもなく、富農らしい者もいなかったが、まあまあそれなりにやってきていた。それゆえ米俵が手に入らないわけではなかったが、こんな時だったので誰しもわざわざ出そうとはしなかったし、また手に入りさえすればソウルで米屋をやっている娘のところに送っているのだった。その上、穀物を担いで歩いているところ

が見つかれば、監察隊とやらに捕まってしまうのである。

「まあそんなに至誠を尽くして運んでまでくださるのね。ともかく、手に入れるようにしてくださる?」

「聞いてはみますけどね……ともかく、お帰りになるにしても、暑さが和らいでからでしょうから、お休みになっていてくださいよ」

息子の後から老夫婦も野良に出ていった。台所で赤子を負ぶってガチャガチャと洗い物をしていた嫁も向かい部屋に引き取り、子供を寝かしつけている様子だったが、いつの間にやら出て行ってしまった。

「あら、留守番をしに来たみたいね。とにかくそこで少しお休みなさいよ」

スンジェは腕時計を見たが、やっと一時になったところだった。

「そんならあんたは留守番ということで、僕はちょっと昼寝をするかな」

永植も一しきり緊張していたのが緩んで手足がだるく感じられ、食後のけだるさも手伝って丸っこい木枕を引き寄せて横になってしまった。

「私だってゆうべ、ロクに寝られなくて眠いのよ」

スンジェはこんなことを言いながらも居眠りするどころか、全身がズキズキする感じで背伸びをするのだった。

「えっ、寝られなかったんですって?」

「遠足に行く子供みたいにやけに心がウキウキしてね」

サッと浮かべた微笑につられて、永植は無意識のうちに不用意な受け答えが口から出そうになるのを我慢して笑ってすませた。

結局、スンジェが傍でカサコソと音を立てたり囁(ささや)いたりするので、永植は眠気が吹っ飛んでしまった。

スンジェは立ったり座ったり、喉が渇くと言っては外に出て行ったり、戻ってきたりして一しきり忙しげにやっていたが、

「私もやっぱり一緒に帰ろうかしら」

と、自ずとおとなしくなった。

「あれ、もう少し意地を張ってみたら」

「だってあなたを捉まえておくこともできないんだし、一人帰って行くのを見送ることもできないんだから」

情に駆られて駄々をこねるような鼻声を出して、髪留めのピンを外してもう一度髪に挿し直し始めた。白い小さな指が、後ろ髪のあたりで優雅に動くのを無心に眺めながら、永植は寝そべったままニッコリ笑うばかりだった。今ではむしろ永植の方が何日かゆっくりして、のんびり思い切り遊んでから戻ったら、という気になっていたが、家の方で待っているだろうことが気がかりで、まずもって母親の手前、そんな勇気は出なかった。

「私もまた戻るのは嫌なんだけど……何も言えずにじっと顔を見合わせているばかりなのは苦しいし、そんなふうにしていて、義勇兵に取られたりしたら非業の死人が二人出るじゃない！」

と、言いながらスンジェはニッコリ笑って、頭から手を放し、傍に置いてあるタオルで手を拭いた。もうスンジェの顔からは赤く上気して何かに弾かれたようにパチパチ燃え上がらんばかりにじれったがったり、心の平静を保てず方向を失ってたじろいだような様子も消えて、咲き誇ったような顔色にも平静さが見て取れた。同じ笑顔とはいえ、幸せに満ち、とても満足げで余裕のある気配が漂っていた。

「今でもまだ、僕が捕まえられて行くんじゃないかと心配なのかい？」

永植はニコッと笑って、先ほどから握りたいと思っていた手を握ってしきりにまさぐった。永植もそこはかとない幸せを感じているのだった。しかし晴れ渡った青空に一抹の薄雲が漂っているように、時折、明信（ミョンシン）の顔が頭に浮かんできて、すまないという気持ちと共に、いたずらをしでかしたばかりの子供のように、ぼんやりとではあるが不安がよぎった。そうあればあるほど、その不安を忘れてしまおうとするかのように、また再び湧き上がる情欲に任せて、女をグイグイ引っ張っては抱き寄せるのだった。女は無言のまま微笑んで応じてやる。さっきは天地がひっくり返るかのように殺気立っていて恐ろしげな顔色だったが、今ではそれなりに心に余裕ができて、温かな情緒にゆったりと優しく包み込まれていくのだった。

「これからは私も忙しいのよ」

「何に？」

「この動乱のさ中にお米の調達をしなくちゃ、それも一人分じゃなくて二人分よ！」

スンジェはこれまで、この世で自分は天涯孤独だと思っていた。

継母はいるし、腹違いの弟や妹がいるにせよ、それは自分とは関係のない人たちだった。けれども今では頼りがいのある人ができ、大きな希望と目標を捉まえて、堂々たる生活が展開していくのだと思うのだった。それはスンジェにとって空想ではなく、足元に迫りくる確かな問題だった。息子や娘を産んで嫁と婿を迎え、孫たちまで増えて……というような空想の翼を広げる必要はなく、ただ永植一人だけを目にするだけで、華麗で多彩な人生の大饗宴が目の前にパッと広がった、という実感があった。しかし年増（ま）になったスンジェには、ただただ幸せだというのでもなく、享楽に陶酔しただけというわけでもなかった。この宴には設計がなくてはならず、どうやればこの宴をうまくやりおおせるかということを今から思案し心配するのだった。

しかし永植は二人分の米の手配をしなければという言葉に、またふと明信のことを思って気持ちが沈んだ。永植がぼんやりと一か所を見つめているような様子に、スンジェはとっくにそのわけに気づいて、

「どうしたの？　何を考え込んでいらっしゃるの。いつぞや私の捕虜になったって言ってたじゃないの！　もうほかのことを考えてもダメよ……。でも本当のところは私の方が捕虜なのよ。あなたは戦わずして勝った、無条件降伏、無血降伏をされた勇将でいらっしゃるのよ！　そうでしょう！」

と、男の頬を両手で挟み込んでパチリとウインクして見せた。

主人夫婦が野良から戻ってくる気配に、二人の男女は寝そべるのをやめて起き上がることにした。

「で、お米は調達できたんですの？」

「バカなことをおっしゃらないでくださいよ。どうやって担いで行けるってんですかい？　じゃ、お帰りになるんですか」

と言いながら、このまま帰してしまうのは心残りでもあったが、二人が密かに遊びにやってきたみたいで、鼻先で笑ってみせる。

米は石橋（ソクテリ）［鍾路区橋南洞在。独立門ロータリー近くの地名の俗称］のあたりで米屋をしている娘に連絡をして次男をやるからというので、永植の家の番地と地図を書いてやった。こちらに来る時にお墓の方に寄り道をして回ってきたのだが、

「申さんの家のお墓はソウルにないんだから、私たちはここに葬ってもらいましょうよ」

と言って永植を振り返ると、

「おやまあ、そんな心配を今からされてるんですかい」

と、この墓守は驚いて声を上げて笑った。スンジェは人生饗宴の終わりから先に考えているのではな

く、冗談めかしたように、自分の決心を語って、男の覚悟を固めさせようというのだった。三十歳を越した女としては、今では身を託すべきところを準備しなければという心配もいい加減にはできない。

山の尾根を越え人も行き交わない一本道に入って、二人の男女は待ちかねたように、もどかしげに手を取り合った。

「お腹が減ったろう……」

永植が心配すると、

「ううん……」

と、頭(かぶり)を振りながら、

「お嫁に行く娘は三日前から食べないんですって!」

と、笑い飛ばす。実際、空腹を感じなかった。それでも永植が、自分が持ってきたものと合わせて、まとめて肩に担いでくれていたリュックサックの中からガムを探し出して二人で噛みながら、男の腕に肩を持たせかけて歌を歌いながら歩いた。道々、爆撃機が頭上高く、ウィーン、ウィーンと通り過ぎるだけで、戦争はどこでやっているのやら、遠い日の夢のようだ。けれども運動靴に麦わら帽子をかぶった村の青年が目をぎょろ付かせて通り過ぎるのとすれ違う時には、ビクッとして戦争であることをまた思い知らされるのだった。

碌磻里(ノクポン)［現・恩平区碌磻洞］で大通りに出たとたん、通りは騒然としており、人混みでごった返している。ソウルが近づいてくるのが嫌だった。夫だった張鎮(チャンジン)がドッカと居座っているソウルの空は、監獄の門を眺めるかのように息苦しく重々しく見えた。

それでも永植の家に戻ると、遠方にまで行って戻ってきたかのように皆、喜んでくれた。

「そう、よかったね。この危なかしい世の中なんだから、どうやって一人で田舎に籠っていられようかと思ってね」

女主人も皮肉ではなく、送り出したものの、心配でたまらなかっただけに、二人が無事戻ったことを幸いと思うのだった。

「姉さん、スッと行ってしまうんだから、ずいぶん寂しかったのよ」

妹の永姫は寂しくて、また戻ってきてくれることを待ち望んでいただけに、うれしくて、我知らず初めて姉さんという言い方をした。

「あら、どこへ行ってきたから、姉さんなんて言うの！　もうどこへも行かないわよ」

スンジェはこの「姉さん」という言い方がうれしくて、「私も本当に姉になったんだわ！」と自慢したかった。

その日の晩も、スンジェは布団の中で寝つけずに寝返りばかり打っていた。永植のいる下(しも)の部屋でも何をしているか、遅くまで明りがついていて、起きている様子だった。居間の方では戸をピタリと閉めて真っ暗なので、寝入っているようだった。それでソッと起き出して向かいの窓を見ては、向こうもすぐに身を起こすんじゃないかと思ったりするのを、

（私、どうかしてるわ！）

と、一人で胸を高鳴らせていた。

災難

東の空が白むやスンジェは中庭（マダン）に下りていって顔を洗ってから、クリームを塗って部屋に戻ろうとしかけたが、思い直して箒（ほうき）を手に中庭を掃き始めた。睡眠不足の頭には爽やかな早朝の空気が気持ちよくもあり、だるくて疲れた体をほぐすためにも体を動かしたかった。

下（しも）の部屋の前まで掃いていっていると、部屋の戸がスッと開いて永植（ヨンシク）が下穿（ば）きにシャツの格好で出てきた。スンジェは箒を持ったまま腰を伸ばして声を立てずに、ニッコリと微笑んで見せた。男の方も無言で微笑み返して、中庭に下りて便所に行こうとしている様子だった。スンジェは微笑みを交わしただけの朝の挨拶が早朝の空気のように新鮮で、ボーッとしていた頭の中を洗い流してくれ、意識もすっきりしてきた。もう我慢できないと言わんばかりに箒を放り出して居間の方をチラッと振り返ってみては、行く手を阻むように男に走り寄って男に両腕を持たせかけた。男は何も言わずにむんずと受け止めてそのまま抱き寄せた。胸の中に飛び込んだ女の頬はいつしか斜交（はすか）いに見下ろす男の顔に擦（こす）りつけられていた。スンジェは疲れ果てていた全身の疲労が瞬時にほぐれるのを感じた。男の胸に抱かれたまま、中戸（チュンムン）［ここでは大門（表玄関）の内側にあるもう一つの戸口のことか］のあたりまで引きずられるように歩いた。

「一睡もできなかったのよ。胸が苦しくて死にそうよ」

赤く上気したスンジェはゼイゼイと息を切らしながら一言、ささやきながら笑顔をちょっとしかめて見せた。

「僕だって眠れなかったさ！　僕はもっと辛いんだよ。二重、三重にね……」

男はこういうと、また力を込めて抱きしめた。

「ごめんなさいね」

スンジェは小声でやっとこう言った。と、その時、居間の戸が開く音がして、二人はサッと離れて突っ立ち、

「後で一緒にちょっと出かけましょうよ」

と、とっさに約束をするのだった。

今朝も口はいがらっぽかったが、食事はおいしく食べた。朝食後に化粧だけは念入りにして、さらしてない苧麻（モシ）のチョクサム〔カラムシの韓服の上着〕に柔らかな玉色のチマを穿（は）いて部屋から出てきた。

「ちょっと弼雲洞（ピルン）の家に行ってきます」

「気を付けて行きなさいよ」

永植の母親に挨拶をして出がけに下（しも）の部屋を見やると、永植も服を着替えていて、すぐ出かけようと目くばせをした。

（二重、三重に辛いというのだが、明信（ミョンシン）についてはそうだろうけれども、まだ社長に対してまですまない、と思っているのは、考えすぎじゃないのかしら……）

さっきからその言葉が心に引っかかってどうも不愉快だった。明信に対する嫉妬と不安が今更ながら

大きくのしかかってきて、前にデンと立ちはだかる。どうやったら、きれいさっぱりと明信のことをこの男の頭から消し去ることが出来るのだろうか。仮に鄭（チョン）会長の家の方で無理押しをして問題が意外とたやすく解決したとしても、当の永植が明信のことをどの程度に思っているのやら、それが問題なのである。その上もっと大きな心配は彼の母親だった。この母の態度がどうであるかは言わずもがなだった。生娘（きむすめ）ではないということがまず第一の弱点であり、何といっても決定的な致命傷だと思われた。永植に結婚歴があるのならいざ知らず、今は一時的な熱情からこうしているが、いつ生娘を嫁に迎えたいという気になるやら、誰にもわからないことではないか、ということに思い至るや、もう気が気でなくなり、体が熱くなるのだった。

町内のはずれの角にぼんやり立ってこんなことに気を取られていると、永植が慌てふためいて出て来る気配に、サッと振り向いてみた。と、表玄関を閉めに出てきたものやら、首を傾（かし）げてこちらの方を見て立っている永姫（ヨンヒ）と、離れてはいるが視線が合った。とっさに身を隠すわけにもいかず、まずかったかなとは思いつつ、ニコリと気まずい笑顔を作った。

「弼雲台の家に行ってても大丈夫かな。出かけた日が吉日、なんて言うけど、あいにくバッタリ出くわしたらどうします?」

「まさか……」

大通りを渡り切って杏村洞（ヘンチョン）［鍾路区在］の方に入った。くねくねと曲がった細い路地を歩きながら、スンジャは何の話から切り出したらいいのか、わからなかった。満ち足りた気持ちにどっぷりと浸っていながらも、一抹の不安とともに男の本心をはっきりと知りたくて、うずうずするのだった。

「どう考えても、私が軽率だったみたいね!」

反省調というよりは、男の心中を探ってみようというような言い方だった。

「何ですって?」

「二重、三重に辛くさせてばかりいるものね」

「そんなことはしようがないじゃないですか。今さら元に戻せるとでも?」

永植は笑い飛ばした。が、それは冷笑や後悔ではなかった。むしろ反省調になっている女を慰める口調で、思い通りになったんじゃないか、という満足の笑いだった。

「でも後悔してるんでしょ? 心が二つに引き裂かれて、辛いっていうんでしょ?」

「しかたがないさ、元に戻せるのかい」と言うのがありがたくはあったが、放蕩者が自暴自棄になって投げかけた言葉のようで嫌だった。

「後悔って何を? 誰かさんを子供扱いするのかい? よその家の若者を、よその家の大切な一人息子を誘惑しておいて、ご心配なんですかね?」

と、永植は笑いかけて、

「しかも、勝ちたくもない誘惑だから、仕方ないふりして、それとなく勝ってしまった相撲じゃないですか。後悔って? 心配になることって何なんです? あなたの情熱と大胆な立ち回りに踊らされて喘いでいるざまを見てたらわかるじゃないですか」

歳からいっても経験からしても、愛情を発散して、はっきり表現する腕前と技巧がどうしても一段劣っており、これに長けた女に振り回されていることを自覚しているだけに、男の方としてはちょっと露骨な言い方をしてみたかったのである。

しかしそのような露骨で説明調の物言いは、女には実感のある胸にズシンと響く言葉には聞こえなかった。それがまた不満でもあり、じれったくもあった。

「喘いでいるのは誰だというの。つい口をついて出た言葉じゃなくて、本心を、心の底から湧き上がってくる言葉を聞きたいのよ。本当に後悔もしないし、心が引き裂かれるんじゃないのかって？　じゃあ、どうして二重、三重に辛いって言うのよ？」

　誘導尋問をするように、男の心を透かしてみようとしていた回りくどい言い方は止めて、単刀直入に畳み掛けた。

「僕もまず気持ちの整理をしなきゃならんと思うんだけど、どうしてそんなに急ぐんです？　恋愛と結婚は違うと言っていたじゃないですか？　ともかく行くところまで行ってみてからの話じゃないですか！」

　問題の焦点は明信にあるのだったが、それをこんなにも急いで解決しようとかかるスンジェの気持ちがわからないではないが、永植自身もどうしようもないことだった。男の語調が次第に冷静さを増し批判的になってくることに、スンジェはビクッとしながら、あまりにも急ぎすぎたという後悔もあった。

「そりゃそうね。私、ただ後悔しているんじゃないかと、それが心配になって。……つまらない嫉妬じゃないのよ。遊びじゃないのよ。私の気持ちをわかってもらえるかしら……」

　スンジェはすがりついて訴えるような言い方だった。

　いつのまにか城壁址（あと）のところを越えて社稷洞の方に入っていた。

「この路地の奥がうちの本家なんだけど、ちょっと寄って行きませんか」

　都正宮（トジョングン）「鍾路区社稷洞にあった徳興大院君の私邸跡」の前で向かい側の路地の方に案内しながら、スンジェは金学洙（ハクス）社長の顔を見て行こうと提案した。

「そりゃまたどうして！」

そうでなくてもそんなことを言い出すのじゃないかと思っていたところなので、永植は嫌そうに立ち止まった。

「どうして？　いいじゃないの。私たち話がしたいからこうして出てきたんだけど、もう一つは、挨拶して行こうという意味もあるんでしょ？　早く披露してしまわなきゃ」

これまで内心、熱くなって根掘り葉掘り聞いたり、問い詰めたりしていたのとは打って変わって、明るくニッコリ笑いながら見つめるのだった。

「今度にしようよ。せっかくの気分が台無しだよ。このまま寄らずに行こう」

「気分を害するって何よ。何か罪を犯したとでもいうの。大変な秘密でもあるみたいに、こそこそと隠したりするの、私は嫌よ！」

スンジェは自分たちの恋愛が決して不義の結合ではないということを、この男に悟らせて、つまらない心配を減らしてやりたかったたし、誰の前に立ってもへこへこと頭も上げられないなどということはないようにしたかった。

「そんなに急がなくてもいいんじゃないか。今、言わないとわからないだろうとばかりに、広告看板をぶら下げて歩くことまでしなくてもいいんじゃないか」

と、永植はさっきより妥協はしたが、それでも社長の前に出るのは気まずい気がした。

「でしょ、だから、いつ知らせるにしても結局、わかることになるんだから、何か罪でも犯したみたいにビクビクと逃げ回ることはないじゃないの。おととい私たちがこの前を通っていたら、わざと通り過ぎることはしなかったんじゃない？　おとといにせよ、きのうにせよ今日にせよ、私たちとあの人との間に変わったことなんてないじゃないの。変わったと考えるのが間違いなんだってば。退職金までもらったんだから、もう会社の人間ではないのよ。良心が咎めることなんかないんだから。私、あなた以外にこの世で咎めだてされる人間なんかないんだから。早くいらっしゃいよ」

スンジェはサッと踵（きびす）を返してまた歩き出した。

「じゃ、どうしても寄って行くんだね」

永植はまたしても負けてしまった。ある程度のところで結末をつけてはっきりさせたいのは事実だろうが、今の状況は、そんなところでしかないだろう。しかし、体面や義理から言っても、どう考えても大きな声で言うべきことでもないし、堂々としていられるとも思えなかった。

「おう、久しぶりだな」

居間からこちらを見た社長がうれしいような腹立たしいような感じで、笑みを殺したぎこちない顔で答えたが、中戸（チュンムン）のあたりに居心地悪そうに立っている永植が目に入るや、知らない人間であるかのように無言でじっと見つめるばかりだった。

「かまわないのよ。こちらに入っていらっしゃいよ」

久しぶりに会う学洙社長よりも、もじもじしている永植の様子を窺うほうが忙しかった。

永植が入ってきて挨拶をすると、

「おう、近ごろは若い者を捕まえていくと言うんじゃが、変わったことはないのか」

と、やっと応対をした。ただの挨拶ではあろうが、よく捕まらなかったな！　という意味のようだった。

スンジェが従兄（いとこ）夫婦と挨拶を交わすのを待って、社長は依然、不機嫌な顔で

「ふん、避難しておったそうじゃが、どこに行っていたのかね？」と忙(せわ)しげに聞く。

「行く所がないじゃありませんか。で、社長が空けてくださった所に行ったんです」

状況が差し迫っていたので、そんなやり方で社長を追い出して入り込んだわけで、お互いそれでよかったのだが、こんな時にはスンジェがちゃっかりしているようにも見える。

「フン、そんなことだろうと思ってたさ」

社長は深刻な表情で怒りに震える声だったが、部屋の戸の外に出てきて座った社長夫人は、

「よかったじゃないの」

と、靴脱ぎ石の下に立っている永植の方に顔を向けて笑った。何がよかったと言うのやら、永植は早くこの場を抜け出したかった。

「それでもこちらのご町内は静かなんでしょう？」

スンジェは急いで話題を変えた。

「うちは年寄りと子供たちしか暮らしてない家だからな……」

従兄(いとこ)が向かい部屋から返事をした。朝ご飯の時にも居間にいる社長の洋酒のお相伴で一杯やったのか赤ら顔で、この家の女主人はしゃがんで、たっぷり貯えるキムチにする野菜を洗っており、子供たちははしゃいで水汲みしている様子を見ると、当面の食べる心配はなく、余裕があるようだった。

「また出て来ることがありましたら、お寄りします」

長居してもつまらないので立ち上がって挨拶をするが、社長は返事もしない。

「やっぱり寄らない方がよかったよ。社長が不憫だし、すまなくて……」

家から出てきた永植は不満顔だった。

「不慣って何よ、すまないって何が？　わけもなく尻軽女などと言われた私の方こそ不慣よ。私の方にすまないとおっしゃいよ」

と言って、スンジェは笑った。

「勝利した人間にも他人の同情をもらわねばならない悲哀なんてあるのかな？」

「勝利者だって悲哀はなくても苦痛はあるのよ。私が本当に勝利者なのかしら、という疑問からして苦痛なのよね」

それでもスンジェは朗らかに笑った。

弼雲洞の家には兄弟姉妹たちは皆、不在で母親［スンジェの継母］一人が留守番をしていた。

「最近はどうですの？」

「もう、話にもならないよ。来る日も来る日も、米を買って食べることもできなくてね。せいぜい麦のお粥だよ……」

スンジェは最後まで聞かないうちにまた玄関口に出て行って、永植を連れて入った。

「私が身を寄せている家のご主人で、スニョンの勤め先の申課長です」

母親も一目でそれとわかった。娘からいつも聞かされていた明信の結婚相手だというところに好奇心が引かれて、愛想よく挨拶をした。しかし、スニョンから聞いていたこともあり、ここまで連れてきたところをみると、合点が行きもした。なるほど若い女が慕うだけのことはあると、永植の顔と風采をつらつら見るのだった。

「どうぞお上がりください」

「あ、いや、私はすぐ行かなくちゃなりません。道が物騒なので送ってきただけですから」

永植から自然とまず弁明が口をついて出た。

「あら、私が帰る時には送ってくださらないの？　そうおっしゃらないでお上がりなさいな。ちょっと休んでいきましょうよ」

　スンジェは夫を連れて実家に来たような気分で、自分が主人になってお客に接するような丁重な眼差しだった。その間に母親はすぐさま出て行き、表の戸締りをして戻ってきて、

「二人とも居間の方にお入りなさいな。もしや誰かが急に入ってきたらいけないから……」

と、気をつけるように言ってから、また先に上がって居間の上座に座布団を敷き、団扇と灰皿を出し、と甲斐甲斐しくする様子は、本当に新郎でも迎えるかのようだった。

「で、妹たちはどこに行ったんです？」

「スニョンは被服工場に入ったんだよ。きのうから勤めててね。スンチョルはジャガイモでも手に入れてくると言って、お墓の方に行ったよ」

「あら、お墓へですって？　私たちもお米を手に入れようと思って、きのう、お墓の方に行ってきたんですよ！　で、被服工場ってどこですの？　どうやって入ったんですか？」

「遊んでいたってどうにもならないからね。何よりお米の配給があるというのに引かれてね。それも、ちょうど恩愛［スニョンの会社の同僚］が手引きをしてくれたんだよ……」

「李恩愛も一緒に勤めてるんですか？」

　自分がよく知っていて目をかけている直属の部下だけに、永植が口を出した。

「ええ、あの明洞の丁子屋［中区小公洞在。植民地期の日本系の百貨店。現・ロッテ・ヤングプラザ］の横なんですって。夜業までさせるんで疲れはするんだけれど、まずはお米だし、じっと籠もっていると、女性同盟に出てこいなどとせっつかれて、あ

れこれとやいやい言われて嫌になるんです。でも、いずれ政府が戻ってきても、食べるものがないから職工をやってたと言っても問題にはならないだろう、と皆がそう言うもので、勧めることにしたんですよ」

「それはよかったですね。でも、その間にどうして一度も訪ねてきてくださらなかったの。斎洞（チェ）に行って荷物を持ってきてもらった日に、スンチョルでも寄って行ってくれるかと思っていたのに」

　スンジェは永植の家に隠れていることを最初のうちは隠していたのだが、あの騒動のあった後には、どうしているかと誰かが一度ぐらいは訪ねてくるだろう、と待っていたのだった。

「それでなくても行ってみろとは何度も言ったんだけどね、とりわけスニョンは行くのを嫌がってね」

　スニョンが永植の家に行きたがらないのは、理由がわからないわけではないが、やはり形だけは姉妹だけれども、血がつながっていないからしかたないのかと、恨めしい気もする。

「で、荷物はどこに置いたんです？」

「布団類と服はみんな持ってきたよ」

と言って、母親は納戸（タラク）の戸を開けて見せた。

　寝具類の包みやらカバン類がぎっしり詰まっている。

「板の間の所帯道具やら洋服ダンスはそのままにしておいてもいいと言うので、置いたままなんだけどね……」

　そのことは家政婦（シンモ）から聞いていることだった。斎洞の家は女性同盟の事務所兼宿舎になって、夜昼問わず若い男や女連中が出入りしてごった返しているとのことだった。お針子（チムモ）の婦人は出て行ってくれと言われて息子の家に行き、家政婦と小間使いの女の子だけはそのまま居残って走り使いをしており、彼らの特別配給米で玉のような白米のご飯を当たり前のように食べているので、まあうまくやっている、というのである。スンジェとしてはちょっぴり肩の荷が下りて助かるのだが、今のような状況下で、白い米の飯を食べられるというのは儲けものというか、大した贅沢なのである。

「家自体はどうであっても、あの立派な所帯道具がどうなるかわからないので、たまには行ってみたいんだがね、盗人一味の巣窟みたいなところへ入るのが嫌でね」

「放っておいたらいいのよ。うちの所帯道具なんか問題でもないですよ。恵化洞の社長のお宅はもうピアノまで持って行かれて、あの立派な応接室は荒れ放題になっているんですってよ……」

その代わりにどこの事務所から持ってきたのやら、テーブルやガタピシするイスみたいなのを寄せ集めて、村役場みたいなザマになっていたというのである。大田もすでに陥落し、釜山占領まで何日もないと大宣伝を始めながらも、再び押し戻されてきているのか、事務所には看板も出さないで、皆、何をしているのやら、隠れて夜に仕事をしているというのである。

「じゃあ、食糧が底をついてしまったわけではないんでしょ?」

「底をついていないなんて。もう何度、服を包んで差し出して食糧調達したことやら。スニョンがもらってくる月給が途絶えたものだから、それっきりさ。何もありゃしないよ!」

そんなことだろうと、出て来る時に腰のあたりに手拭いに包んだ札束を入れてあったのを取り出して、五千ウォンを渡して、

「墓守の家で頼んでおいたお米が来たら、少し分けて送りますから、何日かしてスンチョルを寄越してくださいな」

と話しておいた。母親は喜んで板の間の方にスンジェを呼び出して、永植を接待してから送り出す相

談をするのだった。

「何もそんなに、かまわなくていいわ」

「いや、マクワ瓜でも買ってくるかねえ」

「じゃあ、ここにあるから、これで……」

と、さらに千ウォンを数えて差し出した。母親は戸締りはしておくように、と言い残して出て行った。

市場に出かけた母親はなかなか帰ってこなかった。

「毎日、留守番をしに通おうかしら」

スンジェは笑いながらも、こうやって二人だけで静かに過ごせるのはありがたく、幸せなことだった。けれども上りつめた情熱に押されて、さっきのように問い詰めたり本心を透かしてみようという間などなかった。明信のことなどが浮かんでくることもなかった。結婚問題とか、所帯をどうやってやっていくのか、など実際問題を考えてみたり相談する余裕もなかった。

「いつもこんなに静かなんだったら、私がこっちにきて、あなたが毎日遊びに来てくださったら、どれほど羽を伸ばせていいかしらね！」

せいぜい考えることというのが、こうすれば毎日離れずに楽しく過ごせるのではないかと言う一念だけだった。嫁入り前のたわいもない空想をしていた頃が、またぐってきたかのようだった。

表玄関がギシギシ音を立てるのに驚いて、スンジェはあわてて男から身を離して部屋の戸を開けて板の間に出て行った。

しかし、

「おられますか？」

と言う若い男の声にビクッとした。町内の班長か洞会［町内会］からやってきたのかもしれないのだが、最近ではこの「おられますか？」と言うのが、ありがたくなかった。スンジェがためらうのを見て、永植が立ち上がって、

「僕が出てみるよ」

と、部屋に入っているようにと目配せして出て行った。

「姜（カン）スンチョルですか？……あんたは誰ですか？」

と言う話し声に、スンジェはまずは少し安心した。前に立っている若い女は班長らしく、手に紙切れを持った若者がバタバタと入ってくる。

「どうしたんです？」

「十時までに今すぐ学校に集まれというんですが、皆どこかにいらっしゃったんですね」

スンジェの姿は見えないのだが、班長は推測がついているというように返事をした。

「ええ、母はちょっと市場に行ったんです。戻ってきたら行くように言いますよ」

「あなたは誰です？　姜スンチョルがいないんだったら、戻り次第来るように言ってもらって、まずはあなたが行きましょう」

若者は罪人でも捕まえに来たように意気軒昂（こう）で、永植を引っ張って行きかねないように急（せ）き立てた。

「違いますよ。この方はお客で、ちょっとここに来たうちの人なんですよ」

スンジェが出てきてそれを遮った。しかし、女は容赦なく、若い男ならだれでも皆出るように、と言うのである。

「私はこの町内の人間じゃありませんよ。天然洞（チョニョン）に住んでいるんです」

「どこに住んでいようと関係ないですよ」

険悪な雲行きに、二人はヒヤリとした。

「私はうちの町内から出ることになってるからご心配なく。姜君は食糧調達で郷里のお墓の方に行ったんだから、帰ってきたら出させますよ」

永植はきっぱりと踏ん張った。

「出るってどこに出るんです？　出るという人が、どうしてここに来ているんですか。つまらんことを言っていないで、すぐ行きましょう」

頑固な若者が言い張るのには呆れてしまった。

「何をわけのわからないことを言うのかしら。町内ごとに名簿があって家の人間も責任を持っているのに、私にどうしろというんです？」

夫をここで取られてしまったら、自分の町内では夫を他に回したと自分が責められるんだからダメだ、とスンジェは条理を尽くして宥めた。

そこへ母親がマクワ瓜の籠の中に米の袋を入れて、それを頭に載せて戻ってきた。

母親が戻ってきてもどうしようもなかった。また同じ話を蒸し返して押し問答になった後、町内の班長が責任を持ってスンチョルが戻り次第、送り出すという約束をして、蛭のようにくっついて離れない若者を引き剝がして帰らせると、迫りくる心配事に全く心の余裕もなく、ぐったりとへたり込むだけだった。

「まあこれからどうしたらいいのかねえ？　私のところで匿ってやらなくちゃならないんだろうけど。うちも食べ物がないんだから、どこか居場所があるとしても、お金と食糧を持って行かなくてはだね」

そうでなくても母親は、きのう敦岩洞（トナム）［東大門区在］のスンチョルの友達が捕まって、どこやらの学校に閉じ込められているという話を聞いてビクビクしていただけに、非業の死を遂げたも同然に元気をなくして嘆くのだった。けれども敦岩洞の方はアカの勢力が強いからそうだろうが、まさかこちらは何事もないだろうと言い残して、スンチョルは心置きなく出かけて行ったのである。

「急な場合にはうちの方にでも寄越してください。うちの町内もいつひっくり返るかわかりませんけど、町内の統長と班長はまだ以前のままいますし、事情を話せばそれなりに通じる状態ですから……」

永植は差し迫った事情を見て見ぬふりもできなくて、話を引き取って自分から勧めた。

「そうおっしゃっていただけるだけでもありがたいです。そうしていただけたら、どれほどいいかわかりませんけど、あの子も入れて二人も隠してくださいとは、あまりに厚かましくて……」

母親は喜びながらも、もしかしてスンジェが嫌がるのではないかと、顔色を窺った。

「一日、二日ならいざ知らず、どこかもっと遠くにやっておけるような所はないかしら。だんだんひどくなってきたら、申先生だってそこにずっといられるかどうかわからないんだから」

スンジェは両方の板挟み状態に窮してしまった。

「まさか僕なんかが！　僕なんかを引っ張って行って、銃を担がせて前線に放り出すまでになったら、連中はもう完全にやられてしまったようなものじゃないか」

永植は笑い飛ばした。しかし、先ほどの慌ただしい様子では心配がないわけでもなかった。はっきりした年齢制限があるわけでもなく、どういう政策なのか、連中が何を考えているのかわからないのだから、不安はますます募るのである。けれどもいくら心配をし、論議したところでどうしようもなかった。じっと座り込んでいても気持ちが落ち着かないので、スンジェと永植はマクワ瓜を半分ずつ食べて立ち上がった。

噂も探りながら様子を見てくるという永植と別れて、スンジェは一人で天然洞に戻った。この家の女主人［永植の母］も弼雲洞で体験した話を聞いて、

「大変なことになったねえ。それでうちの子はどうしたらいいんだろう？」

と、こちらでも息子を隠す心配で沈み込むのだった。スンジェも怖さが募って心配が増すのだが、それだけに自分の弟をこちらに連れてくるという話を切り出すのも申し訳なくて気が引けた。それでも前もって話しておかねばならないので、それとなく言うと、女主人は案外喜んで、

「賑（にぎ）やかになっていいねえ」

と、明るい目になった。差し迫った場合に息子の代わりに差し出せるのではないか、と考えたのかもしれない。そう思うと、この母親がとても残忍に見え、弟にも悪いような気もした。しかし、この女主人を悪く言う勇気まではなかった。必ずそうなるというのではないが、自分だとて万一、永植が引っ張られることになったら、それよりは年若いスンチョルを代わりに差し出すのが当然とばかりに考えた。そんな自分の気持ちまで残忍だと非難はできなかった。

三時過ぎになって意外にもスンチョルがジャガイモをいっぱい詰め込んだ一叺（かます）をウンウン言いながら担いでスッとやってきた。若い者だけに早々と辿り着いたのかもしれないが、ジャガイモを下ろしひと休みして行こうと思って立ち寄ったのだと言う。実のところ、墓守から米の話を聞いたので、もしや引っかかりはしないかと思って寄ってみたのだと言う。

「ちょうどよかった。お前を捕まえにきたんだよ。うちじゃひとしきり大騒動だったんだよ」

スンジェは叺を受け取り、下ろしてやりながら、いきなりこう話すのだった。

「何だって？　どこで捕まえるの？」

スンチョルは目を丸くした。

「ゆっくり話してあげるから。先に手を洗いなさいよ」

姉は水を汲んでやりながら、大体のことを話してやった。

「酷い奴らだな、僕に寝返って銃口をこっちに向けろって言うんだな？」

充分に食べられないので最近、頬がこけてきたのだが、不満げに両の頬が膨らんで赤らんだ顔が一層上気した。

「出頭しろなんて誰も言ってないわよ。しばらくここに隠れてるようにっていうの。早く上がってご挨拶しなさいな」

「そうか、ご苦労さん。上がって、少しお休み」

永植の母もスンチョルを見下ろして言葉をかけた。やっと二十歳になったばかりの素直でぽちゃぽちゃしたこんな子を捕まえて行くなど、親心は誰しも同じだった。どうして自分の息子を隠しておいて、その身代りに差し出すことができようかと、母は自分の息子の心配ばかりして、しばしそんな考えにとらわれていたことを悔いたりもした。

「このジャガイモを何とかしなくちゃ。担いで行って、様子も見てくるから」

怖いもの知らずの若者らしく、また出て行こうとするのを姉は、

「あんた、何言ってるの。わざわざお供え物を背負って行くわけ？　捕まったら首が飛ぶのよ。ここでじっとしていなさい」

と、叱って向かい部屋に入れておいて、不安がってるはずのスンジェの母親には自分が知らせに行く

ことにした。周りの状況がこんなに差し迫ってくると、かえって怖さも減っていた。

スンチョルが大の字になってまどろみ目覚めると、姉はその間に弼雲洞に行ってきて、ご飯の仕度で中庭を行ったりきたりしている母と娘が、また捕まえられていく話に花が咲いていた。

「町内がひっくり返ったようだったよ。二、三百人も捕まえて取り調べをするんだけど、身動きならなくするものだから、昼ご飯を差し入れるだの、着替えを持っていくだので、何をどうしたらいいものやら、まるで留置場みたいだし、流罪の人を見送るみたいでもあるしで、皆、泣きわめいてうろたえてたよ……」

今晩は夜明かしで取り調べを受け、それが終わり次第、明日にでもそのまま出発になるという噂があるということだった。

「明日一日何とかやり過ごせさえすれば大丈夫だろうさ」

スンチョルは馴染みのないこの家に閉じ籠っているのは懲役みたいだったが、それもどこ吹く風だった。

翌日の夕方、弼雲洞に行ったスンジェは、息子のスンチョルの顔を見に来た母親と一緒に戻ってきた。

「まあ、偶然のご縁で、こんなにご厄介になってしまって、なんとお礼を申したらいいものやら……」

「何をおっしゃいます。戦乱のさ中じゃありませんか。お宅の近所が静かになってこちらが騒がしくなったら、その時はうちの息子がお宅に厄介になるかもしれないんですから」

永植の母はあらかじめ考えていたかのように、サッとこうほのめかすのだった。

「そうですとも。うちの町内が鎮まったら早めにお出でになっておくのがいいんじゃないですか。家の中だけは静かですよ」

ついさっき、どこに行くのやら、若者たちが出発するのを目撃してきたというのである。昨日の夕方から今朝まで三度もやってきてスンチョルを出せと喚(わめ)くのを、息子はお墓の方に行ったまままだ帰らない、と言い張ってやり過ごしたという。

「ただただ抜け出して逃げる奴が勝ちだね。運悪く見つかったら、その場で捕まるんだから。でなければ最初のうちは何とかやり過ごしたとはいえ、それでもいつまでも逃げ回っていられるかどうか、情けないことだねえ」

社稷洞、弼雲洞の一帯から引っ張られた三百人余りは、それもどういうわけなのか、ずっと離れた於義洞(オイ)学校［鍾路区鍾路三丁目付近在］に集合させられた。三日経ったのち瞬く間に連れ去られたのである。噂を聞きつけた家族が、もしや会えるのではと、遠い道のりを朝から晩まで歩きに歩いて集められた場所を探し回り四日目の朝、やっと行ってみると、何千人もでごった返していた教室や運動場はガランとして、もう歩哨(しょう)も立っていなかった。家族たちが固く閉ざされた門を呆然と覗き込んでは口を尖らせ引き返していった後は、町内はしんと静まり返った。スンチョルは四日ぶりに人目を避けてそっと家に帰った。天然洞から帰って来る時、永植にも一緒に行こうと言ったが彼は、

「なあに、急な場合には塀を乗り越えて逃げるさ。もし捕まったら、どうせだから、ついでにあっちを見物してくるんだから」

と言って、笑い飛ばした。母親とスンジェがどんなに一生懸命勧めても鼻先で返事するばかりだった。怖くても、それほど切迫したとは思っていないので、よく知らない家に隠れているのがやりきれない感じで嫌だったのだ。それに自分が弼雲洞に行っているとなれば、スンジェが夕方にはやってくるだろうから、そんなことをしていたら彼女の身の上に何があるかわからないし……。何事もないとしても熱を

上げているスンジェが自分の家だからというので、勝手気ままにするだろうから、まずもってスニョンの手前、みっともない気がして、そこにいたい気持ちはあっても我慢するのである。

しかし二、三日たったある日、米がまた底をついてきているというので、墓守の婿が米屋をやっている所に行って見ようということになり、二人で散歩がてら出かけたのだが、婿には会えずに戻ってくる途中、石橋（ソクタリ）の交番の前で弼雲洞にやってきていた例のあの若者とばったり出くわしてしまった。

交番から出てきたのかどうかはよくわからなかったが、書類綴（つづ）りを手にしてノーネクタイのワイシャツに鉛筆を挿しているところを見ると、何か事務をやっている様子だった。

スンジェも永植もギョッとして、お互い目配せだけして知らぬ顔をして通り過ぎようとしたが、先方も澄ましてそのまま行きあい、距離が近いのでどうしようもなく、

「まだ、出てなかったんですね?」

と、せせら笑うかのような声でこう言って通り過ぎた。その声と目つきにスンジェは全身がゾッとしたが、捉まえて押し問答になったりしなくてよかったと思い、

「ええ」

と微笑んでみせ、永植を引っ張るようにして歩みを急がせた。

「まったく、あの鬼神め、誰かが呼び寄せて待ち伏せしたみたいに、どこからヌッと現れたんだろう?」

スンジェは危険が身辺に迫ってくるのを感じた。

「さあ、今度はこの町内の番なのかな?」

永植は誰か友達の家を転々とするにしても、まさか捕まることはないだろうと泰然としていた。

「そんな仕事ばかりを引き受けて、こっちの町あっちの町と廻っているのかもしれないわよ」

スンジェの言葉が正しい気もする。

「心配しないでいいよ。僕はスンジェさんだけを信じているんだから」

永植はにっこり笑った。

「何言ってるの……」

「え、そうじゃないか！　僕が捕まったとしても、張鎮(チャンジン)のところに駆けつけて話しさえしたら、すぐにも釈放してくれるんじゃないか。ハハ」

「そんなバカげたことを言っている場合じゃないわよ。家にちょっと寄ってから弼雲洞に行きましょうよ」

スンジェはやきもきした。しかし、弼雲洞に連れて行く口実ができたようで、一方ではうれしくもあった。

戻ってくる途中、班長の家に寄って情勢を尋ねてみたが、自分もわからないということで、わかる範囲で知らせてはやるが、早めに避難しておく方がいいだろうと遠まわしに勧めてくれるのだった。

スンジェが急いでいるのを見て、永植の母親は今すぐにでも息子を弼雲洞に連れて行ってくれと頼み込むのだった。

「隠れるところがないとでも言うんですか。行くんだったら友達の所に行きますよ。どうしてあそこに行かなくちゃならないんです？」

「どこに行っているかわからなきゃ困るじゃないの。それにあそこはもう一度調べに来た所だし、毎日連絡がつくんだから安心だろう」

それもそうだ。班長が何か事があればソッと知らせてくれるとは言うが、それを信じてばかりいるわけにもいかない。

「この前、弼雲洞の家で出くわしたことを考えてごらんよ。早くお発ちなさい」

そうしてみると、ジッとしているのが針の莚のような気がして、永植も意地を張り通す元気もなくなった。スンジェに何日も会えないで過ごすことを考えると、ほかの所に行くことはできなかった。

スンジェはすぐにも羽織るものと下の部屋から掻き集めた洗面道具やタバコなどの小物をまとめて包んだものを手にし、先に立って歩きかけた。

「その夜逃げ人の包みをこっちに寄越しなさい。僕が持って行くから」

スンジェがかなり重そうにみえる包みを脇に抱えて歩くのが不自然にも映るし、よくないと思って無理に取ろうとしたが、どうしても手放さない。

「え、夜逃げ人ですって？　お婿さんを迎えに行く婚礼の道行じゃないの！」

と、スンジェは心配事が吹き飛んだかのように楽しそうに、ニコニコした。

永植は人通りもない坂道を登りながら、傍で扇子で煽いでやるしかなかった。パタパタと頬をかすめていく、男が煽いでくれる心地よい扇子の風からいい匂いでもするかのように、深く息を吸い込むと、全身がスッとほぐれていくのを感じた。そのまま男にもたれかかりたい衝動を蜜かに耐えながら、城壁の下のあたり、イチョウの木のところまで来た。

「いくら夜逃げ人だといっても、ここは心地いいから、ちょっと休んで行こう」

永植は木の根元に腰かけ、タオルを出して額の汗を拭おうとして、スンジェの鼻筋に露のように汗の雫が鈴なりになっているのを見て、それとなく拭ってやった。スンジェはあまりにもうれしくて、子供のように恥ずかしそうな笑みをこらえながら座っていたが、我慢できないというように、男の手をソッと握った。

「あそこに行ったら、ちょっとおとなしくしてくれよ。スニョンや腕白小僧が見てるんだから、みっともないことはしないように」

永植が笑いながら諭すように言った。

「あなたがそんなこと言うの？」

スンジェは男の方に顔を近づけようとして、足音が聞こえたのでビクッとしてソッと手を放した。

「僕はいつでも紳士じゃないか。あんたはどうも大砲の音や飛行機の音でちょっとおかしくなったんだよ。」

「まだおかしくなり足りなくて心配よ。もう少ししたら申さんの頭も全く狂ってしまうんじゃない。まだよそ見してるんだから、ダメよ」

またいつの間にやら、明信（ミョンシン）のことを茶化して言っているらしいので、永植はすぐさま扇子を開いて、女の顔を正面から静かに煽いでやった。

「もういいわよ。汗は引いたんだから」

スンジェはうれしくはあったが、笑いながら頭を振って顔をそむけた。

「いや、熱をちょっと冷まそうと思ってさ。僕は対抗できそうにないからな。ハハ」

わざとというか、けれども可愛くてならないというように、愛しい気持ちを簡単に表せる手段だと思って、しきりに煽いでやるのだった。

「それはまた、どういう意味なの。なんで冷まさなきゃならないの？」

「冷ますというより、燃えさかる炎に風を送っているんじゃないか！」

男のクックッという笑い声がスンジェには心地よく、満ち足りた気分だった。

弼雲洞の家では、声を聞き間違えたのか、少しもたもたしていたが、母親が表玄関を開けながら笑顔で迎えた。米を融通してくれる娘であり、また永植の方は息子のスンチョルを匿(かくま)ってくれた人だからだろうが、人柄もいい彼が気に入ったのである。

次女の婿だったらうってつけだったのに、一度嫁に行った長女〔スンジェのこと〕には過ぎた人物で勿体(もったい)ないという気もするのだった。

中庭に入っていくと、甕置き場(チャントクテ)の大きな甕の上に載った網籠がひとりでにガタガタ動いたと思うと、クックッと笑う声がした。スンジェはすぐさまピンとはきたが、ドキリとした。網籠を頭に戴いたスンチョルが甕の中からおもむろに身を起こし、道化役者のように網籠のヘリをぐるりと廻しながら立ち上がり、ぐいと持ち上げ、頭にかぶせた座布団を載せたままでドスンと飛び降り、

「姉さんをちょっと驚かせてやろうと思ったんだけどなあ！」

とゲラゲラ笑う。こんな緊迫した気分のところへ、それも一つの愛嬌ではあった。

人の気配がするので甕の中に飛び込んだが、姉だとわかっても悪戯(いたずら)心でそのまま隠れていたのである。

「あの甕は代々伝わる家宝なんだけど、こんなふうに使おうとは誰も思わないだろうさ」

嫁に来た当初、この家の祖母が自分の姑(しゅうとめ)の時代からキムジャン〔越冬用のキムチ類〕の漬け込みの時に十二束もキムチを漬けられる甕だったというのだ。表玄関でガサゴソ音がするだけでスンチョルは、いつもそこに潜り込み頭から座布団を被ってその上に網籠をかぶせていたのである。

「さあ、居間を空けるから、スンジェもうほかの所には行かずに、あんたたちはそこにいなさい」

すべてを察した母親は、以前なら内心、口を尖らせるところだったが、寂しくもあり、暮らしの手助

けにもなるので引き留めておこうとするのだった。

「いえ、私はすぐ行かなくちゃならないの」

こう言いながらもスンジェは永植一人を残していくのが不安だった。

「いざという時にはおまえは甕の中に隠れればいいんだろうけど、こちらのお客はどこに隠れればいいかしら」

と言いながら、スンジェは納戸（タラク）［ここでは中二階の物置］の戸を開けてみて、母親と相談して弟と妹が納戸に上がり永植を匿う場所を整え始めた。

布団包みを解いて屋根裏の天井まで積み上げて前を塞ぎ、行李（こうり）やら本の束、器類の入った櫃（ひつ）などで下を塞ぎバリケードにして、その上をカバンで覆い、体を曲げて横になれるだけの空間を作り出した。大カバンを空にして片一方の蓋（ふた）代わりにし、これだけを持って潜り込み頭から被（かぶ）れば行方をくらませることができるはずだった。

「やっぱり私が傍で世話をしないといけないと思うんだけど……」

差し迫った状況で一人慌てふためいたり、運悪く引っ立てて行かれた日には、と思うと、どうしても離れて一人帰っていくことができない気がした。

「何言ってるんだ。心配しないで早く戻ってなさいよ」

永植は永植で、スンジェがこう平気で出歩いていては災難に出くわさないかと気が揉（も）めた。けれどもスンジェは今や怖いものなしだった。もともと、そつがなく、大胆なスンジェは、男が捕まって行くようなことになれば、自分一人ぐらいはどうなってもいいという一念、心の中まで腕まくりをして出て来たのである。

母親と二人、市場に出掛け、永植の食べ物から調達にかかった。近頃では珍しい米に、餅（トック）［うるち米で作った棒状のモチなど］売りまでがわんさと店を出しており、肉も果物も溢（あふ）れているのが不思議だった。物が何でもあるというよりは、金不足で買う人がいないからなのだろう。天然洞では永植の母親の節約方針で一しきり物に飢えていた挙句でもあるが、目にするものすべてを食べたいと思い、また永植に食べさせたかった。母と娘は金を節約することも忘れて頭に載せられるだけいっぱい買い込んで戻ってきた。

「もう戻った方がいいんじゃないのかい？」

「どうして追い出すようなことを言うの」

　自分のために作ってくれたちょっと早い夕食を食べ終わっても、スンジェは立ち上がりたくなかった。遊びに夢中になった子供のように、帰りたくなかった。自分の家を後にして永植のいない天然洞の家にどうして行かなくてはならないのか、と思うのだった。一日中、あれこれ動き回り二人きりでいられることもなく、一度も手を握ってみることができないのが不満だった。

「僕が送って行ってやろうか？　一人でとぼとぼと城壁の道をどうやって越えて行くんだね？　これまでどうもなかったんだから、何かあることもなかろうよ、それともここで泊まって行くかい？」

　母親もピンときて引き留めた。こういう時は、言葉はありがたいのだが、口先だけの感じがした。スンジェの本心を探ろうとするかのようでもあり、彼女はあまりいい気がしなかった。スンジェは部屋の中で座っている永植をもう一度見つめてから、意を決して立ち上がった。これまで何事もなかったけれど、よりによって今日に限って悪いことが重なり何かあったら、という恐れもなくはなく、このまま居座ってしまいたいという誘惑を振り切って立ち上がった。

「用心してお休みなさいね」

スンジェの声は元気がなかった。長らく会えない人を置いて遠方に旅立つかのようにいい気持がしなかった。

「城壁の道は人通りもなくて物騒だから、大道の方に回り道して行きなさいよ」

永植も一人で帰っていく後姿が寂しげに見えて、板の間の端まで出てきてこう声をかけた。スンジェはそれには答えずに行ってしまった。表玄関まででも出てきて見送ってくれないのが不満だったが、永植の方は、そんなことをしていては、ぐずぐずしてなかなか行こうとしないだろうから、家族がいる手前、それが嫌でそうしなかったのである。けれども永植も彼女をサッサと送り出してみると、急に部屋の中にぽっかり穴が開いたように寂しくなり、呆然と座り込んだ。この間、スンジェと過ごしたことが一つ一つ頭に浮かんできて、わずか十日にもならない間にいつの間にかドップリ情にほだされてしまったのかと、我ながら自分の気持ちに驚くのだった。

(明信は今頃どうしているだろう?)

という思いがすぐさまそれに続いたが、ずっと向こうに見えはするものの、具体的に現れるものが一つもなく、思いが集中しない。それよりもスンジェのいろいろな表情や、耳にキンキン響く声、記憶が鮮明で、全身隅々にわたる印象がまるで交響曲でも聞くように一度に湧き上がってきて、今も傍にいるかのような感触を虚しく感じるのであった。

スンチョルは板の間の端に腰かけ、班長の家から配達された新聞を広げていて、母親は台所の縁側の方に行って煙草をふかしながら座り、工場から帰ってくる娘を待っている様子だった。日が傾いていく家の中は物音ひとつなくひっそりしている。

「洛東江（ナクトンガン）［慶尚道地方を貫いて釜山に至る川］まで押して行ったのは本当みたいですよね?」

スンチョルは新聞から顔を上げて居間の方を見た。新聞は彼らが自分たちで勝手に定価をつけて無理やり読ませているのだった。

「ああ、だが、連中のやり口は誰にもわからんよ」

永植は初めて我に返って返事をした。通りで見かけた傀儡軍（かいらい）［北朝鮮の人民軍のこと］の占領地区を描いた地図が頭に浮かんできた。赤い塗料で少しずつ占領地区を塗っていき、馬山（マサン）［慶尚南道の町］から浦項（ポハン）［慶尚北道の町］のあたりまで釜山地区だけを飛ばして昔の駕洛国（カラク）［釜山の近くにあった古代王国］を描いた歴史地図のように、片隅だけを白く残した地図である。

永植はすぐさま暗澹たる気分に沈んだ。

「こりゃまた何というバカげたやり口なんだ。米を節約しろと言っておいて、それをどこの前線に送るっていうんだろう」

スンチョルはまた新聞に唾でも吐きかけるように憤慨する。と、表玄関がギーッと音を立てた。

「また来ましたよ。この子に捉まっちゃってね」

スンジェは子供のようにはにかんで微笑んだ。

「ああ、よく来たね」

母親も文句はなかった。

「お姉さんに会ったのも久しぶりだし、寂しい道を一人で歩いているのはいけないと思って、引き留めたのよ」

スニョンが姉にこんなに情のこもった言葉をかけるのも以前にはなかったことだ。怖さが募って食べるものにも窮したので、気持ちがぐらつき気が弱くなったからなのか、姉が永植と憚（はばか）りもなく親しげにしている様子を見て、憤慨していた気持ちもひとりでに鎮まり、明信に同情していた正義感も角が取れてしまったのだろうか？　いつも家にやってくるのに、一度も会えなかった姉に意外にも道で出くわして、うれしくもあった。またもう人通りがほとんど途絶えた寂しい夕暮れ時に、通りを一人ふらふら歩いている様子がかわいそうで引き留めたのだが、スンジェも普通は出歩かない夜道でもあったので、この際、永植との関係を洗いざらいはっきり話をしたくて、またやってきたところだった。

その日の晩は男性たちを向かい部屋に入れておいて、居間では母と娘の三人が夜が更けるまで楽しく語らいあうのだった。こうしてこの三人が一緒に寝るのも珍しいことだった。砲弾は人間の心をも粉々に砕いてしまうものだが、散り散りの雲が集まって雨を降らすこともある。もともと心がバラバラだったからか、最近は以前になく随分と仲睦まじくなった。あるいはスンジェが恋をしているからかもしれない。スンジェの心は生まれて初めて素直になり、とても心が広くなっていた。利害打算を忘れて、惜しいというものもなく、道義に殉ずる者という気分になっていた。このように永植が眠る同じ屋根の下に安心して寝ることができるだけでもありがたく、うれしかった。

「あんたは誤解しているかもしれないけど、私はね、良心に引っかかることは何もないのよ。明信にはすまないというよりも、かわいそうだという気もないわけではないけど、明信のために自分から自然と譲歩することもないし、そうしなければならない義理なんか少しもないんだからね」

スンジェは永植の話を持ち出して、一生懸命、弁解した。しかしスニョンにはよくわからない話なのでただじっと聞いているだけだった。今となっては姉を叱責しようという道義観念のようなものはそれほどないのに、言い訳にもならない言い訳でこんなに弁明しているのだ、ぐらいに、ただ聞いているのである。

「このままにしておいても、どっちみちできない結婚で、単純な恋愛だといっても両方が同じように積極性がなくて、無言でじっと見つめあっているだけでずるずると時間ばかり経っていくのだったら、どっちかが積極的に飛び込んでいかなくちゃならないんだよね。でも二人とも同じように性格があまりにも理知的で、打算的で、どんどん出ていく気がないんだわ。二人とも誰かが無理やり征服してくれたら……、誰かがドンと背中を押してくれて突破できたら……などと思ってるばかりの、そういう性格なんだよね。そこで私が征服して捕虜として捕まえただけのことよ。私には何の罪もないわ！　明信も多分、新たな征服者に出会ったら、喜んで捕虜になってしまうだろうけど、中永植という人は、女性を引っかけて捕虜にするような才覚がない人だから、どっちみち明信じゃなくて、ほかの女の人に言い寄られるのは見え透いているんじゃない」

　つまり自分は決して横取りしたのではなく、明信に新たな道を開いてやったという言い方だった。スニョンはそう言われればそんな気もするのだった。二人とも誰かが火をつけてやらないと、情熱が燃え上がりにくい性格だという話は、なるほどそうだと納得できる。

　翌日もスンジェは天然洞にちょっと行ってくるだけにした。そのついでにこまごまとした所帯道具と、編みかけのセーターも持ってきた。

　四、五日経っても天然洞は無風地帯だった。天然洞だけでなく、市内全域で引っ立てられるという騒動は収まった。捕まえて行く時には家族にまで米の配給をやるだの、服をやるだのと言って、何も持たせる必要がない、などと調子のいいことを言っていたが、実際には食べさせるものもなく、着せるものもないので、何が何でも無理やり引っ張っていくわけにもいかないという状況らしい。それだけでなく、当座の輸送力も不足しているのに、爆撃も激しいし、連れて行った所も水色（スセク）［麻浦区在］か開城（ケソン）［ソウルの北西方向の京畿道の町］

あたりに囲い込んでいて、そこから隙を見て逃げ出してくる人もかなりあるらしい、というのが町内での噂だった。

一時は町内でも若者という若者は箒で掃いたようにすっかりいなくなり、通りでも三十歳より若い人間はお目にもかかれなかったのだが、最近はそれでも時々歩いているのを見かけるようだという。

「そろそろ解放されるようになってきたんだろうな。今日はちょっと家に行ってこようかと思うんだよ……」

朝食後、永植がワイシャツに着替えるのを中庭から見かけて、スンジェが部屋に駆けつけると、それでもキッパリと決心はできないのか、相談するというように話しかけるのだった。

「でも、まだもうちょっと様子を見てからの方がいいんじゃないの。何が心配でそんなことおっしゃるの？　お母さんから乳離れしたばかりだからなんでしょうけどね」

と、スンジェは笑いながら引き留めた。この間に一日おきぐらいに立ち寄って様子もわかってきたし、おととい行った時には墓守の婿の家に寄って、米も一斗ほど置いてきたところだった。

「ああ、それでもちょっと行って母さんにも会ってこなくちゃ。くさくさしているんで散歩を兼ねてだ」

状況が鎮まったというのに、ビクビクして閉じ籠っているのも息が詰まる感じでもあり、臆病な人間のような気もして出歩いてみたかった。

「そんなことを言って急に何かあったらどうするの。じゃ、私も行くわ」

スンジェも服を着替えてついて出た。一緒に散歩もしたかったが、一人で遣るのが不安でもあったのだ。

「また国軍が攻勢をかけてくるらしいから、もう何日もしないうちに斎洞の私の家の方に戻れることになると思うんだけど、もう早く終わりにならなきゃね。気兼ねせずに話一つできる所もなくて、いつまでこんなふうに通りをうろついてばかりなのかしら……」

弼雲洞に行っても母親は二人で居間を使えと言うからには、事情はとっくに承知しているのだろうが、年若い弟や妹の手前、到底、同じ部屋に二人を入れるわけにもいかず、依然として母と娘の三人が居間で寝起きしているのである。

「そんなこと言うなよ。追われてはいるけど、こうやって二人が離れ離れにならずに助け合って暮らしていることだけでもありがたいと思わなくちゃ。あの時、漢江（ハンガン）を渡っていたとしたら我々はどうなっていたと思う?」

「こんなにたやすく解決はできなかったかもしれないわね。もう少し深刻になってたかもしれない。たとえどうあっても私が引き留めないでいたはずがないわよ」

「もう少し深刻にって?」

「明信との正面衝突になって、私たちはどこに行っても隠れおおせたでしょうけど、それでも安心してうまくやっていたと思うのよ。いくら何でもこんなにビクビクしながらうろつくことはないわよ」

永植は黙ってスンジェの顔を見た。偶然の機会が自分たち二人をこのように結びつけたのだとばかり思っていたのだが、スンジェの話を聞くと、以前からチャンスを狙っていた、と言わんばかりの口ぶりに改めて驚くのだった。

城壁を越えて大通りに出てくるまで通りは閑散として何も変わったことはなかった。

自宅に着くと、表玄関が開いているのがちょっと意外だったが、遅い朝の時刻に中庭に日の光をさん

さんと浴びた家の中が静まり返っているのはここも同じだった。しかし母親が居間から飛び出してきて、目を丸くして、

「あんた、どうして来たの？　早く帰りなさい！」

と、慌てて声を潜めながら、小声で帰るようにと手振りで合図した。

入りかけた人間も当惑したが、永植はこのまま帰るのがいいのか、家の中に隠れているのが安全なのか、情勢を判断するのに迷って中庭にぼんやりと立ったままだった。慌てふためくのもみっともないし、今までせいぜいうまく隠れおおせていながら、ここまできてジタバタするのも情けない気がして、できるだけ沈着に行動せねばならないと思うのだった。

「連中がやってきて出て行ったばかりらしいから、ともかく上がりましょうよ」

スンジェは表玄関に鍵を掛けに行った。

「いいや、班長が前もって話してくれて出て行ったんだから、いずれまたやって来るよ」

スンジェの母親は青ざめて、中庭に降りてきて、どうしていいか戸惑っていた。しかし、連中がどんな風に巡回しているものやら、今、出ると捉まりそうな気がして、永植は出て行くこともできず、かといって、納戸のような所に隠れていて引きずり出されるなどというザマは見せたくなかった。と、戸締りをしに行ったスンジェが、すぐさま引っかかったものか、奥に聞こえるように、

「出かけていて、いませんよ」

と、大きな声で言うので、母親は急いで納戸に入れと、押し込むようなしぐさをして、外について出てきて、妹は板の間の端で足を踏み鳴らして早く上がるようにと合図をした。永植はともかく板の間に上がった。見守っていた永姫（ヨンヒ）は兄の運動靴をサッと板の間の床下の穴に隠してしまった。

「あれ、今しがたあんたと一緒に入ったじゃないですか？　強制的に連れて行くんじゃないですよ。配給だとか、いろいろと相談することがあって、注意事項もあるから集まれというんです」

中庭の方で若い男の声がした。永植はその声に結局、納戸に隠れることもできず、部屋の上座（アレンモク）のあたりに座り込んでしまった。すべてを運命に任せ、なるようになれと言わんばかりに。

「この人はちょっと家に寄ったうちの甥っ子だよ……配給をくれるというんだったら、私が出たらいいんじゃないかね？」

そうでなくても家に入る時には周囲をよく見回して、目に映るものはなかったのだが、いつ目に留めたものやら、もうどうしようもないという絶望に囚（とら）われながら、二人の女は永植を守り通そうと懸命だった。

学生上がりらしい若者は返事もせずに下（しも）の部屋、向かい部屋と一回りして居間を覗くと、やっと見つけたというように、目を輝かせて、

「ああ、あんたが中永植ですか？」

と言いながら、手にした紙切れと永植の顔を見比べた。

「何なんですか？」

顔見知りでもない若者一人だけなので、母親の言葉どおりに立ち寄った人間だと言い張ればいいようなものだが、到底嘘をつくこともできず、曖昧な答え方をしながら立ち上がって板の間の方に出て行くと、外で待ち受けていたかのように、もう一人の若者が班長と一緒に飛び込んできて、

「ああ、こちらにおられたんですね。今日はお出でにならなくちゃ」

と、せせら笑いながら見つめた。母親はわけもわからず、一層青ざめたスンジェの顔ばかりを見て無

言で問いかけようとする。

「あら、どうして私たちばかりこんなに跡をつけるんです?」

スンジェは弼雲洞の家でも押し問答をしていたこの冷たい青年に大きな声で挑んだが、この男はそれには目もくれず、自分たちどうしで二言、三言ひそひそ言い交してから、班長を促してサッと出て行ってしまった。

妹が板の間の穴から取り出してくれた運動靴をゆっくりと履き、それを立って見守っていた若者の後について出て行く永植は、ただただ興奮して顔を赤くしているだけだった。後からそれを見送る母親とスンジェも葬列の後に従う人間のように頭を垂れ、言葉も出ない。町内の入口まで来ると、見張りに立っていた、また別の若者に永植を目配せして引き渡し、紙切れを手にした若者はまた引き返して路地の方に入って行った。

出発の前

裏道に抜ければ五分も行かずして学校だった。あたふたと急ぎ足で通り過ぎる女たち三、四人とすれ違っただけで、捕えられるべき人は皆、捕えられていったものか、学校の正門付近には見張り役の者が五、六人行ったり来たりしているだけで、運動場もガランとしていた。

すぐに気付いて一人が出てくると、連れてきた者は目配せだけして無言でまた急いで来た道を戻って行った。引き継いだ者が、

「こちらに来てください」

と、先に立って門の中に入り、永植（ヨンシク）と並んで校舎の方に歩いて入った。母親とスンジェも黙ってついて行った。外が静かなのに比べると、廊下には女たちがひしめいていて、教室はすべて満員だった。その中で三つの教室だけが静かだった。そこには捕えられた青年たちが大体皆、シャツ一枚で素足で家から引っかけてきたゴムシンを履いたまま、元気なく小さな椅子に窮屈そうに腰かけている。皆、寝床から顔も洗わないでそのまま連れてこられた様子だったが、まるで入学式の日に初めて来た学校で指示を待っている母親たちが廊下で覗き込んでいる光景を連想させた。永植は人々の熱気でムンムンしている

教室の中に連れてこられ、一番奥の空いている場所に座った。教室の入口で永植の姿を見失った母親とスンジェは、ただただがっかりして、ぼんやりと室内の人たちの挙動を眺めるばかりだった。永植は女たちを安心させようとしたのだろう、悠然とタバコを取り出して火をつけ、笑顔で振り返った。

「息子さんですか？　うちは寝起きのまま連れ出されたんですけど、捕まらないように早く隠れておればよかったのに」

横に立っていた若い女が話しかけてきて、舌打ちをした。

「そうなんですよ。母親も娘も夢の中にいるようで、ボーッとして引き籠っていて知らなかったんですけど、運の悪いことに、ちゃんと隠れていた人が、自分を捕まえて行けと言わんばかりにうちに駆け込んだんですよ」

永植の母親は当り散らすかのように訴えた。それも時々、人混みに混じって行ったり来たりしている係の若者たちが怖くて、大きな声では話せないのだった。

「じゃあ、お婿さんなんでしょ？」

婿なら息子よりはまだましだという意味なのか、母親と娘というのでスンジェを改めて見ながら遠慮もなくずけずけと聞くのを、永植の母は聞こえないふりをした。

スンジェの耳には何も入ってこなかった。何も頭に浮かんでこなかったが、ただ張鎮（チャンジン）の顔ばかりが浮かんでは消えた。張鎮に会いに行くのが少しも怖いことはなかったが、永植のことをどう説明したらいいのか、まともな考えが浮かばないのでじれったいのだった。

「私、ちょっと家に戻ってきます」

やっと何か思いついたのか、スンジェは永植の母に初めて声をかけた。恐ろしい形相で目ばかりをしっかり開け、ぎゅっとつぐんだ唇が何かを決意したようにもどかしげにへの字に歪むのを見て、母親はいつも心の片隅で怪しからんと思っていた気持ちも和らぎ、むしろ息子のために精いっぱい尽くしてくれるこの女を、ありがたいと思いながら、頼りたい気持ちになった。スンジェが何やら方策があるかのように生気がよみがえり、不意に言葉をかけてきたので、母親は目を輝かせた。

「家って、弼雲洞（ピルン）のことかい？」

「ええ、一時間ほどですけど……まさかその間には何もないでしょう」

と言いながら、スンジェはずかずかと教室の中に入っていった。留置場の中でもあるかのように誰もあえて足を踏み入れず、窓の外にしがみついて夫や息子の顔ばかりを見失うまいとしている時に、そうでなくても人目に付きやすい美人が、ためらいもなく入っていくのを見て皆、驚いて見守るのである。

男たちの羨ましそうな視線がこちらに注がれた。次の瞬間には、あんな美人の妻を残して引っ張られていく男の気持ちはどんなものだろうという――自分の妻は美人でもないから離れて出て行ってもそれほど惜しくはないというように――同情するような感じで二人の男女の囁く（この地獄の中のような殺風景な雰囲気には似合わない温和な）光景を皆、ぼんやりと眺めるのだった。

男の口元から笑みが消え、緊張した面持ちになり、ゆっくりと立ち上がって女を先に立たせて廊下の方に出た。

誰しも、自分を捕まえられた罪人のように思って身動きもできずに座り込んでいるこの人たちの目には、この二人の男女の行動が唐突なものに映った。しかし、何百もの目が監視しているとはいえ、名目は「義勇軍」の募集なのだ。自由意志で出て行くというのだから門外に出られないようそれとなく監視して脅しはしても、はっきりと露骨に監禁しているわけではない。しかし、ここにいる従順な青年たちは初めから怖くてブルブル震えながら座っていた。事実、後が怖くもあった。

「万一、スンジェさんも無事で、僕も解放してくれるとしても、ほかでもないあの人の世話にはなりたくないよ。僕はそんな卑屈なまねはできない」

永植はキッパリと断るのだった。

「まあ、人が死ぬかもしれないのに卑屈なんて言ってられないわよ。そんな道をつけるのも難しいのよ」

「いいや。うちの母は知らない話じゃないですか。心配しないで。皆、死んでも僕は生きて帰ってくるんだから……」

永植は、なぜかそんな自信があった。

「最悪の場合、僕が捕まってしまったところで、損することもないじゃないですか?」

スンジェはまたしても言い張った。

「何を情けないことを。わけもなく捕まったらそれだけで損じゃないの。無事でいられるわけがないでしょ、親戚の者だからといって話を真に受けて救ってくれるとでも?」

永植は結局、説得には応じなかった。

スンジェは自分の母親を市役所にいる張鎮のところに行ってもらい、次女の婿が捉まって出立することになったのだが、釈放してくれと頼んでみようというのだった。永植をスニョンの婿に見立てて運動してみようということで、交換条件としてスンジェが出頭することにしたい、と謝ることにするというのである。

「ダメだったら仕方がないけど、一度話してみないという手はないじゃないの?」

「ダメだというのがはっきりしているのに、どうしてそんな下手(へた)なことをするんです? 万一うまくいったとして、僕があなたを、また彼のもとにやるとでも思うわけ？　あの人のもとで首輪をつけられ、引きずり回されると思ったら、僕はスッパリと死んでしまう方がましだよ！」

「それはその後のことでしょ。それに何とでも、また逃れる手立てがあると思うわ。そんなに言わないで私の言うとおりにしましょうよ」

スンジェは哀願するように迫った。

「いくらそんな人ではあっても騙せるのはせいぜい一度か二度だね。そんなことはダメだってば。正々堂々と真っ向から挑みますよ。また途中でいくらでも抜け出してくることもできると思うし……」

ああだこうだと言い争っているうちに、女性たちだけ残して、皆、教室に集合と触れ回る声がするので、永植は自分のいた場所に戻っていった。向かいの片隅では、並べられたテーブルの所で三つ四つほどの集団に分かれて審査が始まった。

「確かに自分の息子のことだから必死になってしまったけど、寝ている虎の尾を踏むようなものだね。あんたまで被害を被ったら大変だもの」

永植の母も諦めたようにこんなことを言った。スンジェもまたメラメラと燃え上がる思いで冷静な判断ができなくなり、失神した人間のようにボーっと突っ立っているばかりだった。

審査はごく簡単にどんどん進行していった。本人の名前があらかじめ書いてある謄写版の志願書に、住所、職業、学歴と、特殊技能の有無を聞き出しながら書き入れ、体格をサッと見てA・B・C・Dと等級をつけていくのだった。ほとんどがAかBで、連中が見て明らかに病人のようでなければ、いくら言い訳をしてもDはつけなかった。Dだとこの鬼門を逃れることができたのである。

「私らは、ただただこの子にすがって暮らしているんですよ」

永植が呼ばれて行って座るや、母親とスンジェはピッタリ後ろについて行って事情を訴えた。

「家に引き籠っていてもこの時節に稼ぎなんかないじゃないですか。だから仕事を差し上げるんですよ。こうやって出征した人には優先的に家族配給が出ますよ」

審査する男は三十歳は優に越えていそうで、会社員らしい人だったが、視線も合わさずに冷たい反応だった。

「出征したらどこに行くんですか？　すぐ前線にやるんですか？」

スンジェが切羽詰ったように尋ねた。

「それはわかりませんね」

と言いながらチラッと見て、

「心配いりませんよ。戦争はすぐに終わるんだから、せいぜい一カ月ぐらいで戻れるはずだし、帰還したら優待されますよ」

と言い、それでも若くてきれいな女だというのが目に留まったのか、言葉遣いが柔らかくなった。

「訓練を受けるんですか？　何をさせられるんですか？」

「それもわかりません。でも、とにかく率先して出て行く方がいいですよ。奥さんも出てきて仕事をなさいよ」

健康状態欄にBと書き込みながら、もう一度スンジェを見て微笑んだ。

もうすべてが終わりだった。テーブルの前から引き下がった三人は、お互いに顔を見合わせるのも憚（はばか）られた。それでも永植は、二人の女性を慰めようと、自分の沈んだ気持ちを隠そうと努めるのもきつかった。

「私、ちょっと行ってきます」

スンジェは永植の返事も待たずに、スタスタと出ていく。

「ちょっと待ちなさい。出し抜けに……」

永植が何歩か追いかけて声をかけたが、聞こうともせず湧き立っている人混みに紛れて見えなくなった。

足をどうやって運び、どう駆けてきたのやら、妹の勤務先が丁字屋（チョンジャオク）の隣だということだけを頼りに見当をつけてやってきたのだが、幸先よくすぐさま見つかった。飛び出してきたスニョンも話を聞いて驚き、ともかく市役所に行ってみようと行きかけて、

「姉さん、それより、うちの工場の監督で来ている将校がいるんだけど、その人にお願いしてみない？　今も事務室に来ているようなのよ」

と、相談した。

「それはいいわね！　誰でもアカ同士が一言言えば解決するというから。私もここの横の新聞社に知り合いがいることはいるんだけど……」

スンジェは目を輝かせた。ここまできて考えてみると、すぐそばのK新聞社を接収して人民日報だか何だかを出しているという粗野な感じの宋（ソン）ビョンギュを呼び出し頼んでみようかと考えたが、やめておいたのだった。

スニョンはまた引き返して建物に入っていったが、出てきたと思うと元気なく頭を振った。

「何を勘違いしてそんなことを言うのかと、怒られちゃったわ。夫は一線に出征し、妻は後方で奉仕する、そんな名誉なことがどこにあるかと、まくし立ててからかうんだもん」

スニョンは口を尖らせた。それでも彼女は市役所に出向いて張鎮に面会するのが嫌だとも怖いとも思わなかった。事情があまりにも切迫しており、知らぬふりもできないからだが、工場に勤めたりする間に、それほどまでにしっかりし、大胆になったようだった。

スニョンを市役所にやっておいて、スンジェは大漢門（テハンムン）の横の貞洞（チョン）の路地の角に立って待ちながら、心を込めて祈った。それほど怒ってないようなら、外で自分が待っていると言ってもいい、と言い含めて送り出したのだが、会えたとしたらすがりついてでも頼んでみようと考えていた。怖いものはなかった。張鎮があの日以来、知らぬふりをして放っておいたのも、腹が立ってのことかもしれなかったが、また一緒に暮らそうと思い訪ねてきて、浅ましい真似を見せたくはないので、鷹揚に構えるというやり口かとも思われた。それだけに、いざ顔を合わせれば、しかたないというふうに、もしかしたら折れてくれるような気もした。

スニョンは前に彼がやってきた時、未婚だと知って帰っただけに、言い出しにくいと心配はしたのだが、自分の恋人だと言うようにと言い含めていた。スニョンの恋人であれば自分を疑うこともないだろうし、自分に近づこうと思うなら、スニョンの歓心を買おうとして、頼みを聞き入れてくれるはずと思って安心もした。

市役所に入ったスニョンがすぐさま出てきたのを遠目に見て、うまくいかなかったのだなとがっかりした。

「いないのよ。前線に出て行ったんですって」

大田（テジョン）方面だかどこだか、工作隊として出て行ったのかもしれなかった。

スンジェは落胆しながらも、張鎮がソウルにいないというのを聞いて、肩の荷を下ろしたようにせいせいした。これに勇気をもらったスンジェは、それならもう残された道は宋(ソン)ビョンギュの所に行ってみるしかないと思った。ともかく新聞社に行ってみることにしてまた丁字屋の方に引き返した。

「やあ、久しぶりですね。〈自由世界〉から放たれていらっしゃったんですな？　ええ？」

やくざ者のような不精髭(ぶしょうひげ)の門番に呼ばれて出てきたビョンギュは、大根のように太い寸胴(ずんどう)の体を揺すりながらやってきて、ニヤリと笑った。〈自由世界〉というのは、張鎮から、スンジェの手紙の話を聞いて皮肉っているのである。

「自由世界だったら放たれるも何もないじゃないの。で、どこかへ出張中なんですって？」

スンジェは泰然としてというよりは出しぬけに、けれども平静を装って軽く流すように尋ねた。

「ハハハ。出張ですか？」

出征とは言わずに出張という言葉が耳慣れない様子だった。

「何と言ってました？　随分怒っているようね。あの後、一度も来ないところをみると……」

スンジェはそれとなく聞いてみた。

「怒るも何もありませんよ。忙しいからそんな暇もないんでしょうけど、スンジェさんもそろそろ目を覚まして考え方を変えなければならんでしょうな！」

この言い方はある程度、張鎮の意思を代弁しているようで、全く敵対視しようとしているわけではないという意味のようでもあった。スンジェは内心、ありがたかった。

「私の考え方がどうかですって！　やたら急(せ)き立てて、すぐに捕まえたりしたかと思えば萎縮させるように、強引にやるのが怖いからなのよ」

「まさか……結局のところ、スンジェさんの態度にかかっているんですよ。人間的には張(チャン)君もあなたを忘れられないんですからね……」

　ビョンギュもそれとなくそう言って顔色を窺う様子だった。

「それはおいおいお話しすることにして、今日は宋さんにお願いがあってきたんですけど。あ、ちょっとこっちに来てご挨拶なさい……」

　スンジェは話頭を転じて、向こうの隅の方に立って待っている妹を手招きした。スニョンが近づき挨拶が終わるのを待って、切羽詰った事情を初めて切り出した。

「ああ、また一つ、〈自由世界〉の方に抜けがけしたいというお話ですな？　そういう用事があったからこそ突然、私みたいな者を訪ねてこられたんでしょうな」

　と、ビョンギュはまた皮肉った。

　その言い方にスンジェはこれはダメだと絶望を感じながらも、最後の勇気を振り絞ってせがんでみた。しかし、ビョンギュは、

「さあて、軍のほうでやっていることですから、私なんぞには何の権限もありませんよ！……我々のやっている仕事を前にも見られたんですし、大体の想像はつくでしょう！」

　と、せせら笑うだけだった。

「以前とは違いますよ。頼みを聞き入れるような人間だったら、こんな所にやって仕事をさせるはずがないということを理解してもらわなくちゃ。だから目を覚ましたらどうですか、と言っているんです」

　ビョンギュは電信柱のような長身を翻してサッサと行ってしまった。スンジェはひどい侮辱を感じると同時に、その一方では怖くもあった。スニョンの顔も青ざめた。

「ご苦労様。あんたは戻っていいよ」

スンジェがどうしようもなく意気消沈して一人で踵を返そうとすると、スニョンは、

「いえ、私も一緒に行きます」

と言ってついてきた。どっちみち工場の監督にも婚約者の男性が〈義勇軍〉として出征するので行ってみなければ、ということで許可をもらって出てきていたので、口実とはいえ、やりたくもない仕事に戻りたくもなかった。同じ会社にいた情からしても、友達の恋人だったことを別にしても、今朝まで同じ屋根の下で寝起きしていた人が出発する最後の日なので行ってみたくもあった。

スンジェ姉妹がまた天然洞の、ごった返している学校の中に戻って行ったのは午後二時になる頃だった。うじゃうじゃいる人混みの片隅で、永植の母親と妹が向き合っておかずの弁当箱を広げ食べさせているのをやっとのことで見つけ出し、スンジェは近づいていきながら、胸がいっぱいで涙がにじむのをこらえきれなかった。

おかず入れを片手に持って無言でご飯を口に運んでいた永植は、スンジェ姉妹が傍に来て立った気配にサッと振り向いた。地べたに座り込んでこんな風に食べているのが恥ずかしくもあり、また無事に戻ってきただけでも良かったというように、食べるのをやめた。

「ああ、行ってきたんだね？」

母親はもしやよい知らせでもと思ってスンジェの顔色を見つめるのだったが、その様子で大体の察しはついた。スンジェはどうしても、絶望的な話を永植に聞かせることができず、喉をつまらせ言葉が出なかった。

「行ってみるべき所にはすべて、行ってみたんです。うちの会社にくる人民軍の将校にもお願いしてみて……」

スニョンが代わりに返事をした。詳しい話を聞いた後で母親は、そんな中でも抜け出す道を何とか力の限りあれこれやってくれたんだとわかり、それ以上気にすることなく、安心したというように、

「二人ともご苦労さんだったね」

と、元気なく言葉をかけた。息を引き取りかけている息子を抱いて座り込み時間の経つのだけを待ちながらも、医者も呼んだし薬も飲ませたのだから、どうやら後悔が少しは和らいだ、という表情だった。

「コトがうまくいくようにと思って、あの男が避けてくれたんだろうよ。うまくいった。よかったよ」

永植はスンジェが出て行ってから、そのまま戻って来れないのではないかとやきもきしながら待っていたことを思えば、出征前にこうやって会えて心置きなく出立できるだけでも幸いだと思った。

スンジェは永植と目が合うのを避けながら、片隅にぼんやりと座り込んで、ふと例のセーターでももう少し一生懸命、編んでおいたらよかったのに、と思った。野原で雨降りの寒い日に着られるように包んで渡してやるのだったと思うのだった。

もう食べられないというのを無理やり食べさせ、母親が永植に持たせてやる衣類を取りに、弁当箱を包み直して出て行くのに、スンジェも一緒について出た。

錠前を下ろしていた玄関の門を開ける音に、固く戸締りしていた隣の家の戸が開き奥さんが顔を出し、

「どうしてこんなことになったんですかねえ。本当にガッカリなさったことでしょう……」

と、挨拶するので、永植の母親はまともに受け答えもできず、堪えきれずに泣き出した。何かに憑りつかれた人のように頭がボーっとして、何を持たせてやろうかということばかりずっと考えていたスンジェも、泣き止んだ母親を見ると涙が湧いてきて喉が詰まったが、嫁に来たばかりの新妻のように、他人に見られたくないよう、そそくさと家に入った。

居間に入って息子の下着などを引っ張り出して括りながら、母親はまた悲しさが込み上げてきて大声で泣いた。スンジェもカバンをいじりながら、泣くまいと我慢を重ねていたのについ泣き声が出て自分でも驚きながら、居間に聞こえたら申し訳ないと思うのだった。二人とも泣いてはいけないわけでもないのに、悲しみを分け合えば慰めにもなるのだろうが、悲しみも隠さなければならないスンジェだった。居間で泣いていた母親も、あんな女が私の悲しみと同じだというのか、という、そんな露骨な反感ではないにしても、いつの間にそんなに情を込めるようになったのかと思うと、驚きもし、それほどいい気持ちはしなかった。

スンジェは何よりも金を持たせねばと思い、十万ウォンの札束をほどいて五束にしたものと西洋タバコを取り出して包みかけたが、こんなタバコが連中の目に留まるとかえってよくないと思い直して箱を破り、中身だけを集めて包んだ。

「あんた、きれいな手拭いがそっちにあるかい？」

「ええ、……ほんとだ、うっかりして」

永植の母親に声を掛けられて、洗面道具を弼雲洞に持って行ってしまっていたことを思い出し、旅行用の化粧セットを取り出して、使っていた歯ブラシと歯磨き粉、それに石鹸まであらかた包んで居間に持って行った。使いかけの歯ブラシではちょっと申し訳ない気もした。また、そんなものでもって自分を思い出させては、かえって苦しめるかもしれないと思ってやめようとも考えた。だが、それでもないよりはましだろうし、使いかけのものを持たせる方が心も少しは休まるのではないかと思われた。

「お金をそんなにどうするの」

母親はそれでも金を見て顔をほころばせた。

「どうなるかわからないじゃないですか。逃げ出すにしても、出て行けば何と言ってもお金次第でしょ」

「さあどんなもんだか……途中で逃げ出してくる人間がいるとは聞いたけど、あの子はもともと融通が利かないから、そんな了見があるものやら？」

それでも最後に望みをかけるのは、それしかなかった。

もともと、荷物を持って行くなという指示でもあったが、飛び出す時に身軽なようにと黒の風呂敷に包んで脇に抱えて行こうとする永植の母親の姿を気の毒に思い、スンジェが持ってあげようと説得しても母親はしっかり抱えて放さない。死出の道を行く息子の死装束(しにしょうぞく)を抱えて行くようでもあり、棺桶の頭の方を担いで行くようにも見えた。そうしてまで息子の服を温めてやりたいという最後に注ぐ愛情のようでもあり、スンジェは今度は母親の気持ちを考えると、また涙で前が見えなくなった。

あんなにも晴れ渡っていた天気がさっきから愚図ついてきたのも余計に心を暗くした。

ブーン、ブーンと戦闘機が三機、四機とまた北の方へ飛んでいく。雲が垂れ込めて閑散とした通りに、その音がやけに拡散していく。

一行は出立する様子で運動場に出てきてざわついている。真ん中に整列し、女たちだけがその周りをぐるりと取り囲んでいた。

「お母さん、喉が渇くんだって」

スニョンと一緒に立って、母親が来るのを待っていた妹の永姫(ヨンヒ)が駆けてきて大声をかけた。

「じゃあ、リンゴでも買ってきましょう」

と、スンジェはすぐさま踵を返した。

スンジェが小脇にリンゴの紙袋を抱え、片手には縄で縛ったマクワ瓜(うり)を下げてあたふたと駆け戻ってくるのを、列の中から眺めやった永植は、改めてうれしいと思うと同時に心が痛んだ。手には黒の風呂敷包みを持っている。スンジェはチラリと見て永姫に持たせていたリンゴの紙袋からナイフを取り出して、しゃがみ込んで手際よくマクワ瓜の皮をむき始めた。

「ナイフまで手に入れて持ってきてたんだねえ」

母親は挨拶代わりに彼女の用意周到なやり方をほめた。釣りを受け取らずに借りてきたとのことだった。母親が息子を手招きすると列から出てきて、

「僕の後ろの人は朝飯も食べないうちに町に出て捉まって、今になるまで家にも知らせられずに何も食べてないと言うんだよ……」

と言って、マクワ瓜を二つに分けてくれとせがむ。

「えっ、そんな！　おうちじゃ何も知らないでいるんだろうね。私みたいに間抜けな連中だよ」

と、母親は舌打ちするのだった。

「どこなんだろう、この子に帰り際に知らせにやったらどうかしら……」

スンジェは急いでもう一つのマクワ瓜の皮をむきながら、かわいそうに思って妹の方を見た。

「そこの石橋(ソクタリ)の先の時計屋だとか」

「そんならおまえ、雨が降り出さないうちに早く行って、探して来なさい」

ますますどんよりしてきた雲行きに、雨が降り出すのではないかと皆の心を一層暗くした。

マクワ瓜を持って行ってやった永植が住所を聞き出して戻ってくると、

「じゃあ私、お先に帰りますね」

と言って出て行くスニョンの目にも、涙が溜まっていた。

「これ、入れておいてね」

　スンジェは妹を送り出し、立ったままマクワ瓜を食べている永植を元気なく見つめていたが、腰から紙に包んだものを取り出してソッと渡しながら、

「でも私、あなたが戻って来られるまでお宅にいさせてもらうつもりよ。お母様はお嫌かもしれないけど……」

　と永植の耳に口がつかぬばかりにして囁いた。鼻声だった。胸に溜まった情愛と悲しみを一度に溢れさせたような哀切な表情が、湧き上がる涙とともに浮き出てきた。

「そうしてくれたら、僕も安心だけど……」

　永植の顔も曇った。ずっしりと手に触れるものが金の指輪のような気がして、

「どうしたの、こんなもの、必要ないよ」

　と、押し戻そうとしたが、急な時にいるんだからと遮るので、懐中時計の袋に入れた。スンジェの持ち物を何か身につけておきたかった。

　雨音が聞こえ始めた。何をしているのか、指揮を執っている若者たちは書類を手にうろうろ出たり入ったりしていたが、雨が降り出して我に返ったのか、やっと再び隊伍を整えさせて番号をかけ……次第に緊張した空気になってきた。永植は第七分隊長になり、前に出た。雨は次第に激しくなった。女たちは雨に濡れた韓服の上着(チョクサム)が背中に張り付いてむず痒いのものともせず、自分の家族の顔ばかりを我を忘れて見つめていた。

　黄土色の木綿の服に戦闘帽を被り、この暑さの中で長靴を履いた引率者が壇上に上がってまず最初に、この中で家の事情だとか体の不調で出征できないものは前へ出ろ、と言うのだった。皆、耳をそばだて

た。十人余りが前へ出た。大部分が三十歳前後のいい歳の人だった。

「あれ、うちの子はどうして前に出ないんだろう！」

息をひそめて見守っていた永植の母親がちょっと焦ったように言った。

「いや違いますよ。あれはお芝居だと思います。ここで出征してもいいという人がいますか。あの連中はアカだから、抜け出ても後腐れがないという自信があるか、わざと紛れ込ませていて、さあこういうふうに自由意思で行けない人間は行かなくてもいいし、行くという人間だけ送り出すんだ、と言いたいんでしょう」

スンジェが説明して聞かせてやった。

飛行機の音が狙い澄ましたように轟々と響いてきた。爆弾が落ちるのではないかと皆、ビクッとした。

待望の中秋節（チュソク）

近頃は毎日のように早朝に一回、昼前にまた一回ずつ、うなじに雷が落ちたように騒々しい爆撃音が麻浦（マポ）、西江（ソガン）［麻浦区の地名］方面から聞こえるたびに、真っ黒な煙が天を衝（つ）くように立ち昇る。時々、清涼里（チョンニャンニ）［東大門区在］方面と彌阿里（ミアリ）の向こうの方でもガラガラと叩き潰すような音がするのだが、それでもソウルの上空を掠める飛行機の音は昼夜、絶えることがない。

「ああもう、怖い怖い！」

と、ため息をつく永植（ヨンシク）の母親の顔が青ざめている。ウイーンという飛行機の音が聞こえるたびに、息子のことを思って鳥肌が立ち、敵が押し寄せてくるかのようで鳩尾（みぞおち）のあたりが詰まるのだった。議政府（ウィジョンブ）の方に引っ張られていく途中、野原で爆撃に合って皆殺しになっただとか、水色（スセク）駅では汽車に詰め込まれたまま火の海の中で全員が焼死したなどという噂が出回るのを聞くたびに、身の毛がよだつのだが、そんなに激しい爆撃だと生き永らえるのはむずかしい。

「一体、どこに連れて行かれたのか分からないなんて。こんな呆（あき）れたことがあるかね」

もう何度となく聞かされるセリフであり、いくら言ってみたところでしかたのないことではあるけれども、自然と口をついて出てくるのである。

「そんなにおっしゃらないで。もう後（あと）ひと月だけジッと辛抱したらいいんですよ。あの占い師の言葉は当たるんだから、待ってみましょうよ」

板の間に膝をついて雑巾がけをしながらスンジェが慰めの言葉をかける。これも何度言ったかわからない。スンジェもまた朝起きて気分がすぐれなかったり、飛行機の音に浅い眠りが破られ、ひとり寝床の中で胸がつかえている時には、すぐにも気が狂って飛び出しそうになることが一度や二度ではなかった。けれども永植（ヨンシク）の母の焦燥を気にして慰めるためには、自分のそんな気持ちも顔には出せず、表面上は明るく振舞っているのである。

占い師の言葉というのは、この前、弼雲（ピルン）洞に行く途中で、その町内でも夫が捕まり、送り出した若妻が占いをしてもらったのだが、よく当たる所があるというので玉仁（オギン）洞〔鍾路区在。仁王山の麓の町。現・孝子洞内〕の隅にある盲人の占い師の家に一人で行ってみた時のことなのである。八月になったら北からいい知らせがあるか、人が訪ねてくるはずで、九月二十日頃にはおのずと家に戻ってくるはずだ、という八卦（はっけ）占いが出たと言うのである。もちろん陰暦でのことだ。

「きのうの放送だと、アメリカでは今月中に結末をつけられると言うんだから、ぴったりその通りにはならないにしても、結末がついて汽車が開通したら、その頃になるんでしょうね」

永植が出立してからは戸締りをして過ごす必要もないので、時折、町内の女たちが慰めかたがた出入りするうちに、スンジェは隣の嫁とも親しくなり、こんな消息だとか噂を聞き及ぶことになった。

これは町内でも絶対の秘密だったが、お隣の若主人は傀儡（かいらい）軍〔北の人民軍のこと〕が接収したゴム工場に事務員としてそのまま勤務しているので捕まることもなく、板の間の下に作ってある地下室に短波ラジオを隠しておいて夜になると以南放送［ここでは韓国側の放送のこと］や日本の放送を密かに聴いているとかで、それをこっそり教えてくれるのだった。短波放送を隠れて聴いているということは、発覚すればすぐにも首が飛ぶ恐ろしいことである。しかし命がけででもこれを聴かずにはいられず、この暗黒世界で唯一の光明の蛍の光でもあった。スンジェは一夜明けると、毎日この情報を聞くのが大きな希望だった。

居間の机の上に置いてあるラジオにスイッチが入って、

「××党首、元××××の国会議員・K氏の講演をお送りします」

アナウンサーの声に続いて、震える声が流れた。

スンジェは手にしていた雑巾を置いて居間に入り、スイッチを消してしまった。もう何日も何日も毎日、朝に夕に喚(わめ)いている輩(やから)たち――ひところは政界で幅を利かせていた政客たちの講演には耳を塞ぎたかった。まずもってその震え声がとても聞くに堪えなかったし、余計に気分が憂鬱になるのだった。何人かを無理やり出演させてみたところで、千編一律、まったく同じ話をするので、その内容がうんざりで聞きたくもなかったし、口にするのも憚られる話だった。講演している人間の顔の表情が、声を聞いただけではっきりと見えるようで、かわいそうな気もした。

「政治家をやっていくのもなかなか大変なんだね。哀れでならないわ」

スンジェは中庭に下り立って独り言を言いながら顔を洗う水をジャブジャブと汲んだ。

「私もあの声を聞いたら腹が立って、吐き気がして気分が悪いのよね」

釜をかけた竈(かまど)に火を入れながら、永姫(ヨンヒ)もこんなことを言った。

「英明なる金日成(キムイルソン)将軍、勇敢無双の人民軍、ほんとにそうなんだったら早く義勇軍にでも馳(は)せ参じるべきだよね！」

講演の中で誰もが三、四回は絞り出すように言う例のムカつくほど吐き気のする台詞を、口にすべきでない恐ろしい文句でも唱えるかのように、永姫は口を尖らせた。

「そりゃあ、手錠をかけて引っ張り出して、書いてある通りに読め、と言われているんだからね。理屈は通らず、近くに拳骨だけがあるんじゃ、どうしようもないだろうさ……」

母親が事情を汲み取ってやるかのようなことを言う。

「だったら、お兄ちゃんも初めから〈金日成万歳〉なんかを叫んでまわっていたら、捉まって連れて行かれることもなかったのよ！」

と、単純に考える永姫は以前にもなく興奮して言う。

「実のところ、あの人たちは効果百パーセントだと思って宣伝に利用しているんでしょうけど、かえって逆効果になってるのよ。本心が見透かされてるのに、あんな言葉に踊らされる人間がいますかってのよね」

スンジェもせせら笑った。

朝の食事をすませてスンジェがちょっと家に行ってくると言って出かけるので、永植の母親も、

「憂鬱でたまらないから、私と一緒に例の所に行ってみないかい」

と言って急いで着替えて出てきた。玉仁洞の盲人の占い師のところに行こうというのである。これまで家の中に心配事が何かあるわけでもなかったし、気の急くこともなかったので、このご婦人は占いなどというものを知らずにきたし、たまに息子の縁談が出ても、相手からの釣書きをもらって相性を占ってもらいに行ったこともまだなかった。けれども玉仁洞の占い師の話を本気で聞いたものだから、もう一度、一緒に行こうとは言いながらも、娘一人に留守番させて出かけるわけにもいかず、一日延ばしに

していたのが、今日は胸がざわつくので、気分転換のつもりで出かけようというわけだった。

「こうやってしょっちゅう出歩いてたら、何かあるんじゃないかと思って、心配だねえ」

永植の母は最近とりわけ食べるものもなくなっているのだが、心労でへたばっているのか、しっかり歩けない感じで一人で外出するのが怖かったが、こうして、スンジェが先に立って歩いてくれるので、嫁を連れて出歩いているようで心強いしうれしかった。けれども、自分の息子のためにスンジェが前の夫をまた訪ねて行ったことを知ったら、あちらでも放ってはおかないだろうから、気が気でないのである。

「出くわしたら出くわしたで、捕まえるのなら捕まえて行けと言いたいですよ。今はもう怖いことはないんですから」

「そんならうちの家に来て苦労して隠れていることはないんじゃないかね？」

永植の母はスンジェの言う意味が分からないことはなかったが、こんなふうに言ってみる。だからと言ってたしなめるのではなく、最近ではスンジェの世話になるのがすまないと思って言うのである。

永植が出立してからは天然洞(チョニョン)の家事をスンジェがすべて引き受けているも同然だった。事情を知らない人は嫁になったつもりでやるべきことをやっているんだと、笑うかもしれないが、身を寄せているのだし、永植に対する好意からしても誠意を込めてやりたかったのである。とりわけ食い物にしようと思えば、たっぷり食い物にできたはずの貿易商の会社にいたとはいえ、一介の調査課長程度で、学生上がりの気質そのままに生真面目(きまじめ)にやっていた永植などは、月給以外には目もくれずにいたので、貯えがあるわけでもなかった。そんな息子を送り出してしまってからは、すべてのことに怯えてのことだろうが、母親はカボチャの粥だけで命を繋ごうとするものだから、スンジェはそれを目にすると、どうしても一肌脱いで自分が毎日財布を手にして出かけるしかなかった。けれども三人だけの所帯なのに、まさかお母様に粥を出すわけにはいかないと、これまで努めて米とキムチ、カクトゥギだけは切らさないようにしていたのだが、それも容易ではなかった。その上、自分の母の家にも粥の食材だけでも届けねばならず、斎(チェ)洞に残っている家政婦(シンモ)たちの所にも時々は食糧を回さなければならないので、節約しながらも三軒の家の所帯をやり繰りすることになった。幸い、社長から退職金名目でせがんでもらい受けた二十万ウォンがあったからいいようなものの、それも永植に五万ウォンをやって送り出し、残りの金までも市内に出て使い果たしてしまったので、スッカラカンの状態だった。それで今日は、最近は時計と貴金属が金になると言うので、余っている時計を一個、弟に売ってこさせようと持って出たのである。

　ともかく、そんな具合なものだから、息子がいなくなってから永植の母親はスンジェをとても大切な人だと思うようになっていた。スンジェまでもいなくなってしまったら、世間知らずの娘一人だけとどうやって暮らせるだろうかと考えると、この上なくありがたいのだった。息子代わりに頼れたし、いつの間にか情も移っていた。

「やっぱり用心はしないとね。何かあったらどうするんだね。弾(たま)に当たらなくても死ぬんだから。今の世の中はコレラが流行(はや)ってた時みたいに、じっとしていてもやられるんだし、さっきまで目の前にいた人が急にいなくなって、ふと気づいたら息をしているから死ななかったんだな、というわけだからね」

　永植の母は物静かに城壁への道を越えて行きながら、嘆かわしいというようにこんなことを言う。事実、スンジェまでも捉まってしまいでもしたら、どうしようと心配にもなるし怖くもあった。

　スンジェは黙ってついていきながら、自分のことを大切に考えてくれ、心配してくれるその気持ちがうれしかった。母の情愛と言うものを知らずに育ったスンジェとしては、以前にもそういうことがあったのだが、お母さん、と呼んでみたい衝動を感じるのだった。

「ちょうどあそこがうちの本家なんです。社長ご夫妻がいらっしゃる所なんですよ……」

「ふーん……」

「お母さん、お寄りになってみません?」

とうとう無意識に「お母さん」と言う言葉が口をついて出た。

「いや何、このまま行くさ」

永植の母親はお母さんという言い方に、きまりが悪いような笑みを浮かべて首を横に振った。スンジェも気恥ずかしい笑みを返して、顔が赤らむのだった。お母さんと言ったのが素直だというのではなく、自分の秘密をすっかり暴露してしまったようで、なのだった。しばらくの間忘れていた永植に対する情欲が、ムラムラと湧いて胸を熱くしそうで、もうそれ以上は言わずに口をつぐんでしまった。

その代わりに、母親の方はお母さんという言葉が耳になじまないながらも、この娘さんが本当に嫁だったらよかったのに、という気持ちにもなるのだった。人物も何不足なく聡明で、さっぱりして思慮深く、労を惜しむこともなく、仕事も早いし、その上、知識も豊富で、英語もできるしで……。どこに出しても全く恥ずかしくない嫁候補なのだが、ただ一つ過去の経歴が……と思いながら、惜しいという気がするのだった。

世の中がこんなふうになってみると、気が動転してしまっているからなのだろうが、明信のことはすっかり忘れてしまっていた。

占い師のところには部屋の中にも、板の間にもぎっしり人が詰めかけており、所々お爺さんの姿も混じっていた。やはりよく当ると言うので、こんなに詰めかけているのだろうかと思っていると、

「お宅ではいつ引っ張っていかれたんですか？」

「いえなに、うちの息子は道端で連れて行かれたらしいんです。出立するのも見られなかったんですがね、世の中にこんな酷いことがあるんですかね」

「ああ、うちの町内では死にかけている子供がいて、息子が薬をもらいに行っていて捉まったんですよ。それで捜しに出て、夕暮れ時になってやっと息子に会えて帰ってきてみると、子供の方は息絶えていてですね……こんな無茶なことがありますか……」

などとお互いにやり取りしているところをみると、皆、結婚の吉日の日取りを占うかのように、出立した人がいつ戻って来るかを占ってもらいに来ているのだった。

またしばらくは町内が鎮まったかのようだったのに、このところの何日間か、全くの老人以外は手当たり次第に道端で捕まえて行くとのことだった。

「酷い奴らめ！　どこかで罰が当たればいいんだ」

と、歯ぎしりをした。

居間ではぶつぶつ唱えながら、占いの算木の入った筒を揺すって、筮竹を抜き出してはいじくり、もう一度揺すってから数えたりしていたが、

「ほう、これはちょっと難しいですね」

と、ハッキリとは言わずに言いよどむ。

「えっ、難しいですって？　死んだとでも言うんですか？」

前に座っていた婦人は青ざめた顔で、にじり寄った。

「いや、身の上には別に問題がない、一旦、西南の方角に下ってから、東北の方角に転じたようで、茨

の藪の中にいるようなものです」

「抜け出してこられる可能性はないんでしょうか?」

唾が渇かんばかりに切羽詰って尋ねる。

「来年の運勢はいいんだから、来年の二月まで待ってごらんなさい」

しっくりこない返事だった。まわりをグルリと取り巻いて座ったご婦人たちは、自分たちにも、あんなはっきりしない占いの結果が出るのではないかと皆、ビクビクしながら静かに耳をそばだてている。けれどもスンジェも永植の母親も、あのご婦人がかわいそうだということよりも、あんな占いの結果が出るところをみれば、以前に占ってもらったものが当たっているのではないか、とひそかに喜んでみるのだった。永植の母親の番になった。

「北の方に行ったようですが、身体に旺気［幸福になる兆し］があって、身の上には何の問題もないでしょう。陰暦九月の十五日ごろには帰ってきます」

気が気でなかった永植の母の口元に微笑が浮かんだ。

「それより前には何か便りがありましょうか?」

スンジェが占ってもらった時には便りがあるだろう、と言っていたのを確かめたかった。

「秋夕（チュソク）［陰暦八月十五日の中秋節］前にうれしい知らせがあるでしょう」

スンジェは何よりも前回の占いと今回のが一致しているのに感心して口元が緩んだ。

「うちの子の嫁取りの運をちょっと占ってくださいな」

占い師はしばしば座ったままブツブツと唱えていたが、

「いいですな。今年妻を亡くすか、喪服を着ることになるはずでしたが、それを免れたのだから、心配いりませんよ」

母親はもう少し詳しく聞きたかったが、傍にスンジェがいるので、そこまでにした。

盲目の占い師の家から出てきた二人の女の顔は明るかった。当たっているかどうかは別にして、ハッキリしたことを聞いたので、生きる希望を新たにつかんだ感じだった。

「二度とも同じことを言われたんだから、おそらく当たっているにちがいない」

可愛い嫁でも連れているかのようにスンジェを眺めやって、やさしく微笑んで見せる。

「当らないわけがないでしょう。心を込めろだとか何々をしろだとか言うのだったら、それは迷信でしょうけど、こういうのは当りますよ。人の運というのはあるんですから」

「私ら、どこかもう一か所行ってみるかねえ?」

母親は味を占めたのかこんな提案をする。もう少し確実ですっきりするお告げを聞きたかったのだ。こんな女たちだけでなく、絶望の淵に喘(あえ)いでいるソウル市民は最後の頼みの綱として、盲目の占い師にしか一時的な慰めも希望も叶えられるところがないのだった。

帰り道に弼雲洞の家に寄ってみると、何日か行かなかった間に米が切れて、最近はカボチャの葉を入れた麦粥を炊いて食べているとかで、母親は血の気のない顔が黄色くなっており、弟はひと月も隠れていたせいからか、顔が青白くなってげっそりした感じだった。スニョンが出ている工場で一週間に一度渡される米も、やっと一人分の口に入る程度にしかならなくて、それさえも先週からはいろいろと口実をつけて渡されなくなり、二食分の弁当だけでもご飯らしく炊いて持たせてやるのがひと苦労だという。

挨拶もそこそこに、そんな哀れな事情を、永植の母親に長々と話して聞かせるのだった。

「それに一日おきぐらいに夜なべして服に綿を詰め終わったら、眠いし綿ぼこりで息が詰まりそうだというんで、あの子はオイオイ泣きながら勤めているんだよ……」

「お米もちゃんとくれないんだったら、仕事をやめろと言ったらどうなんですか」

「やめたりしたら反動分子にされてしまって、看護婦にして前線に連れて行くというんで、やめるわけにもいかなくてね。そうでなくても今回のことさえやり遂げたら、まもなく工場を閉鎖するという話もあるらしいんだよ」

　被服と言うのは韓国政府の方で倉庫に置いたままになっていたものなのか、国防色［軍服に用いられた黄土色系の色］の洋服地に白い木綿地で裏打ちをし、間に綿を詰めて縫い込むものなのだという。それを最近はやたらと急がされ、百人余りの職工が夜なべして急(せ)かされており、監督として来ている軍人はいらいらと大声を上げるというのである。

「冬支度は今からでもしておかなくちゃならないんだろうけど、タダで盗んだもので何を掠(かす)め取るつもりだか、せいぜい完成品を持って逃げるつもりなんだろう。洛東江(ナクトンガン)で全滅したらしいとか、どんどん押し返されてくるらしいよ」

　スンチョルが興奮して楽しそうに言う。

「隠れて暮らしているのに、お前さんはどこから聞いてきたんだね?」

「あ、空中を飛び交っている電波の声も聴けないわけはないじゃん。僕でも情報網はちゃんと皆、あるのさ」

　腹をすかせたこの若者は、顔は痩せても希望に満ちた目をしてニヤッと笑う。

　弟をまだ街中に出してはいけないと思い、スンジェは時計を母親に預けて出てきた。

「みんな最近出回ってるリンゴやスモモを紫霞門(チャハムン)［ソウルの旧四小門の一つ、鍾路区在。原文は「チャムン」］の外にまで出て手に入れ売っているのに、これを売ったら少しは元手になるんじゃないかい。今じゃ全く身動きできないんだから……」

スンジェの母親が後から追って出てきて、時計を売ってくれと言わんばかりにこう頼み込む。

「そんなこと言わないでくださいな。あの子だけ匿って一緒にいてやってくださいよ。だから中秋節までグッと我慢していさえすればいいんですよ。それまでは何を売り払ってでも食糧は持たせますから」

スンジェは気をよくした後なので、気分よく大胆なことを言った。

「何だって？　中秋節にはいいことがあるのかい？」

スンジェの母親は、永植から中秋節のうちにはいい便りがあるだろう、と占い師が言っていたのをさっき聞いたのに、もう忘れてしまっていた。忘れただけでなく、そのこととこれが何か関係があるという推測さえもできないのだった。

「だからジッとしていらっしゃいな。まさか飢え死になんか、するはずがないでしょ」

スンジェの母親は安心して微笑むだけだったが、スンジェを先に立て出ていく永植の母が羨ましくもあり、仲のいい嫁と姑みたいに見えて、

「うちの子がお宅にお邪魔してご迷惑でもありましょうけど、このように杖代わりに頼りにして連れて歩くのは心強いし、頼りにもなりましょうね」

と、慰めるのやら恩に着せるのやらわからない言い方をした。この娘がこっちの家にいてくれたら所帯の助けにもなるし、頼りにもなるのだろうにと思うと、連れて行かれたのが惜しくもあり妬ましくもあるのだった。

拉致

「どこだったかね？　気がかりだから、ちょっと寄ってみようか？」

都正宮（トジョングン）の前までやってきて、今度は永植（ヨンシク）の母親が金社長夫妻のところに寄ってみようと言い出した。

「さあ、どうしましょうか……」

さっきこの前を通りかかった時には軽い気持ちで寄ってみますかと言ったのだったが、気の乗らないふうだ。いつだったか、永植と一緒に行ったのが最後だったかな、とスンジェは思い返すのだった。その後は何度かこの前を通りかかったが、一度も立ち寄らないできた。

二度と顔を合せたくもなかったし、そうするのがお互いにいいと思われ、永植に対する信義からしても、そうすべきだと考えるのだった。

だが機嫌のいい永植の母が、一つ屋根の下にいた情理からしても、知らぬふりで通り過ぎるわけにもいかない、と言うので、それを嫌とも言えず、立ち寄った。

誰しも気を緩めずに過ごしている世の中で、何ら歓迎すべき客でもないのに、訪ねてこられてもむしろ迷惑かもしれないが、とりわけ社長は冷淡だった。それでも永植が引っ張って行かれたと言うと、

「まあ、そんな……」

と、社長夫人が驚きの声を上げ、金社長も、

「おお、そりゃ困ったな！」

と言って、まずスンジェの方を見やったが、挨拶としてもそれっきりだ。

「いや、こんなふうに閉じ込められ、やきもきしながら死んだも同然だし、いっそ何も気にしないで外を出歩く方がかえっていいかもしれんな」

自分の境遇に比べてうっとうしいものだから、慰めがてらそんなことを言うのだろうが、聞かされた人間は気持ちよくなかった。

「でも親の気持ちとしては、そんなことはないんじゃないの。まさか本当にこんなことになるとは思いもしなかったわね」

社長夫人は社長の言葉を言い繕うように、こう言うのだった。

「何、もうこうなってしまったことには、死ぬんだったら死ぬんだし、生きられるのなら生き残れるんだし、これからどれだけ生きられるというのか！」

金学洙（ハクス）社長は、青筋を立てながら怒鳴るように言う。食べる心配もなく家の中で静かに暮らしているはずなのに、怒りと取り越し苦労からか、げっそりやつれ、黒いシミが目立つ歪んだ顔に、ニヤリとせせら笑う表情を浮かべるのだった。その言葉と嘲笑にスンジェは顔をそむけた。彼の顔がこんなにも醜く見えたことはなかった。怖かった。そして心底、憎かった。

永植の母親も無言で立ち尽くしていたが、そそくさと挨拶をして出てきてしまった。

（うまくいったと思ったにちがいない。死んでしまえばいいのにと言いたいんだろう……）

スンジェは黙りこくって歩きながら、金社長の言葉をよくよく噛みしめては独り怒りが込み上げるのを我慢すると、よけいに顔が上気するのだった。永植の母も気分がよくないので、何も言わずに歩き続けた。

家に戻ると、永姫（ヨンヒ）が戸を開けながら、

「今しがたあの人が帰って行ったんだけど、出くわさないかと心配だったのよ……」

と、スンジェに小声で話した。

「あの人って誰なの？」

「ほら、あの金社長に会いに来た、アカだという会社の人のことですよ」

「へえ、で、何と言ってたの？」

「うちに自転車で来ていたあの子を連れてきて、自動車の助手が死にかけても知らぬふりをして放っておくなんて、そんなやり方がどこにあると、私に向かってやけに嫌味をひとしきり言って帰っていったわ」

イム・イルソクの奴、これまでどこに隠れていてまた飛び出してきたのやら、スンジェは眉をひそめた。

「兄さんは連れて行かれたと言ったら、自分もそんなことはとっくに知っているとかで、姉さんがここに来ていることも知っているんですって」

自転車で来たというのはユンマンのことだろう。朴（パク）外科から退院して母親と一緒に城北洞（ソンブク）の山のてっぺんの方にある自分の家に戻ったチャンギルが、その後どうしているのか、考えてもみなかったが、今にして思えば申し訳ない気もした。

「へえ、あの子が死にかかっているって！」

「病気も病気だけど、ロクに食べられないものだから、ガリガリに痩せて目も当てられないんですって」

それで仲間たちが見かねてユンマンがイム・イルソクを訪ねていったのだという。

「私がここにいることはどうやって知ったと言ってた？　兄さんが連れて行かれたのも知っていると言ってたんでしょ？」

「その話はなくて、社長を探し出すために、また来るとかいってたけど……」

会っていい気はしないけれど、聞き出せることもあるだろうから、スンジェはやってきたら会ってみようかという気にもなった。けれどもビクビクしながら二日、三日とずっと待ち続けたが、イルソクの姿は影もかたちもなかった。来るかもしれないと気にしていたのが嵩じて次第に心配になり、永植の母親も、もしや息子の消息でも聞けるかもしれないと思いつつ待ち続けた。

近ごろは捕まった政客たちの宣伝講演も少なくなり、皆、北に連れて行かれたのだという噂が飛び交い始めた。夜明けになるたびにソウル郊外の爆撃も次第に激しくなっていく。その間、三日おきか四日おきに班内〔町内〕で一軒ずつだった賦役が、爆撃が激しくなるとともに、二日おき、一日おきと次第に頻繁になった。この家では母親が出るわけにもいかず、そうかといって永姫を出すぐらいなら、むしろスンジェが出るべきだろうが、それさえも夕方になって夜食を持って洞事務所〔町内の役所〕に集合させられ、日没後に爆撃がほぼ止んだのを見計らって麻浦や西江の漢江べりに連れ出されるのだった。そして舟から引きずり出した米俵をトラックに積み込んだり、山の中に連れて行かれ夜通し弾丸運びをさせられて、それを船に積み込み川向こうに送り出すという恐ろしい作業だったりした。それだけに、スンジェだとて出るわけにはいかなかった。幸い、食べ物が全くなくて困っている人が賃仕事として代わりに出てくれるというので、一回、二千ウォン、二千五百ウォンと払って免れているのだった。それさえも大砲の弾を運んでいて月夜の晩に砂河原で爆撃されたなどと聞くと、三千ウォン出すと言ってもやってくれる人を探すのは難しかった。昼夜を分かたず爆撃がひどくなり、それにつれて賦役がますます頻繁になるので、人夫賃は日増しに跳ね上がり、夜食の弁当まで持たせてやらないと出てくれなくなった。健康な若者は皆引っ張られ、雀の涙ほどの金をかき集めて弾丸を運んでいるのだった。

夜毎に米を市内に運び込まないと配給米の一粒にもありつけず、連中だって食べなきゃならないとしても、南朝鮮でかき集めた米を三八度線の北に運んでいるらしいという噂が出回り始めた。

「どうも大田(テジョン)あたりまで押し戻してきているらしいんですよ。弾丸を積んで下って行くところをみると、前線がかなり近づいてきているらしいですよ」

町内の情報通の若い女のひそひそ話である。

「連中も退却する準備をするというんで、元気な者はもう先に平壌(ピョンヤン)に連れて行くんだそうです」

それもうなずける話である。このところ、街では次第に人の行き来が減り、腹を空かせているからか、皆、やつれようがさらに深刻になっていた。市街全体がすっかり活気をなくしていた。そんな中、誰もが頭の中にそれとなく危険を思い描くのは、今度こそ連中がこのままそっと退却するはずがないので、本格的な市街戦になるのではないかという不安だった。

それはともかく、スンジェはこの間に時計を売った二万ウォンで米を何升か買い込み、一日おきに賦役代わりの金だとか何だとか有耶無耶(うやむや)のうちに残りの金もすべて使い果たし、今日は腕輪［ブレスレット］でも持ち出そうかと思っていたところに、思いがけずスンジェの母親が駆けつけてきた。

「社稷洞の家のことは聞いてないだろう？　社長さんがきのうの夕方捕まって引っ張られたんだそうだ

よ！」

「えっ、何ですって？」

スンジェは目を丸くした。まず頭に浮かんだのはイム・イルソクのことだった。

「まあ、そんな！……やっぱりあの若者が災いを起こしたんだねえ」

と、永植の母親も舌打ちをした。

「こちらでも推測はされてたんでしょ。飼い犬に手を噛まれるって言いますけど、まったく、こんな酷いことってありますかね！」

会社勤めの若い者が二、三回やって来たと思ったら、社長がいるのに居留守を使って会ってくれないと言って、彼を探し出してしまったのだという。

「で、どこに連れて行かれたのかわかるんですか？」

「わからないねえ。社長夫人がついていくと言って追いかけたら、ちょっと聞きたいことがあるから、それを聞いたらすぐ戻してやると言って、ジープに乗せられて行ってしまったんだそうでね」

板の間の奥から引き立てられた社長にピストルを突きつけ手を上げさせて、身体を縛ってから着ていた上衣(チョクサム)のなりのままで、ゴムシンを引っかけてそのまま引っ張られて行ったのだという。それを聞いていたスンジェは余計に不吉な想像が湧いてきた。永植が引っ張られたという言葉に、これでよかったというように憎々しい言い方をしていたのが癪に触って、スンジェ自身驚いたということを考えると、ひょっとすると大したことないかもしれない、と思えなくはなかったが、状況が永植ともまた違うので、殺されはしないかと思って胸がゾッとした。

「で、社長夫人は今、どちらにおられるんです？」

「アカの連中が客間にゴロゴロいる恵化洞の社長宅に戻ることもできないし、一家の皆さんはみんな社稷洞の家に集まり、お通夜の家のように放心状態でボーッとしていますよ」

どうにかすると言っても、金を隠した甕だとか、社長が肌身離さず持ち歩いていたボストンバッグを置いたままにして行くこともできず、それを動かすこともできないわけで、そのままでじっとしている他はないのである。

スンジェは行ったところでどうなるものでもないけれど、それでも放っておくのは道理でないので、どうせ腕輪を売りに出かけなければならないし、

「お母さん、私と一緒に出掛けましょうよ」

と、化粧をしに立ち上がったところに、

「ごめんください」

という声が玄関の外から聞こえた。イム・イルソクの声だ。お互い顔を見合わせて、居間の奥にいた永姫はスンジェにこっちに隠れるようにと手招きした。だが、

「いいわ、私が出てみるから」

と言って、出て行こうとする永植の母親を制して先に立った。引き留める暇もなくそそくさと出て行ったスンジェは、玄関の戸を開け、

「お久しぶりね。いらっしゃい」

と、笑顔で挨拶した。獲物を狙っている人間の機嫌を損ねてはいけないし、永植の消息でも聞き出せたらと思ってのことである。

「私が来たら、自らお出ましになって戸をあけてくれるんですかね？」

と、イルソクはついて入ってきながら、こう皮肉った。

「今度は私の番だろうと思って、二度足を踏ませないようにと思ってね……」

と、スンジェもせせら笑って見せた。

「そんな覚悟までできてるんだったら、大したものだな。でも、あなたのような人を連れていっても使い道はありませんよ」

依然として冷たく皮肉るような答え方だった。

「じゃあ老いぼれは何に使おうというので罠にかけたの。人としてあんなやり方はないでしょう。止めに入るほどの誠意はないにしても、せめて知らぬふりすべきところを、率先してお節介して、あんなことにしてしまったんだから」

スンジェは食ってかかった。

「何ですって？」

「何って何よ。最近、社稷洞の方に訪ねて行ったそうじゃないの？」

「あ、あの爺さんが引っ張られたことですか。なあに、自首するという書面を一枚書きさえしたら、二日もすれば出て来られますよ。それはさておき、死にかかっているチャンギルはどうするつもりですか？」

「あ、そうそう、あの子のことでこの前も来たんですって？　で、その後どうなの？　病院に見舞いに行った時、喉が渇くので果物を食べたいと言うから、買いに出かけたんだけど、その時分は開いている店もないし、リンゴ一個さえ買って食べさせてやれなかったのを今もって気にかけているのよ」

本当の気持ちから出た言葉だったが、彼が困ってチャンギルを犠牲にしているのやら、つまらない揚足を取ろうとして、あの子をダシに社長をあんなことにしてしまい、それでまたこちらにやってきたのではないかと怖くなり、弁解がましくこう言ってみた。

「口から出まかせを言ってもダメですよ。他人の家の年若い者を引きずり回して片輪者にしてしまっても知らぬ顔をしているってのはないでしょ。課長の申にしてもあの老いぼれ社長にしてもそんな了見で安穏に隠れてじっとしていられると思っているんですかい?」

「だってそれが、戦時中じゃないの。皆、自分の命がどこにかかっているのかもわからなくて、必死なんだから。彼の家がどこかもわからないし、誰かが連絡をしてくれるわけでもないんだから……」

「何言ってるんですか。あんたも申さんや金社長と全く同じじゃないか? 申しわけないと思ってそれがそんなに気になるんだったら、行ってみればいいじゃないですか。というか、今すぐ行きましょう。このまますぐに行けばいい」

と、この若者は落ち窪んだ目を見開き、畳み掛けるように言う。大げさに声を上げ、サッと立ち上がって一緒に出て行くようにと言うので、スンジェもついに自分の番がきたかという気がして、気持ちをしっかり持たねば、と肝に銘じるのだった。母親二人は顔が青ざめて、まるで植民地時代、日本の憲兵や巡査に哀願したように、

「あらまあ、この人の言うのはそんなんじゃないんですよ。お腹立ちは鎮めていただいて。さあお坐りなさいな」

と宥(なだ)めながら手をこすり合わせた。一緒に行こうと言うのが訝(いぶか)しく、引っ張って行かれたらもう戻って来られない気がして、お互いにゾッとするのだった。

「いいんですよ。何もそんなにおっしゃらなくても」

スンジェはこんな若造に怒鳴られるのが恥ずかしいし、ビクビクして哀願するのも浅ましい気がして、母親たちを宥めてから、

「行ってみてもいいけど、すぐにも食べ物に困るそうだから、お米一升分の代金ぐらいは持って行ってあげなくちゃ……」

と言いながら、平気な様子で立ち上がって部屋に入り、金の封筒を手にして出てきて差し出した。

「取りあえずこれを持って行ってくださいな。私も今のところ売り食いしている状態だけど、何かまた売ったら、もう少し差し上げるものができるから、何日かしてまたいらっしゃいよ」

と状況を説明して見せた。

「私は乞食じゃないですよ」

イルソクはぶっきら棒にこう言いながらも、ぶ厚い封筒の厚みに目をやる。

「じゃあどうすればいいのよ。ご苦労ついでにちょっと持って行ってくれなきゃ」

また部屋に戻って西洋タバコを一箱持って出てきて、

「さ、タバコでも一服なさいな。それともビールを一杯差し上げましょうか？」前に来た時に飲み残していったのがあるんで、今度来られたら差し上げようと思って置いてあるのよ！」

と、スンジェは鼻をひくつかせながら冗談を言ったかと思うと、本当に台所の方に下りて、自分の家のように食べ物入れの戸棚を開けてビール瓶を取り出し、キムチの壺を冷やしておいた水汲み用の甕に入れて、冷水をバシャバシャかけるのだった。自宅からこちらにあげるつもりで持ってきたものを、永植も触れないように大事にしておいたものだった。永植が引っ張られたあの日に、喉が渇くと言うので、マクワ瓜を買いに行きながらも、持ってきて飲ませたかったものなのである。こうして立ち働く様子を

じっと見ていたイルソクは、

「あ、もう僕は帰ります」

と言いながら立ち上がった。「あら、どうして？　またツケでビールを飲むのが悪いと思われたのかしら」

スンジェはこの若者が斎洞（チェ）に初めてやって来た時、ビールを出してやって、後のことを頼むと冗談半分に言ったのを仄めかしたのだった。イルソクは飴（あめ）玉で釣るかのような誘惑から逃れようと、ぼんやり突っ立っていたが、我慢していたおならをするように声を上げて笑った。金の封筒を突き出して、またあげるから来なさいという言葉に、全部もらおうと言うわけではないにしても、気持ちがほぐれたようだ。

「誰しもお腹をすかせている時に、苦いビールなんかではもてなしにならないかもしれないけど――いや、あなたたちはお米の配給にお肉の配給まであるというんだから、お腹は空かせてないでしょうけど、まあちょっと待っていらっしゃいよ。私、マクワ瓜をご馳走してあげるから」

と、依然として冗談めかして引き留めて座らせておき、スンジェは本当にマクワ瓜を買いに出ようとすると、

「私が買ってくるから」

と、居間から永姫がスッと出てきた。場の空気が変わったのを見て永姫も明るくなったが、血なまぐさい殺伐とした世の中でも、若い女性たちが醸し出す華やいだ雰囲気に心が緩む。おかげでこの若者の口も軽くなった。

まず、永植の属している部隊は平壌（ピョンヤン）に行ったが、歳がいっているので軍隊にはやらないはずで、短期

訓練を受けた後は工場に行ったはずだと言う。悪質分子は炭鉱のような重労働の方にやられるが、永植ぐらいだと心配はいらないと言う。

「で、私がここにいるのはどうやって知ったの？」

「誰やらが言ってましたよ。マクワ瓜をむいてやり世話をして、やさしいご婦人だと皆、褒（ほ）めていましたよ！」

とからかうところをみると、集合場所の南山（ナムサン）学校で永植に会った時に、彼と知り合いだということがわかって、彼らがそれぞれ噂をしていたらしい。

この若者も刑事の真似事をして人を捕まえてまわり、他人の家の父母や妻子を泣かせるような真似をしているんだな、と思い、母親は傍に坐っているのも忌々（いまいま）しいかのようにじいっと、よくよく彼を見た。

「社稷洞の家のことは誰が教えてくれたの？」

「始めのうちはどう考えてもスンジェさんを先に問いたださなきゃ、と思ってここに来たけど、まさに恵化洞の家の人たちの方がもっとよく知っているはずと後からわかりましたよ。僕の方がかえって頼みごとを託されました」

「頼みごとって何？」

「自首書を書いて差し出してから事を運ぶように勧めてくれとね」

言い方からすると、それは正式の指令ではなく、宥めて引っ張り出し、金を使わせようという策略だったらしい。

「十万ウォン、あるいは百万ウォンぐらいなら使っても惜しくないし、そうしたら待遇も変わっていたんでしょ！」

イルソクはせせら笑ったが、

「だけど、僕はただ単にチャンギルの家の事情がかわいそうだからユンマンを連れて二、三度行っただけで、その後のことは知りませんよ」

と、言い逃れる。そうならこの若者も、やはりまだ一方では怯えていて、言葉を濁すばかり。

三カ月分の生活費を保障しろと追いかけまわしている時、彼の言葉通りにいくらかの金を掴(つか)ませてやっていたら、後腐(あとくさ)れもなかっただろうか……とスンジェは思わなくもなかったが、たとえ彼らの言うとおりに党や支部に金を捧げたとしても、奪って行ったことには変わりがなく、それをせがむなとも言えず、また、金社長だけを責めることもできないだろう。

スンジェはイルソクを宥めすかして送り出してから、母親と一緒に社稷洞の家に行った。

スッと入って行くと、誰も応対もせず皆ムスッと座っているばかりなところをみると、ひとしきり喧嘩した後のようだった。

相舅(あいやけ)の母親［金社長の妻］は居間に陣取って座ったまま目もくれないし、この家の主人は向かい部屋でむくれて窓際に腕組みをして座っている。これを見ると、お客の夫妻を迎え入れて居間を空け渡してやったのだから、仕方がないとはいえ、主客が入れ替わった感じがして可笑(おか)しかった。

「いらっしゃいませ」

やっと板の間の端に座っていた嫁［スンジェの姪］が腰を上げた。弼雲洞(ピルン)のスンジェの母が板の間の方に上がって居間に向かって社長夫人に挨拶をする間、台所の前で恵化洞の小間使いの女の子と一緒に立っていた金社長の息子の宗植(ジョンシク)の妻が、下(しも)の部屋の板敷きに座っている幼い弟たちの間を抜けて部屋に入ってきて、そそくさと服を着替えて出てきた。

「私、帰ります」

居間に向かって姑［金社長の妻］に挨拶をした。相舅どうしであるこの家の主と社長の奥方が喧嘩をするというのは前代未聞の不可解なことではあるが、それは金社長の妻としては金社長が捕まったのを嫁のせい、相舅のこの家の主のせいにするからである。この家の主は自分の弁解に忙しい一方で、娘［宗植の妻］の肩を持ってやりもするものだから互いに対立するばかり、宗植の妻は板挟みになって、やりづらいことこの上なく、さっさと、逃げ出そうというわけだ。

金社長の妻にしてみれば、嫁が恵化洞の客間に入って来た若者の言葉に乗って打ち明けなければ、連中がどうしてこの家の場所が分かっただろうかというのであり、連中がやってきた時も、この家の主がさっさと出て行って、どうして門を開けて家に引き入れてしまったのか、と恨み言を言うのだった。

「ほかに考えがあって、そうしたんだろうさ……」

と、見当違いのことを言ってケチをつけるのにも愛想が尽きた。金の入った甕とボストン・バッグに目がくらみ父と娘が企んで、自分たち夫婦が捕まるように仕組んだのではないかと言わんばかりの言いようだった。

「誰もおまえに帰れとは言ってないだろう？」

姑は嫁を暫らく見つめていたが、青筋を立てて怒った。

「おまえはここにいなさい。私が行ってみるから。ここに預けたものはおまえがちゃんと監視していなさい」

金社長の妻はそのままの服装でサッと立ち上がると、手カバン一つだけを持って板の間に出てきた。事ここに至ったからには、この家で顔を合わせて暮らすのは面白くないし、込み上げる怒りのせいでサッサと出て行きたくなったのだ。夫の社長が連れていかれたからには、惜しいものもなく、眼中には何もなかった。

「どうなさったんです。お腹立ちでしょうけど、辛抱してくださいな」

それでも急に出て行く太った社長夫人を引き留めるすべはなく、皆、表口の方に出てきた。嫁と小間使いの女の子もついて出てきた。

「まったく、忌々しいったらありゃしない。言いがかりをつけるのもいい加減にしろっていうんだよ。俺があの人の旦那を捕まえさせただって！　あの板の間も占領しておいて！　こんなに苦労をして、自分の親だったとしても、どうやって毎日毎日あんな奴に仕えられるというのかね！」

表玄関から家の者たちが戻ってくると、この家の主は向かい部屋でブツブツ言うのだった。

「今どき、姑にいたぶられて追い出されてくる嫁もいないが、こっちに戻ってこいと言いたいくらいだ」

「そっとしておいてくださいよ。大声を出すばかりが能でないですよ」

女房が宥めた。しかし顔色ばかりを窺っているスンジェとしては、なぜか長続きする夫婦ではないように思われ、この結婚の仲立ちをしたことをまた後悔するのだった。

「それもあの社長の奴がじっとしていればいいものを。あのカバンには何が入っているんだか、所帯道具をごそごそ引っ掻き回される気配に、下手してカバンに手を触れられるんじゃないかと心配してだな、そんなら代わりに自分を捕まえてくれとばかりに這い出てきたんだから、この俺にどうしろと言うんだ。財産のある人間は命が惜しくないみたいだな。捕まってもちょっと我慢しておけば財産は安泰だとでも思うのかもしれんが……フン、おい、俺のどこが間違っているというんだ？」

天を衝く火柱

朝、カササギ［縁起のいい鳥とされる］がカーカー鳴くだけで、

「今日は帰って来そうだね！」

と家族三人は顔をほころばせて見つめあった。足が地につかず、イルソクの言葉だけを信じて、永植は平壌にいるんだろう、占い師の言葉通りに中秋節前には手紙が来るだろうと思って、八月に入ると毎日待ち暮らしているのである。郵便局に問い合わせると、手紙の送達はできているというのが何より頼もしく思われた。中秋節にならないうちにソウルは奪還されるという大邱［慶尚道地方の中心都市］からだか、釜山からだか送られてくるラジオ放送をこっそり聴いては、どこの家でもひそひそ話をしているのを聞くと、余計に狂わしいほどに一日一日を待ち遠しく過ごしているのだった。

それでも季節は間違いなく巡ってきて、日増しに朝夕が涼しくなってきた頃、スンジェは
（早く編み上げてしまわなきゃ！）

と思いながら編み物を手にするのだが、特に最近は心が浮ついて編み物の針を運びながらも、気持ちが落ち着かなかった。

表門を揺する音に、板の間でスンジェと向き合って弟の毛糸の靴下を編んでいた永姫（ヨンヒ）が、サッと立ち上がってニッコリしながら
「お姉さん、きっと今度は間違いないわよ。今日はカササギは鳴かなかったけど」

と、独楽（こま）のようにすばやく出て行った。しかし永姫の後ろから入ってきたのは意外にもスニョンだった。

「あら、あんたなのね。どうしたの？」

久しく消息が途切れて心配だったのが、うれしかった。

「工場やめたのよ。昨日からブラブラしてるんで……」

工場は生産をすべて終えて閉鎖されたとのこと。

「本当にもう退却の仕度をしているんだわね、きっと」

スンジェが喜びかけると、居間で眼鏡をかけ息子の上衣（チョゴリ）を縫っていた母親が眼鏡をはずし、

「だったら……随分ありがたいことだねえ！　災いは飛んで行けというけど、サッサと消えておくれ、だね」

と、溜息交じりの声を上げた。いつ戻ってくるかわからない若主人を迎えようと、中秋節の晴れ着の準備をするかのように衣服の仕度に家の三人が全力を尽くしているのである。中秋節が近づくにつれて気がせく気持ちを、そんなことをしながらでも鎮めているのだった。

「お米はまだあるんだろうね？」

「ウン、工場から引き揚げてくる時に私がちょっともらってきたものもあるし……でも今度は前の時みたいにはすまないだろうっていうんです。市街戦が長引いたら、いくらお金があっても食糧確保が難し

いだろうから、十日分、半月分を蓄えておくんですって……」

妹は言いにくそうに、それで母親が行ってきなさいと言うので来た、と言うのだった。スンジェは家二軒分の食糧を十日分蓄えるにしても、まとまった金がかかりそうだと、口には出さずに、ソッと計算してみるのだった。

「明日そっちに行くからね」

スンジェはそれでも明るい顔で気軽な感じに答える。荷は重くとも盆正月を迎えるがごとくで、これも永植を迎える支度金だと思うと気分は軽い。永植が戻れば戻ったで、またひとしきり、生活費で揉めるだろうことを思えば、今から心配にはなるけれども……。

スニョンは姉の嫁ぎ先にでも来たかのように、上がれと言われてもあくまで断って、板の間の端に腰かけ口数も少なくもじもじしていたが、用事は済ませたとでもいうように立ち上がった。

「ゆっくりして昼ごはんでも食べて行けばいいのに……」

と言いながらスンジェが追って出てきながら、「あれ？」と声を上げ、駆け足で中戸のところまで出ていくので、スニョンは立ち止まった。いつの間に配達されたものやらハガキ一枚が戸の下に落ちているのを拾って申永植と書かれた三文字を目にするや、生き返ったようにうれしくて心が弾み、人が見ていなければピョンピョン飛び上がりたかった。

「お、母、様！　来ました、来ました！」

「なんだって？」

と、一声かけ、はずしたメガネを片手に持って部屋から急いで出てきた永植の母は、スンジェが手にしたハガキを見ただけで、もう涙が出ていた。

靴脱ぎ石のところに下りてきた永姫もハガキを手渡されて、しばらくは裏表をひっくり返して読む余裕があったが、母親の涙につられて涙が出てきて、スンジェが無意識に手を差し出すままにハガキを返して、手の甲で涙をぬぐった。

「マクワ瓜を食べて汗を流しながらやって来たのがつい昨日のようです。こちらは朝夕寒くてしばらくは苦労しましたが、最近はシャツも買って着ているので心配はいらないです。ご安心ください……」

この間の様子を読み聞かせていたスンジェの声もグッと詰まって、涙をこらえようとして続きが読めない。

「まったく酷い連中だよ、下着一枚さえあてがってやらないで……」

それでも声を上げずに涙だけ流していた母親は、寒い中、両腕をさらして雨に打たれながら出発していった息子の様子を思い浮かべ、寒くて片隅にうずくまっている様子が目に見えるようで、大声で泣き始めた。

「でも、工場の宿舎にいるんですってよ！」

手紙を読み終えたスンジェは、もう再会の日まで何日もないという希望に気持ちがすっきりして、永植の母親を慰めるのに忙しかった。それでも母親は、まもなく会えるという安心感よりも、骨身にしみてかわいそうだ、という思いが先に立ち泣き止まなかった。

「もう大丈夫ですよ。じきに帰って来るんですから」

出ていきかけて、また戻ってきたスニョンも傍で慰めの言葉をかけた。

それでもさすがに目いっぱい泣いたので、母親は気持ちが軽くなり、家じゅうが明るくなった。

「あの占い師、当たるのね」

「不思議だわね」

と、まるで占い師がハガキを寄越したかのようにべらべらしゃべり、命がけで戦っている人のことは忘れたかのように、占い師が息子を連れてきてくれることばかりを願いつつ、砲撃の音を聞きながら、一日また一日と日が暮れて夜が明けた。

「仁川（インチョン）に艦砲射撃が始まったんですって。もうあと何日かですね」

明日あさってにも中秋節だというのに、どうなってるんだろうと思って夜が明けると起き出し、何か噂でも聞こえてくるのではと、玄関先に出て近くをグルグル歩き回った。ひょっとしてお隣の嫁の姿が見えるのではと思って待ち構えていたところ、ある日こんなうれしい知らせを聞かせてくれたのである。

「本当に中秋節までには進軍して来るみたいですよ」

中秋節までにはソウルを奪還して、充分な配給を配り中秋節の祝日を確実に休ませるのだという噂に、お腹を空かせて腹の皮がくっついたソウル市民は、正月を待つ子供よりももっと切実に日めくりのカレンダーが一枚ずつ減っていくのだけを眺めながら息を潜めていた。大砲の音が日増しに大きくなり、砲撃があちこちでズドーン、ズドーンと音を立てるのが怖いとはいえ、待ちきれないように気持ちがすっきりするのだった。

けれども誰の心の中もこれまで何とか持ちこたえて命を長らえていたのに、運悪くあの爆撃で倒れるのではないかと思って、いじくると、もろくて壊れそうなヒビの入った素焼きの土器でも扱うように、めいめいが自分の命を大事に大事にしているのだった。

容赦なくめぐってきた中秋節は何事もなくそのまま過ぎた。次第に大きくなっていたあの大砲の音は空耳だったのか？　と思うと暗闇の中に潜んでいた市民たちはがっかりした。けれども考えると、まだ失望するには早い、と一縷の希望が残ったのである。

「仁川に上陸したんですって。今晩か明日には入城するらしいですよ」

これも隣の家の嫁の情報である。しかし翌日の夜明けから山向こうの新村［西大門区在］あたりか御陵［ここでは西大門区北阿峴（プガヒョン）洞の北の陵、あるいは市郊外の西五陵か］のこちら側か、やはり地響きを立てる音とダダダッという音がひっきりなしに聞こえるので、目を白黒させるばかりで何も手につかない。

「富平［現・仁川市富平区在］まで来たんだって」

「どうして一気に押し寄せて来られないんだろうな？」

「きのうは金浦飛行場［江西区空港洞在］まで奪還したっていうのに！」

「じゃあ今日の日暮れまでにはやって来るだろう」

「いや、仁川ではもう配給があったというんですよ」

この低地帯の町内の若い女たちは集まっては安心して情報交換をするのだが、最終的に結論が落ち着くところは配給談義だった。しかし、いざ隣家がラジオを片付けてしまうと、誰しもはっきりした話はできなかった。乙支路でラジオ商をしていた人が蜜かに短波を聴いているのが見つかり、すぐさま引っ張り出されて玄関先で銃殺されたという噂を聞いて、ゾッとして昨夜のうちに仕舞い込んでしまったと言うのである。

「とにかく、こんなに砲撃が激しいところをみると、ほとんど制圧したんじゃないの」

「こっちの方は弘済院［西大門区弘済洞の俗称］まで進撃してきたというんだけどね」

「じゃあ、連中が麻浦からも退却してこっちに越えて来そうね。独立門［西大門区在］の方から押し寄せて来るとしたら、私たち袋のネズミじゃないの？」

「なあに、それでも一日だけグッと我慢したら、すっかり掃討されるんじゃないかしら」

これは夫が身を隠してから乳飲み子を入れて三人の子供を抱え食べていく算段に齷齪（あくせく）している若い女性の意見だった。この女性は危ないという恐れよりも、ほかの家で大騒ぎの上に避難してしまうのではないかと、その方が余計心配なのだった。

「確かに避難するといっても今、逃げるところがないよね。私たちここでじっとしていましょうよ。人民軍の姿が見えだしたら追い出すしかないけど、ここじゃあ心配なのはあの学校だけだよね」

この町内の人たちはここの傍にある学校に傀儡（かいらい）軍が入ってくるのではないかと、それが大きな心配なのだった。

スンジェも、町内の皆の議論の方向が避難しないという方向になりそうで、少し安心した。

しかし、この日の夕方、母岳峠（ムアクジェ）の峠向こうからしきりにしていた砲撃音が、独立門のあたりにまで近づいてきて、少しするとすぐ道の向かい側まで揺るがす音がして皆、息を潜めるのだった。

「やっぱり弼雲洞の方にお出でになったらどうでしょう？　一日や二日、家に鍵を掛けて空けても、どうということはないと思うんですよ」

スンジェは居間の方に行って、もう一度相談を持ちかけてみた。

「なに、空き巣が怖いんじゃなくて、あっちの方だってどうだかわからないと思うからだよ。ソウルがこうなんだから平壌はどうだっていうんだね。死ぬんだったら死ぬんだし、生き延びるんだったら生き延びるんだし」

平壌市外の工場などはとっくに吹き飛ばされていると思われ、息子のことを考えると避難するなどとは考えられず、聞き流すだけだった。

「お母さん、それでも生きて帰ってくる兄さんのためにも、私たちが無事でいなければダメでしょ。兄さんは兄さんで運よく生きて帰ってくるそうじゃないですか」

永姫も若いなりにともかくも怖いものだから、仁王山（イヌワンサン）の麓（ふもと）〔弼雲洞のこと〕の方に行けばここよりはずっと安全な気がして、せがむのだった。

「おまえの兄が生きて帰って来るのなら、私らも生きながらえていることだろうよ」

理屈に合わない話だが、昨夜も弼雲洞（ピルン）に行こうという話が出た時に言い出したことを、また持ち出すのである。息子を野っ原に放り出しておいて、母親だけ避難できようかと言うのである。

「そんなならこの子を連れて行きなさいな。私はここで留守番をするから」

自分のせいで、行きたがっているスンジェを引き留めることになるのも悪かろうし、それでも少しは安全だろうから、娘ぐらいは避難させておきたかった。けれども自分は息子の身の上を誠心誠意祈る気持ちからしても、怖いことなどは我慢してこそ神様もお助けくださるという思いだった。もう二度と避難という二文字を口にすることはできなかった。

しかし夜が明けてみると、急に町内がざわざわしてきて、これでまた心が落ち着かなくなった。

昨夜は眠りが深くて気付かなかったが、大砲の音も飛行機の音もほかの時よりひどくはなかったのに、どうして急にこんなになったのだろうと、隣の家の嫁を呼び出して聞いてみると、夜のうちに隣の学校に傀儡（かいらい）軍が入ってきたので、皆そっと逃げ出しているのだと言う。

「撤退する時に何をしでかすかわからないじゃないですか。火でも付けられたりしたら……」

その言葉にスンジェも顔色が変わった。

「じゃあ、お宅ではどうされるんですか」

「急ぐのでうちの主人は今朝方、避難したんですけど、まあちょっと様子を見ようかと思うんです」

「エッ、ご主人が？」

この家の主人が勤めている工場を傀儡軍が使っているので、身分証明書も作ってもらって依然として出勤していて、引っ張られもしないで平然とやり過ごしていたのだが、最後の最後になって避難していったと言うのは意外だった。

「若い男衆が目に付きさえすれば引っ張って行き、彼らを集めては銃殺して逃げるというんですから、あんな身分証明書なんか頼りにならないんですよ」

若嫁は目を大きくして嘲笑うように言うのだった。

永植の母親は息子を送り出してからは前を通り過ぎるのさえ嫌なあの学校に、傀儡軍が入ってきて隣の家ではご主人からして逃げたと言う話に目を丸くした。

「火を付けられるのも怖いので、この子らを連れてすぐ弼雲洞に行ってくれるかい」

もう今ではかえって、こうスンジェに頼み込むのだった。

「じゃあお母様もご一緒でなくちゃ」

「ともかく衣類でも選んで包んでおくれ」

母親はそれでも様子を見に出ていった。

今朝方から降り注ぐ大砲の音はきのうよりもっと激しくなり、飛行機の音も五分と休むことなく引き続いていたが、今では耳が慣れてしまって当たり前のように聞こえた。

「新村を越えて来たそうだよ。毋岳峠方面はもうすぐ峠を越えて来そうだよ……」

母親があっちの家こっちの家と回って掻き集めてきた情報だった。

「ともかく私はまた戻ってくるにしても、一旦出かけようかね」

自分が動かない限り、娘が動こうとしないので自分から率先するしかない。町内が我先にと避難していくのを見て、娘のためを思うとジッとしてはいられなかった。

風呂敷包み一つずつにまとめて玄関先を出て、隣の家に留守を頼み鍵をかけながら、母親は涙が滲(にじ)んできた。もう二度と戻って来られないかもと思うと、何度も後ろを振り返るのだった。

「これは嫁にやる時のことを思って、貧しい中から折に触れて仕度してきたものなのに、それさえなくしてしまったら、もう何もないも同然じゃないか、どうしようもないよ……」

涙交じりに言うのだった。スンジェも自分の衣類を入れたカバンが惜しいという気がなくはなかったが、

「何を言ってるんです？　明日になったらまた戻って来るんじゃありませんか」

と慰めた。

大通りに出ると、あたふたと先を急ぐ避難民たちが入り乱れ足がもつれた。ほとんどが城壁の外の方へと押しかける幼子連れの若い女たちだった。

弼雲洞に来ると、永植の母は娘の服を取りに行くと言ってまた引き返そうとするのを、永姫が泣き顔で引き留め、そんなら家族三人がもう一度一緒に行こうと言い出したので、やっと行かないことになった。

ここは大砲の音は遠ざかったのに、仁王山の裏側の麓の方は砲撃が絶え間なかった。社稷(サジク)公園の中には、何があるかわからないとひそひそ話もするのだった。けれどもひっそり奥まっているところだからか、夕方に禁川橋市場(クムチョンギョ)［鍾路区体府洞にある市場］に行ってみると売れ残りだろうけれど、依然として米を売っていた

り、板に魚を並べたりしたものも拡げられている。飲み屋には町内のご老人と商売人たちが出入りもしていた。

スンジェが母親と市場から戻ってみると、斎洞のスンジェの家から家政婦(シンモ)と走り使いのジョンスンが青ざめた表情でやって来て座り込んでいた。

「あれ、どうしたの?」

「出て行けと追い出されたんです。外の道は怖いし、行く所もないんですよ」

天然洞の方に行く途中で大通りを通るのは怖いし、道が塞がっている気もして城壁越えの道を行くことにして立ち寄ったと言うのだ。

「あの連中が出て行くはずなのに、どうしてこちらに出て行けっていうのかしら?」

「どうしてだかわかりませんよ。玄関先に張り巡らさせていた幕もとっくに片付け、この何日かはすっかり元気をなくし、おとなしくしていたかと思うと、急に部屋を明け渡して出て行けって言うんです。町内の話では山を越えて兵隊たちが下ってくるんだとも言うしですね」

幕というのは、女性同盟支部だかのプラカードのようなものを玄関先に横断幕のように張り巡らしていたものを言うのだろうが、出て行く際に何をやらかそうとして台所の使い走りをしていた子まで追い出すのやら、最後に所帯道具を運び出そうというつもりなのか、火を付けて行こうというのか、スンジェはぼんやりと黙って聞いているだけだった。ともかくこの二人も一緒に住まわせてやるしかない。

日が暮れても最近は誰が言い出すともなく、明かりを灯(とも)さなくなっていた。電気は来ていたが明かりをつけると、飛行機からは味方がここを攻撃せよという合図を送ったとみなされると思ってのことだった。家族の皆は身を寄せ合っていたが、元気なくめいめいが暗がりの中で早々と布団を敷いていた。

夜が更けるにつれ大砲の音はますます大きく、激しくなった。重機関銃の音、軽機関銃の音が時折聞こえてくるところを見ると、もう阿峴洞〔麻浦区在〕の丘のてっぺんか独立門のあたりまで友軍が来ているのではないかとも思われた。皆、うれしくて歓迎なのだが、火事の心配で誰も口を開こうとはしなかった。

永姫の母親は、自宅でもなくて落ちつかないからか、夜の十二時近くになっても目がパッチリして寝られなかった。そうこうしているうちに、ふと締め切った向かい部屋の窓を見ると、いつの間にか薄明るくなっている。ああ、夜が明けかかっている。慌てて飛び起き窓を開けた。南の方角が開けていて、空は真赤に見えた。

鳥肌が立った。しかし方角に見当をつけてみると、鍾路方面らしかった。ホッとした。

「えっ、どうかしたんですか」

部屋の下座の方で何とかまどろんでいたスンジェもパッと飛び起きた。

「また今日もいつもと同じなのね！」

と、がっかりした。ひょっとすると東大門市場かもしれない。居間からスンジェの母親も出てきたが、あまりにも凄惨で怖いものだから、誰もあえて口を開こうとしない。

翌日の朝食後、天然洞の奥方〔永植の母〕がどうしても家の様子を見てきたいというのを止めきれず、家政婦を一緒に行かせることにした。でもすぐに戻ってきた。城壁を越えて行こうとする人たちが、立ち入り禁止ではないのに、先には行けないので、皆、引き返して来ているというのである。火事の火は東大門市場が丸焼けになったというし、鍾路がそっくり抉り取られたともいう。転んだら鼻が地面につきそうに近いところなのに、憶測はさまざまだった。

一日中、大砲の音と飛行機の音、爆撃の音で頭がガンガンして、皆ぼんやりと座り込み、時間だけが過ぎていった。この日の夜も日が暮れてすぐ、またしても向かいの空が赤く燃え上がった。火事は次第に燃え広がった。鍾路から東大門へ、そして南大門（ナムデムン）〔ソウル駅近くの旧城門〕へと燃え広がる様子だ。火柱が広がるにつれ西の空も次第に赤く染まってきた。少し収まって黒ずんだかと思うと、またパッと火がついて燃え広がっていくようだった。しばらく寝てから外に出てみても依然として同じだった。

　夜明けごろに出てみると、ようやく東南方面の空は赤黒くはあるけれども、燃え尽きかけ、燃えカスの灰色に近かった。またこの日も大砲と飛行機の音に麻痺した神経がベッタリ張り付いたまま、墓場の中のように生気のない一日がだらだらと暮れていった。

解放の足跡

監獄に閉じ込められた囚人というのは、一日中、外の音と気配に耳を澄ませながら心を落ち着かせて長ったらしい一日を過ごし、暗くなりかけるとすり減った神経に心さえもすっかりくたくたになりながら、今日もこのまま過ぎてしまったんだなあ、と思って寂しく長い溜息をつくのである。何の前触れもなく突然、周りと同胞と全世界からプッツリ切り離され、罪もないのに三カ月も監獄暮らしをさせられ、栄養不足と神経過敏でぐったりしていた百四、五十万のソウル市民は、とりわけこの何日かの間、激しい砲撃と飛行機の音だけから外の情勢を推し量ることに心身ともに疲れ果ててしまっていた。その上、もう今にも解放されると思って時々刻々じっと待っているだけに、気持ちは余計にジリジリするのだった。しかし今日も何事もなく、いつものように過ぎてしまった。

ひと月あまり玄関の外をうかがうこともできずに閉じ籠っていて、顔が青白くなったスンチョルは、気苦労でイライラし、二日も寝られなかった天然洞(チョニョン)の主婦［永植の母］が疲れ果て、今日は鼾(いびき)をかいて寝ているのとは対照的に、やけに興奮してあれこれ空想に駆られ一睡もできなかった。明けて九月二十七日である。

昨日の昼までは依然として砲撃と飛行機からのロケット砲の爆撃が続いたが、夕方になるとひと息ついたかのように一時、砲撃が途絶えた。夜になると鍾路（チョンノ）近くか南大門（ナムデムン）あたりかで、あるいは南山（ナムサン）なのか、小銃と機関銃のバチバチという焚（た）き火をぶちまけたかのような音が聞こえた。もう市街戦も終わりかかっているのかもしれないと推測したのだが、夜明けになると、それさえも途切れ、音がしなくなった。飛行機は依然として取っかえ引っかえブンブンと通り過ぎたが、ほとんどは機銃掃射程度で、ロケット砲の音も聞こえなかった。

スンチョルは朝ごはんも食べたくないと言って、中庭を行ったり来たりしていたが、低空を飛び回っている偵察機を見上げていたかと思うと、いつの間にか家からいなくなった。母親がご飯の膳を運びこんで呼んでみたところ、彼がいないので目を丸くして慌てて飛び出て行った。

姉たちも町内の入口あたりまで捜し回って戻ってきてみると、母親までもがまだ帰ってきていなかった。すぐ引き返してみようとしたところに、母親一人が慌てふためいて戻ってきた。

「まだ帰ってこないんだろ？　どうしたんだろう？」

まるで迷子になった子供を捜し回るかのようだった。

「わけがわからないよ。鬼神が連れ去ったとでもいうのかい？　道はガランとしていて、行くような所はないのに……」

母親は必死の思いでこれまで身を隠すのに苦労したことを思うと、最後の最後になって誰かの目に付いてしまい、どうも引っ張って行かれたような気がして、またたくまに涙が出てきておどおどして震えるのだった。

「いえ、きっと退屈なものだからこの町内の友達の家にでも行ったんでしょうよ。心配しないでお入りなさいな」

スンジェの言葉に、そういえばこの近所にも学校友達がいるし、内資洞（ネジャ）［景福宮のすぐ南西。鍾路区在］にも一人いることを思い出したが、その家がどこなのかは知るすべもない。分かったところで、その子たちも隠れ回っているだろうから、家にじっとしているはずがなかった。

しかたなくスンチョルの母は家に入って放心状態でいるので、ほかの人たちも食事をするわけにもいかず、皆、ぼんやりと座り込んでいた。ご飯は次第に冷めて固くなった。

今か今かと待ち受けていたが、それでもスンジェが説得して食事に手を付け、片付けると十時を過ぎていた。それでも全く情報はなかった。母娘三人は入れ代わり立ち代わり出たり入ったりして、鬼神（トッケビ）［民俗上の子鬼、お化け］に化かされた人間のように騒々しく立ち回っていたが、正午にもなろうかという頃スンチョルがバタバタと駆け戻ってきて、

「やった、やりましたよ。旗が出たんですよ。旗が！　太極旗（テグクキ）［大韓民国の国旗］が出てるんです。で、姉さん、あの専務、専務だけどね！」

と言って、母親が死にかけたのが生きて戻ってきたかのように、大声を上げて駆け寄るのには返事もせず、ひとりで足を踏み鳴らして大騒ぎするのだった。

「え？　専務って誰なの？」

何が「やった」ということなのか、慌ただしい表の状況を尋ねるいとまもなく、スンジェは専務という言葉にハッとした。

「ほら、会社の鄭（チョン）専務のことだよ。軍服を着て米軍の将校とジープに乗って走ってきて、手を振りながら合図をするもんだから、まさか鄭専務だなんて思わないじゃない。びっくりしたよ」

「へぇえ、そうなの……」

スンジェは不思議なことだがありがたいという思いに、次の言葉が出てこなかったが、胸中の一角にドキンとするものを感じた。

「で、どこへ行っていたんだね？　戦争はすっかり終わったというのかい？」

母親は午前中ずっとやきもきしたことを思って、叱りながらも早くうれしい知らせを聞きたいものだから、息子の口元ばかりを見つめた。

「あ、だから韓国の旗を出してもいいようになったんだってば。北の連中は皆、掃討されていなくなったんですよ。ともかく鍾路あたりまでは人が出歩いているんだよ。ああマラリアは一掃されたんだ！　真夏のマラリヤに苦しんだもんだよな！　フー……」

と溜息をついて、誰かが声をかけるいとまもなく、さっさと板の間に上がり込んで居間の納戸をガタガタと開け放って、

「姉さん、あれどこにあるの？　本箱の中に入れといたんだっけ？」

と慌ただしく言う。

「お前、旗なんか後でいいじゃないか。お腹がすいているのも忘れたのかい？　ご飯を食べてからになさい」

しかし興奮が収まらないスンチョルは、母親の言葉も耳に入らないのか、一カ月前に納戸の中に作っておいた隙間塞ぎのバリケードを、腹立ち紛れとでもいうように力いっぱい突き崩して本箱を引っ張り出してひっくり返し、手のひらに収まるほどにきちんと畳んだ太極旗を探し出して持ち出した。しばらくの間、保安隊や内務署員という連中が家々を捜索して嫌がらせをして回っているときに、太極旗が目

に付いただけで引っ張られるというので、どこの家でも隠しておいたのである。

「町内の班長が来たら、必ず旗を掲げるように言うはずだから。早くご飯を食べなさいって」

「班長だって？　あんな女がどの面下げて旗を出せと言うんだろ？　出せだの引っ込めろだのとよく言えるよね」

「わかったわよ。旗は私が出すから、早くあんたの話を聞こうじゃないの。鍾路までだけは通れるということは、まだ一部は残っているのね？」

　スンジェは旗を自分の手に取り、旗竿（ざお）を持って出ていくスニョンに渡した。

「ということは、まだ一区画は残っているけど怖くはないわね。あんた、てっきり誰かに引っ張られていったとばかり思ってたわよ」

「そりゃ、連中は自分らが逃げ込む穴はないかと必死なのに、ほかの誰を引っ張っていくっていうんだい。僕はなかなか勘がいいんだよ。夜明けから銃声がピタッと止んで、偵察機が騒々しく飛んでいるのを見たら、ムズムズしてジッとしていられなかったんだよ。鍾路の方へ、市役所前へ、中央庁へ……と、戦場を見て回っていて鄭専務に出くわしたんだけど、申課長［永植］と社長が連行されたと言ったら、驚いてたさ」

　英語がある程度できるので通訳として出たのだろうが、鄭達永（ダリョン）が軍服を着込んで前線を駆け回っていると聞いて、世の中がもう一度変わったのは確実だと思うと、妙な気がした。

「で、南に下った家族たちはどうなったと言ってた？」

「知らないよ。そのことは聞けなかったけど、今に捜し出してくるって。以前よりずっと太ったみたいで、腰にピストルとカメラまでぶら下げて……けっこう、格好よかったよ！」

飢えた若者にとって、太っているのがまず目に付いて、ピストルとカメラが羨ましいのだった。

「このところ夜中に二日ほど燃えていたんだけど、あの火事はどこだろうかね？」

天然洞の奥方は解放されたと言うので却（かえ）って気が抜けて、息子の永植（ヨンシク）のことがますます気がかりで元気なく座り込んでいたが、こう聞いた。

「鍾路の向こうは焼け野原ですよ。建物の鉄骨だけが残ってましたよ」

鍾路から西大門（ソデムン）の方は何ともなかったという話に安心して、永姫（ヨンヒ）と母親はあたふたと出かけた。

スンジェも斎洞（チェ）の家が気がかりで、恵化洞（ヘファ）の金社長宅から追い出された走り使いのジョンスンと家政婦（シンモ）を連れて一緒に出て、途中で別れた。斎洞に来てみると、ここは鍾路から東側に偏っており、奥まったところだからなのか、通りはまだガランとしていて静まり返っていた。自宅のある路地の手前で、店屋の女が片方だけ開けた繰り戸の隙間からチラッとこちらを見て、

「あら、もう戻って来られたんですか。道は通れました？」

と、笑顔で出てきた。

「ええ、大丈夫でしたよ」

「大変なことになるところでしたよ。夕べお宅がすんでのところで火事になりかけたのを町内の皆して、くい止めたからよかったようなもので」

と言いながら後について入ってきた。

「エエッ、そんな！」

皆、胸がドキンとしたが、表玄関の戸は固く閉ざされていて何ともないように見えた。店屋の女の話を聞きながら表門の戸を押してみると、ガラスが粉々になった中戸（チュンムン）［奥に通じる戸］が開け放たれていて、中が

丸見えの広い中庭は、案の定、焼け焦げていた。中庭中ぎっしり詰まったごみ箱状態の中に、飯を炊いていた七輪だとか薪類、鍋のかけらや茶碗類などが散乱していて、ガランとした板の間にはごみ屑と、燃え残った古い掛布団が広げられたまま投げ捨てられていた。

スンジェは唖然として中戸の敷居のあたりで足が止まり、中に入れないでいた。

いつ入り込んだものやら、潜り込んだ傀儡軍の連中が昨夜出て行く気配がしたと思うと、十時過ぎになって綿が焼ける匂いや紙の燃える匂いが路地中に充満したもので、すぐさま隣の家々から人が出てきて騒ぎになり、家に入ってみたのだとか。すると、居間と台所から煙がモウモウと出ていて、あちこちの家から水を汲んできて、幸い直ぐに消し止めたのだという。

「あ、戻ってこられたのね。怖いからでしょうけど、どうして家をすっかり空けて行ったんです? 下手したら、私らも大変なことになるところでしたよ」

隣の奥さんが、先に応対に出ようとした家政婦そこのけで出て来て、不満そうな顔つきで話しかけた。

「随分びっくりされましたでしょうね」

スンジェは家を空けたくて空けるわけがないじゃないか、と思い不愉快になるのをグッとこらえて挨拶をした。それは家政婦とジョンスンまでもが追い出されたことを知らずに、家政婦を叱る言葉のようでもあったが、平素、スンジェに対してフンという顔つきをして、親しく付き合おうとしなかった間柄だっただけに、嫌味を言うのである。

台所の方を覗いてみると、半ば焼け残った本や英語の雑誌がビショビショになって散らばっている下に、端っこだけが焼け焦げた薪が無数にあった。薪を積み上げて本棚を壊し火をつけてから、その上に本を伏せておいたらしかった。

居間は船でも浮かべられるかのように、残っている家財道具は、引き出しをすべて開けて中を引っ掻き回し、半分ほど開いたままの洋服ダンスが、二棹（さお）だけポツンと残されているだけだった。

「納戸から引っ張り出した布団と洗濯物の包みに火をつけて逃げたんでしょうよ。連中にはガソリンがなかったからよかったようなものの、ガソリンを撒（ま）いて火をつけられていたら、どんなことになっていたでしょうね」

筋向かいの家から様子見がてらやってきた若奥さんが、いまいましいというように説明するのだった。

「夜中で男衆はいないし、女衆どうしで怖くてたまらなくて、皆、ビクビクでしたよ」

「すみませんでした。それでも運がよかったというか……でも、こんなことをしようとしてジョンスンたちまで追い出したのね」

スンジェは呆れて他人事のように、こんな気の抜けたようなことを言った。

「いえ、それもまたあの女たちの仕業なんです。所帯道具の何が残っているか見てごらんなさいよ。甕置き場［伝統的な韓屋では、屋外に調味料などを保管する甕を並べた一角がある］にも行ってみられたら？」

と、隣の家の家政婦が興奮して言う。

黒く煤（すす）けた壁には水でまだら模様ができており、納戸の戸も水を被（かぶ）って、室内ともども水浸しになった部屋の中に足を踏み入れるのは嫌だったが、スンジェは履物を履いたままでピシャピシャと足を踏み入れ、開け放たれた西側の窓の外を眺めやった。廊下の向こう側にある台所の裏戸の前にも甕が転がっており、薪が散らばっていた。こちら側の母屋続きの物置に積み上げておいた冬用の応接セットのソファー、安楽椅子とテーブル、絨毯（じゅうたん）といっしょに覆っておいたテントまで根こそぎなくなっていた。

「すっかり持って行ってしまったんだね。留守番をしてと言っておいたのに何をしてたのよ」

スンジェは西向きの窓のところから出てきて、家政婦（シンモ）に問いただした。

「違います。私らがいる時はそのままでしたよ。こんなことをしでかそうと思って、私らを追い出したんですよ」

家政婦は必死に弁解した。

「いや、おとといの夕方だったか、トラックを持ってきて二度ほど運び出したんですから何も残りませんよね。あの女たち、たちの悪い泥棒ですよ」

隣の家の家政婦の説明だ。

思い起こせば、板の間の所帯道具は、そのまま置いておけば、使い終わったら元に戻してやると言っていたのに、それもなくなっていた。

甕置き場は、一番手前に並べてあった甕も全部持ち出して、その横に積んであった薪までごっそり持ち去っていた。

「ともかく、どこからやって来た連中なんだか。辛子味噌（コチュジャン）の甕から醤油の甕まで運び出しておいて、きのうはまた兵隊の奴らが町内に戻ってきて、味噌、醤油も持ってきて、薪も使ってくれと気前のいいことを言うんですよ」

「じゃ、町内の誰かの仕業なのね」

「とんでもない！　兵隊の奴らが怖いのに誰が持っていったりするもんですか。ギリギリまであの女連中が次から次へと人を連れてきては持ち出して、きのうは薪まで持っていってしまったんですよ」

改めて表に出てみると、おかずの調理場と下（しも）の部屋に集めておいた居間と納戸の所帯道具の中でまともなものは、一つも目に入らなかった。向かい部屋にあったピアノなんぞは噂になっただけでも当然持っていくだろうとは思ったが、電蓄［電気蓄音機の略］や、これまで一生懸命集めたレコード盤まですっかり失ってしまったのも惜しかった。

　けれども意外なことにスンジェはそれほど驚いた様子は見せない。ただただ永植のことが気がかりで、命さえ長らえていたらいいと思い、所帯道具なんぞはどうせ失ってしまうもの、と諦めていたためかもしれない。それよりもこの家を修理しなければならないのが大きな心配事だった。明日にでもこちらに移って来なければならないのに、あんなになった居間をどうしたらいいものか、ただ呆然とするばかり。

　だが鍵を掛けて家を出てきて、隣の家々が少しも傷むことなくやり過ごしているのを見ると、羨ましくもあり、自分の運勢ではこんな家でも持っちゃいけないのかなと思うと腹が立った。

　家政婦たち二人には、とりあえず弼雲洞に行っているようにと言い含めて、天然洞に向かったが、もうあの家にもう少し居させてくれとは言いづらく、浮雲のように空中に漂っているようで辛く、自分の身の上が憐れでもあった。

　それでも天然洞の家の方はコソ泥にも入られずに、どうもなかったのは幸いだった。町内も何事もなく静かなので、一日、二日ほど避難していた人たちが、もう大丈夫だろうと安心してはしゃぎながら自分の家に戻ってきて、町内の家々はお互いに挨拶回りする人々で賑わった。天然洞の永植の母は、斎洞の家がそんなになっていたという話に、

「所帯道具も惜しいけど、その家を修理して住むのは、この状況じゃ難しかろうね。大変なことになったね」

　と言って、まだしばらく一緒に暮らそうと言ってくれた。それ以外には考えられないのだが、永植が戻ってくるまでこのままここにいたかった。

「私たちが寂しくならないように、ということでお宅がそんなになったのよ。さあお姉さんが出て行く前に、今度はお兄さんが戻って来なきゃ」

と、永姫も喜んだ。母親もまた一緒に苦労する間にいつの間にか情が湧いて、急に送り出すのが寂しくて、このまま一緒に住まわせたかった。

　スンジェは早く鄭専務に会わなければならないと思った。また会ったらどう言い繕ろおうかと考えると、この日もぐっすり眠れなかった。

　翌朝早く、スンジェは朝ご飯も食べずに出かけた。夜中のうちに東大門方面は通れるようになったようだった。ともかく昌信洞〔東大門区在〕の鄭達永を、彼がきのう、もし家に立ち寄って一晩寝たなら、彼を出勤前に行って捉まえるつもりだった。

　町内の人の話も、直接見た人はいないので信じられなかったが、この辺が大変な激戦地だったというのだが、西大門の四つ角に出てみても街角の店々が壊されて電線がちぎれてもつれている様子は、三カ月前の鍾路四街の東大門署前と変わらない。しかし、死体はもう片付けられたのか、凄惨な光景の中ではあるけれど、血なまぐさい匂いは収まっているようだった。ここから鍾路までは特に思っていたほどではなく、早朝のせいもあるのだろう、もの寂しい通りはガランとしていた。

　鍾路四つ角――、ここから鍾閣〔鍾路の鐘撞堂。現・普信閣〕を中心として銅峴〔鍾路のすぐ南の大通り。現在の乙支路〕方面と東大門方面にかけては焼け野原である。ただの野原ならいいのだが、窓と天井が抜け落ちて火事で焼け残った壁だけがニョキニョキとあちこちに立っており、瓦や煉瓦、ガラスのかけらで埋め尽くされた通りは足の踏み場もなかった。それでも行き来する人は次第に増えてきた。東磵〔鍾路区在〕前を通りかかると、戦車の音に人々がワーッと我先に逃げて行った。今しがた敵軍は昌慶苑の前から敦岩洞〔城北区在〕方面へ敗走して行ったとの噂である。鍾路四街は道が塞がれ野次馬で黒山の人だかりだった。右側には韓国軍の海兵隊、左側には銃を担いだ国連軍が一列になって北へ北へと昌慶苑方面に向かって行進をしており、通りの真ん中では戦車が列を作って次から次へと動いているのだった。ヘルメットの下からのぞくギラリと光る血走った恐ろしげでいかめしい目、泥まみれで真っ黒に日焼けした顔、泥だらけの軍靴……戦車のキャタピラの音以外には耳に聞こえる音とてない静まり返った中を粛々と歩いて行くのである。

「万歳(マンセー)！　万歳！」という声がした。

それは心の底から湧き出した声だったが、腹ペコのお腹から絞り出す涙ぐましい訴えのようにも聞こえるのだった。皆の口からは力いっぱい吸いこんだ息を一気に吐き出すように、ハーハーという大きな息遣いが出るばかりだった。それは溜息ではなく、三カ月の間固まっていた手足を伸ばして、筋肉がほぐれ血管が広がろうとしても、血が干からびていて、興奮した気持ちのようには筋肉が躍動できず、血管がふたたび不活発になったためだった。長らくの栄養失調と運動不足で、喜びと歓呼の感情表現さえもまともにできないほどだった。

今しがた刑務所の出口から出てきた人のように人々の足元もしっかりせず、ふらついていた。

鄭専務の家の開け放たれた玄関先は、箒(ほうき)の目の跡もくっきりときれいに掃き清められており、国旗が朝の風にパタパタと翻っていた。主人が戻ってきているのだろうと思ってスンジェはうれしくもあったが、また心がざわついて重たいものが沈み込んだように感じるのだった。中戸(チュンムン)の中を覗き込みながらも、まず目に付いたのは下(しも)の部屋——明信(ミョンシン)の部屋だった。窓が開いたままの部屋には誰もおらず、テーブルと椅子、それに本棚だけが目に入った。

「あら、どうしてまた、こんな早くにいらっしゃったの？」

達永の妻が台所から飛び出してきた。居間からは四歳になる次男坊が走り出てきて、

「父ちゃん帰って来たよ。父ちゃんピストルぶら下げてたよ」

と、はしゃいだが、主人はいないようだった。きのうの夕方、ちょっとの間、家に寄ったのだが、そのまま北朝鮮の方へ行くのやら、今日もまた立ち寄るのかどうなのか、わからないとのことだった。

「とにかく、どんなにかありがたいことでしょうね」

「いやもう、軍服で入ってきたのを見たら、肝を冷やしながら引き籠っていたんだから、どれほど驚いたことやら、初めは誰だかわからないぐらいでしたよ」

誰だかわからないということもないのだろうけれども、あまりにも不思議なものだからそう言うのだった。

「へえ、で、今どこに行っておられるんです？　皆さんご無事なのかしら」

「釜山(プサン)ですって。でも実際、社長が下って行けなかったものだから、何もできないでいるんですって……。あ、そうそう、社長の消息はわからないんでしょ？　どうしてまた、そんなことになったんですかね？」

「何だか例の禍々(まがまが)しい宝物のせいですかね。うまく隠しておいた物とか、身に着けていたものを探し出して持って行かれるんじゃないかと心配して、あせっておられて……」

「でも、今回は出て来られるでしょうよ」

「刑務所におられさえしたらですね。でも難しいでしょうね」

スンジェはそれ以上聞き出せることもなく、戦闘中の軍隊について行っている人間を待つというのも無意味な気がして、自分が永植の家にいるということだけを伝えて出てきた。

恵化洞の金社長が釈放されるにしても、すでに出てきているはずもなく、気乗りはしないのだが、ここまで来たのだからと思って、立ち寄ってみることにし、苑南洞（ウォンナム）の方に抜けようとすると、ここでもまた軍隊と出くわした。韓国軍が通り過ぎてその後を国連軍が行進していくところだった。一個中隊ほどが通過した後に、司令部の幹部たちなのか、米軍将校の乗ったジープが次々と通り過ぎる。もしやその中に鄭達永が混じってはしないかと思って、目を凝らして見たが、いない。永植が抜け出して来ていたら、あの中に混じっているはずだと思うと、歯がゆくもあった。

さらにその次には軍服を脱ぎ捨て、白っぽい下着姿で両手を挙げて歩いてくる一個小隊ほどの兵士が続いた。頭上に銃床を横にして持ち上げて歩いている者もおり、皆、裸足だった。前後左右は韓国軍の兵士が銃を構えて進んで行く。どこからか拍手が聞こえた。

「殺せえ！」

「そうとも、殺さなきゃ！」

中老の連中の激怒している声である。拍手の音は次第に減った。あの連中が引き立てられて行けば、すぐさま殺されるのじゃないかという恐怖で皆、どんな気持ちだろうかと思うと、興味本位での拍手や彼らへの敵愾心（てきがい）も減ってしまったかのようである。

スンジェの頭の中では三カ月前に大学病院の小高いところ、格子門の前に倒れたまま腐りかけている、白い包帯をグルグル巻きにした韓国軍兵士の、パンパンに膨れて裂けた顔が浮かんできた。

（あれを考えたら……）

しかしあの若者たちが同じ血を分けた者なのは当然で、もしかしたら嫌々引っ張り出された者たちであるかもしれず――いやそれよりも、まさに二、三日前に連行されたばかりの若者たちがあの中に混じっているとすれば……あれやこれや思うとスンジェの気持ちは暗くなった。

(ああ、平壌に行っているだけ、まだましなんだよね!)

スンジェは三カ月前にソウルが混乱した日に、永植と一緒に歩いていたその道を、解放された今日という日に一人で逆コースを辿っていることを思うと、胸が張り裂けるようだった。

恵化洞のお宅に行ってみると、社長夫人はもう社稷洞の方に行ったとのことだった。

「そのことで夜も寝られず痩せ細って、今にも死にそうになっていたんですから……」

宗植の妻は元気がなかった。この家では、解放されたとはいっても誰一人うれしそうな顔の者はいなかった。

「それもそうだろうけど、釜山の方は無事なんだそうよ。鄭専務が軍服姿で米軍と一緒にやって来たんですって」

それでもこの年若い女房は、夫の消息にもうれしい気はしない。

「もううんざりですよ! お金も嫌だし、結婚生活ももう嫌になりました。私、どうしたらいいんでしょう?」

と言って若妻はハラハラと涙をこぼした。この間に姑にかなり苛められたようだった。こんな時代でも姑にいたぶられる嫁がいるということを思うと、スンジェはこの若嫁がかわいそうにもなるのだが、また情けない気もした。

スンジェは天然洞に戻ってきながら、永植の平壌の連絡先を書き置いてしっかり頼んでおくべきだったと後悔した。まさか鄭達永がそんなにも急いでソウルを出立することはなかろうと思って、次の機会に会いに行って話をしようと思っていたのだが、議政府[ソウル北方の京畿道の町]の方にどんどん行ってしまうのを見て、すぐに追いかけようかと焦ったりした。三十八度線を越えて北になだれ込むのであれば、達永が行かなくても誰かに言伝ててくれるように、すぐにも言っておかなければならないだろう。

しかし、家に帰ってご飯を食べ、足は痛いけれど、もう一度行ってこようかと母親と相談しているところへ、玄関先でブルルンというジープの音がした。

もしや！　と思って目を大きく見開いて耳を澄ましていると、

「おばさん！」

と言いながら達永が遠慮なくズカズカと飛び込んでくる。ワーと板の間の先や中庭の方に出てきた三人の女はうれしいのもあるが、何だか不思議な気もして、しばし言葉が出なかった。永植の母親は息子のことを思って溢れる涙を隠そうと懸命だった。

「さあて、どう言ったらいいのかな。私の責任もあるんですけど、詳しい話をする時間もないので、平壌に行っているのは知っておられるとのことですから、住所がわかっていたらこっちにください」

達永は挨拶も何も抜きにして急(せ)かして言う。軍服をパリッと着こなし、血色もいいので、本当に肉付きもよくて五、六歳若返ったかのようである。スンチョルが羨ましがっていたピストルも腰に装着している。

自分の責任だというのは、六月二十七日の夕方に抜け出させて、妹と一緒に送り出そうとちゃんと手筈(はず)を整えていたのに、社長と連絡が取れず後に残してしまったことを言うのである。とりわけ、永植と別れ際に、この母親と娘は自分が連れて南下すると約束したことを守れなかったことをすまながるのである。

「じゃ、平壌まで行くんですか？」

「はっきりしたことはまだわからないが、行くと思います。行かなくちゃ話にならないでしょう」

達永は自分自身、断固たる決意をしているというように、力強く答えながら、

「おばさん、心配でお顔の色がすぐれなかったんですよね。そうなんでしょう？」

と、一人合点してうなずいたと思うと、

「で、ミス姜はどうしてここにいるんです？」

と、スンジェをまじまじと見つめて、彼女がきれいに整え使っているらしい向かい部屋の方に目をやった。

ちょっと変だという目つきだった。スンジェのことをミスと呼ぶのは、過去のことは聞かないとでもいうように、以前からそう呼び習わしてきた癖だった。

「あっちこっち、うろうろした末に、こちらに落ち着いたんです」

と言ってスンジェは視線を逸らした。永植の母は何から話したらいいかわからず、あれこれ話をした。そしてすぐ行かねばならないと言って上り込まずに立っている人間に、板の間の端に座布団を出したり、娘が探し出してきた永植のハガキを手渡しながら、こまごまとした頼みごとをしたりで……大忙しだった。

「ところでミス姜、私と一緒に社稷洞の本家だとかいうところに行ってみましょう。恵化洞に行ったら、奥方はそちらの方にお出になったと言うんだけど、時間がないんで。そこまで行って、ちょっとだけお会いしてから行こうと思ってるんですけど……」

いつ出動命令が出るかわからないので、昼食時間まで外出許可をもらって自宅、恵化洞と立ち寄って来たところなのだという。

「さあ、あそこにそのままいらっしゃるかしら」

スンジェは急いで部屋に戻ってサッとワンピースに着替えて出てきた。素足に靴を履いてハンドバッグを小脇に持ちジープに身軽に乗り込んだ様子は、軍服の男性の連れにふさわしく見えた。永姫と母を残して、車はブルルルと音を立てながら去っていった。

「釜山はどうでした？」

「狭いところにひしめいていてね、物価は日増しに上がり、浮ついた気分で明日のことはいざ知らず、どんどん金を使ってでもまず腹を満たそうと躍起になるなど、解放直後と同じ感じでしたよ」

「あら、ソウルでは飢え死にしそうになって、やっと生き延びたのに。だから急にお太りになったのね。奥様は見るにしのびないんじゃないですの？」

「女房よりも子供たちがかわいそうだね。でも僕の贅肉（ぜい）を削るわけにもいかんからねぇ」

ジープはもう興化門（フンファムン）［鍾路区新門路にあった慶熙宮の正門］の前に差し掛かっていた。

「お年寄りたちはじっとしていらっしゃったでしょうけど、明信（ミョンシン）は勉強もできないし、退屈でしょうね」

このことが一番気がかりで、聞いてみたかったことだった。

「海軍本部に入って通訳もしているし、タイプ打ちもするから目が回るほど忙しいそうです」

「いいですわね。お兄さんと妹さんが陸海軍に入って大活躍されて……。で、うちの姪（めい）っ子の旦那は何をしているのかしら？」

宗植のことである。

「ドル箱を置いたまま下ったんだから、元気なわけがないでしょう。私らと一緒に一軒家（や）を手に入れて私と相部屋だったんですが、仕事もないし。最近はダンスホールに入り浸っているようです」

そういえばそうだろうが、明信と一つ家にいるというのが変な気もした。避難中のことだから仕方ないにしても、お互いに窮屈だろうし、二人ともかわいそうな気もする。車が渋滞もなく社稷洞の家がある町内近くまで来てしまったので、それ以上話をする暇もなかった。

社長夫人は裏庭から掘り出した大きな甕二つにボストンバッグと布団包みを傍に置いて座っており、この家の老主人は運び屋を呼びに出かけたとのことだった。

達永は奥方に挨拶をしながらも、目は自然と甕の方に行った。釜山から出発する時、宗植が三千万ウォンという金を銀行から引き出し、妻の実家に埋めておいたという話を初めてしながら、上京したらどうなっているか行って見てくれ、という頼み事をされていたのである。

「あの子は足が折れたから、来られないと言ったのかね。あの子が引っかかって来られないいんじゃ、うちは滅びるんじゃないか。……あのやり手の女房に会えないと目が爛れると言ってでも、一緒に上京すべきじゃなかったのかい」

社長夫人のこんな見当違いの不平を、時間のない達永はまともに聞くこともなかったが、

「これ、持って行かれるんでしょ？　私の車でご一緒に行きましょう」

と、運転手を呼び入れて腕時計を見ながら急がせる。

「あの日のことにしても、宗植は何のために無理してここまでやってきて夜明かしまでして、自分の父親をあんなことにしてしまったんだろうね」

達永が軍服を着てジープで乗り付け颯爽と入って来るのを見ると、羨ましくもあり、金を入れた甕を埋めたところに掘り返した跡があるのは変だということで、すったもんだのあげく、よけいに腹が立ち、周りのことも考えずに言いたい放題に独り喚いて座っているのだった。

「鄭先生は時間がないそうですよ。今そんなことをおっしゃっても仕方ないじゃありませんか」

相舅だとはいえ、社長夫人にここまで繰り言を言い立てられてただ立っているだけのスンジェが、見かねて言葉をかけると、いつ会ったのかも思い出せない人間だとでもいうようにジッとみつめると、

「まあ！　どうしてここまで来たんだね。吸い上げるのがまだ足りなくて、これを持ち出そうと二人して来たんだろ？」

と言ってへらへら笑う。もう呆れて皆、遠巻きに見守るばかりだが、この笑い声はまともな人間のようではなかった。

それでも奥方を連れ出し引き剝がすようにして車に乗せた。

スンジェは車に乗り込む達永にサッと手を差し伸べて握手した。前線に出て行く人に惜別と感謝の意を表したのだ。

「ええい。私はもう知らないよ！」

社長夫人はまたカラカラと笑う。車は出発した。

スンジェの頭からいつまでも離れなかったのは、握手した時に何かに怒っているかのような鄭達永の冷たい顔色だった。何やら嗅ぎ付け腹の中で怒っているかのような表情でもあり、戦地に向かうのが寂しいからのようでもあった。それと同時に、オフィスガールになったという明信の様子も気になるし、宗植と一つ屋根の下でどうやって過ごしているのだろうと、あれこれ想像しても見るのだった。その一方で、明信にすまない気持ちになり、すべてのことが明信と周りの人たちに露わになる日が近づいたこととも不安であった。しかし、ふとした機会にこうなってしまったというのが幸いだという気にもなるのだった。遠くに離れていた永植が帰ってきてどんな顔をするか、また明信がソウルに戻ってくることに

なったら気持ちがまたどう変わるか、それが今から心配でならない。

スンジェは達永を送り出してから弼雲洞(ピルン)の家に立ち寄り、家政婦(シンモ)に今日から斎洞のスンジェの家に行って留守番をしながら町内で左官を探しておくように言い付けた。達永がいつ平壌に入れるか、また入ったとしてもすぐさま永植を連れ戻るとは考えにくいが、いつまでもこうしているわけにもいかないし、これからは徐々に銀行も再開されるだろうから、大金ではないものの、二、三十万ウォンほど預金が残っているのを当てにして、まずは家の修理をしようというわけである。

居間のオンドルを剝(は)がしてやり替え、壁紙も張り替えて、割れたガラス窓も入れ直したりしていると一週間経った。しかし、やり始めたからには、と欲が出て、あちこち手を入れていると、またたく間に日が経っていった。一晩寝て夜が明けると、天然洞(チョニョン)から斎洞まで出勤でもするかのように毎日出かけるのはきついけれど、楽しみでもあり、生き甲斐も感じて、そこはかとなく楽しかった。

離れの壁紙貼りまで明日には終わりそうで、今は弼雲洞に持っていっていた所帯道具も持ってこなければと思うと、スンジェは引っ越すのが寂しい気もして、天然洞の家から出て来るのが大仕事のような気もする。心は平壌に飛んでいた。永植が帰ってくるのを待ちきれずに引っ越すのが心残りでもあった。

しかし、十日には元山(ウォンサン)〔当時は江原道で、現在は咸鏡南道の町〕を奪還したというし、その二日後には海州(ヘジュ)〔当時は黄海道で、現在は黄海南道の町〕を奪還したとの放送を聞くと、その速さなら平壌まで何日もかからないだろうという心強い気にもなるが、平壌を奪還して永植がソウルまで下って来るには、まだ半月かかるやら一カ月かかるやらわからないので、どっちつかずの状態のままでいるわけにもいかなかった。

今日は母親と弟のスンチョルが来てくれたので、前庭、裏庭をきれいさっぱり片付けて、板の間の雑巾がけをしていたところ、突然、意外な客が駆けつけてきた。

「あ、誰かと思ったら、いつ戻っていらしたの？」

入ろうとして中戸（チュンムン）を入ったところで立ち止まっている宗植のところへ、スンジェは駆け寄りながら驚いて声を上げた。

「皆さん、ずいぶんと苦労なさったでしょう？」

自分の身が喪主のようなものだとの思いからか、あまり元気のない声だった。それでも三カ月の間、何の心配もなく食べて過ごせたからか、以前と変わらず風采もよく、グレーの中折れ帽に赤い筋の入ったネクタイをパリッと締めて薄青いスプリングコートを着込んだ様子は、今まだソウルではこんなにも端正に着こなした紳士を見かけないだけに、むしろ目を疑うばかりである。

明信の計らいで海軍の船で鄭会長夫妻の一行と一緒に仁川まで来て、きのうの夕方ソウルに入ったとのことだった。明信が海軍本部の先発隊の入城とともに来るのに同行して、急いで戻ってきたのだという。

「もう何とご挨拶したらいいのやら……」

「挨拶も何も、みんな私が至らなかったせいです」

「誰のせいにすることもないけど、鄭専務が追撃して行ったので何か便りがあるでしょうよ。中課長〔永植〕がお父様をお連れしてソウルに戻ってこられるかもしれませんし」

慰めるようにこんなことを言うしかなかった。

「さあ、そんな奇跡が起こりますかねえ。で、中君の消息があったんですって？」

宗植はそれ以上、気にして聞くこともなかった。会社の仕事のために一緒にいるわけで、友情はずっと維持してきたし、またあんな具合に捕まったのが良かったと思っているはずもないが、それほど関心がないのかも知れない。スンジェとしても永植の話はそれ以上持ち出したくなかった。思うにこの人とその父親が、永植に好感を抱こうにも抱きようのない、妙な状況に置かれているのも何かの因縁かもしれないことである。

宗植がこんなにも急にスンジェのところに訪ねて来たのは、自分も一日も早く父親の後を追って平壌に行きたいのだが、米軍部隊の軍属として従軍証を貰い受けるとか、身分証明書のようなものを一枚もらえないかということを相談をしに来たのだった。

「さあ、以前はＣＩＣ［解放後に駐屯した米軍の諜報部隊。一九四八年に一応、撤退していた］に知り合いの将校が二、三人いたんだけど……」

「よかった。行きましょう。もう少し探ってはみるけど、平壌が奪還されてから、もう二週間にもなるのにさっぱり知らせがないところをみると、やっぱり連行されたんだよ。それはさておき、うちの母が変なことばかり言うようになってね、どうも気がおかしくなったようなんだ。大変なことになったよ！」

と宗植が溜息をつくのでスンジェも目を丸くした。

「まあ、どうしましょう。爆撃に驚いた上に、ご主人があんなことになったからなんでしょうけど……」

「こちらに来ているはずだから、私もいっしょに行くと一晩中、腹を立てていたと思うと、今朝は申君の家の屋根裏部屋に隠れておられるはずだと騒ぎ立てるんだよ」

スンジェには聞くも哀れな話である。手を洗って髪をちょっと整えてから、後のことは母親に任せて宗植の後について出かけた。

とっかかりやすいので、まずは半島（バンド）ホテル［現ロッテホテルの場所にあったホテル］に行ったが、ＣＩＣの事務所の場所を探すのにひとしきり迷った挙句、やっと訪ねていくと、テイラー少佐は転勤になったというし、ドッジ大尉は外出中だという。

しかたなくそこを出て、宗植の言うままに泥峴（チンコゲ）［明洞（ミョンドン）の昔の俗称］まで歩いて市公館［昔、明洞にあった明治座の建物を使ったソウル市の旧劇場］

の向かい側の路地を抜け、昔の三中井（みなかい）［明洞にあった旧日本系の百貨店］にある海軍本部に明信を訪ねていった。市公館向かいの町並みは表通りだけは昔のまま残っていたが、向こう側はすっかり焼け落ちたまま放置されており、遠くに見えるどこの家の甕置き場なのか、甕だけがずらりと並んだままでそっくりそのまま残っているのが目についた。それでも左右の道端ではもう焼け跡を片付け、テントを張って洋服地を出して並べたり、カバン屋が出たり、骨董品を掻き集めた店もあった。米軍がふたたび戻ってきたので、こんなものででも一儲けしようということらしかった。

明信は正午に会うことになっているとかで、昨日到着したばかりだからか、まだ来ていないとのことだった。スンジェは会うことになったらどう対したらいいか、心の準備ができていなかっただけに、いなくてかえって良かったと思うのだった。会って昼食でもいっしょに食べようと考えていたのか、残念がる宗植と別れてスンジェは天然洞に早々と戻ってきた。

奇跡

ガラリと開け放たれた正面玄関から中庭に町内の婦人たちがわんさと詰めかけているのを遠くから目にして、スンジェはどうしたんだろうと思った。中戸（チュンムン）の中に急いで入ってみると、中庭に集まっていた婦人たちがサッと道をあけてくれ、

「あっ！」

と言いながら板の間に腰かけていた永植（ヨンシク）が勢いよく立ち上がった。

スンジェは、玄関先でチラッと見かけて物乞いにしか見えないその顔と薄汚い格好に驚きもしたのだが、溢（あふ）れる涙に前が見えなくて、沓脱（くつぬぎ）にも上がれず、そのまま傍に立っている永植の肩に手をついてオイオイと声を限りに泣いた。「ああ！」と目を大きく見開いたまま顔がくしゃくしゃになり、胸が掻きむしられるように泣くその表情と泣き声に、永植も鼻先がツーンとして、見つめあったままぼんやりと立ちつくしていた。けれども今になって初めてこの女の気持ちがわかった気がして、満足と感激を覚えるのだった。町内の人たちの挨拶への応対やら息子の話に耳を傾けるやらで、落ち着く暇（いとま）もなかった母親も、スンジェと妹が抱き合って泣いているのにつられ、また涙がこみ上げきたが、急いで着替えを取り

に部屋に入った。

「どうぞ部屋にお上がりなさいな。また後で出直しますよ」

隣の家の若いおかみさんが帰っていったので、うれし涙を分かち合いながら大騒ぎしていた婦人たちも一人二人と帰っていった。身内の人間だけになったので、スンジェは初めて我に返って彼の顔をまともに見つめはしたものの、張り詰めていた気が緩んで何を話しかけたらよいのやら口が動かず、ぼんやりと見つめて、立っているばかりだった。

「皆さんご無事なんでしょう？　南に下った連中は戻ってきたんですか？」

永植も興奮が収まっていないので、立ったり座ったりしながら視線も定まらず、スンジェの視線を受け止めるのが気恥ずかしいかのように、顔をほころばせ、やっとこれだけ言った。

「ええ、少しずつお話ししますわ。それにしてもどうやって戻ってきたんですの？」

スンジェは、またもや泣きの涙になった。あまりにも不思議で夢のように思われ、スンジェも気が抜けたようだったが、それでも皆無事なのか、というのは社長の安否を尋ねるという意味であり、南に下っていた人が戻ってきたのか、というのは明信(ミョンシン)のことがまずもって気にかかるという意味のようで、気にはなった。

「早く靴を脱いで、落ち着いてからゆっくり話しなさいな」

母親は息子のぼろぼろの服装を見かねて、早く脱がせようとしたのだが、永植は体中がジトジトしているので先に風呂屋に行ってくると言って出かけようとする。

「まあ、そんななりをしてどこに行くっていうの」

母親はびっくりしたが、永植は笑いながら石鹸箱と手拭をくれと言う。髪の毛が耳を覆い、髭ぼうぼうの顔には黄色い湿疹ができていて、長患いの病人のようだったが、目だけはギョロつかせ、落ち着かない様子だ。中には何を着込んでいるのか、赤黒い手首だけが出た白い木綿の作業服を窮屈そうに着て、袖口から見える下着も上着同様真っ黒に汚れていて、底の擦り切れた布靴は泥水から拾い上げたようなのを、かかとを潰して履いていた。

「その服を包んで私にください。風呂屋の前まで持って行って置いてきますから」

スンジェは自分の変わらない愛情と尽くす気持ちを、言葉代わりにすぐさまそんなことで表したかった。

「どうせ私も市場に行かなくてはならないんだけどね」

母親が急いで包んだ衣類の包みを持って出かけようとするのを、ついでに市場にも寄ってきますから、と言って包みを受け取ってついて出た。

「今までここにいてくれて、ありがとうございます」

路地から出てくるまで無言で歩いていた永植は、初めて口をきいた。

「何を言ってらっしゃるの」

スンジェはまたしても喉が詰まって咎めるように言いながら、涙をにじませた。その服装を見ればどこを転々としてどれほど苦労したことかと胸が締め付けられ、かわいそうでたまらなかった。けれども、やけに丁寧な言葉遣いをするのを聞くと、男の気持ちが遠ざかり、よそよそしく話すようで嫌だった。

「こうしてお会いできたから、もう私、多分いつ死んでもいい感じですわ」

スンジェはまた涙がこみ上げてくるのを我慢した。

永植はありがたいという気持ちで胸が詰まりながらも、すっきりした気分だったし、また、次第に落ち着きを取り戻してもいた。

「お母様があまりにも心配されて、見ていられなかったんですけど、お母様があんな感じなので、私の方は慰めて差し上げるのが精いっぱいでしたの。それで自分が心配する気持ちは口にも出せなくて、こんなにやつれてしまったんです」

と、スンジェは気が抜けて元気なく溜息をついた。手前味噌のようだったが、自然と訴えるような言い方になった。永植は遠くを見ながら微笑むばかりだった。

「でもあなたのご苦労のことを思ったら、それぐらい何でもないですわ」

永植はやはり微笑むばかりだった。けれどももちろん、ただただありがたかった。それを口にしたくはなかった。口を開くと、手にした花束を損ねてしまうかのように、この喜びが崩れてしまうような気がして、絶頂に達した華麗な気分を大切に大切に抱いたまま歩いていくのだった。

道行く人たちは、洋装の美人と襤褸(ぼろ)をまとった男が並んで囁き合いながら歩いて行く光景に目を丸くして、チラチラ見ながら通り過ぎていった。そのたびに永植は凱旋(がいせん)将軍にでもなったように肩で風を切るのだった。

(……僕は助かったんだ。帰ってきたんだ。恋人がこうして傍にいるぞ!……)

永植の頭の中はこの思いだけだった。すべてのことが夢の中のことのように不思議で、奇跡のようだった。怖いものはないし、気にかかることもなかった。服の中にシラミが湧いてなくて、手の爪に垢が溜まっていなかったなら——いや、道を通り過ぎる人さえいなかったなら、この女をギュッと抱きしめたかった。女の涙だけが、むせぶような声だけが、いっぱいになった胸を静かに抱きしめてくれて鎮まらせてくれるようで、この間の苦労を無言で慰めてくれるように感じた。平壌(ピョンヤン)でのあのゾッとする爆撃の中を這いつくばってあちこちに追いやられたり逃げまわったりしていた時の危険きわまりない思いと、遂安（スアン）［平壌東南方の現・黄海北道の町］まで逃げてきて、道に迷い山の中をさまよった時の絶望と、恐怖で舌も乾ききったことを反射的に脳裏に思い浮かべた。それを思うと女の胸に顔を埋めてむずがる子供のようにオイオイと泣きたいような甘美な気持ちに引きずり込まれていく。それは母親からも感じられなかった瑞々（みずみず）しく、血沸き肉踊る生命の叫びのようでもあった。

「湯船に長いこと浸かっていたらだめよ。倒れるかもしれないから。私、三十分したらまた来るから」

「心配するなよ。僕を誰だと思ってるんだい」

永植はワハハと笑いながら、風呂屋の戸口の前で衣類の包みを受け取りながら手が触れたので、どちらからともなくギュッと手を握って、お互いに身を震わせた。

スンジェの胸の内はすっかり緊張が解け、込み上げかけていた悲しみはスッと鎮まるようだった。涙も収まった目には力強い目の輝きが沸き上がってくる。

市場を回って掛け合い買い込んだものを腕いっぱいに抱えて戻ってきて、中戸（チュンムン）の敷居のところでスンジェが、

「永姫（ヨンヒ）さん、これちょっと受け取ってくださらない？」

と声をかけると、板の間の端に座っていた明信が真っ先に駆け寄った。

「あら、誰かと思ったら？　ちょうど見計らって来たみたいね！」

スンジェはともかく驚きながら、うれしそうな素振りをしてみせた。

明信はきのう家に帰るやいなや、この驚くべき知らせを耳にして、何も手につかず出勤もせずに引き籠（こも）っていて、それでも何かわかるのでは、と思ってこちらに来たらしく、スンジェが海軍本部に訪ねて

行ったことも知らずに来たのだった。

「申先生が帰って来られたんですってね？」

明信は、風呂屋に行ったのでもうじきに戻ってくるという話は聞いていたのだが、それでも信じられないのか、スンジェにそれとなく尋ねるのだった。

以前にも兄の遣いということで二、三回来たことのある家なので、こういう時に挨拶に来たとしても、とやかく言われる筋合いはないのだけれど、自宅を出る時に遅くなっても出勤はすると言って出てきて、こちらでは母親からご挨拶してくるようにと言われて来たのだ、と嘘の伝言をするほど、この家に来るのは気恥ずかしくてぎこちないところがあった。温かく迎え入れてはくれたのだが、慶事があった家のようでもなく、何か心配事でもある人たちのように、そっと顔色を窺いながら、少し前に永植が帰ってきた、と言うので、こちらをからかっているのか、騙そうとしているのじゃないか、という猜疑心が起こるのだった。それほど明信の神経も疲れて過敏になっているのかもしれなかったが、鬼神に呼び出されたように、一足先に死んだのだろうと嘆いていた人が戻ってきたというので、あまりにも不思議でうれしくて、素直に聞き入れられなかったのである。

「天のご加護だわね、奇跡よ！」

スンジェの緊張が解けて浮き浮きして笑いが止まらないのを我慢し堪えている様子は、まるでほとんど死にかけた息子を救い出した母親の喜ぶ有様さながらだった。実際に母親や妹よりも元気いっぱいな様子なのが、明信にはちょっと変に思えた。天の加護だとか奇跡という言葉が正しいとは思うのだけれど、自分よりももっとうれしそうに心がワクワクするのか、と思うと嫉妬みたいな訝しい目で見ながら、

「それで、どうなんですか？　お体は大丈夫なんでしょう？」と続けざまに尋ねるのだった。永植の母

親や妹がすっきりした顔をしないわけが、もしかして身障者になって戻ってきたとか、病気になっているのではないかという疑いもあったのである。

「着ていた服なんか、明信さんが見たら、びっくりして気絶しそうなものだけどね……」

スンジェは曖昧な言い方で笑ってみせるばかりだった。どうもだんだん冷たい視線になるようだった。実のところ、縁談の話があってからは、明信の方でもスンジェに対して好感を持つことはそんなにできなかったし、永植に関する限り、スンジェには一切話をしなかった。けれども、こんな場合、スンジェしか自分の味方になってくれる人はなく、じれったいのでこの人に聞いてみようというわけである。けれども死線を越えて戻ってきた人の面倒を見ようとするからなのだろうが、スンジェ自ら、おかずや果物の交渉をして帰ってきた振る舞いといい、スンジェが使っている部屋だと思うのだが、向かい部屋を新妻の部屋のようにこぢんまりとしつらえて過ごしている様子をみると、まるでこの家の嫁のようだという感じがして、それもまたおかしいという気がした。

(どうして、よりによってこの家にいることになったのかしら?……)

避難民があっちに行きこっちに行きと右往左往して、一人ひとりが行き場もなくて慌てふためいていた時だとはいえ、自分の家族たちを差し置いてまで、どうしてここに来ていたのだろうかと思った。

母親と妹・永姫は、台所を出入りしながら二人のやり取りをチラチラ窺っていたが、

「冷えるから二人とも上がって部屋で話しなさい」

と勧めてみたが、明信もスンジェも、話がそれほどかみ合うわけでもないので、上がって向き合って座るのが嫌だった。

それでもスンジェは洋食を一皿作るんだということで、フライパンを出して手にパン粉をまぶして立

ち働いて忙しそうにするのでまだ間が持ったが、明信はじっと座って男が帰ってくるのを待っているだけで、それがまたほかでもなくこの家では、非常に居心地が悪く、恥ずかしい気がした。

「出直してきます。明日また伺います」

明信が二度も立ちかかるのを、永植の母親は、

「もうじきだよ。会ってから昼ごはんも食べて行きなさい」

と引き留めるので、また座り直した。明信は永植の母が懸命に引き留めるのはうれしかったが、スンジェの視線はまた違っていた。

「何でだろう?……」

息子にまた何か心配事ができたわけでもなく、帰るという人間を一生懸命引き留めるところをみると、自分が来たからというわけではないらしいけど——と、明信はまた首をかしげるのだった。

スンジェも次第に口数が少なくなって、しきりに自分の思いに沈んでいく様子だった。

永植は明信が来てから一時間以上が経つのに、すっかり日が暮れるまで帰ってこなかった。家の雰囲気は淀んできた。

「どうしたのかしら？　ひょっとして散髪屋にでも寄って来られるのかしら。どうしてこんなに遅いんでしょう?」

スンジェはこの母と娘が黙って自分たち二人がやり取りする様子を観察している気配をとっくに感じていて、それによって元気にふるまう気力が削がれそうになるのを振り払うかのように、沈黙を破り平然を装って話しかけた。

「そうだね……。お腹も減ったと思うんだけどね!」

母親も、疲れた体で湯に浸かっていて、どうかしないといいが、と気がもめた。

「散髪屋に行ってみてきます。荷物もあるから……」

と言って、スンジェはどこの散髪屋に行ってみればよいのかと思いつつ、すぐさま立ち上がってサッと出て行った。母親は止めはしなかったが、あまりに永植に気を遣われるのもまたいい気持ちはしなかった。明信の手前もよくない気がした。

この母親は明信がやってきたのを見て、すぐ引っかかったのがスンジェのことだった。息子の立場も困るし、自分としても気まずくて、これまで難局を一緒に切り抜けてきた情理からしても、どうやって彼女をそっと引き離すようにしたらいいのかも難問だった。スンジェもかわいそうだし、明信にもすまないことだった。妹の永姫にしてもこのことが心配で頭がいっぱいだった。目ざとい明信の目に、この家の皆が元気いっぱいな様子が、どうしてなんだろうと不思議に映るのも無理からぬことだった。

「スンジェさんの前の夫がアカなんだとかでね。平壌から下ってきてあの子を捕まえようとするもんだから、実家にもいられなくて、逃げ隠れするので大変だったんだよ……」

永植の母親はスンジェが出ていく後姿を見やりながら、所在なさそうに座っている明信に話しかけながら、板の間の端に来て腰かける。息子の弁解と自分の言い訳もしたかったのである。一度も結婚していない息子をスンジェにくれてやるはずもなく、かといって明信の家の鄭(チョン)会長のところが反対していることもあって、未練がましくこの娘にこだわることもないのだけど、母親はこの明信が気に入ってはいるのである。それで自分の体面もあるものだから、言い訳が先に出るのだった。

「エエッ、そうなんですか。平壌から下って来られてたんですか？」

スンジェの過去を大体のところは想像していた明信は、すぐさまスンジェがここに来ているわけが分かったというように、顔色が明るくなった。

（……そりゃそうだよね、いくらなんでも彼がまさか……。スンジェもそんな人ではないはず……）

という安心感が広がった。

おかずの材料を買ってきて迎えに行ったとしても、一つ屋根の下にいるのだからそうなんだろうし、面目を立てようとしているんだろう、家事をやりくりしている嫁のようだと感じる自分の方が間違っているという気にもなった。

しかしスンジェが出て行ってからいくらも経たないで、衣類の包みを下げて意気揚々と永植の後から彼女が戻ってきたのを見ると、明信はドキッとした。

「やあ……」

前もって知らされていたので心の準備ができていたからか、永植が弾んだ声でワハハと笑うのが明信にはちょっと空々しいものに思われた。スンジェの態度から心の片隅に不信感が芽生えたからか、明信も思い描いていたよりは感情が乗らなくて、何かを間に挟んで立っているかのように、無言でジッと見つめては口元ににっこり微笑を浮かべるだけだった。涙も出なかった。

散髪をして絹織の上下を着てすっきりした様子を見ると、どこの新郎がやって来たのだろうと思われて、明信としては、かわいそうにと思うよりは、ただただ元気でよかったと思い、ありがたかったが、一緒にいるスンジェのせいでちょっと距離を感じるのだった。三月(みつき)の間、別れ別れにいたからといって、よそよそしくすることもないだろうに、それでもお互いの生活があまりにもかけ離れていただけに、気持ちが通じないところもあった。とりわけこの男性を心の中で勝手に思い描いていただけの明信は、この男の生活の中に入り込んでいるスンジェに比べると、枠の外にちょっと離れて立っているというにすぎないのをどうすることもできなかった。

「早く上がって楽にして、横になりなさいよ」

スンジェが病人に手を貸して上がらせようとするかのように、肩に手を当てて先に立って急(せ)かす様子が、もう誰の前であろうと、気兼ねして隠し立てするような態度ではなく、大胆に露骨にあけすけに振舞うという様子。誠の気持ちからにじみ出てくるものを我慢できないからなのだろうが、一つには明信に対する当てつけであり、無言の布陣であり、宣言でもあるのだった。

「さあ、お上がりなさいよ。今しがた、スンジェさんからおおよその話は聞いたんだけど……ハハ！何から話したらいいかな」

永植は、今度は気の抜けたような声で板の間の端っこにドッカリと座った。

「お疲れでしょうから、お話は今度でいいです。私、もう帰らなくちゃ」

明信は立ったままでそのまま帰ろうとする様子だった。食事になったらその場で皆と一緒にいるのも嫌だし、話が長くならないうちに早く抜け出したかったのだ。なぜだかスンジェが翼を広げて立ちふさがって彼に接近できないようにしようとするかのような、変な雰囲気が不快で目障りなので、それ以上いたくなかった。

「僕はそんなに疲れてないよ。遂安(スアン)までは必死の思いで逃げ出してくるのに苦労したんだけど、運が良かったことに、トラックに乗せてもらってね。新渓(シンゲ)［現・黄海北道の町］から漣川(ヨンチョン)［京畿道の町］へと回り道はしたんだけど……」

永植はまだ興奮が冷めやらず冷静になれないのか、明信にまともに挨拶をするとか、相手方の話を聞くというより、自分の話をするのに忙しかった。

「そんなこと言ってるけど、カラ元気なんでしょ。早く部屋に上がってちょっと横になって、それからご飯を食べなくちゃ」

母親が手回しよく居間に入って布団を敷くのを見て、スンジェは宥めるようにこう勧めながら、手に下げてきた洋服の包みをほどいて、

「これ、ちょっと御覧なさいよ」

と、明信の方に出して見せ、解いた風呂敷を取り除け、一緒くたになった真黒な下着や靴下などがドッと出てくるのを一つ一つ拾い集めては、下の部屋脇の納屋に持って行き、まとめて押し込んだ。明信は驚いたように顔をしかめて見せながらも、スンジェの顔をまじまじと見つめた。シラミがわいているかもしれない衣類なので、風呂敷に移るのではないかと思ってサッサと片づけるのかもしれないが、手を触れるのも気持ち悪い垢まみれの男の衣類をスンジェが率先して片づけなければならないわけでもなかろうものを、汚いという思いもなく、平気で触るのも明信には普通のこととは思われなかった。家事のやりくりなどには関心もなく飛び歩いていたスンジェが、こんなことまでこなせるのを見て余計に驚くのだった。なぜか明信の胸は恐ろしいものでも見たかのようにドキドキした。

「お邪魔しました」

母親が板の間に出てくるのを待って、明信は挨拶をした。声が少し震えていた。

「え、まだ……」

と言いながらも、母親はそれ以上引き留めようとはしなかった。永植も黙って座っていた。

「じゃ、また明日いらっしゃいよ」

妹の永姫と一緒に出てきて声をかけるスンジェの声が、肩側から何かを被せるようで、明信には首筋

をつかんで追い払われるように聞こえた。

「明日ご挨拶しに行くつもりだけど、お父様によろしく伝えてください。何時ごろ行くのがいいかな？……」

永植は引き留めるのも憚られて彼女が帰っていくのをそのままにしていたが、それでもそれじゃまずいという気がして、追いかけて行って声をかけた。だいぶん向こうまで出かかっていた明信は振り返って、ニコッとしながら、

「ええ、いつでもどうぞ。ゆっくりでいいですわ」と平常心で答えようとしながらも、顔が歪むのをどうしようもなかった。玄関先まで出ようとする永植をスンジェが引き留めて押し込むようにしているのをチラッと見て、見てはいけないものを見たように、ガックリとうつむいて逃げるように路地から抜け出るのだった。

大通りに出て初めてグッと詰まっていたかのような胸が、少しは息を吹き返して血が巡るような気がした。薄情だとか男が恨めしいとかいう気持ちよりも、ただただ非常に侮辱されたという思いだけで、夢にも思わなかった意外な展開に驚いた頭が混乱してまごつきながらも、スンジェに対する憎悪感で身悶えでもしたいほどだった。

（どうやったらあんなことができるんだろう！）

下唇を噛みながら元気なく歩いた。

（恥知らずで図々しくて、すまないとか恥ずかしいとかいう思いもなく、あの態度はもう――誰にも手出しさせないぞとでもいうみたいに……今に見てなさいよ……）

明信はまた歯ぎしりをした。

沈着で我慢強い明信は二十二歳という年齢もあるが、悔しい時に涙を浮かべたり心の中でジタバタしたりする性分ではなかった。けれどもそれとなく両親と対峙して言い合ってきたし、それほどに一生懸命築き上げた胸中の塔が不意に崩れ落ちたようで、惜しい気もして悔しく、またがっかりもしたし、独り悲しまないわけにはいかなかった。共同戦線を張って二人で戦わなければならないこの難しいヤマ場で、一方が裏切り反旗を翻して放り出したのだから、これまで無駄骨を折ってきた自分は何だったのか。どこか訴えて出る所さえないことを思うと、スンジェよりもむしろ永植が人間じゃないという恨めしい気持ちが初めて芽生えるのだった。

（でもこのままですませるわけがないんだから！）

明信は三たび歯を食いしばった。

しかし、何を見てそう言うのか。何の証拠があるというのか。根拠のない当て推量じゃないのか。明信はつらつら考えてみた。――

今しがた玄関先から出て行かないように引き留めて家の中に連れ戻したのも、疲れている人のことを思い、その程度の気遣いをするのは友達同士でもいくらでもやれることではないか。風呂屋に行った人があまりにのろのろ動いていて、くたびれ果てた挙句に間違いがあってはいけないと思っても、年若い娘［妹の永姫のこと］をついて行かせるわけにもいかないので、忙しい母親代わりに迎えに行って荷物をもらい受けて帰ってきたのかもしれない。だからと言って、それがどうして怪しいと言えるのか。他人の家に居候しているからには、嫌な仕事も手伝わざるを得ないわけだから、汚れた衣類の包みを好奇心に駆られて開けてみたついでに、持ち帰って片づけたのかもしれない。だからと言って、それが必ずしも夫の世話を焼く妻の仕事であるとばかり決めつけるというのは、どんなものだろうか？……こんなふうに思い

返してみると、明信は自分があまりにも神経過敏になっていたかもしれないと思えて、

（私、頭がどうかしたんだろうか）

と、思い詰めていた心が少しほぐれもした。ともかく一度会って話をしてみないとわからないと、はやる自分の気持ちを努めて落ち着かせようとした。

翌日、明信は事務室で働く間、永植が彼女の自宅に行く途中か来る途中で立ち寄ってくれないか、とそれとなく待っていた。通りに出てくれば、挨拶がてらにでも寄ってくれそうなものだが、来ないんだったら何かあったわけで、来てくれたら何もなかったわけだ、と独り心の中で占いをしながらボーッと座っていた。

「ミス・鄭（チョン）、面会です」

明信はタイプを打っていた手を止めて、顔だけ上げ、わかったという仕草をして見せながら、

（来たんだわ！）

と、内心うれしく思った。すぐさま訪ねてきてくれたのもうれしかったが、気に入った占いのとおりになったようで、ひとりでに口元に微笑が浮かんだ。打ちかけていた文章を急いで打ってまとめ、事務室の外に出て行きながら、耳元に落ちかかった髪の毛をかき上げた。顔が少し上気してくるのを感じながら心の中に異性を意識した。男性に対する愛情がこんなにも頭をもたげてきて、心がときめくのは久しぶりのことだった。

しかしドアを押して出て行った明信は本能的にさっと顔色が変わってためらった。期待に反したというか、スンジェに対する反発もあってのことだろうが、それよりもスンジェと宗植が一緒にやってきたというのが、以前の記憶をふたたび暗示させるようで嫌だった。釜山（プサン）にいた時に宗植と一つ屋根の下に

いたことだとか、ソウルに戻る時に同じ船に乗ってきたなどというのとは別問題だった。二、三カ月間同じ屋根の下にいたといっても、出会えばただの挨拶を交わすだけのことで、何の行き来もなく過ごしていたのである。

「きのうも来てみたんですよ。お疲れじゃないですか?」

宗植はおととい仁川からトラックに乗ってきたので、釜山で別れてから初めて会うのである。

「やっと会長のところに伺うところなんです。一緒に行きましょう」

自分の父親が拉致されたことを夢にも知らないで上京してきたこの人は、今日、スンジェと一緒に鄭取締役会長に報告をしにいくとのことだった。

「仕事途中なんで、お先にいらしてください」

「お昼時だし、ちょっと出てこられませんか」

船を斡旋して乗せてもらったお礼を兼ねて昼ごはんでも、という様子だったが、明信としてはそんな気分になれないこともあり、永植が来るかもしれないので席をはずしたくなかった。

「こんなことだったら申課長とここで待ち合わせることにすればよかったわね」

スンジェが初めて口を開いた。明信の父親にご機嫌伺いをすると言っていたので、そちらで会おうと約束した様子だった。

「私は身分証明書さえ出たら、ひょっとすると明日にでも米軍部隊に同行して平壌に立つことになりそうなんだ」

今日の交渉ですぐさま決まったのか、宗植は別れの挨拶でもあるかのようにこんなことを言い出した。

「まあ、よかったですね。兄にもお会いになるんでしょうけど、早くあちらにいらっしゃって、皆さんを連れて戻っていらっしゃらなくっちゃ。じゃあ、お元気で行っていらしてください」

追い出すわけではないけれど、宗植が忙しそうな様子なので、早く行かせてあげようとして挨拶をしかけたところへ、永植が階段の角を曲がって入ってくる。

「あ、いいところへいらっしゃったわ」

と言いながら、スンジェは声を出して笑いながら歓迎する。明信はその笑い声に気おされて、反発心からまじまじと眺めやるばかりだったが、確かに薄青い秋物の背広を着こなしたすらりとした格好が見栄えがしてうれしかった。けれども無言で立ち尽くした。

「やあ、皆に何と言って挨拶したらいいのかな」

「お互い、同じだな」

二人の男性は感慨無量という顔つきで握手する。永植はずいぶんと元気を取り戻した様子で快活ではあったが、まだ沈着というほどではなく、熱に浮かされたように落ち着きがない感じだった。宗植とやり取りをしながら永植の視線が何度か明信の方に向けられたが、明信はその視線を避けた。

スンジェから見ると、永植は節操もなくスンジェになびいていく愚かな様子を見せてはいけない、と自分の感情を殺して警戒する様子で、それとなく気配ばかりを窺おうとしているのだった。

永植の慰労を兼ねて話を聞こうということに明信も断わる理由もないので、一緒について行った。とりあえず明洞（ミョンドン）に行って壊れたままの裏通りの片隅にある小さな中華料理屋に入ってばらばらに座ると、どうも皆ぎこちない感じで、それぞれに微妙な感情に囚（とら）われるのを感じるのだった。こんな時でもなければこの四人が同じ場所に座る機会などありえなかっただろう。誰もが自分の感情を押し殺して互いの様子を窺うのに忙しかった。

明信が口をつぐんで元気のない顔で誰かと視線が合うのを避け座っているのを見て、スンジェはこの娘、もう感づいたみたいだわ！　と思った。しかし恐れることもないし、かえって良かったという気になった。ただ、どういう態度に出てくるか、それが気がかりだったし、それよりも彼の様子がどうなのかを見る方が忙しく、気になるのだった。機会さえあれば一日も早くぶちまけて、決着をつけてしまうのが、お互いにすっきりしていいと思われた。

永植もまた明信の態度と様子から感づくものがあった。しかし視線が定まらないところを見ると、心が動揺しているようで、問われるままに、駆り出されていく時に苦労した話、訓練を受けている時に目撃した話、工場生活だとか脱出した時の様子などを立て続けにしゃべり続けながら、どうかした拍子に明信を見やっては言葉をプツンと途切らせ、ぼんやりと上（うわ）の空のようになり、深刻な表情になったりした。そんな時、明信は決まって永植の言葉が途切れると自分の方に視線が向けられるような気がした。それで思わず顔を上げてじっと見つめては、男の苦しそうな顔色から何かを直感したかのように、胸がドキンとして視線をそらすのだった。それは明信の方がけしからぬということで、彼が目で何やら叱りつけるようでもあり、わけもなくドキッとするのだった。しかし再びその反動で明信が鋭い視線を返してみると、永植の目の方がかえってギョッとしたようになり、温和な顔つきで何かを詫びるように、また愛撫（ぶ）するかのように、半ば微笑して見せるのだった。

そのたびに宗植は内心、首をかしげて、

（どうしたんだろうな……）

と二人の女の様子を窺うのだった。

「そんなに召し上がって大丈夫かしら。もたれたらいけないわ。このお酒は私が代わりにいただくわね」

スンジェが傍に座って、彼が食べるものに一々目配りをしては、酒もまだダメだといわんばかりに、二杯目は自分が引き取って飲んだりする様子に目を奪われる。ところが宗植が従軍するつもりだと言うと、永植が耳をそばだて、

「え？　僕も行くつもりだよ。一緒に行きましょう」

と腰を浮かすので、

「この人、何を言ってるのかしら。どこへ行くっていうの？　もう懲り懲りなんじゃないの」

と、パッと飛びついて叱りつけるのを見て、明信の方がかえって赤面し、宗植はニコニコ笑うばかりだった。スンジェは自分でもなぜか興奮して思わず出た言葉がちょっと言い過ぎだったと思って、内心面目ない気もしたが、でも別にかまわないか、どうせだったら腹を決めて、という気にもなった。

「いいや。こんな状況で引き籠っている奴っていったい誰なんだ。スンジェさん、僕にも軍属のイスを一つ斡旋してよ。お願いだから……」

と、永植は真顔でせがむのだった。

「この人ったら、まだ少し正気になってないのね。お母様がお聞きになったら大変なことに……」

と、スンジェは鼻であしらった。

「でもこんなザマじゃあ、すぐできそうなこともないし。頭の痛くなるようなややこしいことになるのも嫌だしね。さっさと出て行ってみたいんだよ！」

永植はそれでもまだ駄々をこねた。何が頭が痛いというのか？　彼の顔にまた苦悶の色が浮かぶのを、二人の女はそれぞれ別のことを考えながら、まじまじと見つめるのだった。

彷徨(さすらい)の三叉路

使えそうな所帯道具は全部なくなって、ガランとした空き部屋同然だが、明るい色の壁紙に張り替えた家に久しぶりに落ち着いて座ってみると、引っ越してきたばかりのようで取りあえずは気分もさっぱりして、やっと今になって落ち着いた気がした。それでもスンジェの心はうつろだった。まともな所帯道具をすっかり失って、大切にしていたこまごまとした所帯道具さえも一つ、二つと思い出すたびにすぐさま惜しくなって、カッと腹が立ちもするのだが、そんなことはもちろん二の次の話だった。二月(ふたつき)ほど暮らした天然(チョニョン)洞での暮らしが二年にもなるように長かった気がして、いつの間にか情が移っていたからかもしれないが、ガランとした広い家の中に一人座り込んでいると次第に寂しくなった。そしてこまごまとした心配事ばかりが気になって気持ちが落ち着かない。永植(ヨンシク)の方は、病みついて動けないのか、斎(チェ)洞に移ってからおととい、きのうと二日にもなるのに音沙汰がない。首を長くして二日間待ち続けしびれを切らし、今日は朝から薄物の掛け布団を引っ被って横になっていた。

三月(みつき)の間、暑さと戦いながら、喧噪の中にあったのだが、やっと今少し落ち着いて体が楽になったからなのか、くたびれ果ててがっくりくるようだったが、季節は次第に寒くなり、昼間でも部屋の戸を開けたままにしていられなくなり、暖かなところばかりを探して布団の中でやっと手足を伸ばすのだった。

（こんなことをしていたら病気になるんじゃないかしら？……）

こんなことを思いつつ、永植の方こそ本当に病みついていて来られないんじゃないかと、どうしても心配になるのだが、向こうから出てきて何日にもならないのに不意に訪ねていくのもおかしいし、人をやってご機嫌伺いをするというのも不自然なので、グッと我慢して、あちらからどう出てくるか窺おうという反発心も起こってきた。

何事もなかったようにこのままですむわけがないし、いつも一波乱を起こしてしまいそうな予測ができないわけではないのだが、何よりも怖いのは永植という男の気持ちがどうなのか全くつかめないことなのだ。彼が戻ってきてから丸三日、同じ屋根の下で暮らしたのだが、これまで一度も二人きりでゆっくり会って話をする機会がなかったのである。こちらに戻ることになった日も居間に座ったままの彼に、隙を見て部屋に入り込み、

「私をちょっと連れ出してくれない？」

と、それとなく引っ張ってみるのだが、

「後で行きますよ」

と言いながら微笑むばかり。今思うと、それとなく避けようとばかりしていた感じである。ずっとあんなにも切実に待ち続けていたことを思うと、腹立たしく納得できない。

けれども永植はそんなにもつれなくて軽薄な男でもなく、挨拶もできないような人間ではないと思うと、永植の心境や立場を理解できないこともない気がした。

（融通の利かないうぶな青年が一人でウンウンと苦しんでいるのだろうか。にっちもさっちもいかなく

て、自分なりには良心的に態度をはっきりさせなくては、ということなんだろうけれども……）

　こんなことを思うと、悩んでいるこの男がかわいそうな気にもなった。どうしたらこの男の苦しみを和らげてやれるだろうかという切ない思いとともに、自分がもし男の立場だったらどう決着をつけるだろうか、などとつらつら考え込んだりした。けれども特に妙案も浮かんでこなかった。こんな場合、あんな場合と仮定しては考えてみる。自分が譲歩する理由は少しもないと踏ん張ってみたが、自分は永植ではないというところにくると、考えがピタリと行き詰ってしまうのだった。

　スンジェは独り癇癪（かんしゃく）を起して、あらゆるつまらない空想を振り払おうとして二、三度思い切り首を振ってサッと立ち上がったと思うと、鏡台の前に行って顔を撫（な）で化粧を確かめてから着替えた。むしゃくしゃして、どうしてもジッと引き籠（こも）ってはいられない。

　スンジェは薄い綿入れのチョゴリにスプリングコートを引っ掛けて出たのだが、背筋がぞくぞくするようで、口の中の唾が乾いてぬるぬるした。

　風邪でも引いたのかとも思ったが、あまりに寝そべっていたものだから、体がなまってだるいのだろうと思った。

　街で通り過ぎる人の顔は依然としてまだ両頬がペコンとへこんでおり、肩もダランと落としてフラフラ歩いているかと思えば、時たま見かけるのは昼間の酒に顔を赤らめた人間である。こういうのを見るとまだ九月二八日のソウル解放［一九五〇年九月二八日に北朝鮮軍からソウルが奪還されたこと］の跡がはっきりわかる気がした。通りは閑散として店舗は固く戸締りされたままではあるが、それでも飲食店だけはひっそりとながら、煮炊きの煙をモクモクと吐き出している。

（何だかんだ言っても、飲み代ぐらいのお金はあるのね）

と独り言(ご)ちながら、スンジェはブレスレットを売って家の修理に使い、残ったお金を掻き集めて使ったりして、また金の指輪一個を売ったものの、残り金が少なくなっていることに思い至った。銀行はまだ営業していないし、食糧配給もまだ始まっていないのだが、だんだん後がなくなってくるのが気になった。弼雲洞の実家の方へも知らぬ顔はできないし、次第に寒くなるのに、このままだとこの冬はどうなることやらと心配にもなった。

（天然洞の家の方もすぐさま困るだろうな……）

こんなことを考えていて、ブレスレットを売った時に、イム・イルソクに、彼自身とチャンギルにも持っていってやれ、と二万ウォン分の札束を渡してやったことを思い出した。それがたった一カ月前のことだったのだが、とんでもないことをした、とビクビクしていたあの時の自分を何十年も前のことのように思って独り苦笑いをした。

（けど、一体あの男は今頃、どこにいるんだろう？）

と、イルソクのあの小さな顔がどこかでブルブル震えている様子が目に見えるような気がした。

（あの子の器量では北朝鮮に追いかけていくこともできないだろうし、もし捕まっていたら、銃殺されても当然じゃないだろうか！）

若造が飛び回って金社長にせがんだものの、うまくいかないものだから、あんなふうになってしまったことを考えると、そうなってても仕方ないわ。そう思いながらも、死んだんではないかと思うと、やはりゾッとするものがあった。

その次には張鎮(チャンジン)の顔が浮かんできた。弼雲(ピルン)洞の家の向かい部屋で白乾酒(パイカル)［高粱(コウリャン)酒とも］の三杯目を注いでやった時、飲もうかどうしようかと迷って、愛(いと)おしそうに見つめていた目が、たちまちにして面目ないかのように、また自制するかのように曇ってしまったあの表情が、まざまざと浮かんできた。

（大田（テジョン）に下ったというから、あそこで死ななかったとすれば、今頃は平壌（ピョンヤン）に戻って落ち着いているかもしれないけれど……）

ともかくも彼の目の届く範囲からは逃れたことだけが幸いで、せいせいするのだった。あのままがむしゃらに突き進んでいたら、もうとっくにどこかで深みにはまって倒れているかもしれない。主義だとか何だとか、ただただむなしい気がするばかりだった。

天然洞の永植の家に行ってみると、予期せぬ客を迎えるかのように皆、喜んではくれたが、永姫（ヨンヒ）の喜びようと母親の様子とはやはり違いがあった。永植がこちらを向いてくれないのはちょっと物足りなかったが、病気で伏せてはいないので安心した。

「私も心配してたんだよ、うちの息子も一度も立ち寄らなかったのかね？」

母親の言いぶりでは永植が行かなかったから、ジッとしていられなくて来たのかという意味のようでもあり、行ったのか行かなかったのかを聞きたかったのかもしれない。息子が当然、挨拶をしに訪ねていくべきであり、そんなことにまで口出しする必要はないのだろうが、この母親としてはやはり感情というか、気持ちの上でも神経質になる様子だった。

「妹さんが誰やら友達だという子とやってきて一緒に出て行ったんだがね……」

妹が一緒に来た子といえば李恩愛（イウネ）のことだろう。ご機嫌伺いに来たのかもしれないが、恩愛と会って一緒に出掛けたというのがどうも嫌な感じだった。けれども、ひょっとしたら三人してうちの方に行ったんじゃないかと思って思案していたが、ハタと思い当たってスンジェはこの家を出てきた。

家に戻ると妹のスニョンと恩愛が待ち受けていた。

「お顔の色がよくないですけど、どうされたんですか。どこかお具合が悪いみたいですね」

恩愛は会うや否や、スンジェのやつれた顔を見て驚いてこう挨拶した。

「さあ、風邪ひいたのかしら、ゾクゾク寒いのよ」

目も充血しており、熱があるのかもしれない。洋服ダンスの鏡に顔をちょっと映してみて、着替えたままになっているところに、服も脱がずに倒れ込むように座った。

「申課長はどこへ行ったの?」

「あら、天然洞に行っておられたんでしょう? さっき喫茶店で別れて総務課長のお宅に向かわれたんですけど……」

若い女の子たちを引き連れて喫茶店に行ったり遊んだりしていながら、自分のところには知らぬ顔でいる男が、今では本当に憎らしかった。

「会社の営業を始める準備をしてるらしいんです。今日は課長会議だとかでした」

総務課長宅に行ってくる途中で寄るつもりだとの伝言だった。スンジェはそれを聞いて多少腹立ちが和らいだ。

「明信(ミョンシン)がソウルに戻って来たっていうんで寄ってみたのよ。彼女、今の仕事をやめて学校に通うんですってよ。けど、病み上がりの人みたいに顔色がずいぶんよくなかったわ」

聞かれもしないのにスニョンがこう言った。

「申課長が寄って行こうって言ったんでしょう?」

「いえ、明信がいる事務所の前を通りかかったんで、寄って行こうって言ったんですが、嫌だとかで、そのまま通り過ぎたんですよ」

恩愛はわざとこんなことを話しながら笑った。それは必ずしもスンジェが聞いて喜ぶだろうと思って言ったのでもなかった。恩愛はスンジェに対して競争的な立場を取るほど大胆なわけではないが、興味以上のものを感じていて、決して長続きすることはないだろう、とそれとなく非難がましい。

「あんたの姉さんはね、結局やってはいけないことをしでかしたのよ。歳から言っても立場から言っても、誰が聞いても肯けないじゃない！」

この娘は明信に会ってきて、ちょっと前にスニョンにこんなことを言っていたのである。スニョンとしてもそうじゃない、と姉のことを弁護する勇気と親切心はない。

「もう、知らない……」

スンジェは投げ出すように一言こう言って布団の上にくずおれた。何を知らないというのか、それでも赤く上気した顔は晴れやかだった。今の話では、明信と一緒に出歩いていて自分のところから足が遠のいたのではないとはっきりしたので、少なからず安心したのである。

「あら、申課長がいらっしゃったわ」

と、恩愛が立ち上がっても、うずくまったままのこの家の主は、知らぬ顔をしているので、彼女が立ち上がったついでに板の間に迎えに出ていくしかなかった。

「早く終わられたんですね。姜先生は具合が悪くて横になっていらっしゃるんです。同じ屋根の下にいらっしゃったんですから、ご病気がよくなられるように、すぐにでもちょっと様子を見にいらっしゃればよかったのに……」

と、丸い大きな目を見開いておどけたようにわざと白目になって鼻をひくつかせてみせる。恩愛は口数の多い方だが悪意はなく、最近の若い女の子は、こんなからかいも平気で口にするし、決してこの娘がおしゃべりだとか、礼儀知らずでこう言うのではない。

永植が部屋の中に入ると、さすがにスンジェは布団から身を起して座り直し、じっと彼を見た。口元の微笑を消して拗ねているように見えるのが、若い二人の女の目にはおかしくも映るし、興味深くも感じられる。

「いつからこうなんです？……熱がありそうじゃないですか？」
二、三日の間のこととはいえ、随分しばらくぶりという感じだったが、来られなかった弁解をくどくど言う代わりに、こう声をかけた。
「今しがたあなたに会いに出かけられて、風邪を引いてこられたんです」

恩愛が代わりに返事をするのだったが、スンジェは依然として無言のままだった。

「私たちは帰ろうよ」

闘鶏のニワトリみたいに、無言でジッと見つめ合って座り込んでいるだけなのがかえって緊張した空気を醸し出し興味深くはあったが、自分たち二人がいなければ額に手を当ててみたりして、すぐさま緊張が解けるはずなのに、いたずらに邪魔立てしているのではないかと、恩愛は気配も察しないで座り込んでいるスニョンの袖を引っ張って部屋から出た。

「姉さん、薬を煎じてこようか？」

スニョンが立ち上がりながら一応こう聞くと、姉は構わないと言いながら、それでも板の間にまでは出てきて見送った。しかしまた戻ってきて着替え、布団を片付けて座り直したが、かなりきつそうだった。

「旅の疲れが今になって出たんじゃないかと思ってたんだけど、それでもよかったわね」

「旅の疲れなんて。あんたこそ嫁ぎ先での暮らしがきつくて疲れ果てて病みついたんじゃないのかい？」

実際のところ、ありがたくはあるけれども、安心させようと思って微笑んで見せた。

「嫁ぎ先ってどういう意味よ」

スンジェは笑い飛ばしたが、その言葉の耳障り（みみざわ）りが良かった。

「婚ぎ先での生活も生活、大変だったろうと思って。ともかく随分お世話になりました」

しっかり思い切って挨拶をしておこうと、永植は握手をしようと手を差し出した。今さらながら他人行儀に握手というのもおかしかったが、スンジェはその手を取ってしばらくそのまま握りしめていた。肌に触れるのも久しぶりのことだった。自然な感じにとはいかず気兼ねがちで、スンジェは満足できなかったが、それでもともかくはよかった。

「あれ、随分と熱があるじゃないか、ほら！」

と、永植は片手でスンジェの額に手を当てたが、

「こりゃいけない。早く横になりなさい」

と、立ち上がって隅に片付けていた布団をまた出してきて、バタバタと敷いた。

「何から話したらいいんだか……でもあなたが辛そうにしてられるのを見るより、傍で様子を窺ってばかりいる私は、もっとつらいのよ。それ、おわかりかしら？……」

二人して布団を延べて座り、溜まっていたことを少しずつ言いはじめる。

「わかってるよ。みんなわかってるんだから。改めてそんなことを話し出しても、しようがないじゃないか。いつだってそうだろうと、わかっていたさ」

永植は布団の傍に座って宥めた。

「そうだろうって？」

スンジェはその意味をどのようにでも解釈できるものだから、力なく見つめるばかり。

「いや、僕の方だって覚悟したことなんだが、無責任に言うべきじゃないと思うんだよ」

永植の口からこの言葉が出るまでには四、五日という時間が必要だったのだ。その間の煩悶が次第に減るだけ減って得られた最後の結論というのがこれだった。スンジェは気持ちがシャンとするような気がした。

「そうだろうと思ってはいたんだけど……私だけ欲張りのようだけど……それでも私、やっぱり辛いのは同じなのよ。ごめんなさいね」

スンジェは顔が明るくなり、男の手を取って自分の両手に挟んで体を預けようとした。息が荒かった。そのうえ、興奮のせいでそうなのだろうが、体が火の塊のように熱かった。

「はやく横になりなさい。やはり薬を煎じないといけないな」

スンジェを寝かせて掛布団をかけてやり立ち上がろうとする永植を行かせまいとして、家政婦にアスピリンでも買いに行かせるというのを振り切って出た。

そんなにも急に熱が上がったのは普通ではないと思って怖くなりもしたが、永植は自分で薬を買ってきて飲ませてやりたかったのだ。

薬に果物包みに……あれこれと小脇に抱えて戻ってきた永植は、台所を覗いて釜に火を入れようとしている家政婦に突き出すと、薬を煎じるように言いつけて部屋に入った。家政婦はひっそりしていた家に男の気配がするや、何となく活気が出てうれしくもあるし、新婚夫婦の新所帯のようで自然と微笑ましい思いになった。

うつらうつらしていたスンジェは、目をパッチリ開け思わず微笑んだ。それは安心と幸福感でホッとして、傍に寄ってきた男の体を目でしっかり抱きしめるかのようなそんな微笑みだった。

「遅くならないうちに帰らなくちゃね」

今回そこに立ち寄ってきてからというもの、息子の帰りがちょっとでも遅いと、やきもきと気を揉む母親の気持ちを思いやるスンジェは、引き留めておきたい気持ちの反動で、男の気持ちを推し量ろうとするように、こんなことを言う。

「何、まだ陽が高いじゃないか」

と、永植が傍に座り込むので、

「よくないんじゃないの。大事なよそのお坊ちゃんを横取りして……」

と言いながらスンジェは大声で笑った。

「言いたい放題だね！」

枕の上に横向きに頭をのせ、熱で桜桃のように赤くした頬を手でそっと弾きながら、永植も大声で笑った。

果物を盛った皿が運ばれてきたので、スンジェが起き上がって皮をむこうとするのを引き留め、永植が手ずからむいてやって手渡したのを食べながら、スンジェは永植が引っ張られて行った日に学校の校庭でマクワ瓜を買ってきて食べさせたことを思い出していた。握手をしようと言ったり、果物を買ってきて皮をむいてくれるのは嫌ではなかったが、礼儀としてやっている感じもした。つまり以前の恩返しをするという意味で形式的にこうしているような気がして、むしろ気持ちよくはなかった。恩があるという思いや、すぐさまつれなく縁を切るわけにもいかないので、こうしているんじゃないかと、じっと見つめながらまた新たな疑いがわいてくるのだった。

薬が足りなくなったんじゃないか、と気づかせるように言って、自ら様子を見に行ったりするのも、薬を飲ませてから早く抜け出そうと気がせいてそうするようでもあったが、薬を飲んでもぐずぐずしていて、帰ると切り出せないでいるようだった。

「もうお帰りになってよ」

スンジェは引き留めたくはあったが、こう言ってみた。

「病人を置いて帰るわけにはいかんだろ。どうしてそう追い出そうとするんだ」

「追い出すんじゃなくて、今頃はご飯の準備をして首を長くして待っていらっしゃると思うからよ……」

「感心な嫁だね。僕はここで夕飯を食べてゆっくりしていくつもりだよ」

永植はがらんとした部屋に病人を一人置き去りにして行きたくはなかったし、別れて帰りたくもなかった。

「あら、ご飯のおかずがないわよ。やけに悪口を言われそうだわね……」

と言いながらもスンジェはうれしくて、また顔が明るくなり、やおら身を男の膝に投げかけて無言で頬やら鼻やらをこすりつけては、わざと甘えるようにウンウン病み声を漏らした。

男も黙って背中を抱きかかえて頭を撫でてやった。

「帰らないでちょうだい。行かないで！」

「帰れと言われても帰らないさ。心配するなよ」

お互い感情が高ぶりすぎてどうしようもなく、それ以上言葉を交わす気力も興味も失っていた。

一人で夕飯を食べるのが嫌で、薬を飲んでから時間が経つのを待って、お互いご飯を一すくいずつ食べただけで横になりながらも、病人を興奮させてはいけないと思い、別に話をするでもなく、うれしい一晩をまるで新婚の初夜のような気分で明かした。実のところ、あっちに追われこっちに追われして他人の目を避け恋しく思いつつ過ごした時間を思えば、これは初夜だった。

翌朝、帰宅すると母親は機嫌がよくなかった。永植も夜遊びをして帰ってきたようにきまりが悪かった。

「事情を知らないわけではないがね、私も小言は言いたくはないけど、将来のことを考えたらしっかりしなきゃ、第一、明信がかわいそうじゃないかね……」

母親の意見というのは、既成事実は認めてスンジェも人柄からすると惜しいので急に切り離すことは難しいかもしれないけど、どう考えても長続きしそうにはないので、初めから心を鬼にしろというのだった。

「なるようになりますよ。心配しないでください」

「そんないい加減なことを言うんじゃないよ。昔と違って女二人を養っていける世の中じゃないんだから……、まあ、お金でも有り余っているのなら別だがね、お前の分際で女二人なんて話にもならないよ」

それはもちろん永植だとて空想だにしたことがないことだった。

「このこともそうだし、毎日が落ち着かなくて、私らまで気持ちがざわつくばかりで、どうしたらいいのかわからないんだよ」

母親の心理や気持ちは永植も同感だった。母一人で半生を犠牲にして——いや一生を捧げてこれまでしっかり守り通してきた節度や作法を踏みにじって平穏な生活や雰囲気をかき乱すようになるのが申し訳なくもあり、永植自身も自分の感情や趣味や道義心からして嫌なのだった。しかしスンジェと別れるということは考えられない。すぐにも職を探さねばと思った。形だけでも簡単に式を挙げなければという決心もするのだが、そこまで持っていくのがそうたやすいことではない気がした。

これまで明信をわざと避けてばかり、二人だけで静かに会うことができなかったわけではなかったが、会えばまずもって何と言えばいいのやら、またどうやって二人の立場を理解してくれるように話をして、穏やかにきれいさっぱり引き取ってもらえるようにするかが、大きな気がかりだった。事情はどうあれ、父親の鄭（チョン）会長に反旗を翻したとしても道義上、ケチをつけられる理由はないけれど、明信自身に対しては義理があった。自分一人を信じて周りと戦ってきたその情熱と節操に対しても義理があり、責任を負わねばならないのである。その次には未婚の息子を初婚でない女にくれてやるのは惜しく、バツイチ女を嫁に迎えるのは嫌だという母親の潔癖症というか、古臭い観念などというものと戦わねばならないというのがもう一つのお荷物なのだった。

けれども最近、精神状態や気分が元に戻りつつあった永植は、それほど焦らず、心も揺れることなく安定してきて穏やかだった。

ただスンジェの病いの方が意外に長引くのが少し心配だった。朝方は小康状態なのだが、お昼時過ぎて熱が出始めると、宵の口になって熱に浮かされるようになり、枕がじっとり濡れるぐらいに大量の冷や汗をかいた。

最初に泊まっていった日の経験からすると、傍で添い寝すると病人の神経や感情を刺激して、看病というよりはかえって神経疲れさせるような気がして、その後は一切泊まりはしなかったのだが、毎日朝から晩まで病人につきっきりで過ごした。

「明信にはその後、会ったの？　何か言ってた？」

スンジェは一切そのたぐいの話には触れないようにしながらも、やはり気になるし、早く結末をつけたいと思って、いろいろと思いめぐらせた末に、話を切り出してしまった。

「会う暇もないけど、そんなこと確かめてどうするんだい。自然とどうもないようになるんだから、僕に任せなさい」

「知ってもしようがないんだけど、悪いし、かわいそうな気もするからよ」

「かわいそうだったら譲るのかい？　元に戻すのかい？」

「譲れたり元に戻せるのならいいんだけど！……譲ろうかしら？　元に戻そうかしら？」

と言って、スンジェは息を弾ませて笑った。満ち足りた笑いだった。

スンジェの病状もまあまあなので、永植は午前中には用はなくても会社に一度立ち寄ってから、斎洞のスンジェの家に行って午後の時間を過ごした。

平壌の奪還も終え、国連軍はそのまま進撃していっているらしいので、金社長の安否がすぐさま判明するのは難しいとしても、息子の宗植(ジョンシク)や鄭達永(ダリョン)には会えなくとも、生きていさえすれば、金社長本人からの電報でも舞い込むのではないか。電報がダメならどんな手段を使ってでも、いつ駆け戻って来るかわからないように思われた。そんな一縷(いちる)の希望を持って皆は毎日集まっているのだった。仕事もすぐに再開できるわけではないが、充分ではない生活費も崩しながら使わねばならないので、首を長くして待っているわけだった。

だが鉄道がもう何日も前に平壌まで開通したというのに、全く便りがない。宗植ぐらいは今にも戻って来るだろうと待つのだが、平壌からさらに従軍して北上するはずもないのに、やはり連絡がない。

それでも三カ月もの間閉じ込められていたせいで、息が詰まりそうで家にじっとしていられなくて、クラブか連絡所のようにして会社の皆が集まってはおしゃべりをするのだった。スンジェだけは病後ですっきりしないこともあるけれど、会社を辞めたつもりなので、彼女なりに考えて一向に顔を見せることはなかった。

実際のところ、永植も新たに仕事を始めれば当然、会社とは縁を切るつもりだったし、これ以上勤めるという気はないのだが、曖昧なまま会社を辞めるわけにもいかず、スンジェとの関係をそれとなく察して、皆が勝手なことを言っているのが耳に聞こえて嫌になることもあるのだが、我慢して出て行っていた。

「申課長、ちょっと出て行ってみてくれる？　何で僕なんかを呼び出したんだろう」

社長室に集まっていた総務課長が、お客だというので出て行って戻って来るや、笑いながらこう言った。

永植が何も考えずに出て行ってみると、廊下の向こうを帰って行きかかった明信の後ろ姿が見えた。自分に会いに来たのなら知らぬふりで出ていくというのも変だが、明らかに総務課長を呼び出してから帰っていったらしい、というのはどうしてだろう。変だなという思いで、急ぎ足で追いかけて玄関口で呼び止めた。

「あら、おられたんですか？」

明信はチラッと見ただけで、ちょっと気詰まりなようにうつむいた。うれしいというよりは冷たい表情だった。

永植はすまないという気にもなったが、なるべく平静を装って対しようとした。

「平壌から何か便りがないか、父が確かめに行ってこいと言うので、来てみたんです」

総務課長だけに会って帰るという意味はわかるのだが、二人の仲を知っている総務課長が、呼んでやるから待ちなさいと言ったらしいのだが、そのまま出ていこうとしたのが寂しくもあった。けれども叱ったり腹を立てる場合でもないと思い返した。永植もやはり気まずくて、すぐさま言葉が出なかった。

「あそこには今でも出ているんでしょ?」

「さあ、辞めて勉強でもしなきゃならないんですけど、とても学校に通うわけにもいかないじゃないですか。また逃げ支度をしなきゃならないかもしれない、と大騒ぎなんですから」

春川（チュンチョン）［江原道の町］がまた奪われただとか、取り戻しただとかいう噂が流れてきて、金に余裕のある人々はまたもや尻を落ち着けていられないという状況ではあった。

「まさか!……」

永植は笑い飛ばした。

「うちの町内でも、食べていけないというので、春川まで下って向こうで過ごすつもりでキムジャン［秋に一冬分のキムチを漬けること］の漬け込みまで終わっていたものを、全部放り出してまたこっちに戻ってきた人がいるんですよ」

「酷（ひど）い目にあったからだろうけど、いくら何でもソウルがまたしても……」

永植はそんな言葉自体が不吉な気がして、耳に止めようともしなかった。

「どうぞお戻りになって。私は帰ります」

明信はあくまで冷たかった。

「ちょっと喫茶店にでも寄って話しますか」

と、永植もついて出かかった。

「あらあら……。どうかしてますわ。私が喫茶店に行くわけがないでしょ」

と、冷たく言い放った。明信が学生だということを忘れて、以前、恩愛（ウネ）とスニョンを喫茶店に連れて行ったことを思い出し、それと同じつもりで口をついて出た言葉だった。そうでなくとも気おされていたところへ、永植は気まずい思いで言葉に詰まった。

「いろいろと苦労をされて戻ってきたので、心が落ち着かないんでしょうけど……戦争って恐ろしいものですね」

ポンポン飛び出す明信のはっきりした口調には、同情するというような感じは微塵（みじん）もなかった。

「エッ、僕の気持ちが落ち着かないって？」

気まずい感じを振り払おうというように笑い飛ばしたが、

「そう言やあ虚脱状態だというのは事実だね。南の方に下（くだ）っていた人は、それでも体の方はまあ大したことはないんだろうけど、ソウル市民は肉体的にも皮だけが残ったんだから」

と、以北に行ってから癖になった、乾いたような短い溜息を力なく漏らすのだった。

「でも、その虚脱を埋め合わせる方法が間違ってたんじゃないんですの？」

明信の言い方はバンバン突っかかるように辛辣（しんらつ）だった。

「その虚脱から回復するのにはまだ時間がかかるんで、その充填（じゅうてん）方法がいいとか悪いとかはないんですよ」

永植はノラリクラリ言い繕おうとして言ったのではなかったが、明信の内向きに焦点を合わせたような瞳と、よく通った鼻筋には研ぎ澄まされたような神経の鋭さがチラッとよぎるのだった。

「そんな言葉遊びみたいな言い方はよしてください。午前中は会社に出てこられて、午後には斎洞（チェ）にご出勤ですってね？」

　こちらの言ったことが本当に意味がわからなくて見当違いのことを言うのだろうか、明信は腹立ちまぎれにズバリと言ってのけた。けれどもあまりに露骨な言い方だったので、浅ましい気がして自分でも不愉快になった。

「そんなこと、誰が言ってるんです？」

　永植は騙したり言い訳をしようとするつもりはなかったが、真顔で聞いた。

「この間、お会いしようと思って来ましたら、使い走りの子に斎洞に行けば会えると言われたんです」

多分、スニョン［原文は「スンジェ」だが、作者の錯覚か］か恩愛の口から広まった噂なのだろう。

「彼女が病みついているんです。一人寝込んでいるものだから、つい……」

　永植は自然と言いよどんだ。

（こんな人じゃなかったんだけど……）

　と思って、明信はこの男をまじまじと見た。この男がジッと前を見つめる表情までが卑屈で卑怯に見える。結局、神経が弱くなり、踏ん張る意志の力も失せたからだろうが、戦争が人間性を失わせてしまったのか、愛欲にだらしなくなって成り行きまかせになったからなのか、あるいは良心の呵責（かしゃく）でそうなのか、ともかくも心が痛んだ。

「それは言い訳のつもりでそうおっしゃるのかもしれませんけど、看病をするのがどうして申先生でなくちゃならないんですかね」

　永植は無言で歩き続けた。まともな返事ができないからでもあったが、返事をしないのが永植としては返事であって詫びでもあった。言い訳は不誠実なことだと考えるのだった。

南山洞（ナムサン）［中区在。明洞の南］の狭い路地に曲がり込んで再び大通りに抜けるまで、お互いにもう口は開かなかった。この沈黙はすべてを是認して永植としては言い訳できないという意思表示だった。そういう意味で明信には重い沈黙のはずだが、意外にも重苦しい気分に苛（さいな）まれたり顔が曇ったりはしなかった。侮辱されたとか騙されてしまったという怒りは消えなかったが、この男性が自分から離れて行ったという絶望を感じるには、まだ心の余裕があった。この男を憎むことはできなかった。不思議にも心の中に鎮座している永植の姿には爪を立てられた跡一つないようだった。自分に対する永植の気持ちにも本質的に隙間ができるはずはないという自信に満ち満ちていた。

事実、永植にも明信に対する感情に変化があるわけではなかった。厭だとか憎んで見せるような何の理由もない。自制と父母の反対で情熱に火をつける機会がなかっただけで、その隙にスンジェが割り込んできたというだけのことだ。スンジェの肩越しに眺める明信は、三カ月前も今も少しも変っていない。ただスンジェの肩越しに見ることになったことだとか、自分のために孤軍奮闘してきたという点ですまなくもあり、かわいそうな気持ちは山々だが、だからと言って親の反対がもたらす侮辱感をものともせずに突進するには自尊心が許さなかった。また、情熱が沸騰点に達する機会を塞いでしまったのだった。その隙に無防備状態だった永植を急襲したのがスンジェだった。今となってはお互いの感情に亀裂もなく傷もつけずに、綺麗に銀の盆に揃（そろ）えて丁重に気持ちをお返しするのが結果的には明信を幸せにすることだと信じるのだった。

「私、ここでお別れします。どうぞお戻りになって」

路地の角まで来ると明信は大通りの向かいの海軍本部の方を見て別れようとした。

いろいろと積もり積もっていたものをある程度吐き出したかのように落ち着いた口調だった。

「もう少し歩きませんか」

明信は黙ってついて来た。

「既成事実に対して理由をつけるだとか、言い訳をするんじゃないのだけど……」

十歩余りも歩きながら、依然として遠くの方ばかりを眺めながら呻吟する様子だったが、ようやく口を開いた。

「……どう考えても結局、そちらのお父上のご意向どおりにするのがお互い賢明だと思うんですがね……」

「三カ月を置いて聞いても、またそんなことをおっしゃるの？　ええ、わかりました。うちの父の意思を尊重してそうなった、と言うことにします」

と、明信は呆れたというように失笑した。

「変な話みたいだけど、事実そうじゃないか。あなたのお父様の意思を無視してお父様と対決するのは大変だし、第一、僕自身からして働き口がはっきりしないと問題は解決しないんだから……」

「そんなこと本気でおっしゃってるの。そんな苦しい弁明をされるんだったら、初めから黙っていらっしゃったらよかったのよ。一言でやめてしまえるのに！」

明信は確定的な事実に直面したという切迫した感情に、またしても興奮した。

「父には父の生活があり、娘には娘の生活があるのに。娘だって父の思いどおりには動かないのに、あなたの生活がうちの父の意思によって左右されるなんて話に、筋が通るのか考えてみてください。そんなくだらない言い訳を聞き分ける明信だと思っていらしたの？……私、知りませんよ。もう、失礼します」

サッと身を翻して明信は後ろも振り向かずに行ってしまった。永植はもう引き留めるわけにもいかず、ぼんやり突っ立って見送っているばかりで、意味もなく口元に微笑が浮かんできた。

「……ただただ腹立たしい思いで、ややもすると涙が滲みそうになるのですが、こんな有様で涙まで流したら、秋風に落ち葉がさらさらと落ちるようで侘しいので、歯を食いしばって耐えています。ささやかな理性というか知性でもって何とか自分の体と心を持ちこたえて過ごしているのかもしれません。けれどもそれよりも十年の間、心の中に根付いた喬木（きょうぼく）のお蔭で倒れずにいるのかもしれません。十年の間に大きくなった木が折れそうな心を支えてくれているのか、倒れかかった喬木を必死に支える心が何とか持ちこたえているのか……けれども十年の年輪といえば、たやすいものではないはずで、そう簡単に倒れるわけがないではありませんか……」

これは三日後に明信から送られてきた手紙の最初の部分である。

事実、思えば二人の間には十年の年輪が幾重にも積み重なってきたと言える。永植が中学校［旧制］を卒業したのは十年前の戦時中だったが、当時の京城大学［正確には京城帝国大学］の経済学科［正確には経済学講座］に入学してすぐ出会ったのが鄭達永だった。彼は同じ景福（キョンボク）中学［鍾路区清雲（チョンウン）洞にあった。現・景福高校］の二年先輩であり、中学時代に同じテニスチームにいたという縁もあった上に、お互い文学趣味があるという点で本の貸し借りをしたりしているうちに、早熟な永植は三歳年上の達永と親しく付き合うようになっていた。永植が裕福でたくさん本を持っている達永の家に日曜になると遊びに行っていた時分、明信は十二、三歳で、小学校の五、六年生だった。その後、戦時中に学徒兵に取られるのを逃れようと、満州や田舎へと別れ別れになって移り住んでいたのだが、解放になって再会した時、明信は梨花（イファ）女子中学［中区貞洞にあった。現・梨花女子高校］の二年生になっていた。体とともに心も成長し、育ちつつある心の年輪というのが明信のいう喬木となって根付いていたのである。

二、三日前一緒に歩いていて、私、知りませんと言ってサッと踵を返して行った後ろ姿をぼんやり見送りながら、永植の口元に意味のない微笑が浮かんだのも、やはりこの十年の年輪からにじみ出てくる琥珀色に固まった松脂のようなものだった。ある意味ではかわいい妹のような、あるいはその後にも変らぬ友情で清く付き合えるようだった。しかし線は細くとも、深く根を張った愛情の根は、全身の神経系統を伝って隅から隅まで脈々と広がっているのだった。無理やり掘り起こそうというのではなく、傷つけまいと触らないようにビクビクしながらも、どこかの角にゴツンと引っかかりでもすると永植は心が高ぶってビリビリと痺れた。自分の感情は騙せなかった。

「……私は今、自分の体力と意志の力と感情が、どれほど抵抗力を持ちこたえられるか試験台に載せて見つめているんです。ちょっとやそっとでは倒れないと思います。倒れるとしたら喬木と一緒に倒れると思います。

しかし信頼と自負という二つは二つとも捉まえて離さないでしょう。先生がどんな背信行為をなさっても、結局私のこの信頼を台無しにすることはできないと思います。人生の最初の一歩で足をすくわれて倒れたり、頭を殴られて引き下がる、そんな軟弱な明信ではありません。敢闘精神もあるし勇気も、戦略もないわけではありませんが、まだ敗軍の将ではありません。四面楚歌の状態に置かれていますが、決してすまないだとか、かわいそうだなどというような、安っぽい同情はなさらないでください。……」

(これは宣戦布告だな!)

永植はきれいな筆跡に見入りながら、我知らず微笑みそうになったが、一方では呆然と天井を見つめ次第に深刻な顔つきになっていった。

再び出で立つ流浪の道

平壌（ピョンヤン）を撤収したという噂にソウル市民はヒヤリとした。五カ月前の議政府（ウィジョンブ）侵入の時よりももっと驚いた。金持ちも貧乏人も皆、浮足立った。穀物の価格は朝に夕にみるみる跳ね上がったが、反対に市民の大衆経済を一手に握っている清渓川（チョンゲチョン）［ここでは鍾路区と中区の境を流れる川一帯のこと］の仮設店舗の古着の値段は時々刻々どんどん下落し始めた。

町内ごとに第二国民兵［当時、予備役終了者や召集免除者の男性が四十歳まで就いていた兵役］の召集令状を手にした町内会長たちは、あっち行きこっち行きで、その対応や世話で忙しかった。毎日夜が明けるとすぐ警察署の門前に風呂敷包みを背負ったり手に持った若者たちは女子青年団員たちが切々と歌う愛国唱歌に送られて、勇ましく顎をキッと上げて見せながら無言で出立した。北へ、そして前線へと出立するのであれば悲壮感もあり厳粛さもあるのだろうが、川向こうへ凍り付いた道を歩いて行くわけで、後から避難行に出る家族たちは、どっちみちそっちに着いたら会えるだろうと思い、幸いだと感じてもいたし、本人たちも傀儡（かいらい）軍に引っ張られた人間のことを思うと、不平はないものの、元気なく見えた。けれども当局としては大切な人材に傷をつけないよう大事に大事に扱って、誰よりも先に安全地帯に避難させようという立派な計画のもとに実施するのであった。落伍者が一人でもいてはならないし、一人でも病死者を出したら大ごとになるのはもちろんだった。スンチョルも布団の包みを背負って十二月六日、これに交じって出立した。

前回の三カ月の苦労が何のためだったのかをよく知っているソウル市民の全神経は漢江鉄橋の一点に集中した。避難民を乗せたトラックは切れた頸(けい)動脈を絆創膏(ばんそうこう)でかろうじて繋ぎ止めているかのようなこの鉄橋に、昼夜分かたず列をなして逃れていった。これはすばしこく逃れた者の勝ちだった。しかしソウル市内をくまなく掃き出すようにしても、まだ多くが残っていた。公務員たちは出張にでも行くふりをして家族を先立たせて出て行けたし、一度下って大邱(テグ)や釜山(プサン)で味を占めた連中は、親戚の家にでも行くみたいに躊躇なく出て行けた。けれどもどこに行きつくのかということは誰もわからないという点では同じだった。それも百三、四十万市民の端数の三、四十万人だけが抜け出たかぐらいで、後に残された百万市民は落ち着かない尻を浮かし、及び腰で半分も残っていないこの冬をどうやって過ごせばいいのか、はっきりしない有様だった。

「私らはどうしたものかねえ。お前だけでもサッサと出て行ったら安心するんだがねえ……」

永植(ヨンシク)の母親は第二国民兵の召集令状が舞い込みはしないかとビクビクして、コトを急ぐのだった。

「落ち着いてくださいよ。何とでも道はあると思います」

けれども永植もまた良い考えがあるわけではなかった。あれこれ掻き集めても避難行の資金になるかならないかという程度なので、漠然と出立というわけにはいかなかった。スンジェとも相談はしてみるものの、スンジェは弟もいない弼雲(ピルン)洞の母と妹を置いて出てはいけないという事情なので、こちらもやはり難しい状況だった。十二月十二日の新聞には、撤収に成功したというマッカーサー司令部の発表が出たが、撤収に成功したといっても、どこまで撤収してきて、ソウルの防衛線はどこに構築するというのか、ソウルを守り切ることさえできれば、耐えられるだけ耐えてみようというつもりなのだった。ともかく、平壌撤収が終わったのだから、達永(ダリョン)か宗植(ジョンシク)あたりがもうそろそろ帰ってきそうなものだが、どうしたのだろう。彼らが戻ってくれば大体の情勢がわかるのではないかと待っているところだった。

永植は今日もちょっと会社に寄ってから斎洞(チェ)に行ってみた。

「宗植さんが立ち寄ったんだけど、会わなかったんですの？」

「え、いつ来たって？」

永植の目は自然と枕元に置かれた金包みの方に行った。

父親の生死は八方手を尽くして調べたけれど、やはりわからないとのことだった。ソウル防衛も人海作戦に対する誘導作戦により殲滅(せんめつ)戦を展開するらしいので、信じるわけにはいかないというのである。一日でも早く逃げ出せと勧めながら、不安で精神が不安定な母親を連れていってくれと頼んだという。そしてトラックを一台確保しておくようにと五十万ウォンを置いていったというのである。このたび南朝鮮で千ウォン紙幣が出たという話は聞いていたが、初めて見た。

「鄭(チョン)課長［鄭達永のことなら課長ではなく、専務。作者の勘違いか］には行き違いで会えなかったけど、自分は軍とともに行動しなければならないので、誰か信頼できる人間がいなくては、だって。結局、家族も家族だけど、預金通帳だとか問題の例のボストン・バッグを自分の女房に渡して送り届けるつもりだから、それを守って避難しろということなんじゃないの。今度こそ弾に当たるかもよ」

この前の夏に相舅(あいやけ)の主人［スンジェの実家の主人］とあんなにも言い合ったので、張り詰めている宗植の母親の神経を刺激することなく、永植一家とスンジェの実家の家族だけを車に同乗させて下れば、寂しくなくてよかろう、と言っていたというのである。

「そうか、じゃ下ろうじゃないか」

永植が最終的な断を下した。

「私なんかはまだ急がないけど、第一、あなたが心配なのよ。……金さんの家の財産を運んであげるからと言って、私たちを食べさせてくれるわけでもないでしょうが、ともかく下っていけば何とかなるでしょうよ、まさか飢え死にすることはないでしょ」

スンジェは家を空けていくわけにもいかないし、使用人を二人も連れて行くわけにもいかないので、家政婦(シンモ)と小間使いの女の子に三、四カ月分の食糧を確保してやって、留守番をしておくようにと言うつもりだから、永植の家と、弼雲洞の所帯道具をこちらに移しておこうという意見だった。永植としても特に反対することはなかった。

さあ、では善は急げということで、スンジェは弼雲洞へ、永植は家に帰って、まずは相談してみよう、ということになり、まさに出かけようとした時、ブルルンとジープの音がして、パーカーに戦闘帽をかぶった宗植が駆けつけてきた。

「うん、ちょうどよかったよ。こんなところでグズグズしていて引っ張られたりしたら、この寒さの中、どうやって歩くってんだ。早く出発しろよ」

宗植は挨拶もそこそこに急(せ)き立てた。軍服をきちんと着こなしてジープを乗り回し元気いっぱいの様子を見ると、永植は羨ましくもあり、自分がしょぼくれて元気なく見えはしまいかと劣等感のようなものが先立つのをどうしようもなかった。

「引っ張られたら引っ張られた時のことさ、歩くとなったら歩くんだが、今回、遠征したのが無駄だったなんて。困ったもんだな」

無意味な挨拶だが、考えれば考えるほど金社長が哀れで、気の毒な事情でもあった。

「そんなこと言ってもしようがないだろ。……ところで今、鄭会長宅に寄ってみたんだが、戻ってこられた時のように船で下られると言うんだ。どうだい？　我々も船を利用するというのは。頼み込めばうまくいきそうだとのことなんだが……陸路はどうしても込み合うし、何かコトが起きたりしたらだな……」

「そうだなあ……」

永植は呆気に取られてすぐに返事もできず、スンジェの顔を眺めやった。

「いいじゃないの。ちょっとでもいいようにするのよ。明信の世話になることね」

スンジェは顔色にはまったく出さずに泰然として答えた。それでも永植は無言だった。明信が受け入れそうにないという思いなのだが、ああだこうだと口に出して答えたくなかった。受け入れてくれるかもしれないが、へこへことそんな頼み事をしたくなかった。そんな立場にもないし、恥知らずにもなれないのである。

「じゃ、そういうことにしようよ」

宗植の言葉に永植は反対する勇気もない。

「ふうん、恥知らずにも明信の世話になるってことか」

宗植を先に送り出してから二人は家を出ながら、永植が冗談めかしてたしなめるかのように切り出した。

「何でもいいじゃないの。私と敵どうしでもないんだし。会っちゃいけない人なの？」

あくまで感情的には淡々としているかのように、立場的にも屈することはない、と言い張るスンジェだった。

「明信がそんなに寛大であり得るとは思えないけど、それこそ呉越同舟だね」

「いや、むしろそんな機会を利用して、お互い打ち解けるべきは打ち解けて、話をするのがいいと思うんだけど……」

ともかく積極的で朗らかな気分でいるのが好ましかった。永植は明信の手紙に「敢闘精神もあり、勇気も戦略もなくはありません……」だとか何だとか書いてあった一節を思い出して、二人の女を面と向かって引き合わせるのが怖くもあった。

「先日、明信から最後通牒が来たんだがね……」

「何ですって？」

「何って……最後まで戦ってみるってさ」

永植はこんな話はしないでおこうと思っていたし、スンジェにわざわざ見せるのは、明信に不誠実ですまないことだと思う。けれどその一方で、明信の態度がどうなのか予備知識として知らせてやりたくもあり、またスンジェに対する道理としても、黙っているのはまずいような気がしたのである。

翌日、永植は船で行くにせよ陸路にせよ、ともかくまず荷造りをしなくてはと思い、出かけずに家族ら三人と荷造りに精を出していた。そこへ明信がサッとやってきたのを見て永植は意外でもあり、面はゆい気もして、母親と妹に挨拶を任せきりにして、自分はぼんやり眺めているだけだった。

「じゃ、船で行くつもりなんですの？」

母親と挨拶をすませてから永植の方に振り向き話しかけた明信は、この前あんな手紙を送ったことは忘れたかのように、ニコニコ笑いながら一家と一緒に避難しようという相談をしに来たかのような表情であり、自分が当然しなければならない仕事をしに来たという厚意を含んだ顔をしていた。

「さあ……そんなに余裕があるんですかねえ？」

永植はむしろ気後れして曖昧な言い方をした。

「大丈夫だと思います。家族は優先的に乗せるといいますけど、誰だって同じ避難民じゃないですか」

恋人だとか親しい知り合いだからというのではなく、避難民扱いをして同情によって厚意を見せるのだというようにも聞こえた。しかし、そのことを問いただす時でもない。

「こちらのお三方、それから姜スンジェさんのお宅は何人になられるのかしら。お名前と年齢を書いてください」

姜スンジェという名前を口にのせる時、明信の顔色は若干変わったようにも見えた。永植は名前を書いてやりながらも、やはりちょっと気まずい思いだった。

「まあ、ありがたいことだねえ。忙しいのにわざわざ来てくれて……」

母親は書きつけたものをもらい受けて出ていく明信の後について出て行きながら、殊勝なことだと何度も礼を言った。永植はそこまで送っていきながら、手紙を読んだと話しかけたかったが、我慢した。

トラックの予約をしに行こうと昨日約束していた通りに、スンジェがやって来たので明信がさっき来て帰ったこと、そして船で行くことにしたと言うと、

「オッケー！」

と、軽く返事をしながら、明信がわざわざ訪ねてきたという話に内心、

（並大抵の人間じゃないなあ！）と思いながら強敵という言葉が浮かんだ。

しかし永植の母親は、いくら英語ができるからといって、オッケーだとか何だとか彼女が浮ついた様

子なのが気に食わなくて、じっと見つめるのだった。

「驟雨」解説

白川　豊

一、作者・廉想渉の略歴と「驟雨」以前の代表作

　この長編は朝鮮近代文学の父とされる李光洙(イグァンス)（一八九二～一九五〇）と並び称されるべき二大文豪の一人である廉想渉(ヨムサンソプ)（一八九七～一九六三、号：横歩(フェンボ)など）の後半期の代表作である。彼は奇しくも朝鮮王朝が国号を大韓帝国と定めたまさにその年に、ソウルの旧市街にある王宮（景福宮(キョンボククン)）近くで生まれ育った根っからのソウルっ子で、その家系は代々の両班(ヤンバン)と言われる貴族階層ではあったが、父親は地方の郡守を歴任した程度だった。八人兄弟姉妹の四番目の子（三男）であった彼は家運が傾きかけた中で何とか日本に留学させてもらって麻布中学に入学するが、その後、二度転校し、陸軍中尉だった長兄の助けで何とか京都府立第二中学（現・鳥羽高校）を卒業した。

　その後、一九一八年春に慶応義塾の大学部（文科予科）に入学したものの半年で辞め、福井県敦賀の小新聞の記者となるが、これも三カ月で辞職した。折から翌一九年の三一独立運動（俗にいう「万歳運動」）に呼応して大阪で朝鮮人労働者に向けてビラ撒きをしようとして検挙され、三カ月拘留されている。釈放後、廉は横浜で福音印刷所の職工となるが、ここもすぐ辞めている。このような経歴だけからも頑固一徹な性格や、新聞関係への関心という、彼のその後にも一貫した姿勢がすでに窺われるのではなかろうか。

　一九二〇年には創刊されたばかりの東亜日報の記者となって東京で著名人にインタビューもしていたが、すぐに帰国し、北部朝鮮の定州(チョンジュ)にあった私学・五山学校の教師となったが、これはおそらく場つなぎだったのだろう。翌二一年七月以降はソウル

に戻って以後、新聞社・雑誌社の編集業務や社会部長（二四年、時代日報）、学芸部長（二九年、朝鮮日報）などの幹部職を務めている。特筆されるべきはこの間の一九二六～二八年にかけて再度来日していることである。この時は留学ではなく、日本で作家としてデビューできないかを探るためだったと言われている。しかし現実は厳しく、日本語作品で朝鮮人作家が脚光を浴びるようになるのは一九三二年の張赫宙（チャンヒョクチュ）の短編「餓鬼道」以後のことである。

経歴を先に紹介したが、作家としての履歴では一九年以降に詩や雑文を発表し始めている。小説家として本格的に登壇したのは二一年の短編「標本室の青蛙」からである。またその前年（二〇年七月）には廉が中心となって文芸同人誌『廃墟』を創刊し、ここにも雑文は書いたが、小説は発表していない。この雑誌は二号で廃刊となったが、この時期に廉はソウルに定住していなかったので、ソウルでの雑誌運営に無理があったのかもしれない。

職場が比較的安定してからの彼は、小説作品の量産（一九三六年までの約十五年間に中・長編約十四篇、短編約四十篇弱）ともいえる驚異的な執筆を続けるのだが、ここではごく簡単に代表作についてのみ紹介しておく。

まず、中編「万歳前」であるが、この作品は当初一九二二年に「墓地」という題名で月刊総合誌『新生活』誌に三回連載されたところで検閲により全体の三分の一程度で中断してしまっていた。その後、『時代日報』紙に「万歳前」と改題されて何とか最後まで連載が完了したいわくつきの名作である。この作品は次のような物語である。

東京のW大学に在学中の主人公・李寅華（イインファ）は早婚した妻が危篤だとの電報に急遽、列車で帰国の途に。東京駅には文学少女でなじみのカフェガール・静子が見送りに来てくれた。長旅疲れで神戸で途中下車しながらやっと下関へ。関釜連絡船に乗船しようとして刑事に尋問される。船内でも労働者狩りで儲けているらしい日本人の話を耳にして不快になる。やっと釜山に着いたが、ソウルへの車中では寅華の前に座った笠売りの男が朝鮮人憲兵補助員に連行されるのを目撃する。深夜の大田（テジョン）で列車は一時停車となり、彼は駅前をぶらつくが日本人の建物ばかりで思わず心の中で「墓場だ」と叫んでしまう。ようやくソウルの自宅へ。妻は産後の肥立ちが悪かったのだが、西洋医を信用しない寅華の父親から漢方薬しか飲ませてもらえず、臨終を迎えていた。葬式が終わった後、家ではムーダン（巫女）を呼んでお祓いをした。迷信を信じるこの家の雰囲気にいたたまれず、すぐ東京へ出立しようとしたところへ静子から手紙が来た。彼女もカフェガールをやめて再出発したいとのこと。寅華は「お互い自分の道を生き直そう」という返事を書いて再び車窓の人となった。

　これを見ると、一九一九年の三一独立運動直前の東京や故国・朝鮮の雰囲気が廉想渉自身の体験を下敷きにしてよく描かれていることがわかる。日本では特段、差別も感じないで気楽な留学生活を送っていた主人公が、下関に着くや自分が朝鮮人であることを痛感する。乗船以降の話では、廉は検閲を気にしながらも日本の植民地支配の状況とそれに対する批判的な筆致に冴えを見せている。一方それと同時に、因習にとらわれた、あるいは無気力な朝鮮社会に向けても痛烈な批判意識を露出させていることが窺われる。

　次に一九三一年の長編「三代」を取り上げる。この作品は廉想渉の植民地期の代表作であるばかりでなく、同時期の朝鮮近代文学全体の中でも頂点に立つと思われる傑作である。相当に複雑な物語なので、次にごく簡略に紹介する。

　一九二九年から三〇年頃のソウル（旧・京城）を舞台に、金満家の祖父（趙（チョ）議官）を中心とする大家族の営みが描かれる。物語はこの祖父の財産を狙う妾や取り巻きたちの陰謀によって彼が薬物中毒死するに至る過程を軸としながら、クリスチャンでありながら酒色に溺れている父・相勲（サンフン）の堕落相と、それとは対照的に京都の第三高等学校に通う理知的な息子・徳基（トクキ）の生きざまが描かれている。徳基が一時帰国した際に祖父がふしだらな父を飛ばして孫の徳基に金庫の鍵を委ねようとするところから話が展開する。この祖父―父―息子の三代を主軸として、徳基の小学校時代の同級生だった洪敬愛（ホンギョンエ）が、父親の妾になっているという衝撃的な関係や、その敬愛が徳基の学友だった金炳華（キムビョンファ）と親しくなって無産革命運動の一翼を担う姿も描かれている。さらには炳華の下宿先の女工・ピルスンを登場させ、早婚している徳基との淡い恋愛感情にまで筆が及ぶという重層的な作品である。

以上のように相当、複雑な話であるが、メインは何と言っても、ソウルの資産家の大家族・三世代の、世代間の意識差に起因する葛藤様相の描出であるが、教会関係者の裏面を抉り出すことや、共産主義運動家の非合法活動の一端を描くこと、そしてその背後に全編を覆っている警察の影に代表される植民地下の重苦しい雰囲気を提示することも作家の創作意図であったと思われる。これらのことを通して様々な角度から一九三〇年前後のソウルの中流上層を中心とした人々の意識と行動がリアルに伝わってくる名作である。

さて、廉想渉はその後、一九三六年に中国の旧満州に渡る。当時の新京（長春）で発行されていた朝鮮語新聞『満蒙日報』が『間島日報』と合併して『満鮮日報』に生まれ変わるのに先駆けて、この新聞の主筆兼編集局長として赴任した。おそらく朝鮮にとどまっていては総督府から日本の戦争に協力するよう圧力がかかるだろうことを敏感に嗅ぎつけたのであろう。これに際して彼は創作活動はしないと言明している。一九三〇年代に育ってきた後輩たちのいわゆる〈純粋文学〉の動きからはひとまず距離を置きたかったのかもしれない。しかし廉は、関東軍の検閲などに嫌気がさしたのか、三九年にはこの新聞社を辞め、朝鮮との国境に近い安東（現・丹東）で会社員生活をしながら四五年の大戦終結＝解放を迎えている。この間に四二年頃、請われて『満鮮日報』に「開東」なる長編を連載したというが、最近復刻された同紙の四二年十月までに連載はない。今後の調査が待たれる。

待望の植民地からの解放にも、用心深い廉想渉は国境の川・鴨緑江（アムノクカン）を渡った新義州（シニジュ）でしばらく様子を見てから、翌四六年にようやくソウルに帰還する。そして創刊されたばかりの『京郷新聞』の編集局長となり、その一方で旺盛な創作活動を再開する。またしても長・短編の量産（一九四六年から死去する六三年までの約十七年間に長編約十二篇、短編約百十篇）が始まった。小説以外にも評論・随筆や雑文も発表しているので植民地期にもまして膨大な執筆量であると言えよう。しかも廉は持病の胃病で病臥することもあったので余計に驚異的な活動ぶりである。この間、四七年には新聞社も辞しており、家族の生活は彼の筆一本にかかっていた。壮絶な覚悟である。そんな中、一九五〇年六月二五日に朝鮮戦争が勃発する。逃げ遅れた彼は北の人民軍の統治下で三カ月の隠棲生活を強いられた。これに懲りた廉は先輩文人の尹白南（ユンペンナム）らとともに、なんと海軍に入隊する。一応訓練は受けるものの、彼はこの時すでに五三歳。元老文人としての特別待遇で釜山にあった情宣・教育部門である海軍本部政訓監室に配属されている。そして五三年十月からはソウル分室の政訓室長を務めた。釜山で軍隊生活をしながらの執筆で、戦局が一応、小康状態となり、ソウルで復刊された『朝鮮日報』に開戦以来二年ぶりに再開された連載小説の第一号となったのが長編「驟雨」である。全一六六回の連載時期は一九五二年七月十八日から五三年二月十日にかけてである。当時の少ない紙面（毎日全二ページ中の第二面）に小説が載ったのは、文学作品に対する新聞読者の渇望があってのことと思われる。ちなみにライバル紙だった『東亜日報』にもほぼ同時期である五二年八月から上記の尹白南が長編「野火」の連載を始めていた。軍人でありながら小説を書いて載せることができたのは、この二人が読者から期待を集めていた人気作家であったことを傍証している。

「驟雨」以後、死去までの十年間については省略せざるを得ないが、コンスタントな創作活動は一九六〇年前後まで続いたことのみを記しておきたい。

二.「驟雨」のあらすじとその特徴

朝鮮戦争勃発の二日後である一九五〇年六月二七

日の夜から十二月十三日にかけてのソウルが舞台である。貿易会社・韓米貿易（原文は韓美貿易）の社長・金学洙（キムハクス）と秘書で愛人の姜（カン）スンジェは申永植（シンヨンシク）調査課長とともに車で避難行に出たが、漢江（ハンガン）を渡れずに引き返す。金社長は永植の家に退避し床下に財産を隠す。スンジェが社長の世話を焼いていたのだが、老妻が居所を探し当ててやってきたため、夫婦は同居せざるを得なくなる。しかしここにも過激分子の社員が出没するようになる。スンジェの前夫・張鎮（チャンジン）は共産主義に共鳴して越北していたのだが、人民軍とともにソウルに入り、市役所で任務に就いたことがわかる。鉢合わせを避けるためスンジェも永植宅に身を隠す。

　スンジェは永植に気があったのだが、彼が元々この会社の会長の娘・明信（ミョンシン）と付き合っていたため、二股はかけられない状況だった。しかし食糧調達のためソウル郊外に出かけた二人は、スンジェ一家の墓所がある延曙（ヨンソ）の墓守の家でついに思いを伝え合い、恋人関係になる。

　その後、大田も陥落し、永植も用心しないと兵隊に取られそうなので、スンジェの継母の家に匿（かくま）うことにしたのだが、結局、運悪く捕まり、北朝鮮側の義勇軍兵士として出征させられてしまう。九月下旬になって戦況が逆転した。仁川（インチョン）上陸作戦の頃になって平壌（ピョンヤン）まで行っていたという永植が無事、戻って来た。会いに駆けつけたスンジェと明信は互いに火花を散らす。永植は気持ちが揺れるが、スンジェの方にかけようと決心する。

　ところが十二月四日、国連軍の平壌撤収で情勢はまた不透明になった。永植一家も今度はスンジェ一家と共に避難することにした。意外なことに、今では海軍本部に勤務している明信が、スンジェら一行に船の便宜を図ってあげると申し出てくれた。この厚意をありがたく受けるほかない彼らだった。

　この大作を廉想渉はどのような意図で書こうとしたのだろうか。連載の直前に作家本人の「作者の言葉」が新聞に掲載されている。そこには次のように述べられている。

避難民が溢れそうに通り過ぎるのを、食後に出てきたのか孫を連れた老人がぼんやりと眺めており、その前では黄色い子犬が尻尾を振っている。この奇妙な対照！　避難民は今しがたのにわか雨に打たれてやってくるのに、この老人は燦燦と降り注ぐ日差しの下で座っているようにみえる。おかしくもあり、羨ましくもあった。私は今回の乱離を経験してこのようなまだら模様を感じた。我々の生活と思考と感情も大変なまだら模様になったと思われる。私はこのまだらを描いてみようと思う。［大意］

（朝鮮日報、一九五二年七月十一日）

廉想渉は「驟雨」の前に戦争直前まで「暁風」（四八年）、「暖流」（五〇年）という二篇の長編小説を書いていたのだが、これらの作品ではリアリストの彼としては珍しく国土分断から統一への〈希望〉や〈理想〉が作品に盛られていた。しかし「驟雨」ではこの「作者の言葉」が示すように、また徹底して現実の状況をリアルに描くという彼本来の路線に戻ったように思われるのである。ただ執筆時期がまさに戦時中であり、しかも彼自身、この時期には海軍に入隊していた軍人であったことを考えると、韓国軍や韓国民の戦意高揚ではないこの作品の特異性には際立ったものがあると言わざるを得ない。このことに留意しながら「驟雨」の特徴をまとめてみたいのだが、その前にこの作品のテキストについて若干触れておく。

今回の翻訳ではA（朝鮮日報連載版）を参照しつつ、その後、単行本として刊行されたB『驟雨』（乙酉文化社版、五四年）を底本とした。これが廉本人が確定版と考えて改稿したものであろうからである。「驟雨」はこの後、さらにC廉想渉選集（語文閣、七二年）、D廉想渉全集七『驟雨・花冠』（民音社、八七年）などにも収録されている。B以降の版ではAの後半部（第16章）以降の章の構成を一部改変し、第16章を分割することによって全19章だったものが全20章になり、各章の章題も一部変更されている。また文レベル、語句レベルでの異同もある。これには本人の改稿もあるが、没後の編集方針の変更や転記ミスなど様々な原因が考えられる。各版本間の改稿、参照、転記等の関係は概ねA→B→C、B→Dであるが詳細は省く。

版本関係の問題を別にすれば、この作品の特徴は次のようなところにあると考えられる。

①人物設定における積極的な女性（スンジェ）と優柔不断な男性（永植）という組み合わせは植民地期の廉想渉長編にもしばしばみられる設定である。（例：「三代」の敬愛と徳基、「不連続線」（三六年）のギョンヒとジンスなど）

②廉自身の体験と取材と想像力という三者の絶妙なミックスによって書かれている。

③長い恋愛論議の場面や、手紙による理性に訴える主張（明信→永植）などはほかの長編にも見られるお馴染みの手法である。

④作家自ら戦乱に巻き込まれていながら、この戦争に対する冷徹な観察眼とリアルな筆致を維持している。その結果、戦乱の中でも市民生活が不断に営まれ、恋愛さえもが進行している様子が克明に描かれている。以下に具体例を二か所だけ挙げてみる。

・［延曙（ヨンソ）まで食糧調達に行った帰り道、スンジェと永植は戦時だということも忘れたかのように、のんびりと田舎道を歩いている。＝筆者補足］

ガムを取り出して二人とも噛みながら「スンジェは」男の腕に肩を持たせかけて鼻歌交じりに歩いた。歩いている途中、爆撃機が頭上高くウィーン、ウィーンと通り過ぎるだけで、戦争はどこでやっているのやら、遠い日の夢のようだ。しかし、運動靴に麦わら帽子をかぶった村の青年が目をギョロつかせながらすれ違うと、ビクッとして戦争が頭によみがえるのだった。［連載、第九七回］

・［奪還したソウルで＝筆者補足］国軍のあとに国連軍……そのあとに捕虜たちが続いた。「殺せ」と中年男が叫ぶ。しかし、恐怖に震えているであろう彼らの運命を考えると拍手の音もまばらになった。スンジェは三カ月前、大学病院の近くで腐りかけている国軍の死体の腫れ上がった顔を思い浮かべた。あの若者たちも仕方なく連行されたか、二、三日前に引っ張られた青年たちだとしたら、と思うと気持ちは曇った。［連載、第一四一回］

中でも「驟雨」では女主人公・スンジェの愛欲心理と恋人・永植に対する実際の積極的なアプローチが、かなり具体的に書き込まれていることが特筆される。ほかの廉想渉小説では長・短編を問わず、ここまで赤裸々に描いている作品はほとんどないと言ってよい。

次に上述した「驟雨」直前の二長編「暁風」「暖流」を含めての共通点を挙げると、次のようなことも言える。

①気象関係の題名を付けていること。

「暁風」は統一朝鮮を希求するすがすがしい「暁の風」を象徴させたのであろうし、「驟雨」は目の前の戦乱を、やり過ごすべき驟雨（激しいにわか雨）と捉えたいという考え方を象徴しているのであろう。創作意図を象徴するような作品名の付け方は植民地期の長編にもみられるもので、特に解放後に連なる「不連続線」（三六年）や「開東」（四二年?）がやはり気象関係の用語から命名されていることも見逃せない。

ちなみに、偶然かもしれないが劇作家・小説家としても名高い岸田國士（一八九〇〜一九五四）の戯曲に「驟雨」（二六年）があり、また小説に「暖流」（三八年）と名付けられた作品があるというのは興味深い。特に一九二六年に廉は東京におり、岸田の「驟雨」は当時の主要雑誌であった『文藝春秋』に載っているので、廉がこの作品を目にしても不思議ではなく、想像が膨らむのである。

②主要な登場人物の階層が中流上層の市民であること。

「驟雨」での女性秘書や大卒の会社員や会社の幹部などいわゆるホワイトカラーが中心であるが、当時としては中流市民よりさらに上のステータスを占める人たちである。「暁風」での元英語教師や新聞記者、英文学者、「暖流」での英文科の女子大生、大卒の会社員も同様である。特に英語のできる人物が登場するのはさすがに植民地期とは違う。（植民地期の長編では日本帰りのインテリ青年がよく登場するのだが、彼らは高学歴にもかかわらず、日本の支配下で、職業が安定していないケースが多い）。廉の長編でこのような人物設定が多いのは、時代の趨勢に乗っていけない下層庶民ではなく、時代に敏感に反応できる、ある程度聡明な人物たちによって時代相をリアルに描出しようと考えていた廉の長編創作の方針であろう。彼にとっては登場人物を自在に動かしやすいのだろうが、演技させすぎると作品が図式的、観念的になる危険性もあるわけで、その兼ね合いが難しいところである。その点、「驟雨」はギリギリのところでリアリティーを確保することには成功している。

③はっきりした意思を持ち、自己主張のできる女性を主人公格にすえていること。

「驟雨」のスンジェは特に物事すべてに積極的で「強い」女性である。洋装を好み、酒タバコを常用しているこの女性は、男尊女卑的な意識が強かった当時の保守的な読者には相当に刺激的であったと思われる。しかも恋人の永植はこのようなスンジェの生活態度を咎めだてしないのである。これはまさに②とも関連するが、「驟雨」の登場人物の大部分が下層庶民ではなかったことを別の面から示しているわけである。

④〈金〉〈恋愛〉〈社会問題〉という三点セットをからめて話を進行させていること。

「驟雨」では当然、戦乱そのものが大きな〈社会問題〉であるが、韓米貿易の金社長の守銭奴ぶりの描写や、その金社長とスンジェ、永植、明信との微妙な四角関係の進展を通して話が進行している。植民地期の長編ではこの三点セットのうち〈社会問題〉にあたるところが日帝下での独立運動や無産革命運動の影として描かれており、より表面には家父長的な〈家〉の問題が扱われていた。この問題が資本主義の核心にある〈金〉と〈恋愛〉とからめて語られており、その代表的な作品が「三代」なのである。

三．「驟雨」とその周辺の作品について

まず「驟雨」の後に発表された七長編について簡略に見ておきたい。連載開始順にあげると、①「新しい響き」（五三～五四年）、②「未亡人」（五四年）、③「地平線」（五五年）、④「若い世代」（五五年）、⑤

「花冠」（五六〜五七年）、⑥「死線」（五六〜五七年）、⑦「代を継いで」（五八〜五九年）であるが、このうち②と⑦以外の五編は未完に終わっている。朝鮮戦争後もコンスタントに長編の執筆を続けていたことがわかるが、⑦が一九五八年のソウルを扱っている以外は、すべて一九五〇年から五四年のソウルと釜山が舞台である。メインテーマはやはり戦中・戦後の混乱期の中流上層の会社員たちの〈生（せい）〉（生きざま）である。ここではそのうち、「驟雨」の続編とされる「新しい響き」と「地平線」について言及しておきたい。「驟雨」が再び出立する避難行で終わっているので、読者も当然、その後日譚を期待したであろう。「新しい響き」では五一年春から翌五二年春、避難先の釜山でのスンジェ、ヨンソク（人名の永植（ヨンシク）がこの作品ではやや変更されている）、明信（ミョンシン）らのそれぞれの生活の中に、来韓したアメリカ人たちが入り込んでくるという展開になっている。つまり貿易会社の再建に奔走する主人公たちが米軍や米大使館関係者たちと密接な関係を持たざるを得なかった当時の状況が色濃く反映されているのである。「地平線」ではさらに、五二年秋の釜山で開業にこぎつけた商社に英語力を買われて出入りするスンジェと明信をめぐって、永植とアメリカ人が恋愛感情を交えて絡んでいくというやや通俗的な展開となっている。ただこの両作品とも中断しているため、廉が結局どのような結末にしたかったのかは謎のまま残された。

　実は「驟雨」とほぼ同時期である一九五二年一月から翌五三年一月にかけて雑誌『自由世界』に全八回連載されて中断した長編小説に「紅焔」という作品がある。右派の雑誌社社長の朴（パク）の入院中に妻が会社の部下・崔（チェ）に接近するのだが、彼には妓生（キーセン）の愛人がいた。そんな中、朝鮮戦争が勃発、情報通の崔をこの妻と妓生が追いかける。人民軍がソウルに迫ると、共産主義者になった社長の長男は父に自首を迫る。一方、次男は韓国軍の陸軍中尉として出征する。この内容から家族どうしがイデオロギーの違いから対立する悲劇が描かれると同時に、戦争勃発前からの男女の愛欲関係が戦時中でも続いているという「驟雨」と似た設定になっていることがわかる。「紅焔」は未完に終わったが、その後「死線」（五六〜

五七年）に同じようなテーマで人民軍制圧下の五〇年秋口のソウルに限定して、より詳しい朴社長の隠棲生活と妻の不倫関係が語られている。前作から三年経っているが中断した作品を完結させようとしたのだろう。しかし、この長編も結局、未完に終わっている。新聞連載の「驟雨」の一方で、李承晩政権に反対する民主党系の時局雑誌にこのような作品を連載していたことは注目されるべきであろう。

次に「驟雨」連載とほぼ同時期（五二年七月〜五三年二月）に発表された短編について見てみると、数篇あるようだが、掲載紙誌がはっきりしている作品がほとんどない。戦時中だということもあり、新聞・雑誌が平時のように発行されていなかったことが大きな原因だと思われるが、廉としてはそれだけに余計に長編「驟雨」の執筆に熱を入れていたのではなかろうか。この時期の短編小説を論じた小野順子氏の論文から一篇だけ紹介すると、「慾」（五二年九月執筆）は次のような話である。避難民として苦しい生活を営んでいたチョル一家は父親の祭祀（チェーサ）（法事）の準備で忙しかった。そこへ日ごろは顔も見せない姉が娘を連れてやって来た。彼女は祭壇にお辞儀もしないで、離れに入居している金先生の部屋に上がり込んで笑い声を立てた。チョルは腹を立てて喧嘩になり、姉は出て行ってしまう。

この作品からもわかるように、廉想渉は短編小説では長編とは違って中流階層以下の庶民を描いている。このことは彼のこれ以外の多くの短編を見るとよくわかるのである。ちなみに筆者は朝鮮戦争後に発表された短編の傾向を探ってデータを取ったことがあるが、六八篇中、庶民（中流以下の小市民）の生きざまを描いた作品が四七篇を占めていた。そしてこの傾向は植民地期の短編とも似ている。つまり、廉は長編と短編で取り上げる階層を区別して書き分けていたわけである。

ここで朝鮮戦争関連の長編小説として廉想渉以外の二人の作家の作品について若干触れておきたい。そのひとつは黄順元（ファンスヌォン）（一九一五〜二〇〇〇）の「木々、坂に立つ」（一九六〇）である。この長編は休戦後七年経っての作品であるが、内容的には五三年の休戦間近の前線に動員された学徒兵三人の話で始まり、除隊後数年経っても戦争時に受けた心理的な傷から立ち直れずに、それぞれが苦悩する姿が描かれている。廉想渉には家族や会社など身内集団的な登場人物の絡み合いの話が多いのだが、五〇年代に本格的に活躍し始めた黄順元ら一回り若い世代の作家は、当時流行していた実存主義の影響もあるのか、個人の生きざまに焦点を当てる傾向があり、この作品もその典型的な長編と言える。

もう一篇は日本語作品であるが、日本国籍を選択した張赫宙（一九〇五～九七）の「嗚呼朝鮮」（一九五二）である。この作家は黄順元より十歳年長だが、植民地期から日本語創作で名を馳せ、廉想渉同様に死の直前まで数多くの作品を書き続けたことでも知られる。彼は出身国の戦乱に心を痛め、故国に残した家族のことも心配で、新聞社の特派員として戦争中に日本から現地に飛んで取材して書いたのがこの作品である。アメリカ留学を準備していたソウルの大学生・朴聖一は突然の戦乱に振り回される。人民軍と韓国軍にいいように使われた挙句に捕虜となり、収容所で停戦会談の成り行きを不安に駆られながら見守るという話である。話自体はフィクションであるが、題名が示すようにこの作家は故国のこの不幸な戦乱に「ああ朝鮮！」と慟哭するしかないことが読み取れる。同じ一九五二年に書かれた「驟雨」と「嗚呼朝鮮」だが、廉想渉は「戦争は驟雨だ。激しく降るにせよ、にわか雨だからいつまでも続くはずがない。退避して徹底的に逃げてやり過ごせ」と言いたいわけだろうから、朝鮮内にいる廉がむしろ状況を楽観的に捉えようとしているかに見えるのに対して、外国にいる張の方が状況が長期化すると見て悲観的になっている感じがするのは一見奇妙に映る。しかし国内で生き続けなければならない廉の立場からすると、慟哭ばかりしていても仕方がない、積極的に生きるために事態を一時的なこととして受け入れつつ、たくましく生き延びるべきだと考えるのも頷けるのである。

四．「驟雨」をめぐる連作論議など

「驟雨」をめぐる先行研究など、これまでの論議は

多岐にわたっているので、ここでは廉想渉の長編小説の中での連作論議に限って触れておきたい。

まず一九七〇年代以降の廉想渉文学研究に先鞭をつけた金鍾均（キムジョンギュン）教授の大著『廉想渉研究』（高麗大学校出版部、一九七四）は「驟雨」、「新しい響き」、「地平線」を植民地からの解放後の社会相、生活相を三部作として描いたことをいち早く指摘している。そしてこれは植民地期の「三代」（三一年）、「無花果」（三一～三二年）、「白鳩」（三二～三三年）連作と同様であるとしたが、「白鳩」は金銭と愛欲にまみれた小市民群像を描いた通俗小説的な作品で、特に「三代」からの連携性は感じられず、廉本人も三部作とまでは考えていなかったのではなかろうか。「驟雨」自体も執筆の前から三部作として構想したというより、結末を苦慮した挙句に続編を考えるに至ったというのが実情のように思われる。

次に一九八〇年代以降の廉想渉文学研究に独歩的な地平を切り拓いた故・金允植（キムユンシク）教授の大著『廉想渉研究』（ソウル大学校出版部、一九八七年）では廉の長編小説群を三分類している。

（A）植民地的現実の中の知識人ら（ソウルの中産層出身で、日本留学から帰った階層）の「苦悶相」と風俗図を描いたもの：（例）「三代」「無花果」「白鳩」など

（B）男女の恋愛を通俗的な水準で扱ったもの：（例）「牡丹の花咲く時」（三四年）「不連続線」（三六年）など

（C）朝鮮戦争に関連し、中立路線と冷笑主義がその特徴であるもの：（例）「暁風」「暖流」「驟雨」（もし戦争がなかったら、この作品群は単なる風俗図の延長線上に止まっていた。）

この分類には頷ける点もあるが、全体に廉の長編をやや〈風俗図〉的に捉えすぎるきらいがあることと、「中立路線と冷笑主義」は「驟雨」にしか当てはまらず、そもそも開戦前と後の作品を一括りにするのは無理があるのではないかという気がする。

最後に一九九〇年代以降、活発な廉想渉文学研究の論考を発表している金慶洙（キムギョンス）教授の『廉想渉長篇小説研究』（一潮閣、一九九九年）の関連部分について触れると、「驟雨」は「暖流」の続編であるとされて

いる。「暖流」は三韓貿易と全一紙物公司という二つの会社の中堅社員たちが、会社の幹部たちが進める政略結婚による合併話に反発するという話だが、中断しており、それを「驟雨」で引き継いだとするのにはやや無理がある。人物設定には類似点もあるが、これは廉の常套的な設定の範囲で説明できるものである。女主人公格のトクヒの後身が明信だとされるが、「驟雨」で明信は中心人物ではない。同じような人物配置が便利だと考えて利用しただけではないか。そもそも開戦前に構想された「暖流」と、戦中に執筆された「驟雨」に連続性を持たせるのは不可能に近いのではなかろうか。

以上のように連作性をめぐる論議だけでも様々な問題点が浮かび上がるのだが、その中心にあるのは常に植民地期の「三代」と解放・独立後の「驟雨」であることに違いはない。

五. おわりに

上述したように、隣国の文豪・廉想渉の代表作と言われる「万歳前」「三代」「驟雨」を筆者は今回で曲がりなりにもすべて翻訳したことに感慨を覚えている。「万歳前」の翻訳を始めたのは一九九九年だったので、この三編を訳し終えるのに二〇年かかったわけである。「驟雨」の場合も二〇一四年から翻訳を始めたので、いつの間にか四年以上経ってしまった。二〇〇〇年代に入って韓国の文化は映画、ドラマ、K-POPなどが怒涛のごとく日本に押し寄せ、その後も人気を保つようになった。一方で北朝鮮問題が常に危惧される昨今でもある。このギャップを理解するためにも百年前からの隣国との関係を冷静に見て理解していく必要がある。そのためには歴史の流れを把握するだけでなく、個別の人間心理にまで分け入って状況をつぶさに見ることのできる文学作品も大いに参考になるのである。映像などとは違って文字を読むことが現代人は苦手になりつつあるが、映画やテレビが普及していなかった時代を知るツールとして文学作品は依然として重要な位置を占めていると確信する。ただ外国作品は翻訳がないとなかなか接しえないものゆえ、訳者としては年月は要したが抱負を抱いてこの作業を進めてきた。幸いにして出版されたからには日本の読者に一人でも多くこの隣国の名作に接してもらうことを願うのみである。

今回の翻訳作業には多くの方々のご協力を得た。特にお名前を記して感謝の意を表したい。資料の入手関係では大川大輔氏（九州産業大学等・非常勤講師）を煩わせた。また原文の意味不明個所などについては李泰勲氏（九州産業大学・准教授）と柳忠熙氏（福岡大学・専任講師）に教えを乞うた。さらに波田野節子氏（新潟県立大学・名誉教授）には原稿をきめ細かく読んで的確で重要なご指摘を多数いただいた。

末筆ながら、売れる当てのないこの翻訳本の刊行に踏み切っていただいた出版社・書肆侃侃房の田島安江様と実務担当の黒木留実様、並びにお世話になった同社の皆様に深甚なる敬意を表したい。特に田島様には翻訳文のこなれていない表現などについて事細かに助言していただいた。特に記して謝意を表したい。

なお、本解説は次の参考文献に挙げた論考などを元に再構成、加筆したものである。

［参考文献］

・小野順子：朝鮮戦争前後の廉想渉小説について――1948～1953年を中心に――、（第2章　朝鮮戦争期の短編小説について）、（九州産業大学国際文化学部紀要、第32号、2005・11）
・白川豊：廉想渉の1950年前後の長編小説について――〈暁風〉〈暖流〉〈驟雨〉を中心に――、（朝鮮学報、第217輯、2010・10）
・白川豊：廉想渉の朝鮮戦争後短編と1950年代韓国小説――1953～1962年を中心に――、（朝鮮学報、第227輯、2013・4）
・白川豊：廉想渉の朝鮮戦争後の7長編について――1953～1959年を中心に――、（朝鮮学報、第243輯、2017・4）
・廉想渉（白川豊・訳）：解説（万歳前、勉誠出版、2003）
・廉想渉（白川豊・訳）：解説（三代、平凡社、2012）
・白川豊：朝鮮近代の知日派作家、苦闘の軌跡（勉誠出版、2008）

■著者プロフィール

廉想渉（ヨム・サンソプ）

1897年、ソウル生まれ。1912～1919年、日本に留学し京都府立二中を経て慶応義塾の大学部文科予科を中退した。東亜日報記者となり、帰国。1920年に創刊された文芸同人誌『廃墟』の中心人物。1921年、短編「標本室の青蛙」で実質デビューし、中編「万歳前」(1924年)で地歩を固める。1926～1928年には再来日した。その後、作品を量産し、その代表作が長編「三代」(1931年) である。1936年に旧満洲の新京(長春)に渡り、当地の朝鮮語新聞『満鮮日報』の主筆を務めた。1946年、ソウルに戻り、活発な創作活動を再開、1963年に没するまでの約15年間に代表作「驟雨」(1952～1953年）をはじめ長編10余篇、短編100余篇を残した。1954年、芸術院会員。号・横歩（フェンボ）。

■訳者プロフィール

白川豊（しらかわ・ゆたか）

1950年、香川県生まれ。1975年、東京大学文学部卒業。1985年、東国大学校(韓国)大学院国語国文学科博士課程修了。九州大学文学部助手などを経て、1994年から九州産業大学国際文化学部教授(朝鮮近現代文学など担当)。著書に『植民地期朝鮮の作家と日本』(大学教育出版、1995年)、『朝鮮近代の知日派作家、苦闘の軌跡』(勉誠出版、2008年)『張赫宙研究』(東国大学校出版部、2010年)、訳書に『三代』(平凡社、2012年）などがある。

韓国文学の源流
驟雨（しゅうう）
2019年6月25日　第1版第1刷発行
著　者　廉想渉
翻訳者　白川豊
発行者　田島安江
発行所　株式会社 書肆侃侃房（しょしかんかんぼう）
〒810-0041福岡市中央区大名2-8-18-501
TEL 092-735-2802
FAX 092-735-2792
http://www.kankanbou.com
info@kankanbou.com
編　集　田島安江
DTP　黒木留実
印刷・製本　シナノ書籍印刷株式会社

ISBN978-4-86385-368-3 C0097